U0143461

阿麦从军

全新修订版

鲜橙 著

上

作家出版社

目 录

目录

第一卷

秋风起野麦乍飘香

| 第一章 |

城破 遇险 出逃

八月，秋风乍起。

驿道上有传令的军士快马驰过，马蹄带起地上的尘土，被风卷了过来，有些呛人。

阿麦坐在驿道边上的茶水铺里，费力地啃下一口干巴巴的杂面饼，抻着脖子咽下去，然后抬起头来粗声粗气地喊道："店家，再添壶茶水！"

茶水铺的老板叹了口气，自言自语："唉，最近经常有军爷来回跑，莫不是北边已经打起来了？"

阿麦用手遮住面前的茶碗，眯着眼睛看那飞骑变成了小小的黑点消失在远处。已经打起来了吗？她原想着怎么也要等到秋后才会开战呢。既然这般，她更要加快些行程了，早日过了江才算安稳。

从茶水铺往南不到六里就是一座小城，阿麦来到城门外的时候，太阳刚过头顶，她仰着头看了看城楼上被太阳照得有些恍惚的两个大字——汉堡，只觉得腹中的饥饿感又重了些，忍不住咽了咽嘴，把裤腰带又使劲勒了勒。

她闷着头往城里走，在城门处却被当值的兵士截了下来。当头的那个兵士狐疑地上下打量了下阿麦，喝问："哪儿来的？"

"北边来的。"阿麦老实回答。

"到哪儿去？"

"到南边去。"

问话的那个小头目咂摸着阿麦的回答，觉得有点不对劲，可是一时又说不出来哪里不对。有个小兵从旁边凑过来，小声说道："头儿，这小白脸一看就不像是好人，细皮嫩肉跟娘们儿似的，没准儿是北边来的探子！"

小头目斜着眼睛上下打量阿麦，越看就越觉得不顺眼：穿戴虽有些寒酸，可人却长得白净，头发还那么短，只够在后面勉强扎个小辫子，这哪里是南夏人的打扮啊，分明就是个异族人！

他又围着阿麦转了一圈，猛地往后跳了一步，厉声喝道："来啊！把这厮给我绑了！"

几个兵士如狼似虎地向着阿麦扑了过来，没等阿麦反应过来，已经把她摁倒在地五花大绑地捆结实了。阿麦低头看了下自己身上的绳索，连忙央求道："各位军爷，冤枉啊，我就是个行商，怎么可能会是探子呢？不信您把我解了，我拿路引出来给军爷看！"

那些兵士哪里肯听她解释，揪起她来推搡着往城里走。走到半路，正好遇见几个亲兵簇拥着一个年轻将领迎面过来，押送阿麦的兵士慌忙上去向那年轻将领行礼，讨好卖功道："唐大人，新抓了个北漠的探子！"

阿麦赶紧大声喊道："冤枉啊，小民冤枉，小民是往南边去的商人，身上有宿州府开的路引啊！"

声音要洪亮而带有颤音，面容要真诚而富有悲情，最好能匍匐在地上以显示忠诚，这是阿麦妈曾经讲过的喊冤时要注意的事项。阿麦很是注意了这几点，考虑到身上实在是绑得太过于结实，匍匐下去极可能就会导致一个狗啃屎，无奈之下只能选择了站着喊冤。

果然，那唐姓将领的视线被阿麦吸引了过来。阿麦见他看向自己，慌忙又把腰弯了弯，连声说道："将军明鉴！小民真的是冤枉啊！"

那将领不过是一个守城校尉，听阿麦连声地喊他将军，脸上的神情已有些缓和，不过没有理会阿麦，只询问了那押送的兵士几句，就吩咐兵士先把阿麦押到大牢里再说。

阿麦暗呼倒霉，好好的却来了场牢狱之灾，哪里知道就这么一会儿的工夫她已是在鬼门关转了一圈回来。如今南夏和北漠之间形势骤紧，北境的战争一触即发，好多被抓到的嫌疑探子连审都没审，都是直接砍头了事，像她这样被送入牢中的已经算是捡了条命了。

无论哪个朝代，大牢里的伙食都好不了。

叼着半根麦秸秆，阿麦开始怀念在汉堡城外啃的那块黑面饼，嚼在嘴里是如此有劲道，被茶水送下肚去，都能听到肚子发出满意的叹息声。当然，现在她的肚子也在叫，从腹腔里传出来的声音有些闷，听到耳朵里不怎么舒服，阿麦只得又紧了紧裤腰带。

头几天虽然伙食极差且不管饱，但好歹还能维持身体最低的需求，可不知为何，到后来却连那馊汤冷饭也不给了，只有些水，还是求了半天才肯递进来的。阿麦隐约觉得有丝不对劲。果然，在入狱的第十一天头上，有差役领着几个凶神恶煞的兵士进来，差役把牢门打开后，领头的军士二话不说就先砍翻了一个犯人，举着滴血的刀吼道："北漠鞑子来了，不想死的就跟我出去守城，凡奋力杀敌者皆可免罪！谁去？"

大牢里一片寂静，片刻之后，阿麦第一个举起手高声叫道："我去！为国杀敌！"

废话，谁不去怕是就得先被他们砍死在这大牢里，出去没准儿还能有条活路！

当阿麦挥舞着拳头大喊"为国杀敌"时，有脑筋活络的犯人立刻反应过来，也跟着举着胳膊高呼"为国杀敌"。一时间，大牢里群情振奋，爱国热情空前高涨，俨然是聚了一群热血好男儿！

那领头的兵士大为满意，给犯人们一人手里塞了一根木棒，就把他们赶上了城墙。

麦帅微时，尝游汉堡城，诬为北漠间，恰绍义领军巡过，闻麦帅疾呼："吾冤

也！"绍义寻而视之，其形高伟，束短发，貌甚美，犹若妇人，人不敢直视。如此丈夫岂是奸细乎！遂释之。

——节选自《征北将军回忆录》

麦氏语录：战争，是大人物掌中的棋耍戏，起手落子，谈笑间攻城略地；战场，是小人物面前的修罗场，手起刀落，刹那间灰飞烟灭。

南夏盛元二年，北漠天幸七年，南夏与北漠的谈判桌上依旧是唇枪舌剑，热火朝天。貌似南人的嘴舌往往都比北方的汉子灵巧些，说着说着就占了上风。对于北漠同行的日渐沉默，南夏的国辩手们还没来得及庆祝即将到手的胜利，就被一个惊天的消息震得七魄离体。

七月，北漠突然发兵二十万分两路攻入南夏边境，霎时风云变色。

北漠民风剽悍，相对于南夏人善动嘴皮子来说，他们更喜欢动手，属于行动派的代表人物，向来奉行的信条就是：说不过你，我就揍你！

蒙圈了的南夏使臣突然明白过来，懊恼得直拍脑门，哎呀，怎么就忘了北漠鞑子的恶习了呢？难怪北漠的同行们最近不怎么出声了，原来他们早就另有打算啊！

北漠名将周志忍领东路军十万，在神不知鬼不觉地翻越燕次山后急攻临潼，抢渡子牙河，趁夜下南夏北部重镇新野，斜穿雍、豫二州而过，挥军直指江北泰兴城。而西路十万大军则由北漠将门新秀常钰青率领，绕道西胡草原，经西关、茂城、凉州一线向东南，一路长驱直入，几乎没有遇到什么抵抗就进到了江北腹地。

这两路大军都想方设法地绕过了南夏北境雄关靖阳，避开蹲在靖阳、溧水一线的南夏三十万戍边大军，给了南夏一个措手不及。

一时间，南夏北部众多城镇相继告急。

顺着两路北漠大军的进攻线路，聪明人一眼就看出来这两路大军都把矛头指向了同一个地方——泰兴，于是地图上代表泰兴城的那个点被各国的将领们圈了又圈，点了又点，面目全非。

泰兴城，南夏国北部重城，人口二十余万，面朝江中平原，背后有宛江穿南夏国而过，历来为兵家必争之地，一城失则江北之地尽失。

八月二十六日，北漠东路大军率先抵达泰兴城外，二十八日完成围城，坐待常钰青率领的西路十万大军。

此时，北漠的西路大军刚好赶到泰兴城西北百八十里的汉堡城前。

汉堡小城向来就不是什么军事重镇，城防压根儿就没怎么被重视过，城墙低矮，没有壕沟，没有护城河，所以也就用不着吊桥之类的，就连城门也不过是个光秃秃的门楼，连个瓮城都没有。城外几丈处倒是架了些拒马，可看起来稀稀拉拉的，实在是少得可怜，不用猜就知道是仓促之间埋上的，基本上也阻挡不了什么。

一句话总结：这防守也忒简陋了些！城墙也就是比北部地主大户的院墙高些，厚些，长些，上面站的人多些。

城内守兵两千来人，城里居民上到八十岁能动的下到刚生下来会哭的，男女老幼算全了也不过是两万来人，搁北漠大军嘴里还不够塞牙缝的，难怪连大牢里的犯人都被赶上了城楼。

阿麦被赶上城墙时，汉堡城早已被北漠大军围得水泄不通，从城墙上看下去，底下乌压压的一片人。阿麦探了探头，立刻倒吸一口凉气，赶紧把身子压低躲在了女墙后。都这样了，这城还能守得住？能守住那才是白天见鬼了呢！

北漠铁骑先到汉堡城下，上万骑兵列阵摆开，虽说对攻城没什么用处，可也算是个漂亮的亮相，先把南夏官兵的胆子震了震，同时也打消了他们弃城而逃的念头。再快的两条腿也跑不过四条腿，所以，兄弟们，咱们也别跑了，还是塌下心来守城吧！

有传令兵从阵后驰出，举着旗子在阵前奔驰了几个来回，骑兵们便策马从阵前一分为二向两翼退去，露出后面手持大盾的步兵阵，夹杂着数辆攻城车、云梯、井阑等攻城器械缓缓向前推进。浑厚悠远的号角声传出，四面金戈之声顿起，北漠的黑色大军潮水般涌上来，仿佛一个浪头就可以把小小的汉堡城掀翻。

"放箭！放箭！射死这帮鞑子！"城墙上的南夏小校挥舞着手中的鞭子，厉声喝道。

阿麦身上也挨了几鞭子，慌忙在地上拾了张弓往城下射去，可她哪里会射什么箭，不过学着旁边人的样子把弓拉开，连瞄准都没有就闭着眼睛松手，使的力气倒是不小，箭头却朝下掉了下去。也是凑巧，就听见下方传来一声惨叫，攻城梯上一名刚爬了一半的北漠兵头朝下就栽了下去。

旁边一个南夏兵给阿麦叫了声好，不知道从哪里又摸来一个头盔，向阿麦扔了过来，喊道："兄弟，好样的，戴上这个，小心鞑子的箭，使劲射这帮畜生。"

　　阿麦看着手中还带着血迹的头盔怔了怔，一咬牙就戴在了头上，枪箭无眼，她可不想死在这个城墙上，虽然就现状看，能活着离开这里的概率实在是小。

　　旁边的两个南夏兵使劲把带了尖刺的狼牙拍砸下去，眼看就要爬上城墙的北漠兵便被砸了下去，惨叫声刺入阿麦的耳中，听得她一阵心惊肉跳。身边紧接着又是"啊"的一声惨叫，刚才还给她叫好的那个士兵被北漠的箭雨射中，老长的一支长箭穿胸而过，鲜血从口中喷溅在城墙上，顿时就染红了一片。

　　阿麦一惊之下竟连手中的弓都掉到了地上，只顾抱着头蹲了下去，耳边的惨叫还没绝耳，她身上就又挨了几鞭子，小校挥着鞭子怒骂道："妈的，还有空躲，鞑子攻上来了，谁也活不成！"

　　城门外不远处的一个小土坡上，面容冷峻的北漠西路军主将常钰青端坐在战马之上，嘴角微微抿起着，似隐隐带了一丝冷笑，专注地看着不远处正在进行的攻城之战。几十骑黑衣亮甲的亲卫队静立于他的身后，在这嘈杂的战场之中，竟保持着惊人的寂静，就连座下的战马都仿佛是这战场上的看客，冷漠而淡然。

　　常钰青忽地抬起手臂用马鞭指向城墙的一处，对着身旁的副将姜成翼笑道："成翼，你看那个南蛮子，竟然连射箭都不会，这样的人居然会到城墙上来守城，可见南夏实在是没人了。"

　　姜成翼顺着方向看去，片刻后也不禁莞尔，那处城墙上有一个南夏士兵，隔片刻就探出身子胡乱射一箭，射完后又急忙蹲下去躲在墙后，过一会儿就再探头射上一箭，十箭有八箭都头朝下掉到城墙外，有两箭好容易射出去了，也是毫无目标，一个人也没蒙上。

　　姜成翼的笑容一闪而过，转回头来又看了看常钰青，小心劝道："将军，这里离城墙太近，流矢太多，为安全起见，还请将军到阵后观战吧。"

　　常钰青缓缓摇了摇头，唇角处突然绽出一丝笑意，伸手道："拿弓箭来。"

　　旁边的亲卫急忙将背后的长弓取下，双手奉了上去。常钰青接过，搭箭上弦，把弓拉了个大满，微眯了眼睛瞄准城头那人，手指一松，只听得嘭的一声，利箭出弦，带着破空的厉啸声，冲着城墙上那个胆小的南夏士兵飞驰而去……

阿麦刚直起身来，弓弦还没来得及松开，就感到头顶像是被重锤狠擂了一下，强劲的力道带着她往后面飞去，把她的身体重重地掼在了地上。一时之间，阿麦只觉得眼前群星乱舞，耳朵里除了蜂鸣声什么也没有了。好半天她才缓过点神来，呆滞地把脑袋上的头盔摘下来，骇然发现一支长箭正好钉在头盔的顶端。

城墙上的那个小兵久久不见露头，就算不吓昏也得吓得尿裤子了吧。常钰青满意地笑了，随手把长弓扔给了身旁的亲卫，这时的他怎么也不会想到，若干年后，他会后悔这一箭射得有些高了，如果当时再低上两寸，那该有多好。

已经有北漠兵强行登上了城墙，挥舞着大刀砍向南夏守兵，厚重的刀片砍入体内发出沉闷的声音，被砍的人睁大了眼往后倒去，眼中除了骇然还有着一丝不甘。砍人的士兵还没来得及欢呼，腹腔就被不知从哪里冒出来的长枪刺穿，血顺着枪头上的血槽流出，他低头，眼看着红透了的枪尖从自己体内拔出。

初秋的天空，分明是晴朗的，汉堡城里却飘起了星星点点的血雨，落在哪里都是猩红的一片……

"城门开了，走吧，再晚就什么也赶不上了！"常钰青笑道，双脚轻轻一磕马腹，那匹照夜白便欢快地向前蹿了出去，"今天晚上就宿在这汉堡城里，告诉儿郎们，肆意行事，不论军纪。"

"将军！"姜成翼急忙也纵马跟了上去，劝阻道，"元帅有令，不得屠城！"

常钰青早就有些不耐烦身边这个少年老成的副手，听他又把那位元帅抬出来压人，心里更是有些恼怒，微拉了缰绳缓了几步，斜了一眼紧跟其后的姜成翼，似笑非笑地问道："姜副将，你哪只耳朵听到本将说要屠城了？"

姜成翼噎了一下，说不出话来，常钰青确实是没有明说屠城，可刚才那句话传达下去，又和屠城有什么区别？出征前元帅可是特意交代过，只要他们攻城示威，不准屠城。

"将军……"姜成翼梗了脖子想再劝，却被常钰青的一声冷哼堵在了喉咙里，只得沉默了。

常钰青冷笑一声，说道："传令下去，参加攻城的将士入城驻扎，不论军纪自行放松，其余均在城外安营扎寨。"说完在空中虚抽一鞭，不等姜成翼说话就纵马而走，直奔城门而去。

那边城门刚被北漠军的撞车撞开，双方士兵正搅在一起。常钰青挺枪冲了过去，见穿着南夏衣甲的士兵便挑，片刻工夫便挑翻了十多名南夏兵。姜成翼看他杀得兴起，也不好再拦，可又怕混战之中主将有所闪失，只得挥舞着长刀和亲卫一起护在常钰青身侧，一行几十骑竟然冲在北漠军前杀入了汉堡城内。

　　南夏历盛元二年八月二十八，汉堡城破，城守刘竞战死在城墙之上，妻陈氏领二女于府中悬梁自尽，独子失踪。

　　汉堡城并没有因为夜色的降临而静寂下来，火光在城中各处闪耀，北漠士兵的笑骂声，南夏百姓的哭喊声、尖叫声在城中此起彼伏，各种声音夹杂在一起，或不甘或怯懦或放纵地在城中各处流窜，像是一只无形的手，每到一处似乎都能把闻者的心高高地提起来，悬在夜空中，隐隐战栗……

　　天上的月亮也仿佛不忍心再看下去，紧紧闭了眼。

　　夜色，其实很黑。

　　与喧闹杂乱的汉堡城相比，驻在城外的北漠大营反而安静得有些古怪。中军大帐内的烛火一直亮着，里面聚了五六个北漠将领，正围在一张方桌前低声讨论着什么，为首的一个青年将军默然不语，只低着头看桌上的地图。烛台上的火苗舞动着，令映在营帐上的修长身影也跟着生动起来。

　　帐外突传来一阵急促的脚步声，一个身披铠甲的将军挑帘进来，沉声禀道："将军，两万骑兵均已准备完毕，即刻可以出发，请将军示下。"

　　那青年将军终于抬起头来，微微上扬的嘴角挑了一丝若有若无的笑意，却仍遮掩不住眉眼之间的杀戮之气，赫然是本应宿在汉堡城中的北漠主将常钰青。他剑眉微扬，凌厉的视线从周围几位将领的身上扫过，沉声问道："刚才的部署可都听明白了？"

　　诸将齐声应诺，唯有副将姜成翼的声音带了些迟疑，他犹豫了一下还是说道："将军，末将……"

　　常钰青不等姜成翼下面的话出口便堵了上去，似笑非笑地问道："怎么了？成翼可是认为我的安排有何不妥？"

　　"末将不敢，"姜成翼忙道，看了看常钰青的面色，还是恭敬地把下面的话说了出来，"末将只是想跟随在将军左右，而且临行前元帅也是叮嘱末将要确保将军的安全。"

常钰青早知元帅放姜成翼在这儿就是为了约束自己，一路上听他在耳边唠叨，心中早已烦躁不堪，好容易熬到这次分兵，便趁机改了原定的计划，让姜成翼独领一军，离他越远越好。

现听姜成翼又搬出了老一套说辞，常钰青心中甚是恼怒，面上却是笑道："成翼放心，这次我定不会亲自上阵厮杀，不用你在身边护卫，何况你是我西路军的副将，又不是我的亲兵队长，怎能把精力都放在这等琐事上？明日之事关系重大，更需要你这样心细的人处理，切不可有任何闪失！"

姜成翼还想再说，却见常钰青的脸色已冷了下来，只得把嘴里的话又咽了回去，道了声："是！"便垂着头随着众将领命出营。常钰青这才轻笑一声，让亲兵系好披风，抱着缨盔走出帐外。

早有亲兵把常钰青的战马照夜白牵了过来，常钰青纵身上马，火光在他的盔甲上泛出冰冷流离的光芒，映在脸上，给他原本就冷峻的面容更添了三分寒意。

"成翼将军，"常钰青又把姜成翼唤到身边，从马上俯身下去凑到他耳边轻声说道，"本将的十万兵马就全都交给你了，记得要好好地给本将把大军带到泰兴城外！"说完大笑两声，不等姜成翼有所反应便领着亲卫队纵马飞驰而去。

是夜，北漠主将常钰青领两万骑兵消失在浓浓夜色之中，而汉堡城外却仍停驻了北漠的"十万大军"的营帐，等着赶往泰兴城与北漠东路军集合。

汉堡城内，参加白天攻城的北漠将士还在放纵着……

紧靠着西城边上是一片低矮的土坯房，挤挨在一起的狭小院落被几条幽深曲折的小巷串联在一起，像是一张残破的蛛网，懒洋洋地摊在地上，撑不起骨架。

十几个北漠士兵举着火把骂骂咧咧地从小巷中穿过，显然他们对自己的收获很不满意。

"老大，这院门大敞四开的，看来人是早就跑了，咱还进去吗？"

"进去个屁！"领头的北漠兵骂道，"都翻了多少家了，啊？他奶奶的，就没翻出个什么值钱的玩意儿来，别说金银财物，就他妈连根人毛都没找着，也算咱们倒霉，怎么就奔了这么个地方来了呢！"

他却不知这汉堡城分为东西两城，东城是府衙和富户区，西城则为平民区，而贴着西城墙这片则算得上平民区中最穷的地方了，住的大多是最底层的穷苦百姓，平日里能混上一日三餐就算不错，家里岂会藏什么金银珠宝。

这伙北漠兵往这里来抢东西，真是来错地方了，难怪一连翻了十几户人家都没抢到什么东西，到了最后连抬脚踹门的心情都没有了。

一个举着火把的北漠兵指着东城区那边喊道："老大，你听那边多热闹，要不咱们也去那边吧！"

那头目明显是心动了，抬头看了看东方那映得有些暗红的天空，又看了看自己这帮弟兄，手一挥说道："走，兄弟们换地方，要去就赶紧的，不然再晚些，连汤汤水水都没咱们兄弟的了！"

众人应了一声，都跟着往外跑去。

火光随着杂乱的脚步声渐渐远去，夜又归入了黑暗之中。就在那敞开的院门里面，阿麦提了半天的心总算缓缓落了下来，又竖着耳朵听了一会儿，这才小心翼翼地从堆满了杂物的墙角爬出来，顾不上擦拭脸上的灰尘，只瘫在地上一个劲儿地喘粗气。

兵法有云：实则虚之，虚则实之。如果不是自己敞开了院门，又把院子里的东西乱丢一气，难保那北漠兵不会进来翻翻，这一翻，她的小命怕是再保不住了。

阿麦没想到自己能活着从城墙上下来，她先是被头顶上的那一箭吓破了胆，然后就是装死，苦挨到天黑才从死人堆里爬出来，又趁着天黑摸到这片贫民窟，算上刚刚又逃过的一劫，短短不到一天的时间，她竟然是在鬼门关里打了好几个来回。

仰面躺在地上，阿麦看着夜空里依旧闪烁的群星，不由得感叹，自己的生命力，还真不是一般的顽强啊！

母亲曾说过，要想有小强一样顽强的生命力，那就得忍受别人不能忍受的黑暗和潮湿，这比黑暗和潮湿更恐怖的事情她都挨过来了，还怕什么呢？也许，她根本就不用为自己的生命担心吧，如果老天想收她，那早就该在四年前收了，四年前既然没有，就说明连老天都不待见她，不会要她的命了。

阿麦的嘴角扯了扯，露出一个无奈的笑容，唉，饥饿的感觉又来了，还以为饿过了头就不知道饿呢。她叹口气，从地上爬起来往屋里摸索，不知道屋子的主人会不会留下点吃的来，就算没有熟的，生的好歹也得有点吧？

阿麦胡乱想着，蹑手蹑脚地摸进了屋里，贫苦人家不分什么厨房卧室的，大多是里屋睡觉外屋做饭，如果有吃的，也应该是在堂屋。

摸索了半天，还真让阿麦在锅灶那里摸到半个高粱饼子，她心中一喜，暗道老天果然是不打算饿死我，也顾不上能不能吃，急慌慌就往嘴里塞。饼子刚送到嘴边，阿麦动作却一下子僵住了，直直地看着灶台边上的柴堆。

那柴堆竟然在抖动！

一个小小的人头从柴草里露出来，黑漆漆的脸上看不分明，唯有一双眸子亮亮的，正一眨不眨地盯着阿麦。

有鬼！阿麦后背上像是突然蹿过了一阵凉风，汗毛嗖的一下子全都立了起来。人被吓到了极点，肢体往往会脱离大脑的控制，她一没尖叫二没逃跑，只是怔怔地伸手把半块高粱饼子递了过去，问道："你——吃吗？"

人都说，人吓人，吓死人，其实，人吓鬼，也是可以吓死鬼的。

那"鬼"也突然被阿麦出人意料的举动吓住了，愣了片刻后便猛然张大了嘴，露出了一口跟脸色成鲜明对比的白牙，"啊——"

说时迟那时快，就在这个"啊"字刚刚成形还没出口的时候，阿麦的那块高粱饼子便塞到了"鬼"的嘴里，"啊"声随即转变成了"呜呜"声，声音柔软细腻，竟然还是个"女鬼"！

阿麦一只手大力地捂在那"女鬼"的嘴上，一手按住了她的肩膀，低声喝道："叫什么叫？非要把北漠鞑子引来才甘心？"

此话一出，那"女鬼"的挣扎立刻小了下来，眼中含满了泪可怜巴巴地看着阿麦。

阿麦低声说道："我也是为了躲北漠鞑子才藏到这儿的，他们就在外面不远处，招来了，咱们两个谁也活不了！你别出声，我就放手。"

那"女鬼"含着泪点了点头，阿麦试探着松开了点手劲儿，见那"女鬼"果然没有再喊叫，这才把手全部松开，一屁股蹲坐在地上，长长地吐了口气。她现在不怕人也不怕鬼，就怕出了动静把北漠兵招来。

阿麦缓了半天才让心跳平复下来，立刻便又觉得饥饿难忍了，扭头看了那"女鬼"一眼，把还堵在"女鬼"嘴里的半块高粱饼子拽了出来，用手拍了拍又吹了两下，也不理会那"女鬼"惊骇的眼神，两三下就把饼子塞进了嘴里，用力地往下吞咽。

高粱饼子本就干涩粗糙，再加上阿麦整整一天都滴水未进，一口下去就噎得她伸直了脖子，她大力地捶自己的胸口，不过却没什么效果，眼看噎得就要背过气去了。阿麦心里有些悲哀，那么多大风大浪都过来了，想不到最后竟然会死在一块高粱饼子上。

"呃——呃——"她在这里又是顺脖子又是捶胸，旁边那"女鬼"目瞪口呆地看了片刻，猛然间反应过来，慌忙从柴草堆里爬了出来，手忙脚乱地在屋角水瓮里舀了半瓢水过来，从地上扶起她往嘴里灌水，一边灌还一边用力击打她的后背。

直到半瓢水见了底，阿麦噎住的那口饼子才被顺了下去，连噎带呛的，脸上早已是涕泪齐流。

"谢谢。"阿麦嘶声说道，她嗓音原本就偏低沉，刚才又被粗粝的饼子划伤喉咙，这让她的声音更显喑哑。

那"女鬼"刚才一时情急，没顾上什么男女之别，现如今看到阿麦没事了，这才惊觉自己跟面前这个年轻男子太过亲密，脸上一下子羞得通红，手慌忙松开了阿麦，又往后退了两步，低下头不敢看她。

阿麦从十五岁起就开始穿男装，关于"男女"那根神经早已磨得跟麻绳差不多粗细了，哪里猜得到这小姑娘的心思，还以为她是怕自己，忙用衣袖抹了把脸，冲着小姑娘嘿嘿笑了两声。

她不笑还好，她这一笑，小姑娘又往后退了两步。

看那小姑娘被自己吓成这样，她也不知道该说些什么，只得又咧着嘴笑了笑。两人都沉默了下来，那小姑娘见阿麦再没有什么无礼的行为，胆子这才大了些，又听见她的肚子里咕咕作响，默默起身回墙角的柴堆处摸索了一番，回来便递给她一个小小的包袱。

阿麦迟疑着接过来，打开一看不由得又惊又喜，不想里面竟是几个喷香松软的馒头，她有些不敢相信，问道："给我？"

小姑娘点了点头，生怕阿麦像刚才一样噎到，又给她端了一瓢水过来。

阿麦不好意思地笑笑，低头看着那雪白的馒头，竟然有点舍不得下嘴，她已经不知道多久没有吃过白面馒头了。现在那淡淡的香味飘过来，口中的唾液分泌立刻旺盛起来，她抬头看了小姑娘一眼，顾不上道谢便低下头狼吞虎咽起来。

直到第三个馒头下了肚，阿麦的动作才慢下来，抓起第四个馒头正想往嘴里塞，突然想起来人家也不过就五个馒头，怎好自己都吃掉？想到这里又恋恋不舍地把馒头放回了包袱递了回去，低低说声："谢谢。"

门外的星光透进来，打在人的身上有些斑驳，阿麦这才仔细地打量那小姑娘，见她身材纤细，顶多不过十四五岁的样子，脸上像是抹了锅底灰，黑漆漆的看不清楚，只一双黑白分明的眼睛甚是灵动。

这小姑娘也在偷偷地打量阿麦，看到阿麦丝毫没有侵犯自己的举动，而且言语颇为温柔有礼，心中虽觉得和一个陌生男子共处暗室着实不妥，可却逐渐觉得踏实，竟不像刚才独自一人时那样害怕了。

外面远远传来北漠兵的喊杀声，小姑娘看似有些害怕，不自觉地往阿麦身边凑了凑。阿麦见她柔弱可怜，禁不住轻声问她道："你叫什么名字？"

小姑娘迟疑了一下，这才羞怯答道："徐秀儿。"

阿麦向她笑笑，又安慰道："秀儿别怕，离这儿还远，这片房子又破败，估计他们不会再来的。"

话音刚落就听到外面有人大声喊："在那边，快追！"紧接着喊杀声越来越近，竟似朝这边来了。

阿麦心中一惊，拉起小姑娘就往院子里跑，打算再藏到自己刚才藏身的地方去，可身影刚出了屋门就傻住了。巷子里早已是火光闪闪，十多个北漠士兵追着一个怀抱婴孩的南夏将领已经到了大院门口。

这群人来得竟然这样快！现在再藏已是来不及了。

火光的映照下，阿麦只觉得那被追杀的男人有些眼熟，仔细一看，竟然是自己刚进汉堡城时遇见的那个青年将领！

那人一手抱了个婴儿，挥着剑且战且退，由于躲闪十分不便，已是险象环生。他眼角扫见傻在屋门口的阿麦两人，用力震开一个北漠兵劈过来的刀，随后转身大力地把手中的包裹掷向阿麦怀里，厉声喝道："进屋！"

阿麦被撞得身体一震，怀里已经多了个哇哇大哭的婴儿，慌乱中不及多想，忙拽了徐秀儿退回屋内紧紧地关上了门。

那人手中没有了婴儿拖累，剑气立盛，转眼间就有两三个北漠兵在剑下丧命。北漠兵迫于他的剑风凑不到门前，也不知道谁喊了一声："放火！"立刻就有几支火把向屋里掷了过来，那人挥剑击落几支，却仍有一支火把砸到窗上。

窗纸遇火便着，妖艳的火舌立时就卷住了窗棂，随着浓烟向屋里滚去。

阿麦心中叫苦不迭，看现在的情形，北漠兵显然没有要抓活口的觉悟，跑出去一定会被乱刀砍死，可是不跑吧，这火眼瞅着就要从里屋烧了出来，就算烤不成"烤鸭"也得被烟熏死。

怀里的孩子都已经哭不出声了，阿麦咬一咬牙，把孩子往徐秀儿怀里一塞，转身冲进了浓烟滚滚的里屋，片刻后再冲出来时，手里已经多了条破旧的棉被。她顾不上解释，冲到屋角的水瓮边把整条棉被都浸入了水里，回头冲着徐秀儿喊道："过来！快点！"

徐秀儿慌忙抱着孩子连滚带爬地过来，阿麦把湿透了的棉被往三人身上一蒙，缩在水瓮一边，心道拖一会儿是一会儿吧！希望外面那男人够厉害能够把北漠兵都干掉，不然这回自己可真得变成烤鸭了。又见旁边的徐秀儿身体抖作一团，阿麦赶紧把孩子接了过来，强自笑了笑，喊道："别怕！这家徒四壁的，烧都没什么好烧的，一会儿自己就灭了！"

挨了一会儿，两人只觉得四周的温度越来越高，空气也越来越稀薄，阿麦心道这回可真是完了，与其在这里被活活烧死，还不如到外面挨一刀痛快，便冲着徐秀儿喊道："走，我们冲出去！"

徐秀儿摇了摇头，哭道："我腿软，动不了了。"

阿麦咒骂了两句，用头顶起被子，一手抱了孩子一手拖着她就往门口拉，刚走了没两步，大门就被人从外面撞开，头顶的被子一下子被掀了去，之前那男人浑身是血站在眼前，火光中更如地狱中的修罗一般。他抢过阿麦怀里的孩子，看了阿麦和徐秀儿一眼，把徐秀儿往肩上一扛，转身就往屋外冲去。

阿麦见他没管自己，也顾不上骂他忘恩负义，忙也跟在他身后往屋外跑去。三人刚冲到院中，只听见身后一阵巨响，屋梁已被火烧塌了。

阿麦一屁股瘫坐在地上，回头看着那冲天的火光发傻，心中一阵后怕，这要是再晚出来一会儿，恐怕自己就得命丧火海了。徐秀儿被那男人放了下来，也吓得瘫软在地上，缓了片刻才看清四周躺的竟都是北漠兵的尸体，吓得尖叫一声，连滚带爬地往阿麦怀里扑了过来。阿麦无奈，好言安慰了几句才让她冷静下来。

那男人怀里的孩子却一直在大声哭着，不知是被烟呛到了还是受的惊吓过大。徐秀儿不忍心让孩子一直哭下去，走到他身边轻声说道："军爷，把孩子给我抱抱吧，总这么哭下去，孩子会哭坏了的。"

那人正被这孩子哭得头昏脑涨，闻言忙把孩子递给了徐秀儿。说来也怪，那孩子被徐秀儿一抱果然不再哭了，只瞪着圆溜溜的一双眼睛看着徐秀儿，徐秀儿又惊又喜，忍不住回头冲着阿麦喊道："你看这孩子多可爱！"

阿麦也觉得奇怪，起身到徐秀儿身边看那孩子，见那孩子不过八九个月大，胖嘟嘟的甚是喜人，身上的小衣服做得也甚是精细，一看便知不是普通人家的孩子。她回头看向那男人，见他也正若有所思地看向这边，心里一动，忙凑在徐秀儿身边低声说道："把孩子还给他，咱们得赶紧离开这里。"

徐秀儿一愣，迷惑地看向阿麦，虽不知阿麦为什么要自己这么做，可经过这多半夜的相处，她心里早已对阿麦充满信任，现在听到阿麦这样说，只是稍稍愣了愣，便也不多问就把孩子送了回去，"军爷，孩子还给您吧。"

没想到那人却不肯接孩子，剑眉皱了皱，冷声说道："北漠人很快就会找来，此地不可久留。"说着又去剥北漠兵尸体上的军服，扔了一件在徐秀儿身上，命令道，"赶紧穿上，快点！"

阿麦一看果然不出自己所料，这人看到孩子在徐秀儿怀里不哭，便想着让徐秀儿替他抱着孩子，刚才有那么多的北漠兵追杀他，恐怕徐秀儿跟着他出去十有八九是要倒霉。

要在平时阿麦自然不会管这闲事，可今天徐秀儿曾经救过自己一命，她实在无法眼睁睁看着她跟着这男人出去送死，只得强鼓起勇气干笑道："这位将军，我妹子不会功夫，跟着将军出去恐怕只会拖累将军，我看您还是趁着北漠兵还没有追到这里，自己赶紧抱着孩子走吧，我们自然不会说出您的去向。"

徐秀儿也忙说道："是的，将军，我不能走，我还得在这里等我爹爹回来呢，我爹爹也是军人，他去守城墙了，走之前交代过我，叫我在家里等他，不许乱跑。"

谁知那人早已是认出了阿麦，看了她一眼，冷笑道："你根本就不是本地人氏，哪里来的本地的妹子？"转头又冲着徐秀儿说道，"北漠鞑子攻城时，我南夏将士死伤无数，破城后鞑子又对我将士大肆屠杀，连降兵都杀了个干净，你爹爹恐怕早已不在世上，你等在这里也等不到他了！"

他话音刚落，徐秀儿悲号一声，身体一软便昏了过去。

阿麦忙扶住了徐秀儿，一手托住她怀里的孩子，冲着那人怒道："她只是一个弱女子，和你无冤无仇，你何必要说得这么残忍？非要断了她一个念想！"

那男人从阿麦手中接过孩子，孩子刚一入他怀里便又放声大哭起来，他脸上闪过一丝悲痛，随即又坚毅起来，冷声说道："我也不瞒你们，我乃是汉堡城的守军校尉，姓唐，名绍义。这孩子是城守刘大人的独子，刘大人一家都已殉国，我说什么也得替他保住最后这一点血脉，今天她必须帮我把这孩子带出城去，否则——"他停了停，又威胁道，"就别怪我不客气了。"

阿麦见他如此说，知道今天和徐秀儿不可能轻松逃脱了，也不再多说废话，低头用手指去掐徐秀儿的人中。好半天徐秀儿才悠悠出了口气缓了过来，睁开眼睛看了阿麦一眼便哭起来。

阿麦被她哭得心酸，柔声劝道："别哭了，哭也没用，你好好活下去才能告慰爹爹。再说你爹爹也不见得出事，我也曾经上了城墙守城，不是活着下来了吗？我们先离开这里，等以后战乱停息了再回来寻访你爹爹便是。"

徐秀儿也算是个坚强的女子，只哭了片刻便慢慢停了下来，只低低地啜泣。那边唐绍义已经换上了一身北漠兵的军服，又扔了两身过来，说道："快点穿上。"

阿麦胡乱地套上了军服，见徐秀儿也在往身上套，想了想制止道："你不要穿了，你把头发盘上去就好，就像出嫁了的妇人一样。"见徐秀儿和唐绍义两人都疑惑地看自己，阿麦又解释道，"秀儿身材瘦小，穿上了军服也不像北漠兵，反而会引人怀疑，还不如扮成一个抱了孩子的小妇人，咱们两个就装成烧杀淫掠的北漠兵，遇到大队的北漠兵自然不会管咱们，遇见少的也好掩饰过去。"

唐绍义面色有些难看，紧紧抿住了唇角，不置可否。

徐秀儿听阿麦如此说却是羞红了脸，依她所言把穿了一半的军衣脱了下来，又将头发盘成了发髻，像一个妇人。三人打理利索，不敢再在此地久留，忙由徐秀儿抱了孩子，阿麦和唐绍义一左一右地扶持着出了院门。

那孩子哭了半日也早已累透，没走多远就在徐秀儿怀里熟睡了过去。趁着夜色，一行人只拣幽暗偏僻的小巷走，路上几次经过北漠兵的聚集地，也幸亏徐秀儿对这一带比较熟悉，听见动静可以远远地绕过去，一路上有惊无险。

天色渐亮时，三人终于钻出了小巷来到通向城门的那条宽阔街道上。这曾是汉堡城最为繁华的街道，街道两边原本有不少店铺，现在只剩下些残垣断壁，街道上更是随处可见战死的南夏士兵的尸体，脚下的石板路已被鲜血浸透了，阿麦一路行来，只觉得踩到哪里都是滑腻腻的粘鞋。

徐秀儿的腿早就软了，全靠阿麦和唐绍义在两边架着才能行走。眼看着离城门越来越近，阿麦心里也渐渐紧张了起来，只盼着能快些逃离这人间地狱。三人正匆匆走着，唐绍义突然停下了脚步，低声说道："城外有人来了！"

阿麦心里一惊，紧接着也听到一阵杂乱的马蹄声奔城门而来，她心中一直压抑的恐惧终于到了临界点，再也承受不住，下意识地就想转身逃跑，却被唐绍义一把抓住，"他们骑马，跑不过的！先藏一藏再说！"说着扯着徐秀儿和阿麦躲入街旁一堵断墙之后。

他们刚蹲下身子，那群骑兵已经进了城门，听那马蹄声，竟似不下四五十骑。那群人进城后慢了下来，虽听着人数不少，却没有发出一点杂乱的人声。

阿麦只觉得喉咙发干，心脏也怦怦狂跳，旁边徐秀儿身体也已抖作一团，闭着眼睛死死地咬着下唇，生怕自己哭出声来。阿麦转头看向唐绍义，见他微眯着眼睛，手已经扶上了剑柄，时刻准备着要杀出去。

三人正苦挨着，突听见耳边传来一声婴儿响亮的哭声，阿麦低头一看，那孩子竟不知什么时候醒了，大概是饿了太久，竟放声大哭起来。她心里不由得哀号一声：小祖宗啊，这不是想要大家的命吗！

街道上的马蹄声果然顿了顿，然后就听见向这边来了。阿麦心中一急，智上心头，一把扯住正欲起身杀出去的唐绍义，又把徐秀儿怀里的孩子抱过来丢在一边，低声喝道："快点哭喊挣扎！"

徐秀儿早已吓傻了，幸亏她对阿麦的指令形成了条件反射，听阿麦如此吩咐，情绪都不用酝酿，张嘴"哇"的一声就哭了起来。阿麦顾不得唐绍义的惊讶，猛地把徐秀儿扑倒在地，一边故意压制住她手脚，一边哑着嗓子邪笑道："小美人别哭，大爷我好好疼你！"

徐秀儿一下子就被阿麦反常的举止吓蒙了，瞪大了含泪的眼睛愣愣地看着她，连哭都忘了。

阿麦脸上虽邪笑着，心里却在叫苦，暗道：这丫头怎么如此迟钝，一点都不配合，怎么也得又哭又叫又挣扎才像样子啊，要不我怎么往下演？再说就算这丫头反应不过来，那唐绍义好歹也应该知道她是在做戏啊，怎么也没反应呢？

她又回头，故意冲着傻在那里的唐绍义笑骂道："妈的，你小子也不知道过来帮忙，一会儿别人寻着动静过来，哪还有我们的份儿——"

阿麦的话音还没落，只觉得腰间一紧，紧接着就天旋地转起来，身体竟然腾空飞了起来，撞到半截断墙上又滚落到地上，顿时疼得她差点晕了过去。

马上的那名北漠将军缓缓收回鞭子，脸色寒得吓人，正是被常钰青留在这里的北漠军副将姜成翼。

破城后不论军纪还是常钰青下的命令，姜成翼不好更改主将的命令，却也无法眼睁睁看着这帮士兵在城里烧杀淫掠，无奈之下只得宿在城外来个眼不见为净，本想早上进城后直接收拢各部就可以了，谁想到就这个时候进城还让他遇到如此不堪入目的情景。

阿麦手扶着腰慢慢抬头，正好对上姜成翼那铁青的脸，被他充满杀意的眼神吓了一跳。按她原来的设想，这群人应该会无视他们的行为而直接纵马过去的，毕竟这种事情在整个汉堡城随处可见，如果不是上面有意地放纵，这些正规军队怎么会堕落到如此地步？

可是眼下怎么了？怎么还有北漠将领路见不平要拔刀了？这不论军纪的命令难道不是你们下的吗？

姜成翼看清阿麦的面容后也是微微惊讶了一下，没想到这个小兵的相貌竟然如此俊秀，以貌取人乃是人类通病，若今天趴在地上的是一个面容猥琐之徒，估计姜成翼的第二鞭会毫不犹豫地甩下来，可是现在，他竟不由自主地停了手。

阿麦仰着头怔怔地和马上的姜成翼对视了片刻，随即反应过来，慌忙滚爬几步拽着唐绍义跪倒在地上，颤着声喊道："将军饶命！将军饶命！"

此举令姜成翼心中更添几分厌恶，提缰欲行间看到被吓得呆滞的徐秀儿，不由得顿了顿，放柔了声音说道："这位娘子，你快些出城吧，不要在这里停留了。"

徐秀儿倒也听话，哆嗦着从地上爬起来，抱了孩子就跟跄跄着往城门方向走。阿麦见她吓成这样竟然都没有忘了那孩子，不由得暗松了口气，只要这丫头抱着孩子出了城，剩下她和唐绍义就好说多了。

姜成翼把视线从徐秀儿瘦弱的背影上收回来，不禁摇了摇头，兵荒马乱之中，这样一个怀抱婴儿的弱女子如何能生存得下去？就算自己这次救了她，可下次呢？姜成翼又冷冷扫了一眼跪趴在地上的阿麦和唐绍义，寒声说道："这次暂且放过你们，归队后各领二十军棍。"说完冷哼一声，领了身后的几十骑奔城里而去。

阿麦忙大声应诺，直到那群骑兵走远了才从地上爬起来，顺手拽了一把唐绍义，急声说道："趁着这会儿没人，我们赶紧出城！"

唐绍义甩开阿麦，沉着脸不说话，猛地挥臂向她打来，一拳正中脸颊，把她的身体打飞了出去。阿麦一下子被他打蒙了，顾不上擦拭嘴角流出的鲜血，只抬头怔怔地看他。

"堂堂的七尺男儿，怎么能畏死到如此地步！"唐绍义面露激愤，痛声骂道，"在鞑子面前辱我南夏妇人，在敌人马前做出如此丑态，你还是个男人吗？"

阿麦微抿唇角，静静地看着唐绍义，直等他骂完了，这才强撑着从地上爬起来，用袖子擦了擦嘴角的血渍，连看也不看他一眼就往城门走。

唐绍义愣了一愣，想也不想地一把抓住了阿麦胳膊。

"放手！"阿麦淡淡说道。

唐绍义浓眉竖起，满脸怒色，怒道："你？"

阿麦嘴角勾起嘲弄的笑，说道："你骂得没错，我还真不是个男人，我只想活着。你是男人，顶天立地的男人，可是，你为什么现在还活着呢？"

唐绍义的脸一下子憋得通红，瞪着阿麦说不出话来，阿麦嗤笑一声，甩开唐绍义的手僵直着脊背朝着城外大步走去。不错，她畏死，她要活着，为了活着，比这更难堪的丑态她都曾做过，给北漠人下跪，又算得了什么呢？

那天，母亲说："阿麦，快跑，往后山跑，你要活下去，好好地活下去！"

从那一刻起，她就不再是父亲手中的明珠、母亲怀里的娇女，从那时起，她就只是一个胸口裹着护胸扮男人的家伙，一个没有任何原则和羞耻心的家伙，一个为了活着什么都可以做的家伙！

不能哭，父亲说过，哭是弱者的表现，所以，她不能哭。

唐绍义也是恼怒自己无用才把火气撒到了阿麦身上，后来被她呛了几句，一肚子的火反而熄了。现在看到她如此模样，心里更加懊悔刚才太过于冲动了，几次想上前说句软话，可又拉不下这个脸来，只低着头默默地跟在她后面。

幸亏北漠人攻入城内之后只想着洗劫一番，并未打算长期占住此城，所以城门处并无士兵守卫。徐秀儿抱着哭闹不止的孩子强撑着走出城门，刚想松口气，可一抬头就觉得整颗心都凉了，城门外不到三四里处竟然就是一眼看不到头的北漠军营，跑？还能往哪里跑？

阿麦和唐绍义一前一后地出了城门，阿麦见到瘫坐在路边的徐秀儿犹豫了一下，还是硬下心来从她身边走过，刚走了没两步就又被唐绍义从后面扯住了胳膊。

"你小子气量怎么如此狭小？就算是我打错了你，你也不该如此——哎？你怎么还哭了？"唐绍义没想到阿麦眼圈竟然是红的，不觉又是好气又是好笑，"说你不是男人你还发火，有大男人哭鼻子的吗？我打错了你，大不了你再打回去，怎么还跟个女人似的哭起来了？"

阿麦梗着脖子恶狠狠地看着唐绍义并不说话，徐秀儿在旁边也渐渐缓过劲来，看到他们两个拉扯到一起十分糊涂，忙过来问道："麦大哥，你们怎么了？啊？你的嘴角怎么都流血了？"

阿麦偏头避过徐秀儿伸过来的手，冷冷地瞥了唐绍义一眼，唐绍义脸上有些挂不住，讪讪地说："你要恼我就打回去好了，别跟个女人似的哭哭啼啼。"

阿麦紧抿着乌青的嘴角盯了唐绍义片刻，忽地弯着嘴角笑了，唐绍义见她眼里犹见隐隐的泪珠，脸上的笑容却明媚无比，竟如雨后白莲一般，一时间看得有些呆了。阿麦脸上仍淡淡笑着，抬手摘去唐绍义头上的头盔抱在胸前，右手紧握成拳，狠狠地打在了他的脸颊上。

这一拳打傻了徐秀儿，却打醒了唐绍义，他刚才不过是随口说说，真没想到阿麦竟然好意思再打回去，恼怒之下提起拳头就想再给阿麦一拳，可一看到她那张脸，忽然觉得脸热心躁起来，瞪了半天眼睛也挥不下去那只拳头，只得冷哼一声，别扭地转过头去，低声嘀咕道："真跟个女人一样，还好意思打回去！"

　　看两人如此模样，徐秀儿在那里又气又急，带着哭音说道："你们想干什么？一会儿再遇见北漠鞑子怎么办？前面都是鞑子军营，我们到底要往哪里走啊？"

　　她这么一说，阿麦和唐绍义两人也回过神来看向远处的北漠军营，不约而同地皱了皱眉头。

　　唐绍义说道："成建制的北漠军队还倒好说，咱们避着点应该没有太大的问题。现在最怕的就是北漠小股散兵，城东有片密林一直绵延到泰兴之北，我们得想法先进入那片林地，然后赶在北漠鞑子之前赶到泰兴！"

　　阿麦冷哼一声，心道这人倒还真是不拿自己当外人，三人搭伙逃出汉堡城那是没法，谁又答应和他一起去泰兴了啊？再说了，跟着这么个喜怒无常的人上路，身边又带着那么一个随时哭闹的小麻烦包，她活腻歪了吗？

　　她没搭唐绍义的话茬，自顾自脱着自己身上的军服。

　　唐绍义看阿麦这副模样也是不爽，耐着性子问道："你有什么打算？"

　　"打算？"阿麦斜他一眼，淡淡说道，"没什么打算，只知道咱们要是再穿着这身衣服站在城门边上讨论什么打算的问题，又被某个鞑子将军看到的话，就算我抱着人家的马腿去哭，也不是二十军棍的问题了。"

　　唐绍义气结，可也不得不承认阿麦言之有理，忙也脱下了套在外面的北漠军服，露出里面满是血污的青色战袍。

　　阿麦又冷笑道："不知道北漠人是对自己的逃兵好一点，还是对漏网的敌兵好一点？"

　　"都好不了！"唐绍义也火了，怒道，"你的气量怎么如此狭窄？你已经打回去了，还想怎样？徐姑娘走不快，我背着她，你抱着孩子，咱们快点走，省得一会儿遇见北漠鞑子再起祸端！"

　　阿麦出言讥诮，"您是顶天立地的男儿汉，怎好让我这么一个无耻之人替您抱孩子？还是您自己抱的好！"说完转身走下大路往东而去。

　　唐绍义怒道："那徐姑娘怎么办？"

　　阿麦停下，转回身看了看他，笑道："那也好办啊，您抱着徐姑娘，徐姑娘抱着孩子不就得了？您是男子汉，是大丈夫，还担不起这点分量？"她说完这话，只觉得心里一阵畅快，大笑两声转身而去，刚走了没两步就感到一阵寒风自身后而来，有物紧贴着她耳边擦过,待定睛一看,面前不及五尺的地面上斜插了把剑,剑柄在空中犹自巍巍颤着。

唐绍义把孩子塞入阿麦手里,"抱好了!"说完又向前两步把地上的剑拔起来插入剑鞘,回身把同样吓傻了的徐秀儿负到背上,走回到阿麦身边,冷冷说道,"快些走!"

"哦。"阿麦老老实实地应了一声,在后面跟了上去。

麦帅妻徐氏,汉堡人,出微矣。丙午年秋,北漠攻汉堡,麦帅执木杆登墙,杀者甚众,勇冠全军,敌帅常钰青畏而射之,箭断盔缨。及城破,麦帅身中一十七创,力竭,匿于民宅,幸遇徐氏,救麦帅于危急之刻。麦帅感其恩义,约以婚姻……

——节选自《夏史·麦帅列传》

第二章

同行 托孤 歧路

汉堡城东的那片山地属南夏北部的乌兰山系的末支，位于云胡高原和江中平原之间，大致呈东北—西南走向，北起汉岭南接宛江，绵延千余里，山势从北向南逐渐趋于缓和，到了汉堡城外已成为平缓的山林地势。

阿麦等人钻入这片广阔的山林后均是松了口气，有种死里逃生的感觉，短时间上看，只要是北漠人不兴起打猎找消遣的心，他几人的性命算是暂时保住了。也幸好现在是初秋时节，林中不少野果均已成熟，三人胡乱摘了些果子充饥，徐秀儿更是心细，挑了些甜美多汁的野果细细嚼碎了，一点点喂入那婴儿口中。

"鞑子的大队人马装备无法从密林中穿过，所以他们只得沿官道向南绕过山林后再折向泰兴，这样一来鞑子至少要三天多的时间才能到达泰兴城，我们只要斜穿过这片山林便可于鞑子之前赶到泰兴城。"

唐绍义一边说着，一边用树枝在地上简单地比画着。受条件所限，身为小城驻军校尉的他无法对两国之间的战局有一个完整的认识，只是从北漠常钰青大军的进攻路线上来推断北漠人的下一个目标应该是泰兴城。

阿麦默然坐在旁边，除了偶尔会抬起头瞥唐绍义一眼，大多时候都在低着头认真地啃手中那个青色的野苹果。对于饥饿，她有过太深刻的印象，所以一旦有可以果腹的东西，她总是不由自主地想吃得更饱一些。

　　这个态度显然激怒了亟待得到回应的唐绍义，唐绍义把手中的树枝狠狠丢在地上，问她道："阿麦，你想如何？"

　　"啊？"阿麦抬头，脸上立刻堆上了讨好的笑容，"唐大爷，您在问小的话？"见唐绍义铁青着脸点头，她嘴角的笑意多了丝讥诮，可口气上却一如既往地恭敬，"可是唐大爷，小的说话有用吗？"

　　按照阿麦的意思，自然是离战场越远越好，没想到唐绍义却来和她商量怎么往战场上凑的问题，她心里直想骂娘，可迫于唐绍义的武力，却也不敢表现出来，只在心里暗自寻思要找个机会逃走。

　　唐绍义被阿麦不阴不阳的话噎得有点恼羞，其实去哪里他大可不必征求阿麦的意见，可不知是否因为这一日夜的厮杀耗费了他太多的精力，在这一刻，他原本强硬的心神有些疲惫，不自觉地想从身边的人身上得到一些支持。

　　他注视阿麦良久，满脸的怒气终于化作了失望之情，低叹一声，说道："人各有志，你若想逃便逃吧，徐姑娘若是也想跟你一起走的话，还请多照顾她一些。"

　　唐绍义走到徐秀儿身边把孩子抱回，见阿麦仍是一脸吃惊地看着自己，不禁苦笑道："你原本便不是军人，我怎么能强迫你与我志同道合，原是我错了。你们赶紧逃吧，从此地向东北穿过这片山区便到了豫州地界，你们……"

　　话未说完，林子边缘突传来杂乱的人声，三人心中均是一惊，只道是北漠追兵到了，都不觉有些慌乱。唐绍义看一眼远处隐约的人影，把孩子又塞到阿麦手中，低声说道："你带着孩子还有徐姑娘先走，我去引开追兵。"

　　匆忙之中阿麦来不及说话，忙把孩子缚在背上，拉了徐秀儿便走，刚走没几步又听到唐绍义在身后低声唤她。

　　他追了上来把佩剑塞到她手中，"林中恐有野兽，此剑给你防身。"说完又深深看了一眼阿麦背上的婴儿，哑声道，"此子刘铭，是城守刘竟义大人的遗孤，刘大人一门忠烈，只余这一点血脉，如有可能还望麦兄能保全此子性命，绍义在此替刘大人先谢过麦兄了！"说完竟然双膝一屈跪了下去，伏在地上给阿麦重重地磕了个头。

阿麦一时惊呆了，连忙去扶他，保证道："唐将军快请起来，你放心，我发誓，只要我还活着，就绝不会抛弃这孩子。"

唐绍义欣慰一笑，他怕的就是到了危难关头阿麦会嫌拖累而将孩子丢掉，如今得到了她的誓言，总算略觉安心。他推了阿麦一把，说道："快走！"

阿麦见唐绍义把佩剑都给了自己，知道他已是抱了必死的决心去引开追兵，心中既觉感动又觉悲壮。眼见林外的人声越来越近，她也不再啰唆，只冲着唐绍义用力点了点头，一咬牙拉了徐秀儿便向密林深处钻去。

两人的身影消失在密林之中后不久，大群的北漠兵便从林地边缘往内走了进来，看样子像是并没有发现阿麦等人，只是在林地边缘散开了，一边砍着碍事的杂木一边往林内分散开来。唐绍义略一思量后爬上了一棵大树，只等北漠追兵近了杀死几人之后，再引他们向与阿麦他们相反的方向而去。

不断地有北漠兵涌入林内，唐绍义粗略算了算，至少有几百名北漠兵进入林内。他虽刚经历过战场上的厮杀，此刻又抱了必死的决心，可看到这么多北漠兵来追杀自己，也不禁有些心惊，又想到自己一个小小的校尉竟然引来这么多的北漠兵围追自己，也算是风光了，心里刚升起的那点怯意立刻便被万丈豪情压了下去。

他用力握了握已出汗的手掌，只等北漠兵近了便跳下去厮杀一番。

谁承想那些北漠兵在距离他几十丈远处便不动了，唐绍义有些纳闷，从树木的枝叶间望过去，只见那些北漠竟然开始动手砍起树木来，砍的均是不粗的小树，连枝带叶地往林外拖去……

再说阿麦，她拖了徐秀儿只顾着往密林里面钻，背后的小刘铭也算是给面子，一路上愣是没哭，更幸而徐秀儿是穷苦人家的孩子，虽长得柔弱，脚下的功夫却也不容小觑，被阿麦连拉带拽地愣是没有被落下。

两人狠跑了小半个时辰，再也没有力气往前跑了，徐秀儿一下子瘫坐在地上，阿麦也弯着腰扶了棵树只顾张大了嘴贪婪地大口喘气，唯独阿麦背上的小刘铭似乎被颠得很有乐趣，竟咿咿呀呀地发出笑声来。

阿麦回头看小刘铭一眼，见他咧着嘴笑得开心，无奈地摇了摇头，回过头接着扶着树身喘气。气还没有喘匀，就听见身后的树林中传出窸窸窣窣的声音，阿麦心中骇然，不知是有野兽出没还是北漠兵又追了上来，她无声地看向徐秀儿，徐秀儿惨白着脸轻轻摇了摇头，示意自己实在是跑不动了。

阿麦紧紧地抿了抿唇，双手用力握紧唐绍义给的那把剑，缓缓地站到了徐秀儿身前。细密的树枝猛地被拨开，一个高大的身影突然从树丛中钻了出来，阿麦脑中有一刹那的空白，手中的剑一下子落到了地上。

想不到后面追上来的竟然是阿麦和徐秀儿都认为必死无疑的唐绍义！

阿麦紧绷到极点的神经一下子松懈下来，过度紧张过后腿有些发软，身体微微晃动了一下就跪倒在地上。徐秀儿见到唐绍义居然活着追了上来，也是又惊又喜，竟忍不住低声啜泣起来。阿麦的眼眶也有些发热，冲着唐绍义咧了咧嘴，第一次露出真心实意的笑容。

唐绍义上前扶起阿麦，一时间两人均是沉默，只有双手仍紧紧相握，胜过了千言万语。片刻后，唐绍义才松开了手，再看阿麦和徐秀儿均是灰头土脸一身狼狈，脸上忍不住也带了些笑意。

没等阿麦张口问，唐绍义便把北漠兵奇怪的举动说了出来，阿麦心中也是奇怪，如果北漠兵是造攻城器械，那为什么不砍些粗壮的树木反而砍这些杂枝小树呢？再说了，泰兴城外也有大片的林木，何不等到泰兴城外再造攻城器械呢？在这里造进攻泰兴城的器械是否早了点呢？

"这里离林地边缘太近，我们还得往上走，等到了山顶再观察北漠鞑子的举动吧。"阿麦说道。

唐绍义点了点头，走到仍坐在地上的徐秀儿面前蹲了下来，说道："徐姑娘，我背你上去。"

徐秀儿脸色有些羞红，偷偷地瞥了阿麦一眼，小姑娘在刚才阿麦执剑挡在自己身前的时候心思就有了微妙的变化，现听唐绍义这般说，忙挣扎着从地上站起来，说道："不用劳累唐将军，我自己走就行了。"说着强撑着往前走去，不料刚走了没两步脚下一软就又坐到了地上。

徐秀儿泪眼盈盈地看向阿麦，只盼着她能上前相扶。可阿麦哪里懂得小姑娘的心思，还以为徐秀儿是碍于礼法才不肯让唐绍义背她，忍不住微微皱了皱眉头，说道："现在是逃命的时候，哪里还有那么多讲究，我倒巴不得有人来背我呢！"

唐绍义上前在徐秀儿身前复又蹲下，"赶紧上来。"

徐秀儿这次听话地趴在唐绍义的背上，阿麦又把小刘铭在背后缚紧，挥剑在前面砍着挡人的杂枝，大小四人又往山顶爬去。

山虽不高，可由于林密难行，一行人到了山顶也已是一个多时辰之后，山脚下林地边缘的北漠士兵似已砍伐完毕退出了山林。再往远处看，北漠的军营也已拔营，经由汉堡城往南而去，地上的尘土被战马的马蹄带起，在空中腾起大团的烟雾，使得北漠军队竟像一条巨大的黄龙，蜿蜒了不知多远。

阿麦和唐绍义两人互望一眼，都从对方眼中看到了一丝骇然。徐秀儿更是惊得张大了嘴，好半天才喃喃说道："天哪，北漠鞑子这是来了多少人啊！"

这句话让唐绍义从最初的惊骇之中缓过神来，他立刻开始为自己不经意间表露出来的胆怯感到羞愧，偷看了阿麦一眼，冷哼一声说道："就算鞑子真有十万大军，想要攻下泰兴城也是痴心妄想，我泰兴城城高池深，远非汉堡小城可比！区区十万人就想攻下我泰兴城，简直就是不知天高地厚！"

嗯，底气十足，语气也足够激昂，唯有最后紧紧抿起的嘴角不小心泄露了他内心的一丝紧张。阿麦扫了他一眼，面上虽没有什么表示，心里却有些不以为然，心道既然泰兴城那么牢不可破，有没有你报信都没关系嘛！你还着哪门子急呢？想到这里，阿麦脑中闪过一丝亮光，赶紧转回身再细看山下那条蜿蜒的黄龙，看着看着，眉头就紧皱起来。

南夏不产战马，军马大多都是从西胡草原购入，组建的有数的几个骑兵营几乎都被部署在和北漠对峙的北线一带，国内城镇配置的一些骑兵大多是作侦察之用，也就是军中所说的斥候，罕有成建制的骑兵。

阿麦曾登上过汉堡城墙，见识过北漠骑兵阵带给人的震撼，当时只顾着害怕了，却从没仔细想过北漠此次南侵为何派了这么多的骑兵。要知道骑兵胜在机动性，野战中才能更好地发挥它的威力，却并不适合攻城！

如今看到黄土飞扬中北漠大军隐约的骑兵长队，又想到早上北漠人在树林中的那一番动作，一个大胆的猜测渐渐在阿麦脑中成形：北漠人在使诈！他们此行的目标绝对不会是城高池深的泰兴城，这攻向泰兴城的"十万大军"不过是在掩人耳目，真正的骑兵大队早已不知去向！

唐绍义见阿麦刚才只是淡淡地看了自己一眼，竟然都没附和一下，心里隐约有些不满，这会儿看到她眉头紧锁，压不住心头的好奇，只得忍了脾气问道："怎么了？"

阿麦松了眉头，转头看向唐绍义，脑中飞速地转着各种念头，一时拿不定主意是否要告诉他自己的猜测。唐绍义久在军中，早已养成了直来直去的性格，平日里最见不惯的就是这种欲言又止的模样，现如今见阿麦也是这副表情，心中不禁有些厌恶，更没好气地问道："有话就说，好好的一个爷们儿却拿样摆怪，像个女人！"

阿麦本来还有些矛盾，听唐绍义这么一说，便立刻压下了心头那点热血，面上露出十分诚恳的表情，故作担忧地问道："唐将军，鞑子行进得这样快，我们真的能赶在他们之前到达泰兴吗？"

唐绍义见阿麦忧虑的竟是这些，不禁觉得有些好笑，心中的不满随即散去，伸手拍了拍她肩膀，笑道："自然没有问题。"顿了顿又想到她原本是不愿意随他去泰兴的，不免有些诧异，"阿麦，你要随我去泰兴？"

阿麦一脸的忠义，睁大了眼睛正色道："这个自然，我阿麦虽身为乡野粗人，不懂得什么大道理，可对唐将军的这身胆量却佩服得很，唐将军怀抱刘大人遗孤杀出重围，乱军之中仗剑而行，一身胆色实在让我汗颜。如今国家有难，身为南夏男儿，怎可只顾自己安危而置国家大义于不顾？"

她这一番豪言壮语说完，且不说徐秀儿已是感动得满眼含泪，开始提前用看英雄的眼神来看她，就连唐绍义都使劲拍了下她的肩膀，用力抿了抿唇，点了点头。

阿麦把背后的小刘铭又往上托了托，说道："唐将军，我们走吧，一定要赶在鞑子之前到达泰兴城，好让泰兴城有所防范！我们就站在城墙上等着鞑子，看看他们这十万大军能把我们怎么样！"

话说完，阿麦都觉得自己无耻，尤其是看到徐秀儿那隐含着少女羞涩的崇拜眼神，更是隐觉惭愧。她推断北漠人攻打泰兴是虚，那么赶在北漠人之前到达泰兴城反而是最为安全的选择。汉堡城是不能回了，当今之际唯有尽快赶到泰兴，在战乱之前渡过宛江逃往南方才是正道。宛江天险，就算北漠人把整个江北都打了下来，一时半会儿也不会攻过宛江，江南必是躲避战乱的不错选择。

唐绍义和徐秀儿哪里想到阿麦会有这许多打算，徐秀儿只当她是顶天立地的热血男儿，唐绍义对她的看法也大为改观，把她之前的那些畏死行径只看作是一时的胆怯，现在想明白了，热血上来了，自然是南夏的好儿郎了！

三人不再多说，沿着崎岖的山路向东南而下，只想着尽快地赶到泰兴城。徐秀儿不肯再让唐绍义背负，倔强地要自己行走山路，唐绍义见她从惊吓中恢复过来之后体力也算不错，便也没有坚持，只把阿麦背上的小刘铭接了过去，背到了自己身后。如此一来，三人的行进速度快了不少，待到中午时分，已是翻过了一个山头。

唐绍义见阿麦和徐秀儿两人都显疲惫，自己背上的刘铭也开始哭闹，便拣了一个靠近溪水的地方歇脚。此时正是初秋时节，溪水清澈，淙淙地从山上流下，在山石上激起点点水汽，让人看了顿觉清爽。

徐秀儿在水边仔细地洗了手脸，然后把唐绍义背上的孩子接了过去细心照料。唐绍义腾出手来，直接趴到溪水边，一脑袋扎下去，好半晌才从水中抬起头来。旁边，阿麦本想捧水洗脸解暑，低头时看到自己水中的倒影，迟疑了一下，却又作罢。

阿麦怀里还存着几枚初进林时采摘的野果，此刻拿了出来与唐绍义和徐秀儿分食。徐秀儿先挑出好的来喂小刘铭，阿麦则拿了自己的那份野果，独自坐在水边啃食，眼睛不时地追随着溪水中轻快游过的小鱼，直想怎么能去抓两条来解解馋。她多日不见荤腥，早已馋得眼冒绿光。

唐绍义低头看手中的两个青果，脑子里却仍想着初进山林时北漠人的奇怪举动，砍了那么多的树枝，也不知鞑子是何用途，想着想着，脸上突然变了颜色。

阿麦那里还肖想着溪鱼，猛然听到唐绍义的一声"哎呀"也是吓了一跳，忙向他那里望去，见他紧握着拳头站起来，在原地转了两圈之后恨恨说道："中了鞑子的奸计了！那些树枝定是鞑子拖在马后掩人耳目用的，他们攻泰兴是虚，恐怕别有用心！"

唐绍义说完，阿麦也差点跟着"哎呀"一声出来，不过她的"哎呀"却是惊讶唐绍义竟会这么快就想透了此事。她该怎么办？刚才大话说得那么圆满，这回可怎么收回来？心中又想姓唐的倒也不只是一个莽夫，还有些头脑。

阿麦稍一犹豫，故意做出一副迷惑不解的模样，问道："唐将军，您说的是什么意思？鞑子有什么奸计？"

唐绍义却不再言语，只是紧皱着眉头在那里踱步，脑子里想着既然北漠人佯攻泰兴，那么他们到底想干什么呢？北漠人穿西胡东境而来，汉堡城往东就是他们现在正处的山林，大队骑兵不可能翻山越岭地在这边通过，往南的路是通往泰兴的，难道是又往北走了？可北面又是哪个城镇呢？没有什么军事重镇啊？北漠人为何舍泰兴而往北？不应该啊！

"豫州！只有豫州！"唐绍义突然沉声说道，"此去东北便是豫州，那里是我江中平原的门户，只要夺下豫州，鞑子铁骑便扼住了我江北的咽喉之地，南下可攻泰兴，北上又可以对我靖阳、溧水一带的军队造成南北夹击之势，好一个北漠鞑子！心思真个歹毒！"

唐绍义抬眼看向阿麦，目光清亮，有掩饰不住的兴奋。他忽地看出北漠人的计谋，心中又是气愤又是激动，气愤的是北漠人如此狡诈，激动的却是自己已经看破了他们的奸计。男子从军，尤其是做到了他这样不大不小的官职，无不希望自己能一战成名，步入名将之列，而现在，机会似乎就摆在了眼前，让他怎么能不激动！

阿麦看着唐绍义不说话，她虽猜出了北漠人攻泰兴是虚，可由于对如今的战事没有什么了解，所以并没有深究过北漠人的目标到底是哪里，现在唐绍义既推断北漠人要攻打的是豫州，那么豫州就是死活也不能去的了！她能从汉堡城墙上活着下来已纯属万幸，绝不能再去豫州城墙上撞运气去了。

不过听到唐绍义把北漠人说得如此奸诈，阿麦心里却有些不以为然，豫州也不过是座城池而已，弃泰兴而就豫州，她没看出那么大的好处来。如果是她，她反而会采取围城打援的战术，就像父亲提过的那样，只有消灭敌人的有生力量才是最重要的，一城一池的得失，从长久来看微不足道！

"阿麦，我们这就赶往豫州！"唐绍义把孩子重新在背上缚好，说着就要动身。

徐秀儿在一旁听得稀里糊涂，一点主意都没有，跟着站起来也要走，阿麦忙止住他们说道："稍等一下，唐将军，你说鞑子要攻占的是豫州城，可从汉堡城往豫州也得翻过这片山林啊，不是说鞑子大队骑兵无法通过这片山林吗？他们怎么过去？"

唐绍义早已想过了这个问题，听阿麦问到这里，解释道："沿着乌兰山往北有条峡谷贯穿东西，叫作秦山谷口，如果鞑子要攻豫州，必然得经过那里，虽然骑兵速度快，可毕竟要绕一段距离，我们赶得快的话，不但可以及时赶到豫州示警，还可以在山谷口布下伏兵，到时候杀鞑子一个措手不及！"

阿麦表面上在听唐绍义对战局的判断，可心里却在思量怎么才能逃脱往战场上凑的命运。唐绍义把战争说得如此简单，可阿麦却知道此去豫州必然是凶险异常，尤其是她这样的，就算去了，充其量也不过是个小兵，上阵杀敌必然是被赶在前面的那种，真到了战场上，就算想装死都不容易，北漠人又都是骑兵，一个不好就被马蹄子踩成了肉饼。

"唐将军，我有些想法不知道该不该讲。"阿麦突然说道。

唐绍义正着急往豫州那边赶，没想到阿麦的问题却一个接一个地来，他不觉有些急躁，说道："有话就快说！不要总是这么不痛快，军人要的就是雷厉风行，那些虚礼是没用的秀才才爱讲究的东西！军中男儿不论这个！"

阿麦说道："我不懂军事，唐将军刚才说得虽都有道理，可我却觉得泰兴城那边也不能不去，虽说鞑子有兵分了豫州，但是我们也看到鞑子赶去泰兴的确实不少，既然鞑子向来狡诈，那么泰兴那边也不能不防。报信只需一人即可，唐将军赶往豫州，而我则去泰兴，这样不论鞑子有了什么诡计，我们都可以有了准备，这样岂不是更加稳妥？"

唐绍义哪里想到阿麦心中的小算盘，听她说得的确有些道理，还以为她是全心为国，只略微思量了一下，便说道："这样也好，我们分别赶往豫州和泰兴，务必要在鞑子之前把消息送到。"说着又从身上摘下标志校尉身份的铜牌递给阿麦，"你去泰兴，拿此凭证去见城守万良大人，如有可能，请万大人出城攻击北漠鞑子，援救豫州！"

阿麦点头，将铜牌郑重地放入怀中。这时徐秀儿过来，见唐绍义和阿麦都没有说到自己的去处，眼圈有些红，迟疑着问："那，那我该怎么办？"

阿麦和唐绍义这才记起身边还有一个小姑娘，两人转头看了看徐秀儿，不约而同地皱了皱眉头。

这徐秀儿早在汉堡城时便对阿麦有了些异样的情愫，心里自然是愿意和阿麦一路，刚才那话虽然是问向阿麦和唐绍义两个人，她却一直偷偷在观察着阿麦的反应，见阿麦皱眉，只觉得心中一沉，再腾起来便是酸凉了。

她本就有些倔强，见阿麦如此，咬了咬牙，决然说道："我和唐将军去豫州！将军放心，我也是贫苦人家的女儿，走个山路也不算什么，定不会拖累将军，再说小公子也需要有人照顾，将军是个大男人，恐怕也不会照看婴儿。"

徐秀儿这话虽是对着唐绍义说的，视线却仍没离开阿麦身上，所以也就没看到唐绍义的第二次皱眉。其实小姑娘说这话有点赌气的成分，心底还是有些期盼的，希望阿麦能挽留她一下，可没想到阿麦只是低着头寻思了片刻，便抬起头来说道："那也好！你随唐将军去豫州吧！"

虽然小姑娘曾给过她几个馒头，可她也算救过徐秀儿一回，两相抵消的了。再者，乱世之中，她自保尚且费力，带着徐秀儿确实不便，与其背上这么大一个包袱，不如就此把人推给唐绍义！

唐绍义见状也只好跟着点头，他也知道带着徐秀儿会是个累赘，可他所接受的那些教育让他无法对着一个弱女子说出"不"来，于是便说道："那徐姑娘就跟着我吧！"

徐秀儿又咬着唇偷瞥了阿麦一眼，见阿麦竟然还跟着点头，一颗少女心顿时彻底凉透！

三人简单整理了一下便要分手，临别时唐绍义突然又叫住了阿麦，看了看她单薄的身体，问道："阿麦，你可懂武功？"

阿麦摇了摇头，功夫她没有，力气倒是还有一把，剩下的就是腿脚利索跑得快了，在这点上她对自己很有信心。

唐绍义抿了抿唇，又把佩剑解了下来递给阿麦，说道："这剑给你拿着，林子里怕有野兽，你带着防身吧！"

这下阿麦还真有些被感动了，看着唐绍义不知道该说些什么好，"不用，不用，唐将军，你带着秀儿和孩子，更需要这个防身呢。"

"拿着！"唐绍义不容分说便把佩剑替阿麦别在了腰间，完了用手扶住阿麦的双肩，怔怔地看了她片刻，然后用力握了握她的肩膀，沉声说道，"阿麦，保重！"说完不等她有所反应便松了手，转身大步往西北而去，再未回头。

徐秀儿看了阿麦一眼，忙小跑着追随唐绍义而去。

第三章

择路 互利 机遇

　　泰兴城的地理位置十分优越，面朝平原背倚宛江，发达的水陆交通造就了这个城市的繁华，城中商贾聚集、店铺林立，兴盛非常。可是，即便如此，泰兴城还从来没有像现在这样热闹过，起码城外二十里处的那片树林子里还从来没有这么热闹过，大片的树木被北漠士兵伐倒，再经由工匠的手打造成一辆辆的投石车，最后被士兵推了出来。

　　北漠东路军统帅周志忍沿着林地的外沿慢慢走着，脸色有些不太好看。他是个五十来岁的粗壮汉子，个子虽不高大却给人一种难言的压力感，浓眉，算不上大眼，满脸的络腮胡子，属于人们常说的那种不怒自威的面相。

　　"这就是你们赶出来的投石车？"周志忍问，音调不高，却字字敲到了身旁人的心上。

　　"启禀将军，泰兴城周围并无深山老林，这片林地的树木已算是粗的了。"那总管军械的军官小心翼翼地答道，不时地偷偷打量周志忍的脸色。

　　周志忍显然不满意他的回答，不过却也没再说什么。没想到他身后一个少年却嚷嚷道："要我说还造什么投石车啊，反正也没多大用处，白费这力气呢，还不如让将士……"

"闭嘴！"周志忍出声喝住那少年，转头看了他一眼，眼神凌厉无比，一下子就把他的话堵在了嗓子里。

那少年面上露了些怯意，躲开周志忍如刀般的视线，微低了头，小声叫道："舅舅——"

周志忍冷哼一声，说道："这是军中，我不是你舅舅！再有下次我军法办你！"

其实他知道那少年说得没错，造这样的投石车对于泰兴城来说还真是没有多大用处，砸墙嫌轻砸人欠准，可即便明知道毫无用处这车也得造，不然围而不攻，他怎么对人家南夏人交代？好歹也得做个攻城的样子给人家看吧，这样大家都忙活着，南夏人在城里忙着放鸽子传信，他们忙着在城外伐林子造车。

得，谁都心安！

周志忍的视线投向了遥遥的北方，常钰青这个时候应该到秦山了吧。他低低叹息了一声，年轻人啊，如今皇上正年轻，用的人也年轻，难道自己真的老了吗？自己不过五十出头，还是正当壮年呢，怎么就算老了呢？

那少年听到舅舅发出的叹息声，不禁愣了愣，还以为舅舅是在为攻泰兴城而烦恼，虽然刚挨了舅舅的训斥，少年的心性还是让他忍不住请缨道："舅舅，您给我两万精兵，我替您去把泰兴城打下来，也不要这劳什子投石车，给我几辆撞车就行！"

周志忍回头瞪了瞪那少年，本想再训斥他几句不知天高地厚，可看到外甥那张年轻稚气的脸，突然想到皇上用那些年轻将领不就是因为他们的不知天高地厚吗？不然怎么会制订如此冒险的计划？

想到这，周志忍咽下了嘴边的呵斥，只是教导外甥道："阿衍，一场战斗可以依靠'勇'取胜，可一场战役却不能只依靠'勇'字，一场战争更远远不止一个'勇'，明白吗？北漠不只是我们东路军，还有常将军的西路军，仗不是由着我们来打的！凡事要多动动脑子，别光知道杀啊冲的，不然你再勇猛也只能做一员猛将，成不了一代名将！明白了吗？"

那少年挠着后脑勺冲周志忍嘿嘿地笑，周志忍一看这情况就知道自己刚才白说了，忍不住有些泄气，不再理会这个一根肠子通到底的外甥，只转过头去继续望着北方愣神。

少年见舅舅总是往北边看，不禁有些纳闷，也顺着舅舅的目光往北方望去，找了半天也没找到有什么值得看的地方。乌兰山系强劲了一千二百余里，到泰兴城西北几十里外时终于没了劲头，只延伸出几个平缓起伏的土坡，连个明显的山头都没有，这样的山林恐怕连个凶猛的野兽都存不住，少年心道。

同一片云彩下，就在那几个土坡的东面，由南向北的驿道在这里分出了一个支叉，斜斜地指向了东方。一辆向北行驶的青篷骡车在岔路口缓缓停了下来，驾车的汉子从车上跳下来健步转到车后，掀开车帘对着里面说道："先生，前面路分岔了，咱们怎么走？"

"这就到了分岔的地方了？"车里一个略显尖细的声音问道。

那车夫放下车帘又探着头往前方看了看，转回头说道："嗯，分了，有条往东拐了！"

门帘抖动，一只细白的手撩起了车帘，紧接着探出一只穿了黑靴的脚来，一个四十来岁的干瘦男人从车上慢慢地爬下来，到了地上先动了动有些酸麻的双腿，掸了掸衣角的灰尘，这才背着手往车前走了几步，看着前面的分岔路口摇头晃脑地念道："往北去是豫州，往东则是青州。豫州城重，乃江中咽喉之地，北可以护靖阳，南可以掩泰兴，加之地处平原粮仓，城中粮草充沛，实为兵家必争之地；青州地险，北临子牙，东倚太行，易守难攻，出可以西援豫州，退可以据险待敌……"

那车夫只听明白了往北的是去豫州的道，往东拐的是去青州的，别的一概没听明白，他听得有些不耐烦，便打断了那人的话，道："先生，你只说咱们到底往哪儿走！"

那男子回头看了车夫一眼，捋着下巴上的几根胡子翻了翻白眼，"愚民，愚民，山野愚民！"

"先生，俺是赶车的，俺不是打鱼的。"那车夫纠正道，末了还不忘又问了一句，"先生，咱快点走吧，鞑子就在后面几十里呢，他们可是吃人肉喝人血的，咱们得快点，俺怕晚了……"

"行了！"那干瘦男子喝止道，"放心吧，鞑子不会来追咱们的，我得仔细看看该走哪条道！"说着就从怀里掏出一个小竹筒来，掀开盖子倒出了几枚铜钱，蹲在地上自言自语道，"不如算上一卦，也瞧瞧上天的意思。"

他把铜钱撒到地上，只刚扫了一眼卦面，就听见那车夫喊道："先生，先生，你看，那边山坡上有人下来了。"

那干瘦男子起身眯着眼顺着车夫指的方向望去，果然见不远处的山坡上过来一人，高瘦的个子，没有束发，只在脑后扎了个短短的辫子，一身深灰色的短装打扮，腰里别了把宝剑，远远看过去衣服上竟然似带了片片的血污。

"坏了！先生，来了劫道的了，快点上车！"那赶车的汉子急忙喊道，转身就往骡车那边跑。

"慢着！"那干瘦男子制止道，又细看了来人一眼，冷静地说道，"不是劫道的。"

来人速度很快，走两步跑两步，片刻的工夫就到了眼前，却不是旁人，正是从汉堡赶来的阿麦。她从山坡顶上时就见到了这辆骡车，心道总算找到了一个代步的工具，本想喊两声的，又怕提前喊了反而会把人惊跑，便也没有喊叫，只拼了老命地往骡车这边跑。

"这位先生，"阿麦气喘得厉害，对着那干瘦男人行了一礼，喘了好半天才说出了下一句来，"在下阿麦，从汉堡城而来，请问先生贵姓？"

那干瘦男子翻了翻眼睛，有些傲慢地说道："老夫徐静。"

"哦，徐先生。"阿麦又是一礼。

徐静稍稍拱了拱手，算是回了一礼。

阿麦甚会察言观色，只看这徐静的穿衣打扮、言行举止便对他的脾性有了几分了解，知这种人惯会拿捏做派，纵是火上房了也得满嘴之乎者也，于是十分客气地说道："阿麦受汉堡城守军校尉唐绍义所托赶往泰兴送信，事情紧急，想借先生骡车一用，不知可否？"

"泰兴？"徐静缓缓问道。

"是的，还望徐先生能以大局为重，借阿麦骡车一用，先生可随阿麦一同赴往泰兴，到泰兴后必有重谢。"

徐静冷笑一声，说道："你现在可进不去泰兴城了。"

阿麦一惊，还以为是常钰青的大军赶在了自己之前，忙问："北漠人已经到了？"

徐静冷傲地点了点头，说道："泰兴城已经被困三天了，你现在想进泰兴，除非是长了翅膀。"

阿麦有些发蒙，她赶了一日一夜的路才来到了这里，本想着能在北漠人之前赶到泰兴城，不料泰兴竟已经被北漠人围困三天了。难道她猜错了，那北漠大军果真是奔泰兴而来的？可是即便猜错，北漠人也不会这么早就到了泰兴啊。

徐静看阿麦发呆，冷笑一声，又道："北漠大将周志忍领兵十万从新野而来，早已把泰兴城围得铁桶一样了，进泰兴？做梦去吧。"转过身又吩咐车夫道："老张，赶车，我们往北走，去豫州！"

阿麦愣在那里有点傻，骡车从她身边过去的时候才猛地醒了过来，她紧跑了两步，一下子蹿上骡车，撩开了车帘。

徐静又惊又怒地看她，"你——"

"往东拐！"阿麦冷声说道。

徐静气得吹胡子瞪眼，"去青州？不去！我刚卜了卦，我的发达之地为豫州！干吗要去青州？你这人好不讲理，这是我雇的骡车，你凭什么上来，下去！下去！"

阿麦猛地从腰间拔出了宝剑，抵在徐静身前，冷冷说道："我叫你往东拐！"

徐静一下子僵住，过了好半晌才认清了现实，无力地对着车夫喊道："老张，往东拐吧。"

车前的老张倒是极老实听话，连个"为什么"都没问就直接把骡车赶到了东去的那条大道上。

徐静在车里阴沉着脸子打量阿麦，憋了一肚子的咒骂，却迫于阿麦轻抵在他身前的剑尖而不敢说出口来。阿麦见他脸色几度变换，淡淡说道："先生休要责怪我无礼，也许以后你就会感谢我救你性命了。"

徐静闻言面露讶色，他本是心智极高的人，听阿麦突然口出此言，转念间便已猜到她既从汉堡城而来，又带了守城校尉的书信，必是知道了些军中机要之事，下意识地问道："难道豫州有变？"

阿麦一惊，看向徐静的眼光中就有了诧异之色。徐静见了不禁冷笑，心道这小子毕竟年轻，藏不住事，什么心事都在面上带了出来，让这样的人送如此机要的信件，可见汉堡城实在是无人了。

"小子你不用如此看我，"徐静不屑地撇了撇嘴角，冷声说道，"你一身血污周身狼狈，应是刚经历了生死之劫。这个时候，除了北漠来犯，也不会再有别的，可见除周志忍外，另有北漠将领带兵从西而来。汉堡城小，根本抵挡不住北漠大军，必是城破了。北漠大军攻下汉堡之后要么挥军南下直指泰兴城，要么就是要北上围困豫州。其南下可与周志忍的东路军形成合围之势，泰兴城危矣，这也是一般常理。可北漠人却也有可能北上攻打豫州，断我南北通道，让我北境三十万大军腹背受敌而无法回顾泰兴。你既从汉堡城出，想是知道北漠西路军的去向。你原去泰兴城目的不外两个，一是示警，一是求救。不过你在得知泰兴被围之后便干脆改去青州，看来你应该是求救了。现在泰兴和豫州之势已成死局，唯有青州尚可有力引兵来救，老夫说得可对？"

阿麦听着徐静的分析，身上惊得出了一层冷汗，差点对着面前的这个干瘦汉子伸出大拇指来。他说得几乎无一不对，只除了最后一点，她向东而行却不全是为了去青州搬救兵，而是想借道青州，绕太行山南端而过，经由宜平渡口过江南下，躲避战乱。

徐静看着阿麦惊呆的模样，面上露出些许得意的笑容，不自觉地挺了挺他有些瘦弱的胸膛，却不小心碰触到胸前的剑尖，他的脸色一变，忙往后含了胸，对着阿麦怒道："小子，还不赶紧收了你的剑，小心误伤了老夫，你后悔莫及！"

阿麦被他喝得一惊，不由得收了剑，低下头缓缓地把剑插入剑鞘，各种念头在脑子里飞速地转了一遍，再抬起头来时脸上便换上了肃正的表情，理了理衣襟冲着徐静一揖到底，极其恳切地道："阿麦无礼，请先生原谅。还请先生救我！"

徐静的表情由惊讶转为倨傲，挺直着脊背受了阿麦这一礼，冷哼了一声。

阿麦没有理会他的反应，只是低垂着头接着说道："阿麦虽是笨人，可也看出先生有经天纬地之才，他日必会名动四国。"

这几句马屁一拍，是把徐静拍得四体通泰，那是着实的舒服，手不自觉地便去捋他那几根山羊胡子，心道这小子虽然莽撞，可眼光倒是还有一些。如此想着，心中对阿麦的恼怒之意已是减去了三分。

"只凭见阿麦一人，先生竟能把当今战局说得如此透彻，先生真乃神人，阿麦佩服不已。"

徐静的眼睛更是眯了眯，对阿麦的不满之意又减了三分。

阿麦偷眼观察着徐静的反应，看自己已经把他拍得差不多了，这才又接着说道："先生欲往豫州，必是想救百姓于水火之中。阿麦无知坏了先生的计划，实在有罪。汉堡城破，我守城军士皆战死在城墙之上，城守刘大人更是以身殉国，我受唐校尉之托，恨不得立刻飞去青州引援兵来救。还望先生看在我也是为国一片赤诚的分上，原谅我先前的无礼。"

徐静见阿麦如此说，心里的那点不满完全没了，动容道："阿麦也是一片为国之心，老夫体谅。"

阿麦差点感激涕零，忙又行了一礼下去。

这回徐静忙伸手扶起阿麦，说道："壮士请起，徐静受不得这样的大礼。"

阿麦一听称呼已经从"小子"一路到了"壮士"了，心里便有了些底，她从衣袖上找了块干净点的地方擦了擦眼角，说道："我和唐校尉约定好了，他前去豫州示警，而我则赶往泰兴求救。现如今泰兴也被困，我只得转去青州求救，还请先生助我。"

"壮士请讲。"

阿麦从怀中掏出唐绍义给她的那块校尉铜牌，双手递给徐静，说道："此为唐校尉信物，凭此物便可去青州求见城守，我想请先生代而为之。"

"可是……"

"先生，请听阿麦说完，当下世道不平，我会护送先生至青州境内，然后再返身赶往豫州，"阿麦伸手抹了把泪，神色悲壮地说道，"唐校尉对我有救命之恩，我必拼死追随于他。再说我口舌蠢笨，不见得能说动青州发兵来救，所以还求先生帮我了。"

徐静似有犹豫，低头看了看手中沾染了血迹的铜牌，又抬头为难地看着阿麦，最后终于大义凛然地点头道："壮士放心，徐静必用三寸不烂之舌说服青州发兵去救豫州危急。"

两人又相互行了一礼，然后才直起身来，均是一脸悲壮，真真成了执手相看泪眼。到了中午骡车停下打尖休息的时候，阿麦与徐静两人竟是执手下来，可是惊呆了车夫老张，一张阔嘴张得更是能塞进鹅蛋去。他趁着阿麦不在跟前的工夫，又是挤眼又是抹脖子地偷偷问徐静道："先生，您怎么和山贼好上了？"

徐静瞥了一眼远处的阿麦，脸上露出深不可测的笑容，想要说些什么，可又突然意识到身边的老张不过是个山中愚民，跟他讲了也是白讲，于是干脆翻了他一个白眼，不屑地说道："赶你的车去，老夫自有道理！"

徐静和阿麦两个一路同行，虽各怀心思，却也相处融洽。走到第八日下午，车外有马蹄声由远而近。车内的两人均是皱眉，因为战乱骤起，这一路走来，路上很少遇到行人，更是少见骑马而过的客商。徐静轻掀车帘往外看了看，再转回身后脸上便有些凝重。

"是斥候。"徐静说道。

阿麦的脸色有些不好看，既然有斥候在附近出现，那么定是有军方在，只是不知道是北漠的还是南夏的。难道说北漠人来了这么多，竟然把整个江北都侵占了吗？

徐静倒是认出这是南夏方面的斥候，可他却也并不兴奋。如果后面跟的是青州方面的军队的话，那么他去青州的意义已是全无。

两人的担心均没有落到空处，过不一会儿，先头过去的那个斥候又返了回去。再过了少半个时辰，前面有十几骑冲着他们的骡车疾驰过来了。

"阿麦，这恐是青州的兵马，"徐静低声说，顿了顿又接着说道，"你可要小心说话，千万不可让他们把我们误认为北漠的细作。"

果然，那十几骑团团把他们的骡车围住，有士兵用长枪挑开了车帘，喝道："下车！"

徐静和阿麦两人连忙下车，徐静从怀里掏出了唐绍义的那块铜牌，高举过顶，大声说道："我等受汉堡城守军校尉唐绍义所托，有紧急军情需要禀报青州城守，望军爷引见。"

那斥候接过铜牌，见的确是南夏军中之物，又仔细地打量了一下徐静和阿麦两人，吩咐身边兵士道："看好了，我去禀报将军。"说完便掉转马头往来路驰去。

又往前行了有二十多里，便见到了南夏军队，正是从青州赶往泰兴的援兵。领军的是个二十多岁的年轻将军，一身白衣银甲，看起来甚是俊美，只是神情显得有些倨傲，正是青州的守城将军，人称"骚包将军"的商易之。

此人本是盛都里有名的纨绔子弟，显赫的出身奠定了他在纨绔子弟中的领军地位。要说他这样的人物也不应该沦落到青州那种偏僻地方，可却由于犯了男女之事，惹恼了他那位行伍出身的父亲，于是便被发配到青州去了。

一个纨绔子弟哪里知道如何治军！这商易之到了青州号称有"四不"——不着军装，不进军营，不管操练，不习阵法。每日里穿了一身光鲜的白色锦衣，只知吟诗作对谈风弄月。于是，青州百姓在刚送走了上一任"草包将军"后，又迎来了他这个"骚包将军"。

别说青州百姓嘴毒，你见过就连亲兵都挑着模样漂亮、身条顺溜的少年郎的将军吗？

阿麦和徐静连带着车夫老张，三人被几个军士推搡到商易之的马前。车夫老张早已是被明晃晃的刀剑吓得神魂俱破，军士刚一松手，他就跪倒在马前，一边磕头一边叫喊道："军爷饶命啊，军爷饶命。"

商易之剑眉拧了拧，有些不耐地扫了老张一眼，又看向阿麦和徐静。

阿麦膝盖一软，眼看着就要跟着跪下，可眼角瞥到站得笔直的徐静，强忍了忍，也站住了。

商易之有些意外，不由得多看了他两个一眼。

阿麦立刻就后悔了，心道学谁不好，学这个死要面子活受罪的徐老头干吗！要知道这世界民跪官、下级跪上级那是稀松平常的事情，她也早就习惯了的，怎么今天就跟着徐老头犯病了呢？

商易之高坐在马上，手里把玩着那块印了唐绍义姓名的校尉铜牌，淡淡地问："谁是唐绍义的信使？"

阿麦偷偷地看了徐静一眼，见他仍一脸傲色地站在那里，决定还是自己出头，于是忙往前跨了一步，施礼说道："小人是，九日前汉堡城破，唐校尉带了小人从城内杀出。他带了城守刘大人的遗孤赶往豫州示警，命小人前往泰兴送信求救。"

"哦？"商易之剑眉挑了挑，不阴不阳地问，"既然是让你赶往泰兴，你怎么往青州而来了？"

"小人到泰兴城外得知泰兴已被围多日，徐先生说北漠鞑子实北虚南，欲解豫州之险只能依靠青州。"阿麦答道。

"徐先生？"商易之问。

阿麦忙往旁边侧了侧身子，引出了早已等候上场的徐静，"这就是小人路遇的徐先生，他见小人一身血污地从汉堡方向而来，没问一句，便把小人的来意和去处都猜到了，还告诉小人说如今豫州险极，说豫州是我南夏什么之地，鞑子什么饿了就制住什么。"

阿麦面露苦恼之色，似是没能把徐静说过的话都记下来。

身后的徐静忍不住接嘴道："是我南夏咽喉之地，鞑子扼一城而制我江北全境。"

"对！"阿麦叫道，心道不管是高帽子还是屎盆子，我先给你扣上再说。

徐静一怔，随即就在心里暗骂道，好一个小兔崽子，一路上我都没见你笨嘴拙舌的，怎么今天到了这将军面前你就傻了呢？原来你小子是在这里等着我呢。

果然，商易之再看向徐静的眼神已是不同。他轻挥了挥手，叫身后的副将上前，微侧着头吩咐他去安排军队安营扎寨，说今天就先停在这里。那副将领命去了，商易之又回头看马前的几个人，视线转到阿麦身上时隐约皱了皱眉头，便吩咐身边的亲卫先带她下去换身干净的衣服。

青州本有驻军两万多人，商易之接到南夏朝廷出兵援救泰兴的军令后，给青州城留了五千人以防有变，剩下的人全都带了出去赶往泰兴。这一万多人听着不算多，可放在野地里那也是老大一片。

那个长相秀气的小亲卫领着阿麦往后面去换衣服，他暗中得了商易之的授意，把衣服扔给阿麦之后并未走开，只是站在一旁守着阿麦。

阿麦一看如此，知道此时自己稍有犹豫便会引人怀疑，只得一脸平静地解着裤腰带，脑子里飞速地转着：他们如此，是怀疑自己身上藏有什么东西，还是对她的性别产生了怀疑？

她暗自咬了咬牙，先把脚上的破靴子扒了下来往远处一丢，紧接着就当着那亲卫的面把外面的裤子褪了下来。

阿麦腿形健美，笔直修长，虽然瘦削却仍能隐约看出紧致的肌肉纹理，更妙的是肤色并非是寻常女子那般久不见阳光的苍白，而是浅浅的麦色。就这肤色，商易之的亲卫队里有一半的人都比她白！再加上一双远算不上纤足的细长脚片子，叫那亲卫丝毫没有怀疑到她的性别上去。

阿麦双手提了大裤衩子的裤腰，干笑着问那亲卫："军爷，可有内衣让我换下？我这身上可有了虱子了，最好能让我里外都换了。"

那亲卫一听她身上有虱子，连忙往后面躲了几步，面带厌色地说道："你想得倒是美！有外面的给你换就不错了！知足吧你！"

阿麦忙点头哈腰地称是，匆匆地把拿来的新裤换上，背转了身子把上面的外衣也换了下来，随手往外丢了去。那亲卫只顾着躲阿麦的脏衣服，生怕里面的虱子爬到他身上，压根儿就没有注意到阿麦上身只是脱了外衣，并没有换下中衣便把新的都套上了。

换完了衣服，那亲卫又领着阿麦去洗了手脸。等他看清楚阿麦俊秀的五官之后，对阿麦的态度突然好了很多，当阿麦提出已经饿了好几顿了，想先吃点东西的时候，非但没有斥责阿麦，反而好心地给阿麦找来了两个窝头。

阿麦啃着窝头，忍不住用手摸了摸自己的脸，心道母亲说得还真没错，不管男的女的，这人要是长得好看了，就是沾光。

那亲卫却不是这么想，他只是看到阿麦长得很是秀美，身条又顺溜，按照自己将军的喜好，此人很可能就会成为他在亲卫队里的同事了，以后抬头不见低头见的，何必先把人得罪了。

吃饱喝足了，亲卫领着阿麦去见主将商易之。主将的营帐已经都搭起来了，阿麦进去，见徐静也在里面，正和商易之围着桌子说着什么。阿麦愣了一愣，不由得从心底里佩服他的本事，只一顿饭的工夫，他就混进了青州军的谋士队伍了？

这人挺能往上爬的啊！而且从他站的位置来看，极可能爬得还不错。

商易之见阿麦进帐，随意地抬了抬眼皮看过来，面上的表情稍微一怔，然后又低下头去接着看铺在桌面上的行军地图，倒是徐静很自然地开口叫道："阿麦过来。"

阿麦心道，嘿，你这人比我还自来熟啊。她往前走了几步，在离桌子几步远的地方垂首站定。

商易之又重新抬起头来，冷眼看向她，说道："你从北漠围汉堡城开始，把所有的情况都和我详细地说一遍。"

阿麦连声应诺，忙把从她进汉堡城开始到登城抗敌，从杀出重围到路遇徐静，这一连串的经历真真假假虚虚实实地讲了一遍，掩去了她曾被关入大牢和装死从城墙上逃入徐秀儿家里的事情。

她口齿伶俐，这一串的事情说起来甚是清晰，只听得商易之的眉头越皱越紧。

"你说北漠大多是骑兵？"商易之冷声问道。

阿麦想了想，点头。

"你和唐绍义并不能肯定北漠骑兵去了北面，是不是？"商易之又问道，"只是凭北漠人砍伐树枝猜测的？"

阿麦一怔，连忙推脱责任，"小人不懂军事，是唐校尉这样说的。"

商易之的面色更加阴沉，冷眼看着阿麦不说话。

阿麦心里一阵犯虚，心道今年真是命犯太岁，去江南有那么多条道，她好好的非要走什么汉堡城。就算走了汉堡城吧，这好不容易从死人堆里爬出来了，怎么又一时头脑发热往青州来了呢？这宛江几千里的江面，哪儿还过不了江啊，干吗就这么死心眼呢？难道是自己心里还是想着不辜负唐绍义之托，所以才会往青州去？

徐静见帐子里静了下来，扫了眼阿麦又看向商易之，突然说道："商将军可愿听徐静一言？"

商易之仿佛对徐静甚为看重，听他如此说，便温和地笑了笑，说道："徐先生请讲。"

徐静习惯性地将了将下巴上的几根胡子，沉声说道："将军可曾想过北漠人为何要围我泰兴？"

就这个问题，徐静还真没问对人。商易之是谁？那是京城里纨绔子弟中的翘楚，是青州百姓口中的骚包将军，你还问他北漠人为什么要围泰兴城？

商易之只是接到军令说要立刻出兵援救泰兴，军令上可没说北漠人为什么要围困泰兴城。不过要说这商易之也算个人物，他眼珠一转便已看出徐静也没想让自己回答他的问题，于是只是谦虚地问道："先生有何高见？"

徐静等的便是他这句话，闻言接着说道："泰兴城高池深，背后又有阜平水军相援，纵北漠有大军数十万，也绝非一朝一夕可以攻下。那从西而来的北漠铁骑，不辞辛苦千里迂回绕过靖阳关，深入到我江中腹地，难道就是为了来围困泰兴的吗？"

这个问题，阿麦早就想过，她也觉得北漠人造这么大声势来攻泰兴实属不智，有个可能就是想围城打援，果然听见徐静接着缓缓说道："除非，他们是想围城打援。"

商易之面色微变，就算他再纨绔，那好歹也是出身将门，"围城打援"这个词还是能听明白的。他抬起头来看向徐静，眼中的精光一闪而过。

徐静轻轻地笑了笑，又说道："这一点老夫能想到，别人自然也能想到。"

阿麦垂首在一旁静静站着，听徐静一时得意又自称起老夫来，不由得挑了挑嘴角。

商易之却没在意这些，只是冷静地问道："那先生还看出了北漠人其他的企图？"

徐静脸上露出一丝神秘的笑容，突然换过了一个话题，问商易之道："将军可曾想过，此去援救泰兴，会得什么结果？"

商易之虽然有些骚包，却并不是个草包，略微思索了一下便说道："如果北漠人只是攻打泰兴，那么本将的青州军只是众多援救泰兴的援兵之一。如果北漠人是想围城打援，那么青州军就会成为被打的那个倒霉蛋。"

徐静笑着点了点头，赞道："将军英明，此去泰兴，总是不会有青州军太大的好处。可是将军莫要忘了，北漠人围困泰兴只是一个可能，他们还有一个别的可能……"他停下了嘴里的话，一双精亮的小眼睛眨也不眨地看向商易之。

商易之剑眉一扬，接道："还有一个就是如唐绍义所言，北漠人虚泰兴而实豫州！"

"不错！如果那样的话，将军的青州军可就是豫州的救命之军了。"徐静说道。

商易之眉头微皱，又问道："可北漠人真的会去偷袭豫州？"

徐静笑了笑，用手指了桌面上的地图从下往上一划而过，比画道："如果是在下，领兵穿越西胡草原而来，必不会去围那泰兴，而会引兵从乌兰山脉西侧悄然而上，经此处缓坡穿乌兰山而过，出秦山谷口后再转向南，奇袭豫州，截断我南北之主线，绝靖阳边军之后路。豫州更是我江北粮仓所在之地，此时又是秋收之后，北漠轻装而来，军中所携粮草必然不足，攻豫州又可借粮于我。"

"不错！"商易之猛地一拳捶在桌面之上，把帐中的众人吓了一跳。商易之看见众人惊讶的表情，忙强忍了心中的激动，面色平静地说道："先生言之有理，我青州军应赶往豫州，迎鞑子铁骑于秦山谷口。"

帐中的副将是个三十多岁的黑粗汉子，姓何名勇。听商易之如此说，面上有些犹豫之色，说道："将军，可是我们接到的军令是急援泰兴，如果我们改道去了豫州，朝廷怪罪下来怎么办？"

徐静也静静地看着商易之，似笑非笑地问："将军可敢冒这个风险？"

商易之看了看副将何勇，又看了看徐静，挑眉笑道："你说少爷我怕不怕兵部那些个草包呢？"

徐静和商易之两人相视大笑，把副将何勇笑得有些摸不到头脑，只瞪着双牛眼迷惑地看向那二人。商易之停下了笑，突然发现阿麦还垂首站在帐中，不由得皱了皱眉头，冷声问道："你怎么还在这里？"

阿麦一愣，心道你也没让我走啊，再说了你不吩咐，我敢走吗？她正想着怎么和这将军说些告辞的话，就听见商易之对身边的亲卫吩咐道："把他带下去，"停了停，打量了阿麦一眼，又说道，"先归在帐下好了。"

阿麦开始不明白这归在帐下是什么意思，直到那亲卫把她带下去了，才知道商易之的意思是让她先跟在他的亲卫队里。

徐静，字莫言，宿州俞夏人也，少智，通诗文精兵法，性孤傲，隐于野。盛元二年秋，北漠南犯境，杀戮甚重，静愤起从戎，路遇麦帅，帅以军事问之，静应声辄对，变诈锋出，答之甚详，麦帅以为奇，甚爱之，遂同就豫州……

——节选自《夏书·徐静传》

成祖有宠妃言氏，自美人起，二月至妃位，众异之。妃有族姐，嫁护国将军张生，曾为亲卫，侍成祖于龙潜青州之时。一日，言氏妇人偶见画卷于书房中，内有少年，身穿戎装，面如冠玉，唇红齿白，七分似于言妃。言氏奇，以画笑问于生。生惊怒，斥曰："南夏战神，岂容尔等妇人玩笑？"后，言氏进于言妃，以此事告之，笑曰："贵人绝色，若作男子扮，甚美矣。"众人称是，言妃意颇动。后一日，成祖倦于朝事，于园中独酌，令侍者守其门，众莫能入也。言妃贿侍者，以男装入，以邀圣宠。成祖初视之，颜色大变，揽之入怀，痛呼曰："阿麦，汝终来探吾矣。"喃喃低语，皆为相思之苦。言妃大骇。及成祖酒醒，见为言妃，大怒，拂袖而去。当下，侍于外者皆杖毙。言妃亦贬为嫔，禁足三月。其后，言嫔秘召族姐。言氏妇人归，借生酒后以此事问之，曰："画中人真战神乎？"生称是，妇人又问："谁为阿麦？"生甚奇之，惊曰："汝怎知战神之乳名乎？"言氏妇人告于言嫔，言嫔痛呼曰："汝误吾也！"

——节选自《夏宫秘史》

第四章

亲卫 惊变 往事

　　南夏在二十多年前曾经历过一场大的军事改革，当时靖国公曾把兵部改为国防部，下面置军区、军、师等编制，此项改革刚一开始就遭到朝中老臣强烈反对，全靠了靖国公坚持才得以进行下去，待靖国公暴毙，其部众四散分离，改革便也不了了之。

　　二十余年间，南夏军中编制多有变化，直到前几年才渐渐稳定。国防部又被改回为兵部，下面的编制则新旧掺杂地被分为军、营、队、什。十人为什，百人为队，千人为营，军则有大有小，多则上万人，少则几千人。军衔更是分为了帅、将、校、尉、队正、什长、兵卒。从"尉"这一级军官往上，便可以有自己的随从亲兵了。

　　唐绍义虽被称为校尉，占的却是"尉"这个军衔，不过只是个营中副手。商易之的军衔要比他高得多，算是一城主将，手下有两万多的士兵。按照标准可以拥有千人的亲兵，不过这千把人倒都不是跟在他身边伺候的，有不少是担任了警卫、通讯等特别战地勤务。

　　不过商易之所说的"帐下"却是指贴身跟着他的几十名亲卫了。刚才领着阿麦去换衣的那个亲卫又领着阿麦下去，不免有些得意，觉得自己果真没有猜错，这个叫作阿麦的俊秀小子还真成为自己的同伴了。

那亲卫自我介绍道："我叫张生，看你比我要小，以后就叫我张大哥好了。"

阿麦嘴角隐隐抽了下，突然想起来很久以前母亲曾经讲过的一个故事，那里面就有叫张生的，现在想来已不太记得故事说了些什么，只隐约记得里面还有叫什么红娘的丫鬟和叫崔莺莺的小姐。

"张大哥，您叫我阿麦就行了。"阿麦说道。

"阿麦？姓什么？"张生问道。

"呃……姓麦。"

"姓麦？叫阿麦？"张生觉得被绕得有些晕，"麦阿麦？"

阿麦嘴角又抽动了下，不过却没有说什么，只是点了点头。麦穗，那个父母随性而起的名字，好像已经离自己太远了，还是就叫作麦阿麦吧。

当夜阿麦便在商易之亲卫队的营帐中暂时安下身来。这个营帐中住了二十个亲卫，除去在中军大帐内外当值的，里面还睡了十好几个。和这一帐子的大男人睡在一起，阿麦感觉很怪异。不过好在是在行军途中宿营，这些人又都是亲卫，不仅担负着主将的安全，还得准备着听他使唤，所以哪里敢死睡，基本上都是兵器直接枕在头下，然后和衣而睡。

阿麦总算是大大松了一口气。

可能是对她还有所戒备，所以张生安排她睡在了最里面，幸好他还记着阿麦身上有虱子这事，面上虽然没有表示什么，可下意识地却往外挪了挪，尽量离她远一些。

阿麦有些惊讶地发现，这主将的亲卫竟然大多是眉目清秀的少年。她很不厚道地多想了些，想那个打扮很骚包的将军是否有些特殊的喜好，却不知道她真是冤枉了这个骚包将军。直到后来她真的成了一个小兵，入了真正的军营，直到她用利剑割断了一个人的喉咙之后，阿麦才明白商易之从各营中把这些面貌秀美的少年挑出来着实是存了些善念的。

亲卫队的营帐紧靠着主将营帐，那主将营帐中的烛火亮了很久。商易之和手下的那些将领不知道在商议着什么。而徐静也一直留在了帐中，瞧这情形极可能已经取得了商易之的信任，虽然才不过短短半天的时间。

第二日，青州军拔营。张生给阿麦牵来了匹枣红色的马，问她是否会骑马。阿麦本想藏拙说不会，可扫了一眼大都靠腿行军的士兵们，赶紧点了点头。可点完头后她又后悔了，因为徐静竟然坐上了车。

阿麦自从把上一匹马卖了换成盘缠之后，已是近半年没有骑马了。这半年来脚丫子虽然受了些罪，可大腿内侧的皮肤却是细腻了很多。如今再上马，可谓感慨良多。随即又安慰自己说道如果真的要逃命的话，四条腿毕竟要比两条腿跑得快。可是虽这样想着，她却没胆量跑。军中对待逃兵向来只有一个待遇，那就是"刀削面"，这她还是知道的。

她几次骑马路过徐静坐的马车边，向他暗示了好几次，意思就是说他的目的也达到了，就做个人情，让商易之把她给放了吧。

不过徐静每次都是高深莫测地笑笑，并不答言。

大军行进速度慢了很多，虽然商易之一直下令要快速行军，可大军赶到豫州城外时已是九月下旬。

途中商易之先派了军士快马赶往豫州报信，过了几天那军士回来，说豫州城已是四门紧闭，如临大敌。青州军来到城下，一见果真如此，更想不到的是豫州守军竟不肯打开城门，说是怕来军有诈，是北漠鞑子假扮的。

商易之听了大怒，立马城前放声大骂，说你们他娘的连自己人都认不出来了吗？本大爷大老远地来帮你们，你们就这德行？赶紧让豫州城守和守城主将出来，看看大爷是不是北漠鞑子。

当然，商易之原话不是这么骂的，他毕竟算是个读过书的人，又是京城纨绔子弟中的翘楚，虽然骚包，文采还是有一点的。

城墙上的守军一听城下这位大爷说话这么横，连忙请了主将出来。那主将姓石名达春，做豫州军主将已经七年，中间只回过京城两次，还都没见到过商易之，因此这两人是谁也不认识谁。

那商易之在城下大喊本将是青州军主将商易之，城上的石达春看了哪里敢随便相信，于是他本着安全第一的原则问道："可有凭证？"

商易之气得咂嘴，他一大活人都来了，竟然还管他要身份证明？怎么着？还得把他的将印扔上去验验不成？正想着，没想到城墙上果真喊道："如果真是商将军，那请把将印拿出来看一下。"

"嘿！行！真行！"商易之气极反笑。就连身下坐骑似乎都急了，喷了几个响鼻，在原地打起圈来。商易之的视线无意间转过身后不远处的阿麦，立刻又阴冷了两分，狠狠地剜了她一眼。

阿麦心里一惊，生怕这人迁怒于她，连忙缩了缩身子，想避过商易之凶狠的目光，没想到还是听到商易之咬牙切齿地叫道："阿麦！"

"有！"阿麦下意识地应道，然后隐约听到旁边的张生小声提醒道："喊'在'，不是喊'有'，笨哪，这都说了多少遍了！"

阿麦现在哪里有工夫和他计较这些，忙双腿轻夹马腹纵马出阵，心惊胆战地从商易之身边经过，来到城墙跟前仰头看向上面的那个豫州主将，喊道："请问将军，汉堡城守军校尉唐绍义可在城内？"

城上静默了片刻，过了一会儿唐绍义的身影出现在城墙之上。阿麦一眼就认出了他，心里竟是莫名的惊喜，忍不住激动地高声叫道："唐大哥！是我啊，阿麦！"她生怕自己换了装束，唐绍义认不出来，忙摘了头上的帽盔拿在手里冲着他挥了挥手。

"阿麦？"唐绍义一惊，忙从高大的城墙上探出身子来看向下面。只见城门前不远处，一个亲卫打扮的少年高坐在马上，正仰着头脸冲自己咧嘴露出开心的笑，眉清目灵，不是阿麦是谁！

唐绍义忙回身向石达春禀道："下面确实不是鞑子，阿麦就是和属下一起逃出汉堡城的人，属下来了豫州，阿麦则赶往泰兴报信。"

石达春点了点头，可是还是谨慎地问道："那下面来的怎么会是青州军？"

唐绍义也不知道阿麦为什么带了青州军过来，只得又探出身去问阿麦，阿麦连忙回道："泰兴被围，阿麦只得赶往青州，正好在半路遇到商将军去援救泰兴，将军听说豫州有难，便赶来这里了。"

后面的商易之已是很不耐烦了，他纵马上前，抬了马鞭正欲破口大骂，就见这时城门缓缓地开了，唐绍义跟着豫州城的将领迎了出来。

石达春虽然不怎么回京，却也是听说过商易之的名头，知道这少爷是连皇宫都敢硬闯的混世魔王。刚才因为光顾着安全第一，盘问了他这么半天，只怕这小爷早就恼了，一见他就连忙赔了笑脸上来，使劲地解释说自己也是怕北漠人使诈，所以才对他无礼了，请他千万不要见怪。

商易之似笑非笑地看着石达春，抱拳拱了拱手不阴不阳地说道："石将军果真是谨慎之人，易之佩服，佩服。易之刚才在城墙之下时就想，如果将军再不肯相信易之身份，易之就只能让人扔下绳索，把易之吊上来先验明正身再说。"

此话一出，石达春只觉得心里这个凉啊，暗道这回可把这位小爷给得罪了，自己的官路恐怕是要走到头了。

阿麦跟在后面，见商易之这么嚣张有些不解，趁无人注意偷偷地问旁边的徐静。

徐静偷眼看了前面的商易之一眼，小声问她："你可知道商将军的父母是谁？"

阿麦很配合地摇了摇头。

徐静抒着胡子高深莫测地笑笑，也跟着摇了摇头。

阿麦正迷惑间，肩膀就被人从后面大力地拍了一下，她回头，见是唐绍义。

"想不到我们还能有再见之时。"唐绍义一脸感慨地说道，又上下打量了一下阿麦的装束，有些欣慰地笑了笑，说道，"做了商将军的亲卫也不错，兄弟，好好混。"

阿麦心道我可不想在这里混，她顾不上和唐绍义叙旧，急切地抓了他的胳膊，说道："唐将军……"

"我不是将军，"唐绍义连忙纠正道，"你还是叫我大哥吧，你刚才在城下不是就叫我大哥了吗？呵呵，我觉得挺好，我们共过生死，情意早已比兄弟深，如果你愿意，就叫我一声大哥。"

"唐大哥，你……"

"你要不要见见徐姑娘？"唐绍义又打断阿麦的话，笑道，"她也在豫州城，就在城守府内照看小公子呢。"

阿麦一愣，想起了那个柔弱的小姑娘，又想起在汉堡城那个恐怖的夜晚，三人相互扶持着走出汉堡城的经历。徐秀儿既然跟了唐绍义一路，那自然也应该是在豫州城了，自己要不要去看看她呢？她正矛盾着，忽想起自己要和唐绍义说的却不是这些，连忙拉回了思绪，对唐绍义说道："唐大哥，你能不能和他们说一下，说我……"

"唐校尉！"石达春突然在前面喊唐绍义，唐绍义连忙应了一声，顾不上听阿麦下面的话，忙往前面走去。他的衣袖在阿麦指间滑过，阿麦有些傻了。片刻后她就恼怒了起来，她不就是想求唐绍义让那些人放她走吗？就这么一句话都不肯听她说完！

城守府内，豫州高级将领和商易之带过来的青州将领聚在了一起，表情都有些严肃。唐绍义比青州军早来了十几天，已经把他在汉堡看到的以及他的推测都和豫州守将石达春说了。石达春本接到了兵部的军令要他带兵援救泰兴，听唐绍义的介绍，一怕果真像唐绍义猜的那样北漠人乘虚攻打豫州，二是也猜到了北漠人围泰兴有围城打援的计划。所以为了稳妥起见，便驻兵城内想先看看再说。没想到这一等就是半个来月，北漠兵一直没等到，却等来了商易之的青州军。

商易之听完了石达春的军情介绍，脸色微寒，眯了眯眼睛问道："为何不主动迎战，去秦山谷口堵截北漠鞑子？"

石达春面色有些窘，这个提议唐绍义早就提出来过，不过他觉得这个计划实在是太过冒险了，如果北漠人没有往北而来的话，那他不派兵去援救泰兴，反而去守一个毫不相干的谷口，岂不是要惹人笑话。

徐静先看了商易之一眼，说道："就算不去谷口设伏，那也应该多派斥候去那里，难道石将军就弃那秦山谷口于不顾了吗？"

石达春脸色一松，连忙说道："前几日已经派斥候过去了，估计消息马上也就要回来了。"

商易之目光凌厉冰冷，寒声问道："前几日？"

唐绍义早在半个多月前就把消息送到了，即便石达春不敢派兵去谷口设伏，那起码也应该多派斥候过去紧密监视着，谁想到他竟在几日前才想起来派斥候过去。这么一个简单的道理，就连被称为"骚包将军"的商易之都懂得，他作为一个从军几十年的将军，竟然大意到如此地步。

商易之怒极反笑，气道："石将军果真为谨慎老将啊！"

这明显是反话，听得石达春脸色微变。按级别，他们是同级将领，按年龄，他比商易之大二十有余，当着两城将领的面，商易之如此不讲情面说话，让他的那张老脸着实没地方搁。石达春也冷了声音，不卑不亢地说道："商将军有所不知，秦山谷口那里本就有我军的哨卡，如果北漠鞑子从那里而过，必然会有战报传来。"

"哦？"商易之挑眉，冷笑道，"那就希望如石将军所言，鞑子并没有往北而来，易之在这里叨扰两日，便会引军南下泰兴城。"

话音刚落地，就听见有传令兵从院外疾跑了进来，"报——派往秦山谷口的斥候回来了！"紧接着，有兵士架着一个浑身血污的斥候进来，那斥候一进来就甩开旁边扶他的人趴倒在地上，强撑了身子起来向石达春嘶声哭喊道："将军，北漠人偷袭了秦山哨卡，全营将士无一幸存。"

石达春脸色唰地惨白，上前提了那斥候的衣领，颤声问道："那北漠大军呢？"

"北漠大军早就过了秦山往北而去，他们还在秦山伏了骑兵阻杀我们的人，一起去的十个人只有小的一个人逃了回来。"

石达春高大的身形晃了晃，双手再也无力提住那斥候的衣领。

室内所有的人都被这个消息震住了，一时间屋里静得骇人。难怪北漠大军过秦山谷口而无人知，原来他们早就准备好了这一切，先是偷袭了秦山哨卡，后又专门派骑兵留下来伏击豫州去的斥候，看来他们本就打算要悄无声息地北上。

"往北？弃豫州而就靖阳？"徐静喃喃自语，这北漠人真是敢赌。靖阳那里有南夏的三十万边军，他们竟然还想去攻靖阳关口？就算北漠人可以南北夹击靖阳关口，可靖阳北不只有天险可依，靖阳城也是百年的古城，城高池深，易守难攻！

商易之脸上似覆了一层寒冰，冷得不带一丝温度，只是默默地看着那个趴在地上的斥候愣神，突然间双眸一紧，失声喊道："援军！"

徐静稍稍一怔便明白了商易之的意思，面色也不禁变了，有些迟疑地问道："不会吧，靖阳边军乃是守国之军，朝廷不会也让靖阳边军回救泰兴吧？"

商易之狠狠地踹了一脚柱子，恨恨说道："谁知道那些草包会不会这么做！"转回身又寒声吩咐道，"赶快派人通知靖阳，死也要把消息赶在北漠人之前送过去。"

可惜，已是晚了。

八月二十九，靖阳边军接到兵部急令援救泰兴。靖阳边军主帅罗义成拒绝出兵，朝廷连发九道金令催促罗义成出兵。重压之下，副将张雄领一半边军回援泰兴。

九月十八，张雄领十五万靖阳边军出靖阳城，南援泰兴。溧水一线戍军全线收缩，回驻靖阳城内。

九月二十四夜，靖阳援军南归途中遭北漠骑兵偷袭。夜色之中，北漠骑兵如从天而降，杀入毫无准备的靖阳军大营，一时间，南夏军营成血腥地狱。南夏军死伤九万余人，近六万人降敌，皆遭坑杀。北漠骑兵主将常钰青一战成名，用十五万颗南夏士兵的头颅铺就了他的名将之路，世称"杀将"。

九月二十六夜，靖阳主帅罗义成于帅府之中遭人暗杀，靖阳城内一时群龙无首。

九月二十八，常钰青领军诈作张雄的靖阳军，骗开了靖阳城南门，北漠军杀入靖阳城内，从内部打开了靖阳边关，迎边关外的北漠大军入城。

事隔三十年后，北漠人又一次攻开了南夏的北大门。同时，北漠那个一直藏在后面的主帅终于浮出了水面。陈起，这个名字在最短的时间内传遍了四国，一跃成为不世名将。

消息传来的时候，阿麦正跪伏在青州守将商易之的案前自请离去。

商易之坐在案后临摹着卫大家的字帖，没有抬头，只是淡淡问道："你当军营是什么地方？想来就来想走就走？"

阿麦低垂着头咬了咬牙，沉声说道："小的本就不是军人，是受唐校尉所托才赶往青州送信，现在已经完成了他的托付，又在豫州找寻到了失散的妹妹，小的妹子孤苦一人无人可依，小的只有向将军请辞。"

商易之没有答言，只是低头专注地临帖。徐静有些不满地看了阿麦一眼，刚张嘴想说话，外面有通信兵疾跑了进来，把刚到的军报递到商易之手上。

阿麦久等不到商易之的回答，忍不住偷偷抬头向他望去，见他双手展开军报看着，脸色渐渐惨白，然后又转成青色，执着军报的双手竟隐约抖了起来。片刻之后，商易之突然撕扯了手里的军报，大叫一声后猛地抬脚把面前的桌案踹倒。

阿麦心里一惊，下意识地闪身躲避飞过来的笔墨砚台。

"三十万！三十万大军！"商易之愤怒地喊道，猛地从腰间拔出了佩剑，双手握了剑柄冲着屋子里的摆设狠命地劈砍起来。

阿麦吓傻了，生怕他不小心劈在了自己的身上，慌忙连滚带爬地往边上躲去。

谁知她这一动反而提醒了商易之，他赤红着眼睛，竟提剑向阿麦这边走了过来。徐静见状，慌忙上前挡在了阿麦的身前，死命地抱住商易之的胳膊，急声喊道："将军！将军！请冷静一下！"

商易之一把甩开徐静，仍是一步步逼向阿麦。

阿麦坐在地上往后挪动着身子，只觉得背后被硬物一挡，竟是已经避到了柱子前。身后再也没有地方可退了，她一咬牙急忙从地上爬起来，后背倚着房柱冷冷地看商易之，努力地控制着音调说道："将军，难道要迁怒于阿麦？"

商易之瞪着赤红的眼睛愤怒地看着阿麦，急促的呼吸催得他胸口快速地起伏着，如同一只被猎人的箭逼得暴怒的猛兽。

阿麦已经连呼吸都屏住了，只是强迫着自己和他冷漠地对视，那剑尖就在她身前的左下方，映出点点的光。她知道，只要面前这个男人的手腕稍微一动，那锐利的剑就会向自己劈过来。她很怕，可现在除了站在他的面前什么也做不了。

光芒一闪，那剑还是劈了过来。阿麦的瞳孔猛地缩紧，那里面清晰地映出了面前一脸铁青的男子，还有他手中劈过来的剑。

剑尖在她的面前划过，虽然没有碰到她的身体，可那霸道的剑气还是刺破了她面颊上的皮肤。没有觉出痛，她的左脸上突然多了条细细的红线，一条细得几乎看不出来的线，然后就有细小而圆润的血珠缓缓地渗了出来。

"滚！滚！都给我滚！"商易之厉声喊道，提了剑转身走开，回到挂在墙上的军事地图前，用剑尖顺着地图指到北漠都城的位置，喘着粗气咬牙说道，"陈起，我不杀你，誓不为人！"

阿麦本已走到了门口，听到商易之后面的话，人一下子就僵在了那里，像是被人突然抽掉了魂魄，目光涣散，脸上血色全无。

豫州的城守府更加忙乱了起来，军中的各级将领面色慌张地在门口进进出出。阿麦静静地蹲守在院门边，趁徐静从她身边经过的时候拉住了他，问："陈起是谁？"

徐静面上略带讶色，不过还是回答她道："陈起是北漠大军的元帅，这次靖阳之战就是他指挥的，不，应该说这次北漠军整个的军事行动都是他的杰作。"

"他很厉害？"阿麦又问。

"我靖阳三十万边军皆丧于此人之手，几十年经营毁于一旦，从此鞑子铁骑进攻江中平原如入无人之地，你说他是不是厉害？同样是三十万的兵力，兵分三处，东西两路大军冒险深入我江北腹地，佯攻泰兴引我边军回救，然后又千里奔袭靖阳援军。"

徐静轻轻地将了将胡子，又感叹道："这样险中取胜的战术，定是早已在底下演练了很久，北漠东西路大军只要有稍许的差错都会把整个计划毁掉。唉，更骇人的是，根据我们在北漠细作回报，这个陈起竟还不足三十岁，此等鬼才，恐怕已能与我南夏二十多年前的靖国公比肩了。"

阿麦听着，身体竟然要不受控制地发起抖来，骇得她连忙用力握了拳，绷紧了全身的肌肉才能让自己貌似无事地站在那里听着徐静的话。

徐静说了几句后便停了下来，眯着小眼睛打量了一下她，问道："你既然都要走了，还打听这些干什么？"

阿麦强扯了嘴角笑笑，摇了摇头，不理会徐静的惊愕，转身离开。她身上还穿着商易之亲卫的服饰，所以走在城守府里倒也没有人拦她，就这样浑浑噩噩地出了城守府，走到了豫州城的大街上。街上还有着匆忙走过的行人，日常的生活还在继续着。豫州城内的百姓只知战事将近，却不知道他们三十万戍边将士已经死在了北漠人的铁骑之下。

徐静的话还在耳边响着，那个还不足三十岁的北漠元帅，那个兵行险招的军事鬼才，应该就是他了。陈起，这个她一直努力遗忘的名字，就这样出现在了她的眼前。

南夏的细作真是不行，阿麦嘲弄地笑笑，竟然连他的真实岁数都搞不清楚，她记得很清楚，他长她八岁，今年应该是二十七岁了吧。

阿麦到现在还记得第一次见到陈起时的情景。她记事很早，很小的时候的事她都能记得，可是却没有一件像这件事记得那样清楚，好像就发生在前几天似的，回忆起来，几乎连他的每一个表情都还能记得住。

她那时正好六岁，正是人嫌狗厌的年纪，爬树下河什么都敢干。有一次把母亲实在是气急了，母亲拿了小竹棍比量她的屁股，然后恨恨地威胁说："麦穗！你给我记住，你是个女孩子！下次你要是再敢跟着牛家的小子下河摸鱼，老娘就把你的腿敲折了！"

她嘿嘿地笑，冲着母亲做了个鬼脸，然后撒腿就往院子外面跑，她知道，母亲是追不上她的，而且母亲一出了大门就会变成很温柔很贤惠的样子，绝对不会拿着竹棍子追她。谁知刚跑到大门口，她就撞到了刚进门的父亲，父亲一把将她从地上抱了起来，举到半空中爽朗地笑道："阿麦丫头，来让爹爹亲一口，想爹爹了没有？"

她欢快地抱住了父亲的脖子，大声地喊："想！"

父亲笑着放下了她，又过去抱了抱迎过来的妻子，然后回身拉过一直静静地站在大门口的少年笑道："这是陈起，以后就是我们家的一员了。"

她好奇地看着他，圆滚滚的大眼睛滴溜溜地转着。

父亲问她："以后这个大哥哥陪着你玩，好不好？"

她没有回答父亲的话，只是盯着那少年问："你会不会爬树？"

少年缓缓点了点头。

她又问："那你会不会去河里捉鱼？"

少年还是点头。

于是她就走到他面前，仰着头说道："那好吧，以后我就带你一块玩吧。"

她说得一本正经，跟小大人似的，惹得父亲母亲都笑了。父亲笑过了，拉了她的手放到少年的手里，直视着少年的眼睛，温声说道："陈起，以后阿麦就交给你了。"

少年的脸色有些可疑的红晕，抿着唇角郑重地点了点头。

那时的阿麦还不太明白父亲话里的意思，所以当偷听到母亲和父亲说陈起是不是比阿麦大得太多了点时，她立刻就从床上蹦了起来，大声地喊："不大，不大，陈起哥哥正合适！"

是啊，他正合适，他是她最好的玩伴和保护者。

他们一起朝夕相处了八年，她从顽童长成了豆蔻年华的少女，而他则由青涩少年变成了高大英俊的青年。到后来，她已是渐渐明白了父母最初的用意。

她十二岁时，他成年，成年礼举行完了后她揪着他的袖口问："陈起哥哥，你是不是可以娶我了？"

她没有一点少女应有的羞涩，反倒是他红了脸。

十四岁时，她拉了他坐在院后的那棵老槐树下，用肩膀撞了下他的，问："陈起哥哥，以后你想过什么样的日子？"

他目光温柔地看了看她，然后又把视线投向远处的天空，轻声说道："小桥，流水，人家。"

她嘿嘿地笑，不等他说完就用手指了他的鼻尖叫道："你是不是又偷跑到书房去看我爸的书了？"

他轻笑着用手抓下她的手指，却没有松开。

她凑近了他的脸，一本正经地问："陈起哥哥，你到底什么时候娶我啊？"

他没有说话，只是静静地看着她，不知不觉中，脸就缓缓地低了下来。她突然想起来父亲经常避着他们和母亲做的事情，一下子就紧张了起来，瞪大了眼睛突然问道："你是不是想亲我？"

他一怔，脸上闪过可疑的红色，忙就坐直了身子，瞧她仍定在那里直直看着自己，颇有些恼羞地把她凑近的脑袋推开，先是瞪她，很快却又无奈地笑了起来，手掌抚上她的头发，轻声说道："阿麦，你还太小。"

再后来，他突然因事要离开，和她讲好了等她十五岁及笄的时候回来娶她。她便等着，他们从来没有分开过那么久，她整天地跟在母亲屁股后面，问他什么时候可以回来，问她生日怎么还不到，陈起哥哥说了等她十五岁就回来娶她。

母亲被她缠得直翻白眼，转了身吼道："麦穗！你给我老实地待到二十再嫁人吧！十五你就想给我嫁人？你妈我像你这么大的时候要是敢说这话，你姥姥能把我的皮都打熟了！"

姥姥？她从来没有见过姥姥，所以母亲的恐吓对她没有什么威力。

父亲听了总是笑，然后就用眼角扫着母亲，拖了长音地念道："女大不中留哦——"

她的十五岁终于到了，他没有失言，他回来了，同时也带来了一群杀手……

那天的情景她永远不会忘记，甚至在开始的两年里，她只要闭了眼就能看到那个场景，刀光剑影，火光冲天，母亲凄厉的喊声就在耳边响着，她说："阿麦，快跑，往后山跑，你要活下去，好好地活下去！"

阿麦握紧了拳头，用力地咬着牙关，生怕自己就在大街上发起疯来。已经过去四年了，可是那些情景为什么还历历在目？火焰的温度、乡邻的喊叫，甚至连空气中的血腥味都还能闻得到，她知道，那是父亲体内流出的血。

她是想忘了啊，为什么偏偏忘不掉？母亲说不要她报仇，母亲说只想让她活下去，没有仇恨地活下去，快乐地活下去。母亲说她的幸福比什么都重要，可是，这样的她，还能有幸福吗？

下身突地蹿出一股热流，有些黏湿，她想可能是月事来了吧，她十五岁才来的初潮，正好赶在生日的前两天，母亲当时还笑她，说这倒是真算成年了。可自从那场变故以后，她的月事就极其不准，经常是一年半载地才来一次，而且量也很少，基本上一两天就过去了。她倒也不觉得有什么，反而觉得这样更好，她一直是扮了男装的，这样没有月事反而更加方便起来。

阿麦用力地掐了掐手心，让意识清醒了些，数了数身上仅剩的一些钱，然后去布店里买了些白棉布，又买了里面换洗的衣服，拿着便去了客栈。这个战乱的时候，客栈里的住客很少，她又穿了身军衣，所以掌柜对她的态度极好，很快就把她要的剪刀针线之类的拿来了。

阿麦关了门，清理了一下身体，开始用厚实的白布缝制裹胸布。

第二天，等月事干净了，她又向小二要来了热水，很认真地擦拭身体，她擦得很认真，知道这次擦完了下次就不知道要等到什么时候了。净完身后，阿麦缠上了新的裹胸布，换上干净内衣，这才又重新把外面的军装穿好，开门出去。

| 第五章 |

谢罪 从军 兵营

城守府里面乱作一团，在得知靖阳边军被屠之后，豫州守将石达春选择了以死谢罪。

石达春觉得正是由于自己对于军情的错误判断才导致了靖阳边军的战败，导致了三十万南夏男儿的殒命。他在书房里瞪着眼直直地坐了一夜，天亮时用剑削破手指留下了一封血书，打散头发遮了面以表示死后于地下也无颜见先人，之后就把佩剑抵在自己的身前，打算以死谢罪。

也是他命不该绝，正在这个时候，守在书房外的亲卫由于一直没等到他喊人进去伺候，心里有些奇怪，忍不住从窗户缝里瞄了一眼。这一眼下去可把那个亲卫吓得魂都掉了，一急之下也顾不上什么冒犯不冒犯了，一脚就踹开了书房的门，往石达春身边扑了过去，上去就把剑给抓住了。

石达春的剑已经刺下去了，见被亲卫抓住，红着眼睛怒道："放手！"

那亲卫岂敢松手，一边死命地往外夺着剑，一边哭喊道："将军！将军！您不能啊！"

亲卫空手抓剑，锋利的剑锋立刻便嵌入了他的手掌之中，鲜红的血顺着剑身流下来，与石达春腹部冒出来的鲜血混杂在一起，一时艳丽无比。

商易之被人喊来的时候，豫州军中的将领已经跪满了一地。石达春被几个手下死死地抱住了，手里的佩剑也被人夺了下去，正瞪着通红的眼睛怒喊："放手，你们给我放手。"

那些将领哪里敢放手，只是把他的胳膊抱得更紧，哭喊道："将军，胜败乃兵家常事，您想开些啊！"那些跪在地上的将领也是哭着连连磕头。

商易之寒着脸进来，起脚就把跪在门口处的一名将领给踹开了，厉声骂道："哭他妈什么哭！"

屋里的哭声一顿，众将闻言都转过头来看商易之，就连一直挣扎不止的石达春都停了下来，愣愣地看向商易之。

商易之看了看披头散发的石达春，视线又在屋里慢慢地转了一圈，寒声说道："都给我出去。"

屋里的人都僵了僵，有些性子软弱的人身子晃了晃欲起身退出去，可大部分将领都是脾气犟直的，一个个梗着脖子杵在那儿没动地方，有的还很挑衅地歪着脑袋斜看商易之，心道这是我豫州军的地盘，你一个青州的守将凭什么来这里发号施令，就算你老娘是公主又能怎么样？爷爷这官职是提着脑袋杀出来的，还怕你给我小鞋穿？我们将军让着你那是不想和你这小白脸一般见识，你少来蹬鼻子上脸的，以为我们豫州军就好欺负了。

商易之和那个黑面大汉对了半天眼，气得冷笑起来。

他商易之是谁？他人生的前二十年都是在盛都度过的，那里最多的是什么？就是官！官最擅长的是什么？就是眉来眼去！那些人向来都是话只说三分透，剩下的全靠你自己去琢磨，琢磨什么？不就是琢磨他的一个眼神是什么意思，琢磨他的一个看似无意识的动作的意思吗？

他从三岁的时候就知道办事得看父亲的脸色，说话得看母亲的眼色。就这黑面汉子的眼神，就差举个牌子上面写着"商易之你就是个纨绔子弟"了！他商易之能看不明白那是什么意思？笑话！

商易之怒极反笑，嘿嘿地冷笑两声，看着那黑面大汉的眼神又寒了两分。

石达春虽然自己不想活了，可却没想让部下也跟着他一起不活了。黑面大汉不知道商易之这位少爷的厉害，可他不知道并不代表石达春不知道。石达春稳定了一下情绪，对着一屋子的部下沉声说道："你们先出去。"

"可是……"

"出去！"石达春的语气也透露出严厉，那些豫州将领不敢违抗他的话，只得一一从地上爬了起来，往书房外退去，临走的时候还有人不放心，把石达春的佩剑也不露痕迹地顺了出去。

石达春看在眼里苦在心里，嘴角忍不住挂了丝苦笑。

商易之脸上的怒气却意外地消散了，只是淡淡地看着，等屋里终于空下来的时候，他脸上竟然还带了些笑模样，勾着唇角站在书案前看石达春留的血书。然后用手拿起那张血书冲着石达春抖了抖，似笑非笑地问："就这张纸能抵我南夏三十万将士的性命？"

石达春面色一恸，嘴唇抖了抖，还是没能说出话来。

商易之冷笑一声，寒声说道："事已至此，我也不和你说什么废话了，我只有三句话：其一，靖阳三十万边军被灭不是你石达春一个人的责任，你没有那么大的脑袋，也顶不了那么大的帽子；其二，作为一个军人，他只能死在一个地方，那就是沙场，而不是什么狗屁书房；其三，如果你还想死，我不拦你，可豫州不能乱，你得把你那伙子亲信一起弄死，然后把豫州军安安稳稳地交到我手里再去死！"

说完，商易之一拂衣袖就出了书房，只剩下石达春一个人待在了那里。

阿麦回城守府的时候正好赶上商易之寒着一张脸从石达春的书房里出来。她远远地就看出了商易之面色不善，下意识地转了个身往旁边的小路上避过去，可还没走两步就撞上了徐静。

徐静惊讶地问："阿麦，你怎么又回来了？"

阿麦心中叫苦，冲着徐静挤眉弄眼地示意他别认她，可是已经晚了，商易之从背后认出了她，并停下了脚步，目光如炬地往这边看了过来。

"将军。"徐静叫道。

阿麦也只得无奈地转回身来，低着头垂着眼帘极其恭敬地叫了一声："将军。"

商易之目光一寒，冷声问道："你不是走了吗？怎么又回来了？"

阿麦慌忙将双膝一屈跪倒在地上，垂首说道："昨日阿麦糊涂，请将军恕罪。鞑子犯我国境，阿麦身为南夏男儿，怎能为图一己之安危而临阵退却？阿麦想明白了，从今以后便誓死跟随将军，鞑子一日不灭，阿麦一日不离军营！"

一段话说得不仅商易之愣了愣，就连徐静都怔住了。过了片刻，商易之突然哈哈大笑起来，笑过后走到阿麦跟前，和颜悦色地问道："你真决定了要跟随我左右？"

"是！阿麦誓死追随将军！"阿麦大声说道。

商易之突然抬脚往阿麦肩上踹了过去，一脚就把阿麦踹倒在了地上，他看着阿麦，冷声问："你当我青州军是什么？你想来就来想走就走？"

阿麦倔强地和他对视，咬牙说道："没有，阿麦昨日是糊涂了。"

商易之盯着她，忽地笑了，往后退了两步，掸了掸衣角的灰尘，轻笑道："那你现在是真要从军？"

阿麦用力地点了点头。

"好。"商易之说道，又吩咐身边的亲卫，"张生，你带阿麦下去，让李副将把他编入步兵营。"

徐静一愣，欲开口替阿麦说句话，可一看商易之的脸色又把舌尖的话压了下来，显然商易之现在心情很不爽，阿麦在这个节骨眼上回来，真真是倒霉到家了。

阿麦本已在商易之的亲卫队里混了不少日子，现在突然被编入步兵营，而且是做一名普通得不能再普通的小兵，明摆着就是遭贬了，再加上步兵本就属于最辛苦的兵种，战争眼瞅着就在眼前，商易之把阿麦编入步兵营，分明是想让阿麦去送死了。

一路上，就连张生都有些同情阿麦了，反倒是阿麦一脸的平静，只是低着头跟在张生后面走路。

从前几天开始，商易之就下了军令在豫州周边村镇招募新兵，这几日已然招了不少青壮年。如果是平时招募新军，必然把新兵独立编营以便受训，可如今战事紧张，再没工夫单独训练新兵了，只是把新兵打散了插入到老兵中去，以练代训。

那李副将也是个不爱费事的主，见将军派亲卫送了阿麦过来编入步兵营，也没多想就把阿麦交给了他手下的军官，他手下的军官又把阿麦交给了他的手下。于是乎，阿麦这样被一层层地传下去，终于在青州军步兵营第七营第四队第八什落了户。

阿麦看着自己军籍牌上的那几个数字，低低地念了一遍："青一七四八，青一七四八，请你去死吧？请一起死吧？"她忍不住嘿嘿笑了两声，这数，还真是他娘的吉利啊！

同时和阿麦编入第八什的还有一名叫张二蛋的新兵，个子比阿麦矮了足足有一个头，细胳膊细腿小细腰，往那儿一站跟根麻秆儿似的，有他在旁边衬托，阿麦非但没显得单薄，反而有了点高大魁梧的味道。

阿麦的什长是个三十来岁的壮汉，长得不高，却极粗壮，阿麦和张二蛋两个人的腰加起来都赶不上人家的半个粗。他斜着眼睛瞥了瞥面前新分过来的两个兵，别着脸往地下狠狠地吐了口唾沫，骂道："他奶奶的，豫州的水土就能长出这样的玩意儿？怎么都跟猴一样啊！"

他话音一落，旁边的那些老兵哄笑开了，看笑话似的看着阿麦他们。

阿麦一脸漠然，微垂着头站在那里无动于衷。张二蛋脸色却涨得通红，想说些什么却又不敢惹什长，只能隐隐握紧了拳头。

什长背着手绕着张二蛋转了一圈，绕到他身后的时候猛地起脚踢了他一脚，张二蛋膝盖弯了弯，细瘦的身体剧烈地晃了晃，不过却没有倒。什长咧了咧嘴角，冲着他的膝窝更用力地踹了下去。这一次，张二蛋没能挺住，一下子跪趴在地上。

"多大了？"什长问。

张二蛋紧紧地咬着牙，答道："十六。"

什长点了点头，又转向阿麦。这回他刚提起脚来，还没踹下去阿麦就跪倒在了地上。什长提着脚愣了，转头就嘿嘿笑了起来，说道："嘿，你这小子倒是识趣，多大了？"

"十九。"阿麦平静地回答。

"老大，这小子长得可真他妈俊！"人群里有个人突然叫道。

众人的视线都被这话聚到了阿麦身上，就连跪在旁边的张二蛋都扭头偷看阿麦。阿麦脸色有些苍白，忍不住绷紧了嘴角。

什长也仔细地打量阿麦，看这小子面皮是挺细嫩，眉毛稍有些细，却不是女子弯弯的眉毛，而是斜飞入鬓的剑眉，眼睛很亮，黑白分明，比女子的眼睛还要干净水灵，唯一可惜的就是鼻梁有些过高了，不够秀气，可下面的唇形却真他娘的漂亮，就这么微微绷着，让人光是看着就觉得心里痒了起来。

若在平时，阿麦的长相虽然秀美了些，可她的身高在那里摆着，别人也就认为她不过是个俊美的后生。后来跟在商易之的亲卫队里，那里面也大都是面相俊美的少年，有的五官甚至比她还要精致些，所以她混在里面也没有人疑心过她的性别。可如今她是进了实实在在的军营，一群粗鄙汉子混在一起的地方，你身上的雄性特征稍微少点就会被别人瞧不起，就她这样的，实在打眼。

人群中有人应和道：“嘿，还真是！面皮长得跟个娘们儿似的。”

阿麦扭头看了看说话的那人，从地上站了起来走到那人面前，寒声说道：“你有胆子再说一遍！”

那人一愣，随后就哈哈笑了两声，指着阿麦对旁边的人笑道：“瞅瞅，还急了，就是这急模样让人看着都心疼啊，哈哈。”

阿麦猛地挥拳冲着那人的脸就打了过去，那人被阿麦打得一愣，往后退了好几步，瞪着眼睛不敢置信地看着阿麦，想不到阿麦一个新入营的小兵敢打老兵。

“我操，你小子还敢打……”

话音未落，阿麦的拳头就又到了，这回是狠狠地给了他肚子一拳，打得那人身体一弯，阿麦紧接着就用双手抓住那人的肩膀往下一带，膝盖大力地顶撞那人肚子，狠声说道：“打的就是你，你嘴里再敢喷粪，老子就打死你！”

那人被阿麦一下子给打蒙了，连还手都顾不上了，腹部连连遭到阿麦的重击，一口鲜血就吐了出来。四周的人也都是被弄愣了，想不到阿麦长了一副好模样，下手却是这样的狠，两句话不说就上了手，众人一时连拉架都忘了，只是都傻呆呆地看着她狠揍自己的兄弟。

其实阿麦并没有什么高深的功夫，她不过是小的时候跟着父亲练了些强身用的小招式，这几年又一直在外面奔波着，身上的力气长了不少，再加上这一套动作她已经不知使了多少次，早就是练熟了的，所以使起来是相当顺手。不过即便如此，她也不见得就能真的打赢这人，这次不过是胜在了出其不意，还没等人家反应过来呢，她就已经把他给打蒙了。

旁边终于有人反应了过来，连忙上前拉开了阿麦。了不得，刚来的就敢这么打老兵，那还有没有天理了？有人钳制了阿麦的胳膊，她虽然有力气，可真的跟这些大老爷们儿比起来也差了不少，挣了没几下就被人把胳膊拧到了背后。有人冲着阿麦的肚子就给了她几拳，很用力，也很疼，她只用力地咬了牙关，连吭都没吭一声。

面前的人也有些佩服，"行，好小子，够硬气！"

刚才被打的那人被人架到一边也清醒了过来，拨开人群冲了上来，抡圆了胳膊就给了阿麦俩耳光，骂道："让你敢打老子，让你敢打老子！"

阿麦借着身后人钳制她的劲道，猛地踢向了那人，骂道："滚！有本事就和老子单挑，一伙子欺负老子一个算什么好汉！"

"哈！你还敢不服？"那人上前又扇了阿麦两下。

"呸！"阿麦把嘴里含的血都啐向了那人，狠绝地看着他。那人本想再扇，可一撞到她这样凶狠的目光，一时竟然不敢下手了。

众人见阿麦这样硬气，也是有些佩服了，再说本就是那人先说阿麦像娘们儿才引起来的，他虽挨了阿麦的揍，可也打了阿麦，算是也找回来了面子，便有人上前打圆场，抓住了那人的手，笑道："行了，王七，你也打完了，别和这雏儿一般见识了，您说呢？老大？"

一直在旁边冷眼旁观的什长看了看阿麦，又扭头冲着王七喊道："够了！我看你们都他娘的是活腻歪了，等鞑子来了我看你们还有没有命打！军中斗殴，都他娘的给我饿一顿再说！"

身后钳制住阿麦的人松了手，阿麦心中暗暗松了口气，心道这第一关总算是过去了，虽然挨了些揍，可从此以后这伙子人却再不会怀疑她的性别了。她伸手摸了摸已经被打麻木了的脸颊，不由得想苦笑，可刚一弯嘴角就扯得脸上生疼，只好又放下了嘴角。

晚饭的时候，阿麦和王七果然被饿了饭，别人都去吃饭了，营帐里只剩下了他们两个，王七摸着肚子冲着阿麦骂道："操，都是你这小子害咱们挨饿。"

阿麦冷冷地瞥了王七一眼，王七还真有些怕她那种狠劲，只好讪讪地闭了嘴。

过了一会儿，其他人都吃了饭回来了，张二蛋偷偷地拽了一下阿麦，示意阿麦跟他出去。阿麦隐隐皱了皱眉头，跟着他出去。走到避人的地方，张二蛋从怀里掏出了个窝头递给阿麦，小声地说道："给你，快点吃了吧。"

阿麦问："哪儿来的？"

张二蛋不好意思地笑了笑，说道："我偷偷留下的，一个人两个呢，我吃不了。"

阿麦道了谢接过来，倒没有立刻吃，想了想又对张二蛋说道："你去把王七也叫出来。"

张二蛋不解地看着阿麦，阿麦想笑，可刚咧嘴就觉得脸蛋子生疼，忙用手捂了捂脸，低声说道："你叫他过来吧，一会儿你就明白了。"

张二蛋听话地去叫王七，王七心中疑惑地跟着他出来，见阿麦正等在这里，还以为她要报仇，不由得往后退了一步戒备地看着她，问道："你小子不是又想打架吧？"

阿麦没有说话，只是把窝头拿出来从中掰成两半，递给王七一半，说道："这是二蛋从嘴里省下来的。"

王七怔怔地接过那半个窝头，却没敢往嘴里放，只是迟疑地看着阿麦。阿麦嗤笑一下，也不说话，只是低了头往嘴里塞窝头，很快就把窝头吃了下去，这才抬起头来对张二蛋说道："咱们赶紧回去吧，省得一会儿队里点名找不到咱们。"

张二蛋点了点头，跟着阿麦回去，后面只剩下了王七一人看着阿麦的背影，又低头看了看手里的窝头，迟疑地咬了一口，嘟囔道："操，这小子心眼儿倒是不错。"

要说这王七也不算是个坏人，只半个窝头就换得他不再找阿麦的麻烦，平日里反而比别人更照顾阿麦一些。操练的空当，士兵们都席地坐在校场上休息，王七挤开别人坐到阿麦旁边，用肩膀撞了阿麦一下，问道："哎，你小子怎么下手那么狠啊？"

阿麦瞥了他一眼，淡淡地说道："要是你再敢说我长得女气，我下手会更狠。"

王七嘿嘿地笑了，说道："这夸你长得好看也不行啊？"

阿麦冷冷地看向他，唬得他连忙摆了摆手，"得，我不说了还不行吗？瞧你这小气劲！我还巴不得人说我长得好看呢，这样说媳妇多容易啊。"

阿麦冷笑道："那我来夸你，你王七长得可真是国色天香，闭月羞花，花容月貌，好一个娇滴滴的小娘子！"

王七瞪着阿麦哭笑不得，过了半天才用拳头捶了她一下，笑道："我操，你小子可真记仇！"

教官吹了哨子，一伙子人又急忙去站队，教官提着棍子在人群中穿梭，看着谁不顺眼就给一棍子，嘴里骂骂咧咧的，"还不用心练，他娘的，到了战场上等着给人家砍去吧！"

阿麦人本就聪明，练得极用心，学得也极快，不过几天的工夫就把手里的一把大刀舞得似模似样，连射箭的准头也提高了很多。这几天来，上面一直在强训他们步兵营的弓箭和刀法，倒是不怎么操练他们的阵法变化。阿麦心里有点数，看来上面这是要死守豫州了，如果是野战的话，步兵营就不会弃阵列变化而不顾。

中午休息的时候，唐绍义突然找来了，见到阿麦后有些惊讶，问："你的脸是怎么了？"

阿麦脸上的肿还没全消下去，现在仍是有些青紫，如今听到唐绍义问，就连旁边的什长都忍不住看了过来。

阿麦咧了咧嘴角，避开唐绍义的视线，淡淡说道："自己撞的。"

此话一说，不光是王七，就连什长都忍不住松了口气。

唐绍义也是从军队底层混出来的，自然知道阿麦没有说实话，不过见她不打算说，也就不再问了，只是又问道："为什么好好的亲卫不做了？"

阿麦不知道该怎么回答，总不能说人家商将军不要她了，故意把她丢到这步兵营里来受罪吧？她抿了抿嘴角，答道："我不要以近侍起身，我要实打实的军功，我要做将军。"

唐绍义微怔，抬着眉毛看了看阿麦，然后又随意地瞥了一眼不远处的人群，低声对她说道："以后这样的话不要在人前讲。"

阿麦明白唐绍义的意思，也觉得自己刚才太过张狂了些，不好意思地笑了笑，又道："我知道了。"

唐绍义伸手拍她的肩膀，点了点头，嘱咐："凡事还是谨慎些好。"

阿麦有些奇怪地看着他，觉得这样的话不像是他会说的话。

唐绍义看到阿麦的眼神，无奈地笑笑，没有多做解释。汉堡城破，守军全军覆没，他现在已经归入了商易之的青州军，虽深得商易之赏识，可却遭不少青州军老兵将们的嫉妒，日子过得并不轻松，不过也不算全无好处，起码把他以前急躁耿直的性子磨圆了不少。

唐绍义扫了一眼阿麦身后暴土扬尘的校场，又看她满脸泥花的样子，忍不住笑了笑，问道："可还吃得住军中的苦？"

"没事，比起我们从汉堡逃难来轻松多了。"阿麦说道。

其实吃些苦倒不算什么，最难的是怎样遮掩住她的性别。晚上睡觉的时候还好说，因为已经入秋，为了暖和有不少人都是和衣而睡，她倒是不怎么显眼。最难的是每天的如厕，她每次都得等夜深人静的时候才敢去，而且每次都是提心吊胆的，生怕与人撞在一起，白天的时候更是连点水都不敢喝，嘴唇都干得暴了皮。

阿麦虽这样说，唐绍义也知道她在军中过得并不容易。军中的汉子大多欺软服硬，看她是个俊秀的后生，一些粗鄙的人少不了要起欺辱她的心。唐绍义有心帮她，无奈自己在青州军中也只算个外来户，心有余而力不足。

远处校场上已经吹响了集合号，阿麦回头看了一眼，说道："唐大哥，我得先去了。"说完就着急往校场上走，刚迈出脚去却又被唐绍义拽住胳膊，阿麦不解地回头看唐绍义，见他低了低头，伸手把腰间的佩剑摘了下来递给自己，说道："这把剑你带着吧。"

这把剑正是唐绍义在汉堡城外赠给阿麦防身的佩剑，来到豫州之后阿麦又把剑还给了他，没想到他今天又要把剑送给她。阿麦连忙推辞道："不用，我们有兵器的。"

唐绍义神态有些不自然，脸上却做出一副不耐烦的样子，说道："给你就拿着，本来这剑也是送你的了，别这么婆妈！"说着就把剑直接别在了阿麦的腰上，然后又说道，"赶紧去吧，晚了还得挨罚。"

南夏军官的佩剑都由军中统一配置，这样的佩剑是校尉一级以上的军官才可以佩带的，阿麦有了这把剑，不但在营中不会受到士兵的欺负，恐怕连她营里的长官都会看在唐绍义的面子上高看她一眼。阿麦已是明白唐绍义把佩剑送自己的深意，心中不禁有些感动，第一次真心实意地叫了声"大哥"。

唐绍义却突然有些不好意思，也没说话，只冲着阿麦挥了挥手，便转身大步离去了。

回到队列中，阿麦已是最后一个到的了，营官提着鞭子骂骂咧咧地过来，挥鞭打向阿麦的时候眼睛扫到了她腰间别的佩剑，于是鞭子便有一大半落到了空处。那军官仔细地盯了一眼阿麦，又骂骂咧咧地往后走了去，却也没有再鞭打阿麦。

下了校场，营里的弟兄看到了阿麦腰间的佩剑，面上都是又惊又羡，和阿麦亲近的王七、张二蛋等人更是凑了过来，王七用肩膀碰了碰阿麦，羡慕地问道："阿麦，那位校尉大人是你什么人？"

阿麦想了想，说道："是结义的大哥。"

众人一听这个更是惊愕，王七惊讶地说道："阿麦，原来你有个当校尉的义兄啊，那你干吗还来我们步兵营啊，干吗不直接去给他做亲兵啊，或者干脆去做骑兵啊，怎么成了小步兵了？这最没前途啊！"

阿麦淡淡笑了笑，没有回答。王七等人见她没有回答，也不敢再问了。若在平日，他们必是会再追问，可现在知道了阿麦是一个校尉的义弟，而且那校尉还把佩剑都送给了她，可见他们关系必然深厚，这些下级士兵心中对阿麦自是有了些畏惧，不敢再像平日那样随意。

阿麦看出王七他们的心思，可却也没做什么表示。对她来说，这样的情形也不坏，起码能让这些人离她稍远一些，她的日子也会过得轻松一些。不过想到刚才王七说的步兵是最没有前途的，她心中又腾起些新的忧虑——她从军可绝对不是为了混口饭吃，挣那点军饷，她要的是声望、地位、军权，她要的是能和陈起站在同一个高度。

只看商易之对步兵的训练，就可以猜到他打算要死守豫州，那么等待她的将是什么？又一次的守城之战？不，她不需要，她需要的是奇功，是能让她很快升上去的奇功！

夜里，阿麦又一次失眠了，满脑子里想的都是怎么才能立下奇功。如果她现在还在商易之的身边，也许机会更多一些，可现在她不是了，她就得想怎么能从现在的位置快速地升起来。她又有些羡慕徐静，可如果让她去坐他的位置，她又不愿意。她不要躲在幕后做一个谋士，她要的是战场上的厮杀，她要成为不世名将，她要在战场上质问陈起，为什么？为什么忘恩负义，杀她父母，毁她家园？

营帐中的众人早已睡熟了，只她一个人还清醒着。她想，她体内传自父亲的那些血肉终于占了上风。

黑暗里，阿麦从大通铺上轻手轻脚地爬了起来，一天里也只有这个时候她可以去茅厕。白天的时候，为了避免和众人一起去茅厕，她都是不敢喝水的，而为了补充体内的水分，她只能在晚上入睡前多喝一些水，然后在大家都睡熟了的时候偷偷地去厕所。

今天，她没有带自己的刀，而是拿了唐绍义送她的佩剑，然后蹑手蹑脚出了营帐。军中的茅厕，都是临时搭建起来的，在营帐的后面僻静处，用一人来高的树枝子混着泥巴圈起来的茅厕，没有厕门，进去了就是一溜儿的蹲坑，臭气熏天。

阿麦屏着呼吸进去，一边竖着耳朵听着外面的动静，一边飞速地解决自己的问题。等她提起裤子站起来的时候，心中忍不住一松，幸好半夜里跑茅厕的人并不多。她整理好衣衫出来，也许是刚解决完人生大急之后有些松懈，也许是她脑子还在琢磨着刚才的事情，令她并没有注意到前面的来人，直到撞到了来人的身上，她才猛地惊醒了过来。

"妈的！没长眼睛啊！"那人骂道，提脚往阿麦身上踢去。

阿麦下意识地避过，借着月光抬眼看面前那个五大三粗的男人，认出来这是另外一个队上的队正。她连忙弓着身子避在一边，垂了脸用诚惶诚恐的声音说道："对不起，对不起。"

那男人见脚没踢上，心中的怒火更大，提起脚又踹了过去。

这一次，阿麦不敢再躲，咬着牙硬挨了他一脚。这人是队正，而且还是一个营里的，她不想得罪他，宁可挨他一脚也不想在这里和他起纠纷。

这一脚踹的力气很大，正好踹在了阿麦的肚子上，一下子把她踹倒在地上，阿麦忍不住闷哼一声，用手捂住了肚子。

那男人本想再踹，可一听这声音却突然停下了。

阿麦有些心惊，生怕刚才那声呻吟被他发现破绽，她虽然早在三年前就用草药喝哑了嗓子，嗓音即便比一般女子要粗一些，可毕竟不是真正的男子，平时注意些倒也不觉怎样，可像这种无意识发出的呻吟却是最容易露馅的地方。

那男人果然是因为阿麦的这声闷哼而停了下来，这一声叫得他心里都痒了起来，他打量地上的阿麦，发现这人明显还是个少年，身形高挑而瘦弱，就这样倒在地上，竟然让他联想到了女人。

只这样一想，他就觉得身体突然热了起来，他都忘了自己有多久没有接触过女人了，一年，还是两年了？

阿麦也觉出这人有些不对劲，一边压低声音道着歉，一边慌忙从地上爬起来，冲着这男人弯了弯腰就想赶紧回到营帐中去，可刚来得及转过身，那男人突然从后面扳住了她的肩膀……

第六章

杀人 男宠 试锋

陆刚是青州军步兵营第七营的校尉军官，当亲兵把他从睡梦中叫醒，告诉他说有个刚入营的小兵把第二队的队正给杀了的时候，他先是愣了片刻，这才一下子从床上跃了起来，愤怒地骂道："妈的，谁干的？给我宰了这个王八羔子，妈的，连队正都敢杀，反了天了！"

七营二队的队正被人抬了进来，他早已没了气，喉咙被割断了，连吭都没来得及吭一声就死了，要不是有巡逻的士兵正好路过撞了个正着，恐怕杀他的那个小子人都跑了。

陆刚气得脸都青了，这个队正是他手下的一员悍将，曾一人宰过五个山贼，没想到就这样莫名其妙地死了，而且还是死在了一个小兵的手上。他抬起眼看被士兵押进营帐的那个小兵，觉得有点面熟，突然想起她就是今天挨了自己半鞭子的小兵，这人叫阿麦，长得很俊，他只扫了一眼就记住了。

陆刚瞥了眼地上沾着血的佩剑，他知道这是那个姓唐的校尉的，今天那人来见阿麦了，送了这把佩剑，当时他还看在这把剑的分上少给了阿麦几鞭子。

"为什么要杀长官？"陆刚狠声问道。

阿麦被五花大绑地绑着跪在地上，身上满是血迹，脸上的青肿还没下去又添了不少新的，还有星星点点的血点，可见刚才被士兵抓住的时候没少挨揍。她抬头看向陆刚，刚才杀人时的惊慌已经平复了下来，只是冷静地说道："我不想杀他，是他要欺辱我，我才反抗的，不小心用剑伤了他。"

陆刚冷眼看阿麦，她脸上虽然青肿，可仍能看出她五官的俊秀，甚至可以说是漂亮。他又瞥了一眼阿麦的身形，知道她并没有撒谎，像她这样的少年，在军中极易受到侵犯。可即便这样，她就敢杀了一个队正吗？

陆刚冷笑，把唐绍义的佩剑踢到阿麦的身边，寒声问道："你是不是觉得有唐校尉给了你佩剑，你就可以随意杀害长官了？"

阿麦直视着陆刚，并没有回答，因为她知道，不论她怎么解释，她都把那个队正给宰了，这在军中便是大罪。不管她有什么理由，她的命都保不住。

她还不想死，所以，她现在必须想个法子，一个可以保住她性命的法子。

陆刚见阿麦沉默不语，心中怒火更盛，噌的一下拔出了佩剑抵在阿麦喉间，怒道："说啊！谁给你胆子让你连长官都敢杀？"

剑尖触肤冰凉，阿麦眼中闪过一丝狠劲，咬了咬牙沉声说道："不错，大人，我杀他还有别的原因，不过此事事关重大，还请大人——"她的话就此停了下来，眼神扫过营帐里其他的人。

陆刚一怔，想不到阿麦会这样说。

"大人，不要听他的——"他手下的军官连忙喊道。

陆刚抬了抬手止住了那军官的话，只是审视地看着阿麦。

阿麦知道现在是关键时刻，她的生死就在陆刚的一念之间，于是便微微笑着，带着些挑衅地看着陆刚，说道："大人，小人确实有要事禀告。请大人屏退他人，大人如果还不放心小人，那就请把小人再捆上几圈。"

陆刚果然被她激了起来，冷笑两声说道："难道我还怕了你不成？"说完就把手下的人都撵了出去，然后又转回身看着阿麦，阴森森地问道，"说，是谁指使你杀他的？唐绍义今天找你干什么？"

阿麦稍稍一愣，立刻就明白过来陆刚不信她一个小兵敢杀队正，怀疑是有唐绍义指使，她才会这般行事。她心中冷笑，面上却依旧从容，"大人，小人明白既然杀了人就得有个交代，不过此事牵涉甚厂，还请大人去请军帅徐静，他见到小人自然会明白其中根由。"

陆刚听阿麦突然提到要见徐静，心中一凛，冷笑道："徐先生是何等人物，岂是你想见就见的？你老实交代是谁指使你杀长官的，否则别怪我手下无情。"

阿麦镇定地看着陆刚，"大人，有些事不知道并不见得是坏事，您说是不是？大人请来徐先生，有些事情自会明白。"

陆刚闻言嗤笑，道："阿麦，你不要以为故弄玄虚就能骗过去，说了，可能还有条活路；不说，我现在就叫人把你拉出去砍了。不要以为你是唐绍义的义弟就能逃过军法。"

阿麦不理会他的威胁，只反问道："大人真想知道？"

陆刚用手轻轻地抚摸着剑锋，不耐道："少废话，快说！"

阿麦低头沉默了片刻，赶在陆刚发怒前突然问他："大人可知道小人以前是商将军身边的亲卫？"

此话大出陆刚的意料，陆刚稍惊，面带思索地看着阿麦。

"大人可能不常见商将军，否则应该会见过阿麦。大人如若不信可以去问李副将，阿麦进这步兵营也不是自己来的，而是商将军派人送过来的，是李副将安排的。"阿麦似笑非笑地看着陆刚，故意停了一停，才又问道，"大人可知道将军为何突然会把我送来这里？"

陆刚不语，只是沉默地看着阿麦，可心中却翻起了滔天大浪。

阿麦压低声音，继续说道："是因为我任性惹恼了将军，所以将军才把我送到这军营里来磨一磨性子。不瞒大人说，我自知面貌阴柔，太过女气，如果不是因为这个，将军不会对我另眼相看，今夜那人也不会突然起了歹心想欺辱我。"

如果不是在生死关头，阿麦不会编出这些话来，她很清楚，如果要是让商易之知道了她现在冒充他的男宠，恐怕她会死得更难看一些。可事到如今，她管不了那么多了。

陆刚一脸怀疑地看着阿麦，"你的意思是说……"

"大人！"阿麦止住了他的话，轻声说道，"有些事情大人明白就好了，何必非要说破呢？"她看一眼满脸惊愕的陆刚，又说道，"我杀了人，自知罪责难逃，可是大人是否想过如果就这么用军法处置了我，将军那里会怎样？他送我来这里只是想磨磨我的性子，可大人却让我在这里任人欺侮，然后又用军法砍了脑袋，将军会怎么想？"

陆刚闻言面色骤变，商易之喜收俊俏的少年为亲卫，这是军中都知道的事情。如果真如阿麦所说，这事还真麻烦了。队正被杀这是大家都看到的事情，不杀她，众愤难平；杀了她，商易之再向自己要人该怎么办？

阿麦见陆刚面色变化，知他心中难断，便又笑道："刚才我让大人去请徐先生，便是不想让大人陷入两难之境。这些事情，大人知道未必是好事。"

陆刚面色更加阴暗，握着佩剑的手松了又紧，显然心中也是极难决断。他斜眼瞥向阿麦，越看越觉得这个小子长得俊美，虽然脸上被人打得青肿，可还是掩不住她的清秀，这样的少年反而比柔弱的女子更有些味道，的确正是某些人的心头好。

杀又杀不得，放又不能放，这还真成了块烫手山芋！陆刚心中甚是烦恼，看着阿麦一时也没了主意。过了片刻，陆刚突然高声喊道："来人！"

帐外的亲兵应声而入，陆刚瞥了一眼阿麦，吩咐道："先押下去，等天亮再审。"

两个亲兵拖了阿麦就走，阿麦生怕陆刚再直不棱登地去找商易之，急忙冲着他说道："大人，此事还须请教徐先生，他自有妥善之法。"

陆刚心道我可不也就是去求徐先生呗，我还能直接去找将军说你的小相好在我手里犯了事，你看怎么办？我官当腻歪了呢？他冲着亲兵挥了挥手示意把阿麦带下去，又嘱咐道："不准打，好生看着就行了。"

阿麦听到这句话，心里大大松了口气，知道这陆刚是信了她的说法，恐怕一等天亮他就会去寻徐静了，现在只盼望徐静会念着旧情救她一命。

天色刚亮，陆刚等不及吃早饭便去找了徐静。

徐静昨夜一直在军中商议军事，直到天快明了这才躺下，刚迷迷糊糊睡着就听说有人找他，起来一看是青州军中的一个营官校尉，前些天见过一面，却并不相熟。人早起的他来干什么呢？徐静心中暗自惊讶，面上却不带分毫，只是问道："不知陆校尉找老夫何事？"

陆刚有些为难，不知该怎么向他说这件事，总不能直接就问阿麦是不是商易之的男宠。他思量了又思量，才小心地问道："不知先生是否认识阿麦？"

听他这样一问，徐静才记起来阿麦是被送到步兵营从军，捋着胡子点了点头，说道："认识，阿麦可是在校尉手下？不知其做得可好啊？"

做得可好？可不是好嘛！陆刚暗道，这小子都把我一个队正杀了，还能说做得不好？

陆刚犹豫了一下，答道："阿麦昨夜里把卑职营中的一个队正给杀了。"

徐静一惊，失手扯了好几根胡须下来，忙问道："所为何故？"

陆刚倒没瞒他，把阿麦起夜撞到那队正，队正见色起意，意欲欺侮阿麦，不想被阿麦失手所杀的事情原原本本讲了出来。最后，陆刚又咂了一下嘴，叹道："虽事出有因，可再怎么说也是杀了长官，是以下犯上。"

徐静不由得也咂了一下嘴，看着陆刚说不出话来。

两人大眼瞪小眼，一时都沉默了。

陆刚看着徐静，满腹的纠结：怎么办？阿麦是否真的是将军的小相好？我要是用军法处置了这小子，将军会不会心疼？这一心疼会不会就要迁怒到我身上？可要是不杀这小子，大伙眼睁睁都看着呢，以后置军法于何地？

徐静看着陆刚也犯了愁，心道：你既然找了我，想阿麦那小子已经和你说了我们的渊源，我们好歹是一路来的，别人眼里早就把我们看成了一派，我要是不救这小子，以后别人怎么看我？唉，阿麦啊阿麦，你好好地杀什么队正嘛！杀个小兵也比杀个队正好处理啊！

两人都是心思百转，却没转到一块儿去。

过了一会儿，徐静整了整心神，低声问陆刚道："你打算怎么处置阿麦？"

陆刚摇头，"卑职正是不知道该如何处置，这才特来请教先生。"

"这人杀不得。"徐静又扫了一眼屋外，压低了声音说道，"校尉有所不知，阿麦曾是将军身边的亲卫，甚得将军爱重，只是不小心惹了将军，这才被送到了军营。你若杀了他，将军就算现在不说什么，恐怕日后也会对校尉心存芥蒂了。"

陆刚只觉头大如斗，问道："那我就把阿麦送过来，让将军处置？"

徐静忙道："校尉糊涂！"

陆刚瞪大了眼，疑惑地看着徐静，不明白自己怎么又糊涂了。

徐静狡诈地笑了笑，低声说道："这是将军的隐晦之事，岂能让别人知道？再说你把阿麦送来给将军，他能怎么处理？碍于军法他只能斩了阿麦，可他心里会怎么想校尉？以后校尉还如何在将军手下做事？"

陆刚已经是一脑门子的汗了，他连忙冲着徐静行了一个大礼，急道："那该如何？还请先生教我。"

徐静捋着胡子在屋子里踱了几步，突然转身问道："此事都有什么人知道？"

陆刚面露难色，答道："昨夜里巡夜的士兵撞到的，又是在营中，当时就很多人都知道了。若不是我着人看得紧，那队正手下的人早就去寻阿麦报仇了。"

"被巡夜的士兵撞到的？"徐静眉头紧皱，又问道，"阿麦杀那队正，可是他们亲眼所见？"

陆刚回想了一下，摇头道："倒没有亲眼看见，他们看到的时候，那队正已经倒地上了，脖子被割断了，血直往外喷。阿麦就在旁边，手里拎着把带血的剑，身上脸上也都是血，看样子正想跑呢。"

徐静捋须不语，片刻后却是忽然笑了一笑，道："既不是亲眼所见，许得就是冤枉了阿麦，那队正并不是他所杀。"

陆刚听得糊涂，"可人就是他杀的啊！"

徐静仍是笑着，不紧不慢地问道："既然不是亲眼所见，又怎能确定是阿麦杀的？"

"阿麦自己承认了的啊。"陆刚一时转不过弯来，较真道，"阿麦自己说的，那队正起了歹心要欺辱他，他反抗，一个不小心失手杀了人。"

徐静恼此人脑筋僵硬，面上就带了些不快，一甩袖子说道："既然陆校尉查得这样清楚，还来寻老夫做什么？你自去砍阿麦的脑袋便是了。"

陆刚性子虽直，却也不笨，看出徐静不悦，忙就又向他作揖赔罪，"先生教我，先生教我。"

徐静也不过是做个样子，又不能真的不管，见状便也顺坡下来，耐心道："阿麦自己认了又能怎样？纵是已签字画押，也可以说是被人打得屈招了嘛！只要没人亲眼看见，这里面可以说道的地方就多了。许得就是有奸细潜入营中打探，碰巧被那队正撞到，杀人灭口。阿麦看到想要去救，这才溅了满身的血。"

"可——"陆刚欲言，却被徐静摁了下去。

他笑了一笑，又道："你只是营将，又不管审案，何须自己辨这真假？只需把阿麦往军法处一送，不论他们怎么判，又与你何干？阿麦生，你营中的将士怨不得你；阿麦死，将军那里也怪你不着。"

陆刚听得将信将疑，"这样就得了？"

"这样就得了！"徐静点头，笑道，"烫手的山芋不给人，难不成你还要攥在自己手里？你放心把阿麦交到军法处，接下来的事老夫来打点，不劳陆校尉费心。"

"行，行！"陆刚忙应下，擦了擦脑门子上的汗，领命去了。

徐静看着陆刚急匆匆的背影，略略思量了一会儿，又叫人去把商易之身边的亲卫队长张生请了来，如此这般地交代了一番，又写了张纸条交到张生手里，道："关键是时机要掌握好，千万别叫你家将军提前知道。"

张生是商易之亲卫，对其最是忠心不贰，现听徐静说商易之那里也要提前瞒下，不免有些犹豫，"连将军也要瞒住吗？"

"并不是有意欺瞒将军，而是此事他若提前知道，反倒叫他不好处理。"徐静笑着解释，打量一眼张生，又故意问道，"可还有什么为难之处？若实在有顾虑，此事不做也罢。阿麦落得这般全是他咎由自取，老夫想救他是因与他有故，而你却与他没什么交情，大可不必担此风险，老夫理解。"

"绝不是怕担风险！"张生忙辩驳，又道，"我与阿麦好歹也同行二十余日，他叫我一声张大哥，如今有难，我怎能坐视不管。"他又低头看一眼手中纸条，面露迟疑，"只是就这几个字，便能救阿麦性命？先生是否再多交代阿麦几句？万一……"

徐静却是摇头，"你我二人为他做到这般，已是仁至义尽。阿麦是死是活，全在他自己的悟性了。"

张生别无他话，忙辞了徐静前去安排此事。

再说阿麦那里，被陆刚派人看守了半宿，早上刚被押送到军法处，还没受审就又被张生亲自提了出来，直接跪到了城守府议事厅外。她手里有张生塞给她的一张字条，上面是徐静写下的四个字——以牙还牙。

厅内，豫、青两州的高级将领正在开着军事会议。据探子回报，北漠人在靖阳稍作休整后，大军又欲直指豫州。

自从北漠人奇袭靖阳，石达春自杀未遂之后，他就把手中的兵权渐渐地交到了商易之的手上，所以每次的会议都是商易之来主持。是守是退，两种意见已经争论了好几天。有人坚持要死守豫州，可又有些将领说如今北漠势大，豫州只会变成一座孤城，豫、青两军只会被困死在这豫州城内，还不如退出豫州，以谋他处。

一时间，两种意见相争不下。

商易之被这些将领吵得头大，不禁皱了皱眉，用手揉了揉太阳穴，然后看向徐静。

徐静依旧沉默，自从这两派争论以来，他就只是淡淡地笑看着两派人争来争去，并不发表自己的看法。

商易之把目光从徐静身上收回来，又冷冷瞥了一眼众位将领，说道："难道就只有这两条路了吗？诸位还有没有别的想法？"

站在最后面的唐绍义犹豫了下，还是声音洪亮地说道："卑职有一个不成熟的想法。"

按级别，唐绍义只是一个校尉，是没有资格参加这种级别的会议的，不过他深受商易之赏识，被允许破格参加这样的会议。也正是因为如此，他才更是惹人生嫉。

商易之看了看唐绍义，说道："唐校尉请讲。"

唐绍义面色虽有些微红，可眼神中透露出的却是一股自信，朗声说道："今泰兴被困，周志忍大军十万仍在泰兴四周，他们轻兵而来，粮草不会充足，能围困泰兴如此之久，定是有其他粮草来源。我们只要寻到其粮草所在，派人烧了他的粮草，周志忍十万大军可不攻自破。"

这番言论，让室内的诸将也颇受震动，近日来，大家一直商讨如何迎战北漠人，可却还没有人想过要主动出击。

商易之目中精光闪烁，沉默地看着唐绍义，显然在琢磨他建议的可行性。

徐静仍是一言不发，目光随意地瞥向门口，似是在等待着什么。

商易之尚在犹豫，就听见大门突然被推开了，阿麦站在门外突然喊道："将军，阿麦还有一计。"

屋中诸将俱都一愣，唯独徐静面上隐隐展露出微笑来，抒着胡子缓缓地点头。

阿麦初时并不明白徐静为何要把她安排在议事厅外，更不懂那"以牙还牙"四字的含义，待隔着门听了半天众人的争论，又听到商易之并不认同"守"或者"走"那两条道，这才有几分理解徐静的用意。

再等到唐绍义提出偷袭周志忍粮草，破北漠东路十万大军，众人震惊，商易之不置可否，她便知道自己的机会来了。要活命只有靠她自己，必须让商易之看到她的用处，只有这样才能保住她的性命。

商易之看着门口的阿麦，眉头微皱，几日不见，这阿麦怎么又成了这个样子了呢？鼻青脸肿的，还一身血污。

有人已经认出了这少年曾是商易之身边的亲卫，都是略带惊愕地看着阿麦，不明白她这身打扮是从何而来。只有唐绍义是知道阿麦去了步兵营的，这时见阿麦一身血污地出现在这里，脸上的青肿比昨日见时更是严重，心中也是疑惑，想问却又忍了下来。

阿麦不理会众人的目光，只是镇定地步入室内，径直来到商易之面前，指着他身后的地图说道："将军，北漠人打开我靖阳边口之后，再攻回来只会步步为营。若是如此，北漠大军此次从靖阳南下必要携带大量的辎重装备，行军速度就会很慢很慢。除去他们在靖阳休整的时间，现在算来也不过是刚出了靖阳而已，可能还没到这个地方。"她在靖阳城下的某处一点，然后手指沿着靖阳和豫州之间的路线往下，划到一处后又接着说道，"如果我们伏兵于此，也就是常钰青偷袭我靖阳援军的地方，可能会收到意想不到的战果。"

这是她想了几个晚上的思路，与徐静倒是不谋而合。而徐静这只老狐狸确是有意救她，却也是要借她的口说出这个大胆至极的计划，若中商易之心思，则她可以得救，若不中，他也不会因此被商易之厌弃。

一时间，屋子里一片寂静。

"不行！这样太冒险了！我们两军合在一起也就只有四万的兵力，怎么能去伏击北漠大军呢！"一名中年将领突然出声说道。

阿麦看了那人一眼，冷笑道："怕是北漠人也会这样想，他们必然以为我南夏被他们杀了三十万边军，早就吓破了胆，只会守城而不会进攻了，他们死也想不到我们有这个胆量敢伏击北漠大军，我们敢以眼还眼以牙还牙！"

商易之看着阿麦沉默不语，如果说刚才唐绍义的主意是冒险的话，那么阿麦的计策就是发疯了，用现在豫州城内四万的兵力去伏击挟威而来的北漠大军，简直就是以卵击石。可就是这样一条发疯的计策，却让他的心激烈地跳动了起来。

阿麦暗中观察了一下商易之的脸色，又说道："将军，北漠人大胜之后必会骄傲，何况北漠尚有十万兵力在泰兴，陈起手中只有不足二十万的人马。常钰青偷袭靖阳援军，陈起攻占靖阳、溧水，其兵必有损失，现存于手中的兵力至多不足十五万，他尚需留兵驻守靖阳、溧水一线，所谓南下大军，能有多少？顶破天不过十万！"

经她这样一分析，屋内诸将竟有少一半都动了心，都明白这条路虽然危险，可一旦成了那将将是不世之功，更重要的是可以一雪北漠奇袭靖阳之耻。

"放肆！"商易之面色突变，目光严厉地盯着阿麦，训斥道，"这是什么地方，岂容你在这里胡言乱语，来人，给我拖下去杖责二十！"

阿麦心中大惊，惊慌地看向徐静，却见他眼中含了一抹笑意，正捋着胡子看着自己。门外的兵士进来拖了阿麦就走，她慌乱之下连求饶都忘了，只傻愣愣地看着商易之，任那兵士把她拖了出去。

这下完了，就算二十军棍打不死她，她的身份也再隐瞒不住了。阿麦只觉得脑子里一片空白，什么也想不起来了。商易之还在后面喊着，阿麦已经听不太真切了，像是让那个叫张生的侍卫去监刑，以防那些相熟的亲卫们给她放水。

兵士把阿麦拖到了屋后，把她摁在一条长板凳上，然后有人上来要褪她的裤子，吓得阿麦连忙拼死挣扎，无奈手脚都被人摁死了，丝毫动弹不得。那人的手已经抓到了她的腰带，阿麦求死的心都有了，正混乱中就听见后面跟来的张生说道："算了，好歹也是以前的弟兄，就直接打吧，别扒裤子了。"

这句话听到阿麦的耳朵里，不亚于天籁之音。她觉得自己从来没有这样感激过一个人，眼眶一热，眼泪已经在里面打起转来，咬着牙强自睁大了眼睛不让泪水流出来。心中痛骂商易之和徐静，上到祖宗八代下到子孙三代都问候了一个遍。陆刚没打她，到了这儿反倒要挨顿板子。

张生亲自执杖，抡圆了胳膊冲着阿麦的屁股就拍了下来。阿麦本来悬着心等着，却突然发现军杖打在屁股上也没有想象的那么疼，她不禁转了头看张生。张生也看着她，瞪了瞪眼睛，阿麦突然明白了过来，赶紧痛苦地惨叫了一声。张生嘴角微微抽动了一下，这才又继续卖力地打了起来。

阿麦的惨叫声断断续续地传进议事厅内，唐绍义有些心神不定，双手下意识地握成了拳头，商易之听了却仅皱了皱眉头，便又若无其事地与众人论起军中之事来。

这个会议一直开过了晌午众人才散去，唐绍义临走前颇为担心地往后院瞄了一眼，可惜什么也没有看到。

阿麦挨完了打，便被张生带到了商易之那里。亲卫给商易之端来了饭食，商易之先请徐静在桌边坐下同食，自己这才坐下来，丝毫不理会站在一旁的阿麦。阿麦已是几顿没吃，闻到食物的香味，肚子不受控制地咕咕叫了起来，她连忙用力按了肚子，不发一言地站着。

商易之瞥了她一眼，把手中的馒头放下，淡淡问道："你又在军中惹了什么事？"

阿麦求救地看向徐静，见他没有什么表示，只得胆怯地回道："我失手杀了人。"

"杀了什么人？"商易之又问道。

阿麦默了默，才答道："是个队正。"

商易之面色骤寒，眼中怒意暴涨，冷笑道："你胆子倒是大，连队正都敢杀了。"

阿麦狠了狠心，咬牙说道："是他要欺辱我，我才失手杀了他的。将军，我犯了什么错，难道就因为我长得好看就活该受人欺辱吗？我从军是为了杀敌卫国，不是为了给某些人做玩物的！"

商易之微僵，转过头看阿麦。她眉目青肿，紧紧抿起的嘴角犹带着些血迹，一脸倔强地看着他，质问道："请将军告诉阿麦，是不是男人长得漂亮了，就活该受人欺辱？就理所应当地被人看不起？"

商易之不语，他本人就长得极俊美，虽然颇得女子青睐，可却因此被一些老将看轻。他也清楚长相俊秀的少年在军中多会受到欺辱，所以才会把一些俊秀少年挑出来放到了他的亲兵里面，不过是为了让他们免受欺辱。

之前他恼阿麦反复无常，说走就说来就来，这才把她投入步兵营，想着叫她吃些苦头。可现在看阿麦吃过了苦头，一身狼狈地站在自己面前，他心里竟然有些不忍了。更何况他爱阿麦之才，且不说刚才的锋芒毕露，便是来这豫州的路上，虽然阿麦有意藏拙，其机智和灵活也非一般人能比。

商易之寒声说道："那也不应该杀人。"

阿麦的眼圈微红，说道："我也不想杀他，可是当时实在没有别的法子了。"

见阿麦这样一副模样，商易之竟然有些训不下去了，面色虽冷，口气却不由自主地软了下来，他说道："不管有什么理由，你都是杀了军官，按照军法必须斩首示众。"

阿麦心中一惊，惊恐地看着商易之。

商易之看阿麦这个样子，一时竟觉得好笑，嘴角就有点绷不住了，忙别过了脸，冷声说道："不过念在你刚才也挨了二十军杖，就先留你半条命吧，以后将功赎罪。"

听他这样说，阿麦一颗心脏才算回到了原处，她强行压下了激动之情，只垂首敛目地站在那里，肚子里却在咒骂商易之，心道你说话这般大喘气，分明是故意吓我。

商易之叫屋外的张生进来，吩咐道："你领阿麦下去吧。"他又扫了阿麦一眼，眉头微皱，颇有些厌恶地说道，"记得先把这身脏衣服换了。"

阿麦拖着腿，装模作样地跟在张生后面往外走，刚走了没两步，就听见商易之冷冷的声音从后传了过来，"我看二十军棍还是少了，再打上二十你就能走利索了。"

她惊得一跳，连忙把手从腿上收回来，一溜儿小跑地出去了。

徐静在后面闷声而笑，商易之回过身来看着他，问道："先生有什么开心的事情？"

徐静摇头，"没有。"

商易之又问："那先生在笑什么？"

徐静笑了笑，说道："笑阿麦皮糙肉厚，打了二十军棍还能跑得这么利索。"

商易之也跟着轻轻笑了笑，点头道："嗯，这小子是挺禁打的，也壮实，看来会是棵好苗子。"

徐静把筷子放下，脸色转正不再说笑，盯着商易之问道："将军觉得阿麦的计策如何？"

商易之淡淡说道："可行。"

"可行？"

商易之颔首，"的确可行。"

"那为何将军还要杖责阿麦？"徐静又问道，细小的眼睛不自觉地眯了眯。

商易之笑了，并没有直接回答徐静的问题，只是替徐静布了些菜，随意地说道："我小时候曾在盛都外的庄子上厮混过几年。有一年庄子上种树，我觉得新鲜，也亲手种了一棵树苗。为了显摆我种得比别人好，我一个劲儿地浇水施肥，结果那树苗长得果然比四周的树都好，只一个夏天就蹿了老高，远远地就能看到比别的树高出一大截来。我很得意，还特意向母亲说了这件事情，母亲并没有夸奖我，只是抚着我的头顶叹息。"

徐静听到了这里，已经猜到了商易之的意思，不过见他停了下来，还是很配合地问道："后来呢？"

商易之自嘲地笑了笑，说道："后来刮了一场大风，一片林子里就只有我种的那棵树倒了。"

"木秀于林，风必摧之？"徐静问。

商易之笑而不语，拿起筷子指着桌上的菜让徐静，笑道："先生请尝尝这道菜式，听说是从盛都来的厨子。"

徐静暗中翻了个白眼，心道你转移话题的水平真不怎么样。他笑了一笑，真下筷夹了那菜来尝，赞道："果真不错，与豫州本地的厨子确有不同。"

"先生觉得阿麦计策如何？"商易之突然问道。

"甚好！"徐静回答道。

商易之笑了，问："甚好？"

徐静点了点头，看了眼商易之，把桌上的饭菜都推开，然后从怀里掏出一张地图来摊开，说道："这是野狼沟的地形图，将军请看。"

阿麦再次穿上那身黑衣软甲的亲兵服时心中感慨万分，本想笑，可是一咧嘴涌上来的却是悲哀，眼圈莫名其妙地就红了。她垂下头去，把脑袋埋入臂弯中，喃喃低语："阿麦很好，阿麦很坚强，很坚强，很坚强……"

差点遭到侮辱的时候她没有哭，遭到那些士兵殴打的时候她没有哭，可现在，危险明明都过去了，她却要哭了。

张生去随军郎中那里讨了治跌打损伤的药膏回来，一推门见阿麦正在床上趴着，不由得笑道："你小子还趴着哪？倒是娇气。"说着走到床前，冲着阿麦的屁股使劲拍了一下。

阿麦惊叫一声，差点从床上蹿了起来，回过头红着眼睛怒视张生。

张生看到阿麦眼睛通红有些奇怪，奇道："你小子还哭过了？嘀！你可真出息，别人不知道，我自己打的还能没数？就这样你都能哭鼻子，那要是真挨了二十军棍，你小子还能挨得下来吗？"

阿麦不语，脸色有些微红，扭过了脸不理张生。饶是张生手下放了水，可好歹也是二十军棍，虽说没把她打得血肉模糊，但也打得又红又肿了，张生这样一巴掌怎能不疼？再说她刚才惊叫倒不全是因为疼，而是张生突然打了她的屁股。

看到阿麦这股别扭劲，张生反而笑了，从怀里掏出讨来的药膏，在阿麦面前晃了晃，笑道："赶紧的，好不容易从郎中那儿讨来的，快点把裤子褪下来，我帮你把屁股上的抹了，脸上的你自己抹，将军那儿还等着我伺候呢。"

阿麦大骇，脸色一阵红一阵白，惊慌地看着张生，张着嘴说不出话来。

张生看她那模样，还以为她嫌弃同一个药膏抹上下两个地方，瞪了瞪眼睛说道："怎么？还挑剔？要不你就先抹脸再抹屁股。"

阿麦仍是护着腰带不语，脸憋得通红。

张生有些烦了，说道："不是我说你，阿麦，你哪那么多事啊？要不是将军让我去给你要药膏，你以为挨了军棍还能上药？烧得你吧！"

见张生有些发火，阿麦勉强笑道："多谢张大哥了，你把药放着就行了，我自己抹就行，不敢劳烦张大哥。"

张生见状撇了撇嘴，嗤笑一声，把一个青瓷小瓶往阿麦脸前一丢，说道："那行，我还懒得伺候你呢，你自己抹吧，收拾利索了去厨房找点东西吃，那里还给你留着馒头。算了，看你这德行，我还是给你端来吧。"

阿麦连声说谢谢，张生挥了挥手，凑近了仔细看了看她一脸的青肿，不禁打了个冷战，下意识地摸了摸自己的脸，说道："你小子也真能惹事，看看这脸肿的，多遭罪，本来挺好的模样，这回好了，都快肿得跟猪头一样了。"

阿麦苦笑，等张生出去了，这才打开瓷瓶挑了些药膏出来往自己脸上涂抹，刚抹了两下又停了下来，想了想便又把脸上的药膏都擦了下来，用手指从瓷瓶里挑了药膏伸入衣下，往已经青肿了的屁股上抹去。整整一瓶药膏，全被她抹到了屁股上，厚厚的一层，散发着浓浓的药味，屁股上顿时一阵清凉，没了刚才火辣辣的感觉。

张生从厨房里拿了馒头又返回来，看药瓶已经空了，而阿麦脸上却没有一点药膏，奇道："药膏呢？"

"全抹上了。"阿麦啃了一口馒头，回道。

张生一脸的惊愕，问："全抹屁股上了？"

阿麦脸上有些红，点了点头，然后低下头专心地啃馒头。

张生面部表情有些扭曲，最后冲着阿麦伸了伸拇指，歪着嘴角赞道："高，实在是高，我总算是见识到了什么叫屁股比脸金贵。"

阿麦被一口馒头呛了一下，咳了好半天才平复下来，转头看了张生一眼，没有说话。

唐绍义打听到阿麦又回了城守府，寻了个机会来看她，见她脸上虽然青肿可行动却无碍不禁有些奇怪。阿麦不能告诉他实情，但又不想撒谎骗他，只好说张生给她求了好药，抹上甚是管用，现在已无大碍了，只是睡觉的时候还需趴着睡。

即便这样，唐绍义还是很惊讶，那二十军棍挨下来，没有伤筋动骨就算是大幸了，更别说她现在看上去已跟常人无异。唐绍义虽然性子耿直，可却并不愚笨，只见阿麦有些躲闪的神情，便知道是执刑的军士放水了。他并不知道这是商易之暗中安排的，还以为是张生和阿麦交情深厚，所以才手下留情，于是说道："阿麦，不管那药有多管用，二十军棍都不是好挨的，你还是多注意一下身体的好，省得日后留下病症。再说张侍卫一片好心，你千万别给他惹了事。"

唐绍义只是这样一点，阿麦已明白了他的意思，忙正色谢道："多谢大哥指点，阿麦明白了。"

唐绍义淡淡笑了笑，没有说话。

阿麦犹豫了下，试探着问道："大哥，你们这两日在忙什么？我见商将军和石将军还有徐军师在一起商讨了好久，也不知道我们以后要怎么办——是守豫州还是去援救泰兴？"

唐绍义没想到阿麦会突然问这个问题，不禁有些为难，稍微顿了顿，郑重说道："阿麦，这些事情是军中机密，我不能告诉你。"

阿麦见状忙说："没事，大哥，我随便问问，这两天看到商将军总是召集一些将军开会，所以有些好奇。"

唐绍义垂了垂眼帘，说道："嗯，那就好。不过你赶紧养好身体做好出征的准备吧，这样子可上不了马。"

阿麦听到这个并不觉奇怪，她看到商易之频繁召见青、豫两州将领，心中已经猜到商易之要动兵了，只是不知道他究竟是往北还是往南。从那日商易之的反应来看，他应当是偏向于北上伏击陈起的，可后来他却绝口不提北上之事，只几次叫唐绍义参加青、豫两州的军事核心会议，似是要采纳他的建议，打算去偷袭周志忍的粮草了。

送了唐绍义出去，阿麦刚回到侍卫所住的院子，就看见有个矮个子的男人正在屋门口往内扒望，阿麦从腰间拔出了佩刀，小心地往那儿摸去。离那男人还有五六步远的时候，那人突然转回头来，没想到正是青州军步兵营第七营的校尉营官陆刚。

阿麦奇道："陆大人？您在这里干什么？"

陆刚突然见到阿麦，有些手足无措，忙转回身站直了身子，尴尬地说道："没什么事，没什么事。"

阿麦把佩刀插入刀鞘，说道："今天不是我当值，如果您要找将军，得去找张生张大哥。"

陆刚忙摆了摆手，黑红的脸上笑得有些不自然，笑道："不是，我不找将军，我是来找你的。"

"找我？"阿麦更是惊讶，问道，"不知大人找我何事？"

陆刚从身后把唐绍义的那把佩剑拿了出来，递给阿麦，不好意思地说道："唐校尉送你的佩剑，我给你送来了。"

阿麦接过剑，一时没有说话。

这剑用来杀了那队正之后就被巡逻的士兵夺了去，后来陆刚送她过来，却忘了把这剑一并送过来，便一直留在了陆刚的军营里。陆刚见阿麦没事了，只道阿麦果然是商易之所爱，生怕阿麦再报复自己，忙把这剑送了过来。

陆刚见阿麦沉默不语，赶紧解释道："麦侍卫，那日我也是一时没查清，叫你受了委屈，你可别记在心上。"

虽有商易之出面袒护阿麦，却也不好判她杀人无罪，更别说那人还是比阿麦官职高了许多的队正，于是，那杀人的帽子扣到了子虚乌有的奸细身上，阿麦只是撞到，救援不及，这才沾了一身的血，造成误会。

陆刚有意这般说，无非就是想给阿麦一个心安。

阿麦闻言笑了笑，赶紧一躬身说道："陆大人，这是哪里的话。我今天能活下命来，一是感激将军救助之恩，二就是要感谢大人了。多谢大人当初能手下留情，又派人看护阿麦，这份恩情，阿麦永不能忘。"

阿麦说着，便郑重地躬身行礼，吓得陆刚忙扶住了她，说道："这是哪里话，这本来就是个误会，幸亏将军英明，才能还麦侍卫一个公道。"

阿麦笑了笑，又恭维了陆刚几句，陆刚见阿麦并没有记恨他，也便放了心，和阿麦又随意地说了几句便要告辞。阿麦赔着笑把他送出院去，直到见他走远，脸上的笑容这才淡了下来，重又恢复冷漠。

商易之终宣布要出兵援救泰兴，他从豫州军中挑出精壮并入青州军，只给石达春留了几千老弱守城。石达春并无异议，很配合地把手中的精锐都交了出来。出兵那天，石达春送商易之出城，一路上脸色都有些沉重，趁着周围无人时劝商易之道："易之，还是我领兵去吧。商老将军一生为国，如今膝下只有你一子，你怎能去冒这险，你置老将军于何地？"

见商易之沉默不语，石达春又说道："听闻长公主殿下身体一向柔弱，她要是得到消息，恐怕会……"

"石将军！"商易之打断了石达春的话，笑了笑，说道，"阵前岂能换将？再说将军在豫州经营多年，必然比我熟悉这里，只留了这么少的兵，还都是老弱，也只有将军才能守住豫州啊！"

石达春闻言也只能叹息。商易之爽朗地笑了一声，纵马往前，身后的亲卫队紧紧跟上，再后面就是一眼望不到头的军队。

青州军一万五千人再加上豫州军中抽调出来的两万五千精壮，商易之领南夏军四万，于十月二十六出豫州往南援救泰兴。

当夜，商易之兵分两路，抽出一千骑兵交给副将何勇，偷袭北漠东路军粮草所在。剩下的大军由南而转西至乌兰山脉，紧贴着乌兰山脉东麓往北而去，竟是要如阿麦所说那般，北上伏击陈起大军。

目送何勇领骑兵在夜色中北去，商易之冷笑，说道："陈起，我就以彼之道还施彼身。"他上马临行前看到亲卫队中的阿麦，把她叫到面前，冷着脸问道，"阿麦，现在后悔还来得及，如若想保命，本将放你自行离去。"

阿麦在马上一脸凝重地说道："阿麦愿追随将军！"

商易之控制着坐骑，又冷声问道："当真？"

阿麦坚定地大声说道："阿麦誓死追随将军，千险不惧，万死不辞！"

商易之挑了挑嘴角，没再说话，转身纵马往前驰去。后面的阿麦和亲卫队紧紧地跟了上去。徐静坐的依旧是他的骡车，不过这次驾车的已不是车夫老张，而换成了青州军中的兵士。

阿麦屁股上的青肿虽然已经好了大半，可骑马仍是不便，挨了没半日就已经疼得麻木了，不过这样倒是更好，起码不至于总惦记着屁股了。阿麦几次路过徐静的骡车，徐静都会挑了车厢上的小帘，似笑非笑地问道："阿麦，可还骑得了马？不行就过来陪老夫坐车好了。"

阿麦听了倒也不恼，只是极有礼貌地回道："多谢先生，阿麦没事。"

徐静本想逗逗阿麦，见她一脸平淡顿感无趣，倒也不再打趣她了。

阿麦有一次往队伍后面送信回来，路过步兵营的时候，突然听到有人叫她的名字，勒住马缰一看，却是原来步兵营中的王七。他见阿麦一身黑衣软甲地高坐在马上，眼中甚是羡慕，不顾旁边张二蛋偷偷地拉扯，说道："阿麦，真的是你啊？刚才见你过去，二蛋说是你我还不信呢。"

阿麦跳下马来，牵着马走在王七他们旁边，笑道："是我。"说着又两步追到什长身边恭敬地说道，"什长好。"

见阿麦还向自己行礼，什长吓了一跳，忙说道："我可不敢受你的礼，以前多有得罪的地方，您可别在意。"

阿麦忙说哪里会，又和什长打了个招呼，退回到王七他们身边，牵着马和他们并排一起走。

王七看了看阿麦的打扮，又趁着长官不注意，艳羡地摸了把阿麦的马，说道："你小子真是走运，我就说你有个校尉大人做义兄，根本就不用到我们步兵营里混嘛，这回好了，都有马骑了，你发达了可不要忘了兄弟们啊。"

阿麦笑了笑正欲说话，唐绍义从后面骑马过来，打量了她一眼，冷声说道："上马。"阿麦见唐绍义表情很严肃，冲着王七他们不好意思地笑笑，赶紧翻身上马，追随唐绍义而去。在前面没多远追上了唐绍义，阿麦提缰和他并行，叫道："大哥。"

自从到了豫州后阿麦就一直称呼唐绍义为大哥，他们两人虽然没有像阿麦说的那样正式结义，可唐绍义对阿麦甚是照顾，阿麦从心中也甚是感激他，真心实意地叫他大哥。

唐绍义扭头看了阿麦一眼，表情严肃地说道："阿麦，现在是什么时候？传完信后就应该快些回去复命，你怎么能在那儿和人叙旧？更何况如今是青豫两军联合，要是让人看到了，别人不说你张扬狂妄，只会说将军治下不严。"

阿麦也察觉到刚才自己太过随意，忙心虚地说道："大哥，是阿麦错了，我以后不会了。"

唐绍义见阿麦垂头认错，也不好再训，只是转回头去看着远处的乌兰山沉默不语。

阿麦见唐绍义不再训她，便随口向他说道："大哥，这次行军可真是快了许多呢！上次我随将军去豫州，几百里的路，大军在路上愣是走了半个来月才到。"

唐绍义眉头微皱，转头诧异地打量着阿麦，直到把她看得都有些不自在了，这才奇道："阿麦，那日听你在诸将之前侃侃而谈，大哥当真十分佩服，只道你是军事奇才，谁承想你会说这样外行的话语。"

阿麦脸色微窘，随即又坦然，大方地说道："大哥，我只是会些纸上谈兵的东西，于军中细务并不了解，再说北上伏击的计策也是徐先生为了救我而事前提醒的，并不都是我自己所想。"

唐绍义听她这样说才有些释怀，把她拉离队伍远一些才低声说道："你可知道这次出兵，我军士兵只随身携带了半月的口粮？"

阿麦点头，她的口粮就在马上驮着，据说是靖国公发明的吃法，是炒熟的干米，可以生食也可以泡着水吃。阿麦问道："大哥，难道没携带粮草营帐之类的，行军速度上就真的能差这么多吗？"

唐绍义点了点头。

阿麦心中有些疑惑，忍不住又问道："将军说石将军后面会马上派运粮队给我们送来粮草，可照我们的行军速度，送粮队能追上我们吗？"

唐绍义看着阿麦不语。阿麦心中一动，突然明白了过来，禁不住骇然问道："难道说并没有送粮大军？可我们只携带了去时的粮食，回来时怎么办？"

唐绍义眼中闪过一丝坚毅狠决之色，轻声说道："豫州城里只有几千老弱病残，石将军拿什么给我们送粮草？再说如果我们赢了，自然就有粮草；如果输了，还要回来的粮草有什么用？"

阿麦一时惊得说不出话来，她看了看已在不远处的商易之中军的大旗，才明白他竟是下了这样的狠心，用不到四万的步兵去伏击北漠的大军，却连回程的粮草都没有预备。看不出来他这样一个风流公子的模样，竟是抱着不成功便成仁的心思。

盛元二年秋，成祖将四万兵击北漠，出豫州千余里，与陈起接战，夏兵得胡虏首级凡两万余，陈起败，遁走靖阳。

——节选自《夏史·成祖本纪》

| 第七章 |

嗜血 噩梦 雌雄

野狼沟地处江中平原顶端，虽叫作沟，却是一条狭窄的平原。宽阔的江中平原顺着乌兰山的走向从南往北逐渐缩紧，到此终窄成细长的一条，被当地人以"沟"称之。沟西面是高大巍峨的乌兰山主脉，东面则是一些高低起伏的丘陵。

那夜，北漠常钰青的骑兵就是借着西面的山坡冲下，杀入沉睡中的靖阳援军的军营，把十五万大军屠杀殆尽，然后就地挖了几个大坑一埋了事。

也许是埋得浅了些，从那以后，每到半夜，这缓坡上就浮动着一些幽幽的蓝火，像是一个个冤死的魂魄。这附近原本住了些农家猎户，战后就都搬走了，野狼沟就更加荒凉了起来。

青豫联军是在十一月初三到达野狼沟，果然赶在了北漠大军之前。探子回报，北漠由大将军陈起领骑兵两万、步兵五万，由靖阳南下，已经到了野狼沟北五十里的小站镇，驻扎在了那里。

商易之和徐静相视一眼，都从对方的眼中看到一丝激动和兴奋，还有些不易察觉的紧张。

徐静说道:"天助我也,我们还有时间让大军休整一夜。陈起已在小站,明早拔营必然是骑兵在前,辎重押后。只要进了野狼沟,陈起的骑兵就难以有用武之地,待把他的骑兵打蒙,后面的步兵不足为患。"

商易之赞同地点了点头,不再多说,按照既定计划部署兵力。

两万多南夏军在野狼沟中摆成一个密集方阵,将通道堵了个严严实实,其两侧山坡上又各藏了五千弓箭手,如两只臂膀向前倾斜展开,虚虚抱住步兵阵前。军中仅存的一千骑兵,则听从唐绍义的建议,埋伏到了北侧远离战阵的山坡上。

一个个将领领命而去,南夏军休整一夜之后便按照不同的军种布成了不同的方阵,正中的步兵方阵主力正是由商易之的青州军组成,每名士兵手里都拿了长矛,队列严整地守在那里。

"用长矛阵对骑兵?"阿麦看着下面的步兵阵,问身边的唐绍义。

唐绍义脸上并没有什么表情,却让阿麦感到一种陌生的肃杀之气从其上蔓延开来,他平静地回答道:"世人皆道北漠鞑子铁骑无敌天下,却不知我靖国公早在二十年前就曾说过,只要能迫使骑兵正面进攻我严整步兵方阵,那么步兵将拥有巨大的防御优势。"

阿麦只道就是在这里伏击北漠大军,谁承想是这样面对面地打一仗,她不由得想到父亲曾无意间提起过步兵和骑兵各自的优缺点,倒是和唐绍义说的道理有些相似。

唐绍义习惯性地用手抚摸了一下腰间的佩剑,突然问阿麦:"为什么非要把剑还我,我既送了你,就是真心给你,再说这剑虽是军中配置,可却是军官自有之物,可以送人的。"

阿麦粲然一笑,拍了拍腰间的弯刀说道:"大哥,我只学了点刀法,耍起刀来倒是顺手。我知大哥是诚心送我佩剑,但我带着没有用,反而糟蹋了这把好剑,还不如交到大哥手里多饮些鞑子的鲜血。"

唐绍义不是个婆妈的人,听阿麦这样说,顿了下又关切地问道:"刀可使得熟了?"

阿麦笑道:"嗯,张生是个好老师,他教得很仔细,再说我又聪明,当然学得快了。"

见阿麦自夸，唐绍义的脸上也露出了少有的笑意，眼神扫过阿麦闪过一抹温柔，又转了头去静静地看着山下，突然轻声问道："阿麦，你怕不怕？"

"怕？"阿麦一愣，随即又笑了，摇了摇头，说道，"不怕，我不怕。"

唐绍义转回身看向阿麦，抿唇笑了笑，坚毅地说道："阿麦，我得走了，大概等不到中午，鞑子就会来了，你快回将军身边吧。"

阿麦点头不语。

唐绍义垂了一下眼帘，又低声说道："自己多小心。"说完便纵马往山下奔去。

阿麦心中有些恻然，似乎每一次和他分开的时候，他都是先转身离开的那个，头也不回地离去。她突然苦笑一下，用力地摇了摇头，把脑子里不该有的伤感逼了出去。

十一月四日清晨，北漠大军从小站拔营，果然是骑兵在前，步兵在后，最后面携带的是粮草辎重。在距离南夏军二十里的时候，北漠的斥候就发现野狼沟前有小股的南夏骑兵，忙回报前锋将傅冲。

傅冲出自北漠将门，曾和常钰青并称军中双秀。此人性情孤傲，刚愎自用，常钰青千里奔袭南夏援军而成名之后，傅冲心中甚是不平，今听斥候回报发现南夏骑兵不惊反喜，命前锋骑兵继续前进，并没有把消息回报中军元帅陈起。

中午时分，北漠骑兵先锋进入野狼沟内，果然见有南夏步兵列阵等在沟内。傅冲不以为然，一心想在后面陈起到来之前结束这场战斗，不听部下劝阻，命令骑兵出击。北漠骑兵丝毫没有发觉南夏军藏在两翼的弓箭手，直接进攻步兵方阵。成千上万的骑兵成紧密阵形疾冲过来，仿佛连旁边的乌兰山的主峰都被撼动，黄土被千万只马蹄扬起，遮天蔽日。

北漠骑兵的速度越冲越快，距离方阵越来越近，冲在前面的骑兵已经挥舞起弯刀，可眼看着就要冲入对方战阵的时候，他们面前那些步兵突然蹲了下去，然后就是迎面而来的锋利的矛尖。

骑兵的速度已经提到了最快，停下已是不可能，那些北漠骑兵只能眼睁睁地看着自己的坐骑冲入那矛林之中。有些人被长矛直接挑上了天，还有些人自己避过了，身下的马却被长矛扎透了，倒下去，人还是被狠狠地抛了出去。

与此同时，两侧山坡忽有密集箭雨袭来，一阵紧似一阵，北漠骑兵被步兵阵挡在那里，避无可避，中箭者无数。短短不过片刻工夫，数以千计的北漠骑兵落马，没了主人的战马四处冲撞，给北漠骑兵带去了更大的麻烦……

效果，竟是出乎意料的好。

很多年后，南夏军事院校的教科书在提到野狼沟之战的时候，还专门强调了这场战争的冒险性和巧合性。两万步兵拦击北漠两万骑兵，谓之险；北漠骑兵将领是那个狂妄自大的傅冲，谓之巧。这两者于野狼沟之战的胜利，缺一不可。

这场战斗一直持续到午后，南夏兵开始进攻，北漠先锋将傅冲被射毙，北漠骑兵已无余力抵抗，立即向后退走。北漠步兵到达野狼沟的时候，正好撞上溃逃的北漠骑兵，双方撞在一起，一时间人仰马翻，北漠人被自己骑兵踩踏致死者不计其数。紧跟在北漠骑兵后面，南夏军队已经扑杀了过来。

紧要关头，北漠步兵却出人意料地镇定下来，在军官的指挥下开始展宽队列间隔，放自己的骑兵通过，明显军中有人在指挥操纵，稳定军心。

商易之一直在山坡之上观察战况，见此眉头骤紧，用目光询问了一下身侧徐静，得其点头应许，便沉声吩咐阿麦道："去告诉唐绍义，提前行动，冲击北漠步兵后方。"

阿麦应诺，快马加鞭地向唐绍义骑兵埋伏处驰去。只刚赶到野狼沟口，就见北漠军后方突然乱了起来，唐绍义已经率一千骑兵在敌阵后方插了进来。阿麦一笑，知自己不用再去了，便掉转马头回商易之处复命，不料转身时，忽看到北漠军中竖起了一面大旗，上面大大地写了一个"陈"字。

陈起！阿麦猛地反应过来陈起在此，他就在离她不足百丈之处！

她牙关紧扣，脸上毫无血色，握缰双手都已经攥得有些青白，眼中更是燃着两簇火苗，目光死死地锁着那面"陈"字帅旗。突然间，她双腿用力猛夹马腹，一抖缰绳纵马向北漠军中冲了过去。

她要去找他，她要去问他为什么！

南夏和北漠的士兵已经拼杀在了一起，场面极其混乱，阿麦纵马从山坡上冲下，竟穿入两国士兵混战的地带，直往北漠军深处冲去。她挥着手中的长刀，不时地从马背上俯下身子砍倒挡路的北漠兵，血溅脏了她的衣衫，还把她胯下那匹灰白色的马都染红了……她从没有杀过这样多的人，也从没有发觉自己的骑术竟是这样好。

这一刻，阿麦已不再是阿麦，她成了一把杀人的刀。

阿麦挥刀砍向马前一个北漠兵，强劲的冲击力令刀深深地嵌入那人的体内，她已经听不到那人痛苦的嘶喊声，所有的一切都只是她面前无声的画，一幅幅地换下去，每一张上都有一张痛苦的面孔。

她刚费力地把刀从一个人身上拔出来，还来不及挥向另外一个人，突然觉得身下一矮，胯下的马已经被人刺中了脖颈，壮硕的身躯轰然倒地。阿麦的反应已经不再通过大脑，下意识地蜷身就往旁边滚去，在舒展身体的同时用刀剁下了面前敌兵的半个脚掌……

这样的阿麦，哪里还是原来的阿麦？！

她的脑子里已是一片空白，身体下意识地避过旁边砍过来的刀剑，挥动着手中的刀，一步步地往北漠军深处走去。

那面写着"陈"字的大旗离她越来越近，面前的人被她用刀划断了喉咙，血从伤口处喷水一样地射出，落到她的头发上，然后再顺着额发流下，眯住了她的眼睛。她似乎又闻到了血腥味，像是那夜父亲的血，映着刺目的火光，有着别样的红。

力气终于快用完了，可面前却也无人敢来阻拦她。阿麦浴着一身的鲜血，迸发着沁骨的杀气，就这样一步步地坚定地向那柄大旗杀去。

那旗下，正站着一位身材颀长的青年，穿一身北漠传统的黑色战袍，手扶着腰间的宝剑，神色漠然地看着阵后冲出来的南夏骑兵。

陈起就是为了吸引北漠军身后突然冒出来的南夏骑兵才故意竖起了帅旗，见那股骑兵果然向自己这里冲了过来，他淡淡地笑了，可这笑意未到眼底便收了回去。他只是站着，视四周的厮杀如无物，静静地看着远处的敌军骑兵试图冲破自己的骑兵向这边杀来。

那些南夏骑兵渐渐逼近，陈起身后的亲兵不由得有些紧张起来，牵了陈起的坐骑上前劝道："元帅，还是上马吧。"

陈起温和地笑了笑，没有拒绝下属的好意。他身边的亲兵怕主帅有失，默默地变化着阵营，不动声色地把陈起护在了中央。

就在这时，战场西侧忽传来一阵骚动，引得陈起转头往西边看过去，只见一个南夏兵竟孤身一人杀入了自己军阵深处，就像是刚从地狱中杀出的凶煞一般，所到之处北漠兵纷纷骇然避让，任其一步步地向中军杀来。

陈起眉头微皱，旁边一个将领看到了，连忙说道："让我去除了那个南蛮子！"说完不等陈起吩咐便拍马赶上前去。

这边的阿麦使尽全身的力量才把旁边刺过来的长枪劈开，来不及再往敌人身上抹一刀，那人便往后面退了去，很快又有个枪头对准了她。好多的人啊，杀不完的人，砍倒了一个又冒出来一个，总是有英勇的北漠兵从后退的人群之中挺身而出，拦住她的路。

可她，是真的没有力气了。

阿麦咬紧了牙，握刀的手微微抖着，往前迈了一步，逼得那些北漠兵跟着她往后退了一步。看着面前抖动的枪尖，她嘴角扯出一丝冷笑，他们怕她，虽然她现在已经杀得没了力气，可是他们却被她杀怕了。她冷笑着，又往前迈去，突然间右腿一软，身体便不受控制地往前栽了过去。

倒下去，便会是乱刀分尸，死无葬身之地！

阿麦只觉得心中一凛，左腿急忙向前跨了一大步，手把刀往地上一撑，勉强止住了前扑的势道，单膝跪倒在地。不知从哪里射过来的箭，正好射中她的大腿，箭头入肉很深，几乎要将她的大腿射穿。

一时间，四周的那些北漠兵还有些反应不过来，虽见阿麦突然跪倒在地，可刚才她死命砍杀的情景还是震慑着他们不敢妄动，只是在四周围着不敢上前。

阿麦想撑着刀站起来，几次努力却都被腿上那刺骨的疼痛拖了下去，重重地跪在了地上。

终于，旁边有敌兵尝试着向她走了一步，缓缓地举起了手中的长刀……

难道就要这么死了吗？阿麦终于放弃了再站起来的念头，就这样跪在地上，透过眼前的猩红看向远处，那里的帅旗还在迎风抖动，血糊得她眼前一片模糊，让她看不清楚那下面站立的人。

带着腥味的刀风已经碰到了她的脸上，她却一下子轻松了下来，没有恐惧，没有怨恨……

就这样死去吧，死了便一切都解脱了，不用再逃命，不用再流浪，不用再去扮男人，也不用去问为什么。可以见到父亲、母亲……父亲会把她高高地举起来，笑着用胡子刺她的脸颊。母亲呢？还会拿着竹棍追在她屁股后面吗？追吧，那也没关系，她知道母亲向来只是吓唬她的，她哪里舍得打自己。

可是……那里会有陈起哥哥吗？

有，有的。有那个陪着她玩耍陪着她长大的少年，有那个会红着脸拍她脑门的青年……阿麦笑了，在死亡来临的这一刻，她突然很轻松地笑了起来，露出一口与脸色极不相称的白牙。

这个笑容……竟是久违的灿烂。

那个笑容，透过飘着血雨的天空，穿过无数厮杀声，像支无比锋利的箭，一下子就射穿了陈起的心脏。阿麦！这是阿麦！虽然她穿了男装，虽然她长高了很多，虽然她一脸的血污，可这个笑容就是她的，就像很多年前第一次见到他时的那个笑容，无比灿烂，一下子就点亮了他身后的天空。

陈起只觉得心中一室，胸腔像是被人狠狠地挤住了，再也吸不进去半点空气。他想制止那向她落下的刀，可是张了嘴却已是发不出声音，整个人都僵住了，只能坐在马上眼睁睁地看着那刀一寸寸地逼近她的头顶。

阿麦闭上了眼，虽抱了必死的念头，可胳膊却还是下意识地抬了起来，去迎那落下来的刀锋。等了半晌，那刀却没有落下，阿麦不解地睁眼，见那敌兵胸膛正中插了一把剑，砰然向后倒下。

这把剑，她认识，这是唐绍义的佩剑，是她还给唐绍义的佩剑！

唐绍义从远处纵马冲过来，眼看阿麦就要人头落地，急切间来不及抽箭搭弓，直接将手中的佩剑掷了过来，堪堪救了阿麦一条性命。

阿麦不及反应，唐绍义就已经来到了她身前，俯身用手一捞便把她抄到了马背之上，急声喊道："我们走！"

一个北漠将领拍马迎面而来，手中长刀一挥直接向阿麦和唐绍义砍过来，唐绍义手中没有兵器，不敢硬挡，揽住阿麦顺着刀锋向后仰去。两匹战马相错而过，凌厉的刀风贴着阿麦的鼻尖擦过来，阿麦急忙举刀相架，两刀相擦，火花四溅，整条手臂顿时就麻了，手中的刀险些掌握不住。

阿麦闷哼一声，唐绍义推着她坐起身来，没有时间询问她怎样，只是驱马向外冲去。一群群的北漠兵涌了过来，阿麦把刀塞给身后的唐绍义，利落地俯下身紧紧地抱住了马颈。唐绍义手中拿了刀，如虎添翼，这些北漠步兵怎能再拦得住他，几番劈砍之下，他们就已经冲到了战场边缘，西边的山坡之上。

唐绍义这时才敢去看阿麦，见她右大腿上中了一支箭，血已经把一条裤腿都湿透了，他不敢贸然给阿麦拔箭，只得狠心说道："忍住了！"说完不等阿麦反应便挥刀把箭身削断，只留了箭头在阿麦腿上。

阿麦惨叫一声，身体一僵便虚脱般地栽下马去。唐绍义急忙扶住了她，见她牙关紧扣，脸上的冷汗混着血水流了下来。

身后的北漠中军有些异动，唐绍义回身，见原本已经有些稳住阵脚的北漠军竟然又乱了起来，心中不禁有些奇怪，不过此刻也没空细想，只想赶紧把阿麦送回商易之那里，寻军医替她诊治。

"阿麦，你再忍一忍，我马上送你去商将军那里。"唐绍义说道。

阿麦的下唇已经被咬破了，只是为了维持住灵台的一点清明，不让自己晕过去。她受了伤，如果找军医包扎，很可能就会泄露了身份，所以她必须清醒着。

商易之正专注地看着山下的战场，发现陈起像是突然失去了对军队的控制。北漠已显溃败之势，胜利就在眼前，商易之的手禁不住都有些颤抖，生怕被人看出，只好紧紧地握成了拳。

唐绍义带着阿麦过来，两人一起从马上滚落下来，亲卫忙把两人扶到商易之面前。商易之看到阿麦眼中一喜，可随即就又布满了阴霾，沉着脸，微眯着眼睛打量阿麦，冷声训道："让你去传信，谁让你去逞英雄了？"

阿麦已说不出话来，只是拖着腿趴在地上，眼前的景物已经有些发虚了，商易之的声音也像是从很远的地方传过来的，听着有些模糊。

徐静有些不忍心，八字眉动了动，劝商易之道："将军，阿麦失血太多了，还是先让军医给阿麦包扎了伤口再细问吧。"

商易之看着阿麦冷哼一声，不再说话。

张生见状忙和唐绍义一起架了阿麦，去寻后面的军医。军医见阿麦浑身是血，一时也不知道她哪里受了伤，忙让唐绍义去把她的衣服脱下。阿麦虽有些晕，可心智却还明白着，伸手拦了唐绍义，强撑着说道："别处没有，只有腿上。"

说着便要自己去撕伤腿上的裤子，无奈手上一点力气都没有，颤抖得连布都抓不住。

唐绍义把阿麦的手拿开，双手扯了她的裤腿，用力一扯，一条裤腿便从大腿根上撕了下来。

阿麦的腿修长而结实，汗毛几不可见，显得皮肤细腻光滑，不像是男人该有的。唐绍义不知为何面色一红，不敢再看阿麦的大腿，只是把视线投在了她的伤口之上。

箭插得很深，紧贴着骨头擦过，几近穿透了大腿，刚才在马上和那个北漠骑兵对冲的时候又被撞了下，伤口被撕得更大，一片狰狞。军医用小刀把伤口扩开一些，把箭头取了出来，糊上了金创药，这才把伤口包扎了起来。

疼啊，撕心裂肺地疼，想大声地哭喊，想放声大哭，阿麦的嘴几次张合，却终究没有喊出声来，到最后还是紧紧地闭上了嘴。

张生从水袋里倒出些水，想替阿麦擦一擦脸上的血污。阿麦的手抖着，伸出手捧了水，一把把地洗脸，然后才抬起头来，看着唐绍义，用已经变了音调的嗓子说道："我很累，想睡一会儿，大哥去帮我问问徐先生，能不能借他的骡车一用？"

唐绍义担忧地瞥了她一眼，让人去问了徐静，然后便想把阿麦抱到骡车上去。谁想阿麦却伸手拒绝了，勉强地笑了笑，用一条腿站了起来，扶了他的胳膊说道："不用，大哥扶我过去就行。"

直到躺入骡车之内，阿麦才长长地松了一口气，放任自己的意识向深暗处沉去，在意识消失的那一刻，她竟觉得原来能晕过去竟是这样的幸福。

醒过来的时候，天色已经黑透了，外面有火把晃动，骡车的门帘被人掀了起来。阿麦意识还没有完全清醒过来，本能地撑起上身往外看去，就见一个人影正站在车前，沉默地看着自己。

是商易之，他的背后有着火光，把他的身影投过来，却遮住了他的五官，让人看不太真切，只觉得他是在看着阿麦，像是已经看了很久。

阿麦的胳膊虚软无力，撑不了片刻便又倒了下去，后脑砰的一声砸在车厢地板上，有些疼，却让她的神志清醒了过来。商易之，商易之在看她！他在看什么？阿麦心中一紧，下意识地去抓自己的衣领，上衣完好无损。她闭上眼深深地吸了一口气，这才又扶着车厢坐起来，小心地看着商易之，说道："将军，阿麦腿上有伤，没法给您行礼，还望将军恕罪。"

商易之还是沉着脸打量阿麦，阿麦提心吊胆地等了好半天才听到他冷哼一声，说道："披头散发的，像什么样子！"说完便摔下了车帘，转身而去。

阿麦呆住，伸出手摸了摸头发，原本束在头顶的发髻早已散了，头发上还糊着血渍，一缕一缕地、胡乱地散落下来，发梢已经过肩。她心里一慌，因为怕被人看出破绽，她一直不敢留长发，几年前甚至还剃过一次光头。汉堡战乱之后，她虽没再剪过头发，可却从没在人前放下过头发。也不知道头发是什么时候散的了，只记得上骡车前还是束着头发的。阿麦在车厢里胡乱地翻了翻，果然找见了束发的那根发带，慌忙把头发又重新束了起来。

车帘又被人突然撩开，露出的却是徐静的那张干瘦的脸，他眯缝着小眼睛上下打量了阿麦一番，嘿嘿笑了两声，说道："阿麦啊阿麦，我早就说让你跟我一起坐骡车，你偏偏还不肯，这回怎么样？还是上了我的骡车了吧？"

说罢，徐静便挑着车帘往车上爬，嘴里叫道："让一让，把你那腿搬一搬，给老夫腾个地方出来。"

阿麦闻言忙用手搬着伤腿往一边移了移，给徐静腾出大片的地方来，倚着车厢壁坐了。

没想到徐静却突然停住了，耸着鼻子嗅了嗅，面色变得十分古怪，紧接着又撅着屁股退了出去，捏着鼻子叫道："阿麦，你可真是要熏死老夫了，赶紧的，快点把你的脑袋洗洗，身上的衣服也都给我扔了！"

阿麦一愣，自己抬了抬胳膊嗅了嗅气味，又听见徐静在车外对亲兵喊："快点给她弄盆水来洗洗头发，还有，车褥子也不要了，一块给撤出来好了！"

那个亲兵应声去了，过了一会儿便端了一盆水来到车前，向徐静说道："先生，军需官那里也没有带褥子出来，商将军知道了，把自己的披风解下来给我了，说先给先生当褥子用着，等遇到了村子再去给先生寻。"

"哦，"徐静也不客气，接过披风抖了抖，见很是厚实的样子，便点了点头，冲着车里喊道，"阿麦，赶紧爬出来，先把头洗了。"

话音刚落，阿麦已经从车里探出头来，用双手搬着受伤的那条腿往外放。那亲兵见状忙端着水盆上前，说道："麦大哥，你别下来了，我给你端着水盆，你低下头洗洗就行了。"

阿麦冲他笑了笑，转头看徐静正盯着自己，也没说话，只是把上身被血浸透的软甲脱了下来扔在了地上，又伸手去脱外面的衣服，见里面的夹衣也星星点点地沾了些血迹，阿麦的眉头皱了皱，稍犹豫了下便去动手解衣扣。

那亲兵见了，有些为难地说道："谁也没带多余的衣服，这夹衣就别换了，麦大哥先将就一下吧。"

阿麦的手停了下，抬头询问徐静："先生，这怎么办？要不您就先把将军那披风借给我用，我好歹裹裹，怎么也不好在先生面前光着屁股吧。"

那亲兵闻言扑哧一声笑出声来，却见阿麦和徐静都没笑，也没明白这是怎么回事，赶紧又憋住了，低着头不敢出声。

徐静的视线从阿麦的脸上转了一圈，便有些不耐烦地说道："算了，算了，把外面的脏衣服先扔了就行了。"

阿麦低下头隐约动了动嘴角，不慌不忙地把夹衣的领口系好，就把头扎入了那亲兵端的水盆中，这才解开了束发的发带。现在已经入冬，天气早已冷了，阿麦的头皮刚一入水便激得她打了个冷战。

面前的亲兵充满歉意地说道："真是对不住，这会儿实在找不到热水。"

"没事。"阿麦低着头说道，用手把头发搓了搓，草草地洗了洗上面的血污，便赶紧抬起了头，拧了拧头发上的水，胡乱地用发带把头发扎了起来，然后抖着身体看向旁边的徐静。

徐静小眼睛眯了眯，摆了摆手说道："行了，赶紧进去吧，瞧冻得跟落水鸡似的。"说完又不知从哪里扯了块手巾扔给阿麦，"把你那头发擦擦，先让人把褥子换了再说。"

阿麦接过手巾随手盖在了头顶，遮住了脸慢慢地擦头上的湿发，过了好一会儿才又把手巾扯下来，冲着徐静笑道："先生，您好歹去给我找条裤子来，我这一条腿的裤子也要不得了，不然我可真在您面前失礼了。"

徐静的胡子抖了抖，没好气地说道："黑灯瞎火的，老夫上哪儿给你找裤子去？你将就一下吧。"说着便从阿麦的旁边爬上了车，又催促阿麦道，"赶紧，这就要走了，你快点进来。"

阿麦一愣，不过还是很听话地爬进了车厢。

车厢里亮了一盏小灯，徐静已经把商易之的披风当作褥子铺在了车厢里，正坐在上面靠着车厢壁闭目养神。阿麦又忍着痛把伤腿放好，露出光溜的一条腿，就随意地坐在那里，问徐静："先生，我们这是去哪里？战场这就打扫完了吗？"

徐静睁开眼随意地瞥了阿麦一眼又闭上了眼，不阴不阳地说道："去哪里？我们自然是要回豫州，陈起领着败兵退回了靖阳，怎么着？你还敢追到靖阳去？你都昏睡了一天一夜了，战场早就收拾完了。"

阿麦听他这样说后便有些沉默，低着头不知在想些什么。原来她这一倒下去竟然是昏睡了一天一夜，这回醒来已经是隔日的晚上，商易之不但打扫完了战场，还在乌兰山脉的山坡上为战死在这里的南夏将士立了个碑。

徐静见阿麦沉默下来，忍不住又睁开眼有些好奇地问道："阿麦，你昨天为什么要往北漠主帅那里冲杀？你想干什么？"

阿麦闻言稍怔，随即便笑道："先生这话问得奇怪，阿麦自然是想去擒杀鞑子的主帅陈起了。"

徐静捋着胡子不语，一双小眼睛里冒出点点的精光，直盯得阿麦都有些心颤，这才移开了目光，淡淡地"哦"了一声。

阿麦一看他这样，不好意思地挠了挠头，讪讪笑道："就知道骗不过先生，我实说了吧！先生还不知道我的胆子，自然是绕着刀枪走，将军让我去送信，我走到半路见唐校尉那里已经提前行动了，便想赶紧回来。谁知刚掉转了马头，就不知从哪里射过来支箭，惊了我的马，带着我就向鞑子的帅旗冲过去了，我也没法子，又不敢跳下来，当时吓得差点尿了裤子，后来有鞑子拦我，杀急了眼也就忘了害怕了。"

徐静也不说话，阿麦也不知他是否相信自己的说辞，不过现在已是骑虎难下，只得干笑了两声，不好意思地说："先生，这事您能不能别告诉别人，别人要是知道根由了，岂不是要笑话死我？不管怎么说，好歹我也杀了几个鞑子，也受了伤，没有功劳也有苦劳了吧？"

徐静嘿嘿干笑两声，不置可否，又倚回车厢上闭目养神。

夜间行路并不方便，幸好南夏军队也只是想离开这野狼沟，找个避风的地方宿营，所以往南走了没多远便停了下来，找了个不易被骑兵偷袭的地方宿营休息。这也是徐静的主意，被北漠骑兵夜袭大营的事情出过一次就够了，虽然陈起已经兵败北退，但是也绝对不可以掉以轻心。

这一路上徐静都没有说话，阿麦也不敢出声，只是闭着眼睛打盹。十一月份的野外，夜间的温度已经很低，她身上又只穿了件夹衣，裤腿更是只剩下了一条，虽说在车厢里避了些寒风，可还是冻得够呛，尤其是那条伤腿，几乎已经麻木了。

车一停下，徐静照例是爬出车外活动腿脚，只留阿麦一人在车上，她连忙把商易之的披风抽了出来裹在了身上。过了一会儿，车厢一沉，有人撩开车帘上了车，阿麦还以为是徐静回来了，吓得她连忙把披风又铺在了车上，谁知抬头一看却是唐绍义。

"好点了吗？"唐绍义问道。

阿麦点了点头，突然拖着那条伤腿挣扎着从车里跪起来，给唐绍义磕了一个头，"阿麦谢大哥救命之恩。"

唐绍义吓得一愣，赶紧把她扶了起来，气道："阿麦，我们兄弟之间还要说这个吗？"

阿麦笑了笑，重新在车里坐好，却不小心碰到了伤腿，幸好已经冻得有些麻了，倒不是很疼。唐绍义却发觉不对劲，借着昏暗的灯光一打量阿麦，眉头紧紧地皱了起来，说道："怎么穿得这么薄？你的军服呢？"

阿麦低了低头，轻声说道："都被血弄脏了，扔了。"

"胡闹！"唐绍义骂道，忙把披风脱了下来给阿麦盖上，训道，"打仗能不沾血吗？都跟你似的，干脆大家都光着屁股回去好了！"

阿麦扑哧一笑，把披风又还给唐绍义，说道："大哥，我在车里呢，没多冷，还是给你吧，夜里外面冷。"

她的那条伤腿又露了出来，唐绍义忙移开了视线，说道："你的伤口要保温，我没事。"

阿麦看着唐绍义有些微红的面孔，沉默了下突然问道："大哥，我长得是不是真的跟个娘们儿一样？"

唐绍义被她问得一惊，像是被人揭穿了心事，面红耳赤地看着她。

阿麦咬了咬下唇，接着说道："我在营里的时候就是因为这个受欺负，他们都说我女气。身材瘦弱也就罢了，可偏偏还长了张这样的脸，连根毛都不长。有下作的人还逼我脱裤子给他们看，说要看看我到底长没长男人的玩意儿……"

说着说着，她的声音便有些颤抖，仿佛那些事情曾真实地发生在她的身上一般，字字都带着辛酸的血泪。

唐绍义脸色由红转白，再渐渐转青，"别说了！阿麦。"他扶住阿麦微微颤抖的肩膀，半天说不出话来，只是紧紧地抿着唇脸色铁青地看着阿麦。

"大哥！"阿麦红着眼圈看了看唐绍义，移开眼神，涩着嗓子说道，"我真恨我自己为什么要长成这个样子，有时候都想干脆把脸划花了算了，省得再因为模样受人欺辱。再说我以后怎么娶媳妇啊，人家姑娘准得嫌弃我长得女气，不够男人。还有，大哥，"阿麦又突然抬头看唐绍义，一脸紧张地问道，"我都十九了，一根胡子都没有，如果我要是一直不长胡子怎么办，那岂不是跟宫里的太监一样了？"

听她这样说，唐绍义的脸色缓和了下来，用拳捶了一下她的肩膀，笑道："傻小子，没事胡想些什么，这就想媳妇了？你才多大！等以后再长几岁，身体养得壮了，谁还敢说你女气？就你这样的相貌，个子也不矮，以后再长点肉，那可是名副其实的英俊威武了，说媒的能踩破家里的门槛。放心吧，傻小子，媳妇是一定能说上的！"

阿麦不好意思地笑笑，问："真的？"

唐绍义也笑了，不过却没回答，他伸出手用力握了握阿麦的肩膀，"行了，好好养伤吧，我得走了。"他把自己的披风往阿麦身上一扔，便跳下了车，走了两步又转回来挑起车帘说道，"你再等等，我想法去给你找条裤子来，别老光着腿对着徐先生了。"

阿麦轻笑着点头，唐绍义也不由得跟着挑了挑嘴角，看着阿麦的笑容有些出神，然后猛地回过神来，撂下车帘扭头便走，直到离车远了才停下来。他站在那里怔了怔，突然就给了自己一个耳光，声音清脆，夜色中传出去很远，吓得自己也是一惊，四处扫看了一下并没人注意，这才低低咒骂了两句，大步地向自己营中走去。

夜色之中，巡营的军官和士兵们举着火把在营帐之间穿行，像是一条游龙悄寂无声地在军营里盘旋，只偶尔发出一两声金属盔甲的摩擦声。

徐静往常下车活动手脚的时候，大多都是在骡车的周围随意地伸伸胳膊动动腿，可今天他活动的范围却有些广，他先是转悠到了商易之的营帐，见商易之没在营中，他也没问将军在哪儿，只是随意地问了门口的侍卫一句张生哪里去了，便有人告诉他说张生陪着将军巡营去了。徐静点了点头，又背着手往回溜达，那侍卫见他连火把都没举，便很殷勤地要去给他点个火把。徐静摇了摇头拒绝了，高深莫测地晃出一根指头指了指天上。那侍卫有些糊涂，顺着他指的方向看了看夜空，一脸不解地看着徐静。

徐静咧着嘴角笑了笑，捋着胡子摇了摇头，也没搭理那侍卫，转身晃晃悠悠地走了。他也没回骡车那里，往山前走了没多远，果然见商易之就带着张生一人从前面过来了。

"先生？你怎么来了这边？"商易之有些奇怪，他转完大营之后又去看了山前的哨卡，没想到会在这里碰见徐静，更想不出徐静不在骡车里休息，大半夜的往这边来干什么。

徐静瞥了眼在一边给商易之举火把的张生，抿了抿嘴，笑道："夜里无眠，出来看看月色，不知将军可有兴致一同赏月？"

今天只是初五，天上月亮的形状可想而知，再加上这荒郊野外的，又是初冬，万物萧条，即便是月圆之时也没什么赏头，更何况这刚露个牙的新月呢？

不过，既是赏月，那自然就用不着火把了。

商易之目光闪动，笑了笑，挥手遣退了张生，对徐静笑道："既然先生相邀，那易之就只能相陪了。"

徐静四处看了下，指着军营后面的山坡说道："那里月色最好。"

商易之点头，两人找了处平缓的山坡慢慢向上行。

今夜虽无明月，可天上的群星却是灿烂，星光闪闪，衬得山间的夜空都不再是沉重的黑色，而是浓郁的深蓝，像一块上好的丝绒，挂在天幕之间，映出淡淡的光华，弥漫下来，给群山之间也蒙上了细密的纱，望过去影影绰绰，朦胧中透露着清晰。

张生举着火把远远地跟在后面，商易之负着手慢慢走着，神态悠闲而泰然，根本不问徐静为何要邀他来赏月。山虽不陡，可夜间行来并不轻松，徐静不比商易之，才只到半山腰便有些气喘了。商易之停了下来，笑着看向徐静。徐静用手撑了膝盖，摇了摇头，叹道："不行了，老了，老了。"

商易之没有去安慰他，只是找了处平缓的地方，从四周拔了些干草铺在地上，坐下了才抬头对徐静笑道："先生来这里坐一下吧，赏月也不见得非得到山顶不可，我看这处山坡正好。"

徐静笑了笑，走到他身边坐下。

两人看着夜空一时无语，好一会儿徐静才突然笑道："我知道将军在想些什么。"

转头见商易之略有些惊讶地看着自己，徐静捋着胡子眯了眯眼睛，一本正经地说道："将军在想，这样迷人的夜景，旁边要是个美貌女子相伴该有多好，那才真可谓是侠骨对柔情了呢！为什么坐着的是个糟老头子呢？可惜，可惜了啊！"

商易之怔了怔，愣愣地看了徐静片刻，突然间噗笑出声，然后笑声越来越大，后来竟然止不住笑倒在地上。他仰面躺在山坡之上，大笑道："知我者，先生也。"

徐静却不笑了，只是静静地看着商易之。

商易之的笑声也渐渐停了下来，眼睛看着夜空，突然问道："先生怎么看？"

"看什么？"徐静故意问道。

商易之扯着嘴角笑笑，轻声问："先生是为了什么来找我呢？"

"将军心中有疑问，徐静心里也有疑问。"徐静答道。

商易之问："我心中有什么疑问？"

徐静答道："双兔傍地走，安能辨雌雄。"

商易之对徐静的回答不置可否，接着又问："那先生心中的疑问是什么？"

"不知将军如何对待自己的疑问，是要寻个究竟，还是……"徐静话到一半却停了下来，只望着商易之不语。

商易之沉默了片刻，淡淡说道："是雌是雄与我何干？"

徐静笑道："将军既然能这样想，我就放心了。"

商易之转过头看徐静，轻松笑道："虽这样说，不过还是有些好奇心的，到底这兔子从何而来，又因何雌雄莫辨，毕竟这敢往狼窝里冲的兔子并不多见。先生怎么看？"

徐静垂了垂眼帘，说道："敢往狼窝里冲，并且从狼窝里活着出来，不管它长成什么样子，都只可能是个雄的了，要是雌的，还怎么鼓舞人心？"

商易之没说话，只是轻轻颔首。

徐静又笑道："将军应该好好驯养一下这只兔子，我看只要喂得好了，有朝一日它也许就会长成为一头猛虎。"

"哦？"商易之微微扬眉，"依先生的意思，如何驯养？"

"养在身边自然是不行的。不如……"徐静似笑非笑地看着商易之，故意顿了一顿，这才继续说道，"硬起心肠，继续把兔子放进狼窝里，或许它会被群狼吃掉，或许，它会成长为百兽之王。"

商易之微微怔了片刻，和徐静对望一眼，两人相视大笑。

这爽朗的笑声惊动了不远处那些夜间劳作的小动物，它们放下了爪中的草籽，齐齐地看向这边。就连远处举着火把的张生听到笑声都不禁有些疑惑，不知自家将军和徐先生在谈论些什么，竟能笑得如此开怀。

第二日清晨拔营之前，唐绍义竟然真的让人给阿麦送来了一条夹裤，居然还是南夏军中样式。阿麦惊喜万分地翻看着手中的裤子，虽不像是新的，可质地却很是不错，她比了比，有些长，不过这不是问题，只要挽起一圈来就好了。

徐静从外面洗了脸回来，瞥了一眼阿麦手中的裤子，问："谁给的？"

阿麦高兴地答道："是唐大哥让送过来的，这下好了，总算不用穿一条腿的裤子了。"

"唐绍义？"徐静挑着眉毛问。

阿麦点了点头，先把裤子放在一边，打算等军医来给她的伤口换过药之后再穿上这条裤子。徐静撇着嘴笑笑，讥讽地说道："你们关系倒好，都成了穿一条裤子的交情了。"

阿麦一怔，不解地看着徐静。

徐静眨了眨小眼睛解释道："军中物资匮乏，普通士兵的军装只配了夹裤，只有校尉以上的军官才在夹裤外面又多了一层单裤，一是为了保暖，二是为了美观。这次出征，军中不许士兵带一点多余的东西，所以每个士兵也就是穿了一身军装。你说你这条夹裤是哪里来的？十有八九是唐绍义把他里面的夹裤给你脱下来了。你要是不信，就去翻翻他的裤脚，定是只剩下了一条单裤。"

现在已是初冬，野外行军，又是马上，只穿一条单裤可想而知，更何况唐绍义连披风都留给了她，被冷风一吹滋味定不好受。阿麦一时沉默，思量了一下便叫人把披风给唐绍义送了回去，捎话给他说车中用不着披风，还是给他用吧。

军医过来给阿麦换药，解开绷带后发现她的伤口竟然愈合很快。这样的外伤，没有发烧已经是幸运的了，谁也想不到只短短两天的时间，竟然都要结痂。军医看阿麦的眼神都满是惊奇，跟看怪物似的，说如果照这个速度，再有几天阿麦的行动就不成问题了。

阿麦又惊又喜，徐静也不由得多看了她几眼，高深莫测地笑道："天意，此乃天意。"

大军回去时的速度比来时慢了几倍，幸好有缴获的北漠的粮草，所以虽没有什么送粮队前来，可大军吃喝并不成问题。阿麦在徐静车中养了几天，腿伤已经好了大半，坐车途中也不甚枯燥，徐静虽然难伺候，可对她却着实不错，她问了些军事上的问题，他都一一解答了。

可惜好日子没过几日，很快徐静就有些不耐烦起来，阿麦觉得他像是在等待着什么，心情有些焦躁。

又过了两日，阿麦的腿伤已是大好，便不愿再和徐静坐车。她的战马早已死在野狼沟，军中更是没有多余的马给她，如果下车就只能和士兵一起步行了。徐静这两天心情明显不好，听阿麦说要下车，翻了翻白眼，不阴不阳地说道："阿麦，你可要想清楚了，好好的骡车不坐，非要去练腿？小心伤口迸裂了，你就美了。"

他已经很久没做过翻白眼这样的动作了，如今做来，阿麦竟感到有些亲切，仿佛回到了两人同去青州的路上，那个时候徐静总是爱冲她翻白眼，用这种不阴不阳的语调和她说话。

阿麦笑了笑，突然伸手拍了拍徐静的肩膀，不顾他的惊愕，跳下车去。她决定先去商易之那里报到，毕竟她还算他的亲卫，现在伤好了，自然应该先去主帅那里说一声。现在已过晌午，大军已经停了下来，各营的军士正在搭灶造饭，阿麦一路走过去，遇见的士兵均是很恭敬地站起身来向她行礼。她心中诧异，也不好去问人家为什么向她行礼，只得压下心中的疑问，面色平静地一一点头回礼。

张生正领着两个亲卫在烧火做饭，见阿麦过来很是高兴，把手里的柴火往旁边的亲卫怀里一丢，凑了上来打招呼，可张了张嘴却不知道该如何称呼阿麦，再叫阿麦已然不合适，可不叫阿麦叫什么呢？她现在还没有官职，不能称呼为"大人"。叫麦大哥？也不合适，这人分明没有自己大。张生嘴巴合了合，便有些不自然地笑道："阿麦，你怎么过来了，腿伤都好了？"

"不碍事了。"阿麦说道，转头扫了一眼四周。

张生见阿麦的神色知道她在找商易之，笑了笑说道："你找将军？他说去前面看看呢，一会儿就回来了，你等一会儿吧。"

阿麦不好意思地笑笑，点了点头，见张生又过去做饭便跟了过去蹲在灶边，随意地说道："张大哥，我帮你烧火吧。"不想张生却连忙摆手说道："可不敢称大哥，你要是不介意，叫我老张就好。"

阿麦联想到一路上的情景，动作一滞，抬头很无辜地看着张生，问道："张大哥这是如何说话？阿麦心里不明白。"

张生听阿麦这样说，没有接她这个话茬，只是瞥了一眼四周，凑过来小声问道："阿麦，你那日在野狼沟真的砍了那么多的鞑子？"

"多少？"阿麦不解。

"军中传着你那天一共砍了二十三个鞑子，都传疯了，你现在可是咱们军中头号的英雄好汉，任谁听了都得伸大拇指。连名号都有了——玉面阎罗，据说是遇人杀人，遇佛弑佛。"

阿麦听傻了，一时无语，呆呆地拿着根树棍子忘了往灶中添。她只不过是在徐静的车上歇了几天，没想到自己已经成了南夏军中的英雄人物。砍了二十三个？虽说她并不记得自己到底杀了多少北漠人，可绝对没有达到二十三这个数。二十三？这些人也真敢传，还有零有整，他们当北漠人是什么？大白菜吗？那么容易砍？还有，为什么要叫"玉面阎罗"？阎罗也就阎罗了，干吗还要加上"玉面"两个字？

"哎？"张生见阿麦半天没动静，忍不住唤了她一声。

阿麦这才醒过神来，冲着张生勉强地笑笑，"张大哥，不瞒你说，鞑子我是砍倒了几个，可翻一番也到不了二十三个啊。"

"嘘！"张生见阿麦竟然把实情都告诉他，定是真把他当作了好兄弟，心中只觉感动，便实心实意地为阿麦打算起来，当即赶紧制止了阿麦，压低声音说道，"阿麦，你这人太实诚了，这样的话怎么能随便说？这正是你扬名立万的机会，哪有傻得自己去说破这个的啊。"

阿麦神色有些犹豫，看样子还想再和张生争辩几句，刚伸了脖子要说话，就又听张生说道："就算以后有人问起，你只要但笑不语就行了，不承认也不否认。"

见张生是一片好心，阿麦也只好点头，心道我对二十三这个数没什么意见，我只是对"玉面阎罗"这个名头有意见。她正低头琢磨着，突然身后响起商易之的声音，"张生，饭熟了没有？快点拿过来。"

张生应了一声，连忙把锅里焐着的饭菜拿了出来。商易之的饮食很简单，是和士兵一样的杂面馒头，唯一多的东西就是那一小碟咸菜了。阿麦跟着张生站了起来，转回身去冲着商易之行礼道："将军。"

"阿麦？"商易之神色平淡地扫了她一眼，就着侍卫倒的水洗了一下手，很随意地问道，"伤都好了？"

"都好了。"阿麦弓了弓身说道。

商易之又问道："听说你砍了二十三个鞑子？"

阿麦一时不知该如何回答，还没想好是否要向商易之说实话，就听见他径自接着说道："军中有法：凡兵士者，得敌五首，升为什长；得二十首以上盈论，队正什长赐爵一级。你虽算是我的亲兵，可还是应该按照兵士算，所以理应升到队正一级。"

商易之顿了顿，又接着说道："不过你却是不遵军令私上战场，按律该斩。我军以治为胜，赏罚分明，看在你立了大功的分上可以不杀，但却不能不罚，所以就先降去一级，做个什长怎么样？可有怨言？"

阿麦吓得出了一身的冷汗，听商易之问，连忙小心地回答道："阿麦毫无怨言。多谢将军不杀之恩。"

商易之见阿麦一身紧张，挑了挑嘴角，说道："那就好，陆刚那儿正好缺了个什长，你去找他补上吧。人你都熟，也好做事。"

阿麦连声应诺，见商易之开始低头吃饭，没有再理她的意思，忙又告了个罪退下去了，打算先回去和徐静说一声，然后再去陆刚那里报到。她猜不透商易之的心思，更不知道他为何要对她做这种明升暗降的事情，事到如今也只能走一步看一步了。只是一想到又要回到那步兵营里去，阿麦就觉得有些发怵，但幸好这回不再是最底层的士兵了，什长虽然是最低的军官，但好歹也带了个"官"字，情形总不会太坏。

还没走到徐静车前，阿麦就听见前面一阵骚动声，只见一骑军士从远处飞奔而来，竟不顾在大营之中，一个劲儿挥鞭催马，直奔商易之的中军而去。阿麦眉头一皱，"驰骋军中"是犯了军法的事情，不知又发生了什么事情让那名骑兵如此心急。

徐静正在车外吃饭，也看见了那名骑兵纵马而过，他站起身来愣了愣，脸上的神色变幻莫测，突然就把手中的馒头往地上一扔，疾步向商易之那里走去。

阿麦刚好回来，跟徐静撞了个正着。"先生！"阿麦叫道。

徐静哪里还有心思搭理她，随手摆了摆手，理都没理她，头也不回地离去了。阿麦看着徐静离去的方向发呆，似乎觉得有什么地方不对劲。虽然刚才徐静走得匆忙，可她却没在他脸上看出一丝惊慌的表情，反而是眼露精光，像是等了很久的事情终于发生了。

阿麦自嘲地笑笑，她现在只是一名最低级的军官，军中大事哪里有她参议的份儿，还是该做什么就做什么去吧。她笑着摇了摇头，和徐静身边的侍卫说了几句，给徐静留了个话便去步兵营报到了。

陆刚看着去而复返的阿麦，脸上的神色复杂至极，他实在是想不明白，这个小子为什么又要到他的步兵营落户？阿麦不是将军的小心肝吗？阿麦不是刚立了大功吗？阿麦不是被称作"玉面阎罗"吗？从哪方面讲，阿麦也不应该来他陆刚这里啊，而且还只是一个小小的什长，这让他怎么对待？当普通的什长对待？可阿麦一点也不普通啊。当少爷一样供起来？可他也没这供人的桌子啊。

阿麦似笑非笑地看着陆刚，见他满心的迷惑与为难都堆在脸上，恭敬地笑道："陆大人，阿麦来您这儿报到了。"

陆刚稍有些呆滞地点了下头，"哦，过来了。"呆了一呆才反应过来，甚是为难地看了看阿麦，试探地问，"将军那里心情又不好？"

陆刚加了一个"又"字，上次商易之心情不好把阿麦塞到了他的营中，作为小兵的阿麦就祸害了他一个骁勇善战的队正，如今商易之又把升为什长的阿麦送到了他这里，这小子又要毁谁呢？陆刚心里甚是迷惑，自己打仗勇猛，做事小心，到底是什么地方得罪了将军呢？什长这样的小芝麻官，且不说整个南夏军中，就连他们青州军里都是数以千计的，一军主将的商易之真的闲到如此地步吗？

综合以上因素，陆刚怎么也想不出阿麦又落户到他营中的真实意图，到最后只能归结为这小子又惹了将军不高兴，所以就又被流放了，可不知道阿麦这次会被流放多久。陆刚是真不愿意再把阿麦放入他的军中，万一要是再惹了事，这杀又杀不得，罚又罚不得，这不是给他请了个爷爷来吗？他有心把阿麦放在自己身边看着，可又想这人已经是将军身边的亲卫，再让阿麦做自己的亲兵，将军心里会怎么想？会不会有别的想法？

陆刚看着阿麦，心思千回百转，百般为难涌在心头。想他陆刚也是沙场上的一员猛将，面对成千上万的鞑子他都没怕过，可看着面前这个身材瘦削、面容俊美的少年，他着实是为难了。

阿麦看着陆刚也是心思转动，见他脸上的两条粗眉都快挤到了一起，略微思量了下回答道："阿麦不敢妄言将军的事情，将军这次让阿麦来大人军中，可能是想让阿麦来历练一下。请大人不要为难，该怎么办就怎么办。"

陆刚咂了一下嘴，在原地搔着脑袋转了几圈，终于下定了决心，转回身对阿麦说道："我不方便把你留在身边，这样吧，阿麦，你还是去营里吧，还是去原来的四队，反正那里的队正你也认识，你去过的那什，原来的什长在野狼沟战死了，你去顶他的缺吧。"

阿麦听到那个有着紫红脸膛的粗壮汉子死在了野狼沟，心中不禁恻然，抿着唇点头道："一切听大人吩咐。"

陆刚见阿麦倒也好说话，便叫人领着阿麦去营里，送阿麦过去的是个十五六的少年，听说她就是玉面阎罗阿麦，一路上又是崇拜又是畏惧地不停偷瞄。阿麦被他这样的眼神看得有些别扭，好容易到了四队队正那里，不由得松了口气。

这队正姓李，并不像陆刚那样知道那么多的事情，人也有些心计，知道阿麦曾和二队的队正起争执甚至还把人给杀了，结果就只被打了二十军棍，可见这小子必定有一些背景，所以现在见阿麦突然到他手下来做个什长，他也不多问，只是领着阿麦去了第八什。

野狼沟之役，杀北漠两万多人，可他们自己也付出了将近一万人的代价，其中步兵营中损失最为严重，大多数的步兵营都已经被打残打缺，陆刚的这个营还算是好的，可即便如此，阿麦原来的那个什，也有三名士兵把性命丢在了野狼沟，现在只剩了七人。

王七等人见队正领来的新什长竟然是阿麦，都又惊又喜地看着她。那李队正简单地说了几句便离去了，王七等人立刻围了过来，王七惊讶地嚷嚷道："阿麦，你怎么又回步兵营了？做将军的亲卫多威风啊，就是给个队正也不换啊！"

有人偷偷地扯王七的袖子，让他说话注意点，怎么说阿麦现在也是什长了，算是他们的长官。王七甩了那人的手，没好气地叫道："扯什么扯？阿麦又不是外人，这是我兄弟。"

阿麦见状笑了笑，对着那个扯王七衣服的人笑道："刘大哥，没事，咱们都是自家兄弟，以后没有那么多的事。"

被阿麦称为刘大哥的人讪讪地点头。王七得意地笑了笑，又和阿麦说道："我们都听了你的事迹了，咱们兄弟都替你高兴，出去了说我以前是睡你边上的脸上都有光。阿麦你真牛，看不出你这小子这么狠，砍了二十三个鞑子，我一想到这个，就觉得以前和你打的那一架也值了。"

阿麦记着张生的嘱咐，只是笑而不语，静静地听王七等人在那里兴高采烈地讨论，几个人说了会儿便说到了野狼沟之战的惨烈上，两万步兵阵对两万天下无双的北漠骑兵，现在想起来腿肚子都还打战。

阿麦想起了那个说话粗声粗气的什长，低声问道："什长，他……怎么会……"

一提什长，众人脸上都笼上了层悲伤，沉默了下来。刚才一直没有说话的张二蛋眼圈红红的，涩着嗓子说道："什长……是为了救我才……"说着嗓子便哽住了，低下头一个劲儿地抹眼眶。

"二蛋！你他妈哭有什么用！"王七冲着张二蛋的脑袋扇了一巴掌，气呼呼地骂道，"知道什长是为了谁死的，那就争气点，以后多他妈砍几个鞑子，替什长报仇，光他妈知道哭。我看你别他妈叫二蛋了，你叫软蛋算了！"

有人在旁边对阿麦解释，说什长本来没事，后来追击北漠鞑子的时候，由于二蛋是新兵，看到战场上头飞血流的吓得有些傻了，惊慌中被地上的一具尸体绊倒了，当时腿软得连站都站不起来。什长不愿意抛弃自己的士兵，过去拉他，光顾着砍面前的鞑子了，却被后面的鞑子捅了一刀……当时张二蛋就那么瘫在地上，如果他能站起来，如果他能护住什长的背后，什长是死不了的。

那人瞥了眼张二蛋，眼里满是鄙夷，轻声说道："什长闭眼前有交代，说不要为难张二蛋，他只是岁数小，没见过杀人，等以后就好了。"

张二蛋也不回嘴，紧紧地抿了唇，倔强地抬起头来，任王七打骂，只是用袖子狠狠地擦自己的眼泪。

阿麦想不到那个上来就给他们下马威的什长竟然是这样一个汉子，心中不禁升起一股敬佩。她上前几步，拉开王七，用双手用力地握住张二蛋的肩膀，沉声说道："你的命是什长用命换下的，哭没有用，只有好好活下去，才能告慰什长的在天之灵。"

她环视了一下众人，大声说道："不光是二蛋，还有我们，我们都得好好地活下去，多杀鞑子，为什长报仇，为我们死去的兄弟报仇，为我们南夏被鞑子祸害的百姓报仇！"

阿麦伸出了手放在半空中，一字一句地说道："我，阿麦，从今以后愿和各位兄弟同生共死，荣辱与共，如果哪位兄弟肯相信我阿麦，就请把手搭过来。从今天起，我们就是异姓兄弟，我愿用性命去换任何一个兄弟的性命，也信每一个弟兄都能与我生死与共！"

说完，阿麦目光坚毅地看着大家。有的人眼中有迟疑，可更多的却是坚毅，被热血激起的男儿豪情！王七最先把手用力地握在了阿麦的手上，然后便有了第二个，第三个……

最后只剩下了张二蛋一人，众人都看向他，王七更是对他怒目而视，阿麦鼓励地看向他。他用力地咬了咬下唇，忍住了眼中的泪，把手也搭了上来，张嘴说道："我，我——"他却说不下去了，眼泪还是流了下来。

阿麦推了下他的脑门，笑道："还真是个小孩子！"

　　众人哄然而笑，张二蛋更不好意思，脸憋得又红又急，可眼泪却偏偏还不听话，一个劲儿地往下流着。

　　阿麦又询问什长的家中情况，得知他是青州人氏，三十多岁了还没有娶亲，家里只有个老娘，指着他的那点军饷过活。阿麦也不禁有些黯然，和众人商量了什长的老娘由大家来养。以后也是如此，万一谁要是不幸牺牲了，那么他的家人也都是第八什的所有人共同供养。

　　众人说了半天的话，早就过了休息的时间，却一直不见中军击鼓集合，大家不禁有些奇怪，阿麦心中隐约猜到了些什么，却没说什么，只是让大家先就地休息，等待军中命令。

　　果不出阿麦所料，军中的确是出了大事。

　　夏盛元二年，野狼沟之役，麦帅初露锋芒，斩敌二十又三，升为什长，入青州军步兵第七营第八什。是时，经野狼沟之战，什中尚存壮士七人，皆服麦帅。后经诸役，七士均奋勇杀敌，麦帅与之以兄弟相称，甚亲厚。及天下定，成祖立，七士只存二人矣。世人惜之敬之，尊为"七猛士"。

——节选自《盛元纪事·七猛士》

第八章

绝境 眼界 誓师

　　盛元二年十一月初，在商易之领兵北出的同时，围在泰兴的北漠名将周志忍也有了行动，他弃泰兴而围豫州，北漠骑兵以迅雷之势先行控制了豫州城四周的交通，豫州城的信使突围了多次，不知死了多少人才从北漠骑兵的包围圈中突围而出，赶来给商易之送信。

　　豫州城危在旦夕，如果豫州城失守，那么商易之手中的三万多军队将无处可去。商易之脸色变了，死死地盯着地上的传信兵，都忘了让人带他下去休息。

　　从未有过的挫败感紧紧地包围了他，陈起破靖阳杀三十万边军的时候他只是感到愤怒，感到痛惜，却并没有过这样的挫败感。因为他总觉得那场败仗不是他打的，他总觉得他有和陈起一较高下的资本，他以为陈起不过是赌赢了一局他没有参加的赌局而已。

　　而现在，他千里伏击陈起，虽逼得陈起退回靖阳，可谁又能说这场战争是他赢了呢？周志忍围困豫州，截断了他所有南下的后路，不论是回青州还是去援救泰兴，豫州都是必经之路。

商易之无力地挥手，让侍卫领那个传信兵下去休息。

两个侍卫过来扶那个传信兵的时候，才发现他伏在地上竟然已经断气了，胸前赫然留了一个半截的箭头，原来他在突围北漠包围圈时已经中箭，竟是只削断了箭身，强行骑行了一个日夜，这才赶到商易之的军营。这一路上气血早已耗尽，全靠着一个信念支撑着，刚才说完最后一句话便伏地死去了。

饶是见惯了生死的商易之也不禁有些动容，默默地看着侍卫把传信兵尸体抬了下去。

"将军？"徐静轻唤。

商易之回过神来，对着徐静苦笑一下，问："先生可知道军报的内容了？"

徐静沉静地看着商易之，默默点头。

商易之仰面长叹了一口气，说道："不瞒先生，我自小便一帆风顺，从来没有遇到过什么大的挫折，其实一直是自己运气好，我却不知天高地厚地以为是我自己有本事，现在想来，真是极其可笑。周志忍能成功围困豫州，就说明粮草毫无问题，何勇那里又一直没有消息，可见也是凶多吉少了。"

徐静不理会商易之的话语，只是沉声问道："将军灰心丧气了？"

商易之转头看徐静，突然笑了，自嘲道："不然怎么办？如果我们在豫州城内还好，依靠城内的粮草装备守上两三年都不成问题，而现在我们出来了，豫州城内只剩下了石达春的几千老弱，恐怕能开弓的都没几个，你让他们怎么守？豫州一旦失陷，我们该何去何从？"

徐静眼睛转动，精光闪烁，问："将军怕了？"

商易之嗤笑了下，没有回答。

徐静又冷声问道："那么徐静请问将军，就算将军带兵留守在豫州城内，又能怎样？"

商易之被他问得一愣，目光沉沉地看着他。

徐静冷笑一声，又接着问道："那么徐静就这样问，现在我国留在江北一共有多少兵马？"

商易之眉毛挑了挑，说道："靖阳二十万边军被常钰青屠杀殆尽，我们这里尚有三万，泰兴城内估计还有三万多守军，其他城镇的守军很少，可以忽略不计。"

"也就是说我国在江北满打满算也不过是六万多人，是不是？"徐静问。

商易之点头。

徐静轻蔑地笑了笑，又问道："那北漠现在侵入我国的军队又有多少？"

商易之沉思了下，抬眼说道："至少还有二十多万。"

徐静说道："将军出身将门，应该比徐静更清楚我国现在的形势，可知道我国可还能派兵北渡收复失地？"

商易之皱了皱眉，沉声说道："怕是不能，我国江南大部军队正在西南的云西平叛，二十万大军身陷其中拔脚不出，根本没有兵力北顾。"

"那将军认为朝廷可会抽出兵力渡江北上？"徐静又尖锐地问道。

商易之冷笑一声，眼睛中闪过些许不屑，"云西和我国西南接壤，又无天险可倚，几天便可至都城。朝中必是会先舍弃江北，依靠宛江天险以拒北漠，集中江南之力平定西南。"

徐静笑了，笑道："将军既然都能想明白这些，还回豫州去做什么呢？我江北只有六万将士，而北漠尚有二十万兵马，更何况北漠境内并无其他战事，北漠人可以专心地对付我们，后面可能还有十万、二十万，甚至更多的大军在等着。周志忍为何弃泰兴而围豫州？并不是陈起算到了豫州城内空虚，而只是北漠人的既定计划，佯攻泰兴引我江北军南顾，借此打开靖阳边关，然后再一步步地推进，各个击破。我们回豫州做什么？要做北漠人的瓮中之物吗？"

徐静的一番话，如醍醐灌顶，霎时浇醒了商易之，他的眼睛顿时亮了起来。

"将军，"徐静又说道，"徐静观将军不是池中之物，所以今天想对将军说些无礼的话。"

商易之急忙说道："先生请讲。"

徐静捋了捋胡子，说道："咱们既然从豫州城出来了，眼界就应该宽了一些才对，将军更不能把目光放在一城一池的得失之上，北漠人要的不是我们一个两个的城池，而是我们整个的江北，以图江南，而将军也同样。"

商易之目光闪烁，上下打量着徐静，突然躬身向徐静一揖到底，恭敬地说道："易之多谢先生指教。"

徐静等商易之把腰弯了下去才慌手慌脚地去扶起他，"将军怎可行此大礼，徐静愧不敢当。"

商易之说道："先生心中既有城府，我军将何去何从，还请先生教我。"

徐静的手下意识地去捋胡子，转过身看向远方。这是他习惯性的动作，紧张时会做，得意时也会做。

当天，军队并没有继续赶路，上面传下来命令说是多日来赶路辛苦，让各营原地宿营休整。营中众人得到消息自是高兴，欢喜地去搭建营帐。阿麦心中疑惑，苦于步兵营中根本得不到消息，只好偷了个空，向队正请了假出来找唐绍义探听消息，可一听到唐绍义所说，阿麦也惊呆了。

"真的？"阿麦失声问道。

唐绍义点了点头，恻然说道："那个传信兵已经葬了，身负多处重伤，一路上把热血都流尽了，这才支撑到将军面前。"

阿麦低着头沉默不语，消化着这个惊人的消息，豫州城被围，这里的三万人将何去何从？

唐绍义知道阿麦不是个多嘴的人，可还是忍不住嘱咐道："此事太过重大，你回去千万不要走漏消息，这事一旦传了出去，恐怕炸营的事都可能发生。"

阿麦点头，她明白这个消息对于现在的青豫联军来说是多么的凶险。青州军可能还好些，豫州军中大部分将士的亲属可还留在豫州城内，如果得知豫州危在旦夕，恐怕事态连商易之也控制不住。

唐绍义也是皱眉，低声叹道："陈起也真是个鬼才，像是把这一切都算清楚了。"

"陈起"这两个字落入耳中，阿麦身体僵了僵，她抬头看向远处的乌兰山脉，说道："这恐怕只是赶巧了，不是陈起算的，如果依他的意思，他恐怕更想把我们围在豫州。"

"嗯？"唐绍义不解地看着阿麦，阿麦扯着嘴角难看地笑了笑，垂头用力踩了踩脚下的荒草，小声说道："没什么，我只是觉得我们这次不在豫州不见得是坏事。只要将军把这个消息处理好了，就不会有什么大问题，剩下的问题就是我们怎么度过这个冬天。"

是的，如果不入豫州，他们这些只有夹衣的将士怎么度过江北这寒冷的冬天，还有粮草，虽然有些缴获的粮草，可是又能支撑多久呢？

唐绍义眉头紧皱，还是有些不太明白阿麦的话。阿麦笑了笑，说道："算了，不费这个心了，反正我也只是个小什长。大哥，我先回去了，多谢你的裤子。"

唐绍义笑了笑，目送阿麦离去。过了片刻，他把目光转向阿麦刚才望去的地方，那里的山脉连绵起伏，正是乌兰山脉的中段，越过它，就是西胡一望无际的大草原。

商易之先把军中的主要将领召集在一起，后来就是各营的校尉军官。各营的校尉军官回来后又各自召集营中的队正，会议一层层开下来，北漠围攻豫州的消息终于传到了士兵的耳朵中。

阿麦担心的事情终于发生了。

她所在的青州军还好，营里大部分的士兵都是来自青州地区的，豫州人很少，只有一些像张二蛋一样在豫州新收入伍的，由于新兵的伤亡率远远大于老兵，所以野狼沟一战，这些新兵死得也没剩几个了。人少了就掀不起风浪，营地里倒是还镇定些。可豫州军那边就不一样，军中十有八九都是豫州人氏，即便家不是在豫州城里，也是周边地区的，一听说北漠围攻豫州，一下子就骚动了起来。

青州军这边营地严格按照上级的命令以队为单位坐在原地等候命令，可远处的豫州军营却没这么安静了。阿麦坐在营地之中，听着远处豫州军营隐约传过来的动静，不禁有些担心。此次出征的四万人中，青州军只有一万五千人，豫州军却是占了二万五千人。在野狼沟列阵抵御北漠骑兵的时候，商易之为了避嫌把青州军列在了阵前，这样一来青州军人数虽比豫州军少，可伤亡却也一点不少。如此算来，现在的三万人中，豫州军竟是占了三分之二之多，万一哗变，就是商易之也束手无策。

阿麦作为什长，是坐在队列最外面的。她本来如老僧入定般垂头坐着，心里暗暗理着这场战争的头绪，旁边的王七却突然用手指悄悄地捅了捅她。阿麦疑惑地看向他，见他冲着自己努了努嘴，眼神瞥向旁边的一个队。阿麦顺着他的视线看过去，正好和几道凶狠的目光撞在一起。那几个人也都是坐在队列的最外一排，应该也都是什长，见到阿麦看他们，脸上的神色更凶狠了些，看那眼神竟似想把阿麦给活剥了一般。

阿麦皱眉，把目光收回来，重新进入老僧入定状态。旁边的王七见她无动于衷，又用胳膊碰了碰她。阿麦低喝道："坐好！别找事！"

声音虽不大，却透露出从没有过的威严，王七被她震得一愣，讪讪地收回了手。他觉得现在的阿麦和那个和他打架的阿麦已经全然不同了，虽然平时说话的语调没变，对人仍是很温和，可一旦冷下脸来的时候，却不再是那个一脸狠倔的少年了，而是有了一种让他不由自主地感到害怕的气势。

阿麦低头敛目，刚才只是看了一眼，她就已经知道那些人为什么用这种眼神看她了，他们是被她杀死的那个队正的手下，第二队里几个还活着的什长。

可是现在她没心思理会他们，也觉得没有必要理会他们，这个时候，他们绝对不敢明目张胆地过来找她的麻烦，最多是在上战场的时候背后捅个刀子而已。但她现在是什么都不怕的了。

快到傍晚时分，中军那边终于有了动静，下来的命令竟是让部队集合。阿麦知道作为低级军官只有服从命令的份儿，所以毫不犹豫地带队跟随部队往中军处行进。商易之驻扎处的营帐早已撤去，一座简易的台子已经被搭建了起来。四周已经聚集了上万的豫州军，虽然仍是列阵，却仍有些嘈杂和难掩的恐慌。看到这个阵势，后面来的青州军也有些乱。领队前来的陆刚挥着鞭子叫骂了几句，这才把队伍整齐地列在高台的东侧。

后面的队伍陆陆续续地过来，把高台的正面围了个水泄不通。阿麦冷眼旁观着，见所有的步兵和弓弩部队等列队完毕之后，唐绍义才带着骑兵压在最后面过来，不动声色地堵在了豫州军之后。

阿麦正在疑惑商易之这是想要做什么的时候，就看见前面人潮涌动，一直守护在高台四周的侍卫们让开了一条路，身穿重甲的商易之一步步坚定地走了上来，猩红色的大氅随着他的步伐翻飞着，带起了飒飒的风，更是彰显出商易之的气势非凡。

阿麦跟随在商易之身边多日，很少见他穿得这样郑重过。商易之是个追求衣食精致的人，这样重甲虽然有气势，却也着实沉重，他轻易是不肯穿的。今天穿来，竟威武到让人忽略了他那俊美的长相，只觉得面前的人如天神一般，整个队伍都安静了下来。

商易之响亮而沉着的声音在台上响起，开始阿麦只是静静听着，无非是一些鼓舞人心的话，可慢慢地她的神色凝重起来。她想不到的是，商易之不但没有平复豫州军骚动的人心，反而是点了把火，让原本就有些待不住的豫州军，现在更是等不及就要拔刀杀回豫州去。

这和阿麦的猜想一点也对不上号，她以为商易之会选择避开周志忍的大军以图再起，谁承想他竟是要鼓动大家去解豫州之难，去和周志忍硬碰硬。

这个场景，更像是一场誓师大会！

阿麦糊涂了，商易之到底是想做什么？或者说，徐静到底想做什么？三万疲惫之师，对北漠守株待兔的十万大军，胜负几乎毫无悬念，难道商易之和徐静脑袋都被他们的坐骑踢了吗？

十一月十二日夜，商易之率青豫两州联军连夜拔营，赶往豫州城，这回是豫州军打头，所以阿麦他们就落在了后面。她腿上的伤并没有好利索，高强度的行军牵动她已经结痂的伤口，隐隐有些痛。不过体力倒是很充沛，比一般的男子还要好。这一点得益于这些年来她颠沛流离，虽吃不好睡不好，没想到身体却一年比一年健壮起来。

唐绍义骑着马几次从她身边路过，颇有些担心地看向她，阿麦只是轻轻摇头，示意自己没事。这样的行军途中是不会垒灶做饭的，到了吃饭的时候也只是让士兵们停下原地休息，吃自己携带的干粮，如果长时间遇不见水源，水也会极其短缺。

阿麦伍里有好几个士兵早已把自己的水袋喝空了，干粮又都很干硬，简直是在伸着脖子往下咽，可即便这样也得吃，不吃就没有力气走路，就会挨军官的鞭子。阿麦喝水很省，水袋里还留了大半袋水，见王七他们咽得费劲，便把手里的水袋丢给了他们。

几个人接过水袋冲阿麦嘿嘿一笑，然后连忙一人一小口地往下送嘴里的干粮。谁心里都有数，都没有多喝，水袋转了一圈回到阿麦手中，里面还剩了少半袋的水。阿麦嘴里的干粮也咽不下去，本想喝口水，可一见壶口糊得满满的干粮渣滓便下不去嘴了。她笑了笑，把水袋又重新扔给了王七他们，说道："你们喝吧，我还不渴。"

王七他们看了看阿麦有些干裂的嘴唇，知道她根本就是在说谎，可却也没想到阿麦不喝是因为嫌脏，还以为是阿麦舍己为人，心中均是一热。

没了水，阿麦不敢大口地吃干粮，只好一点点地嗑着，想多分泌些唾液让口中的食物湿润起来，可身体已经缺水，唾液也都少了，到了最后也只能伸着脖子强行往下咽。正费着劲，就听见队正在前面喊她，说是陆大人找她。阿麦忙把干粮装回到袋子里，起身向陆刚那里跑去。

到了陆刚那里，陆刚吃的也是干粮就凉水，见阿麦来了头也没抬，只是指了指远处的树林。阿麦不解地看着陆刚，他费力地把干粮用水送了下去，这才粗着嗓子说道："唐校尉在那边等你，说是有事，你快去快回，过不一会儿大军就要走了。"

阿麦应了一声，往陆刚指的方向跑过去。陆刚这才抬头没好气地看一眼阿麦的背影，嘴里低声嘀咕："爷爷的，屁事还要避人说，一看就不是对儿好鸟。老子怎么跟拉皮条的似的呢？这娘娘腔怎么就会杀那么多鞑子……"

旁边的亲兵没听清楚他说什么，还以为他有什么吩咐，连忙问了一句："大人，您要什么？"

陆刚正没好气，瞪了他一眼，气呼呼地骂道："要你娘的屁！这是干粮吗？老子这么硬的牙咬着都费劲！"

小亲兵很委屈，又不敢还嘴申辩，只是低着头腹诽，心道：您这还是软和的呢，您要是尝尝我的，您也就留下俩牙印！

阿麦跑过树林，见唐绍义牵着马正等在那里，不知道他找自己有什么事，便气喘吁吁地问道："大哥，你找我有什么事？"

唐绍义解下马上的水袋，递给阿麦说道："喝点水吧，前面三十多里处才有水源，一会儿行军还得出汗，你受不了。"

阿麦接过水袋有些迟疑，问："你呢？"

唐绍义笑了笑，说道："我们骑兵还好，马上带的水袋也大，再说脚程也快，渴不着。"

阿麦闻言也不再客气，打开皮塞痛快地灌了一通，她实在是渴坏了。喝完了见唐绍义一直看着她，阿麦不好意思地笑了笑，把水袋还给唐绍义，迟疑一下问道："大哥，我们真的要去救豫州吗？"

唐绍义没有回答，把水袋重新在马侧挂好之后，回过身来静静地看了阿麦片刻，问道:"你想去救豫州吗?"

阿麦低头思量了片刻,直视着唐绍义的目光坦然答道:"于公于私,我都不想去豫州。"

唐绍义神色略变,眼中掩不住的失望之情,默默地移开了视线,却又听阿麦低声说道:"可是徐姑娘和小刘铭还在城守府里。"

徐秀儿和唐绍义一起逃到豫州之后,便被安排在城守府的内院照顾小刘铭。阿麦到豫州之后,曾随着唐绍义去看过她一次,三人再次相聚均是唏嘘不已。后来阿麦虽然随着商易之留在了城守府,可徐秀儿倒是不怎么见到。一是徐秀儿随着石达春的夫人在内院,内外有别,阿麦和唐绍义等不能随便进入;二是阿麦不大愿去见徐秀儿,徐秀儿每次见她都十分别扭,像是总爱偷瞄她,可每当她把视线迎过去的时候,徐秀儿却又心虚似的赶紧避开了。

阿麦苦笑一声,接着说道:"她叫我一声麦大哥,我们三个又是一起从汉堡城逃出来的,怎能置之不理?所以还是去的好,就算救不出她来,起码也算尽了力,一切听天由命吧!"

远处的军队已经休息完毕,军官开始吆喝士兵们从地上站起来列队前进。阿麦瞥了一眼队伍,说道:"大哥,我得先回去了。"

唐绍义却沉默不语,阿麦不明所以,见远处自己所在的队伍已经差不多列队完毕了,不由得有些着急,又叫了一声:"大哥,如果没什么吩咐,我就先走了啊。"

她说完便要跑,唐绍义这才猛地醒悟过来,一把拉住了她,用力地抿了抿唇,这才说道:"阿麦,我还有别的任务,以后见面就不方便了,你照顾好自己。"

阿麦虽疑惑唐绍义所说的"别的任务"是什么,可也没有时间再细问,只得点了点头,瞄一眼远处的队伍,已经开始缓缓移动了。

唐绍义却像仍有话没说完,又嘱咐道:"要想服众,光是一味地亲善也不行,得恩威并重,否则兵油子们便会觉得你好欺负。"

阿麦心中疑惑更深,唐绍义向来行事利落,很少见他这么婆妈的时候。

唐绍义神色颇为复杂,看了看阿麦,还想再说,却见阿麦已经急得站不住脚了,终于笑着摇了摇头,挥手道:"行了,赶紧去吧!"

阿麦总算等到了他这句话,来不及说别的,急忙向队伍处跑去。回去已经是晚了些，陆刚在马上狠狠地瞪了她一眼，倒没骂人。阿麦趁机跑回了自己的队伍，王七还给她拿着兵器，见她气喘吁吁地跑回来，有些好事地问道："什长，啥事？"

阿麦从他手中拿过长枪，淡淡地看了他一眼，没有说话。

十一月十六日，商易之率领青豫联军到达豫州城北，遭到北漠骑兵阻拦。北漠骑兵一击即走，南夏军向城下突围，眼看即将冲破北漠大军防线时，豫州城内突然燃起大火示警，浓烟冲天。同时，城中放起数个纸鸢，上书大字：石达春投敌，城内有诈！

见此，南夏军阵脚大乱，没想到只二十三岁的主将商易之临危不乱，冷静地变换阵形，先锋变后卫，大军果断地向西而走。此时，北漠人的包围圈尚未合拢，只得眼睁睁地看着南夏军从豁口处逃走。

周志忍心有不甘，派骑兵追击，却遭到南夏骑兵阻拦，谁也没想到商易之会把骑兵埋伏到这个位置，北漠骑兵伤亡惨重，让商易之带着大军从容地退入了乌兰山脉。一入山地，骑兵的优势大大降低，再加上山势险要、地形复杂，无奈之下，周志忍只得暂时放弃，集中全力接管豫州城。

退入乌兰山脉的南夏军这才知道，早在北漠人围城的第七天，豫州守将石达春见势不可逆便叛国投敌，迎北漠大军入城。后来的北漠围城都是引商易之入瓮的假象，一旦商易之领军冲入城下，将会受到北漠大军的内外夹击。幸好豫州城守府的书记官是个忠烈之士，对石达春投敌卖国的行径十分不齿，可惜手中没有兵权，无法阻拦。到后来见商易之领两州之军就要中计，这书记官急切之中突生妙计，放火烧了豫州城的官库，又放了若干个纸鸢向商易之示警。

经此一战，开始打头阵后来又殿后的豫州军伤亡颇为严重，大约折损了七八千人，倒是阿麦所在的青州军几乎没有什么伤亡。退到安全地带后，且不说外面普通的豫州士兵，就连来商易之帐中议事的豫州方面的将领的情绪都极为低落。他们怎么也不敢相信，自己的长官竟然投敌叛国，打开城门放敌人入城，又配合敌人设计陷害自己的子弟。他们不顾生死地回救豫州，却不料豫州城倒把他们全都卖了，这让人情何以堪？

商易之的面容甚为平静，神情平淡地看着帐内的将领。青州军方面的将领颇为气愤，虽碍于商易之的压制没有说什么，可那神情分明就在骂豫州人不是东西！隶属豫州军的那几个将领脸色青白夹杂，既觉委屈又觉尴尬，是他们吵嚷着要回救豫州，谁承想差点全军覆没。

为首的豫州军副将咬了咬牙，一掀战袍跪在了地上。

商易之连忙上前伸手相扶，急道："张副将，这是为何？赶快请起。"

张副将跪在地上不肯起身，其他的几个豫州将领也跟着跪下了。商易之扶了这个扶那个，一时之间甚是为难，急忙向旁边的人喝道："还愣着做什么！还不快点把各位大人扶起来！"

跪着的几人却不肯起，那张副将说道："将军，我等跟随石达春多年，死也想不到他竟然是这样一个投敌卖国的奸贼，如不是亲眼所见，打死我们也不会相信，是我们吵嚷着要去救豫州，差点害大家丢了性命。事到如今我们也没什么好说的了，请将军免了我们几个军职。我们要摸回豫州城，一定要当面问石达春个清楚，先杀了那老贼再以死谢罪。"

商易之沉默了片刻，问道："张副将，你等是我南夏的军人，还是他石达春的军人？"

那几个人异口同声地回道："自然是南夏的军人！"

商易之的剑眉微扬，目光灼灼，道："既然是我南夏的军人，那和石达春何干？他叛国并不代表豫州军叛国，与你们、与整个豫州军何干？我们千里奔袭，同生共死，先不说之和众位的私谊，咱们只说大义，虽然两军将士分属青州、豫州两个军系，可我们首先都是南夏的儿郎，是南夏的军人。我们守的不是一城一池，护的也不是一城之民，我们守的是我南夏的江山社稷，护的是我南夏千千万万的子民！难道只因为一个石达春，就要分出青豫之别吗？谁不知道不管是站在这里的，还是战死在城外的将士们，都是我南夏的好儿郎，是我南夏的忠义之士！"

一番话说下来，帐中诸将均是热泪盈眶，张副将嘴唇抖着，俯身叩拜下去，话不成句，"有将军这些话，战死的那些兄弟们死也无憾了。"

商易之连忙扶起张副将，给了旁边人一个眼色，大家连忙把跪在地上的诸将扶了起来。商易之说道："张副将，如若信任易之，那就请不要再有青豫之分，不管是青州军还是豫州军，都是南夏的将士，没有任何分别。"

张副将用力点头。一直站在一边不语的徐静突然笑道："既然两军合为一军没有青豫之分了，那么也就不要再叫什么青州军、豫州军了。"

旁边的一名青州军将领出言问道："不叫青州军、豫州军，那叫什么？"

徐静抚着山羊胡子看向商易之，笑道："这就要听将军的了。"

"这……"商易之还是有些犹豫。

几个豫州军将领见状，齐齐抱拳说道："我等以后唯将军马首是瞻，请将军为两军更名！"

商易之略微思量了片刻，干脆地说道："好，既然大家看得起易之，那就叫江北军吧！从今以后再无青州军和豫州军，只有我江北军。"

众将齐声应诺。

商易之面容严肃，向大家抱拳行了一礼，正色道："我南夏江北的失地收复就全靠诸君了！"

当夜，豫州城守府内，石达春的夫人端了碗米粥来到丈夫书房，见丈夫兀自坐在桌前发呆，便把瓷碗放到桌上，柔声说道："老爷，吃点吧，不管怎样也得吃点东西啊。"

石达春缓缓地摇了摇头，石夫人眼圈红了，强自压下了眼眶中的泪水，低声央求道："老爷，您身体会顶不住的啊，您好歹吃点吧，就算是为了……您也得吃些啊，您……"

石达春缓过些神来，防备地瞥了一眼门外，随意地问道："放火的那厮怎么样了？"

"邱大人……自杀了，档案房都被烧光了，火还蔓延到了库房，把存的冬衣和许多粮食都烧成灰了。"

"那厮该死！"石达春声音冷硬，脸上却是与之不衬的悲愤，身子隐隐抖着，说道，"那厮一把火把我豫州城的要紧文件都烧了个干净，死了倒是便宜他了。"

石夫人慌忙把手覆在丈夫抖动的肩头，凑在他耳边低声说道："老爷，我都懂，都懂，您受委屈了、受苦了。"

石达春面容惨淡，摇了摇头，没有说话，他不苦，比起舍生取义的邱大人来说，起码他还活着，虽然背了顶汉奸的帽子，虽然被城中的百姓骂作老贼，可他不苦，因为这一切都是为了南夏。他现在只是担心，不知道那批物资有没有安全地送到山中，不知道商易之能不能收服他豫州军中的那些将领。

藏军于山，这是他从没想过的。军入山头，那岂不是成了匪了吗？他们真的能带出一支铁军吗？他们真的能再收复豫州乃至整个江北吗？石达春不是没有怀疑，可是他已没有别的选择。

盛元二年冬，成祖领军入乌兰山，自称江北军。初，朝中不解，训斥曰：引兵入山，占山为王，兵将不兵，为匪也。时人也多议论之。成祖笑之：浅薄短视之人，任之！

——节选自《夏史·成祖本纪》

第二卷

险中行悬崖百丈冰

| 第一章 |

藏兵 娇娘 人心

乌兰山脉北起汉岭南接宛江，东西分界云胡草原、江中平原，跨越豫、宿、荆、益四州。山间狭窄平原密布，物产丰富，西面云胡草原水草丰美，盛产战马、皮革等，东面江中平原则有江北粮仓之誉。其中，以云绕山为中心，四周群山起伏、峭壁耸立，道路崎岖，地势险要，易守难攻。

北漠名将陈起上报朝廷的奏报里曾这样描述商易之的江北军："江北匪军之坐大，实得地理之益。豫西位于宛江上游，地势高耸，雨量充沛，森林繁茂。山间多狭长之溪谷，中含小块平原，物产丰饶，人口密集。江北之匪巢，在军事上为天险，在经济上亦可自给，又得兵源补充，日益壮大。"

当然，这些都是后话了。

豫州之战后，商易之带军入乌兰山脉，在西泽山下对军队进行了改编，青豫两军打散后彻底合为一军。商易之任军中主将，原豫州副将张泽为副将，徐静任军师。

商易之领中军三个步兵营和两个弓弩营以及后勤营队向内驻扎在地势险要的云

绕山，其余营队分驻在其他山头，而两千多骑兵则交由唐绍义率领，由秦山谷口进入云胡草原，发挥骑兵的机动性能，以战练军。

阿麦所在的步兵第七营，不属于商易之的中军营队，所以没有跟着他上云绕山，而是留在了西泽山上。经过西泽山整编后，第七营的编制也有所变动，陆刚虽还是正职营官校尉，可那副职却被原豫州军系的校尉所得。

这人也算半个熟人，正是那日在石达春的书房中对商易之怒目而视的黑面大汉，本姓白，可偏偏长得脸如锅底。他自己也甚为这件事恼怒，所以在军中没人敢称呼他的姓氏，熟识的军官就叫他一声"黑面"，下面的士兵则是直接省略了他的姓氏，只叫"大人"。

陆刚初次向大家介绍黑面的时候，咳了好几声才模模糊糊地说了声"白校尉"，下面哄的一声就笑开了。

黑面当时就急了，噌的一下子站了起来，怒道："笑什么笑？老子不就是黑吗！老子又不是娘们儿，长那么白做什么？是能当饭吃还是能上阵杀敌？"说着目光从下面转了一圈，然后就落到了作为什长站在最前排的阿麦身上，他指着阿麦叫道，"哎！你这小白脸，上来和老子比画比画，看看你黑爷爷到底当不当得起这个校尉。"

阿麦一愣，顿觉自己冤枉无比，没错，她是也跟着笑了笑，可大家都笑了啊，凭什么那黑手就指到自己身上了呢？见那黑面急眉火眼地指着自己，阿麦心神一凛，忙弓腰行礼，垂首应道："小人不敢！"

黑面却是不依不饶，嚷道："什么敢不敢的，爷爷的，你长得像个娘们儿，胆子也像娘们儿了？"

阿麦脸上青白变幻，也许是做贼心虚，她最恨的就是别人说她长得像娘们儿。现在听黑面在那里叫嚣，她咬了咬牙，握着腰间的弯刀就要上前。

陆刚眼快看到了，生怕这小爷又要惹事，忙呵斥道："站住！你还真敢上来！"他又连忙扯住撸着袖子就要往下走的黑面，干笑道，"黑面，黑面，和个愣小子置什么气，谁敢对你不敬，罚一下就是了，犯不着自己动手。"

旁边的一个军官也上来拉他，在他耳边低声劝道："黑面，别闹了，你别看阿麦只是个小小什长，人家可是名震军中的人物，就是那个在野狼沟砍了二十三个鞑子的玉面阎罗。你千万莫要惹他！"

陆刚闻言狠狠地剜了那人一眼，心道有你这么劝架的吗？你生怕死老黑这火烧得不旺是不是？果不其然，这话说出来就如用油救火！黑面先是一愣，随即兴奋起来，他一向是以勇扬名，最喜欢和人比画比画，早就听说野狼沟之役，青州军中出了个勇猛无敌的家伙，一直想会会呢，没想到今天在这碰上了，哪还有放过之理。

阿麦也是被身边的人拉住了，她本来就不想惹事，更何况对手是新来的副营官，于是就坡下驴，回到队伍里不再言语。

谁承想那黑面却不肯罢休，甩开陆刚的拉扯，冲着阿麦挑衅道："爷爷的，小白脸别没种，有胆就上来比画比画。"说着又转头冲陆刚说道，"陆大人，没事，我只是和这小子比画比画，大家都是军中的汉子，切磋拳脚也是常事，他这不是不敬，他要是不上来动动手才是不把我黑面看在眼里呢！"

陆刚心中甚是恼火，可黑面这么一说，搞得他也没法说什么了，只是有些恼怒地站在那里。刚才那个劝黑面的队正又建议道："陆大人，既然是切磋拳脚，那就让阿麦上来展示一下身手吧。"

阿麦冷眼看着那个军官，知道他就是二队的队正，原本是被她杀死的那个队正的手下。他这般言行，明显是在煽风点火。

陆刚心里也明白这是怎么回事，可场面上又不能说出来，只好咬了咬牙，豁出去让阿麦挨顿揍，狠心叫道："阿麦，你过来。"

阿麦沉着地走上前去，在土台一侧立住，不卑不亢地看着陆刚等人。

一看要比武，底下士兵的精神立刻就上来了，低声议论着，有的说定是那位五大三粗的"白"大人赢，还有的说阿麦的名号不是大风吹来的，既然能砍二十三个鞑子，那必然有过人之处。王七、张二蛋等人都不禁有些替阿麦担心——那人的胳膊都快赶上阿麦的腰粗了，但同时又希望阿麦赢，让他们也跟着长些面子。

陆刚干笑两声，伸出巴掌亲热地拍了拍黑面的肩膀，笑道："既然黑面要切磋，那就比画两下子吧，不过都是军中弟兄，谁也别伤了谁。"

黑面大咧咧地摆了摆手，说道："陆大人放心，老黑心里有数。"

谁想阿麦却双手抱拳，朗声说道："启禀陆大人，阿麦不会比画拳脚。"

这话一出，场子里顿时静了静，黑面突然嘿嘿笑了起来，故意逗阿麦道："玉面小罗刹，你不会拳脚，那会什么？难不成会绣花？"

随即人群中便爆发出一阵大笑，阿麦却是一脸平静，等笑声小了，才冷冷地说道："让白大人失望了，我绣花也不会。我只会杀人，刀在我手里不是用来比画的，是用来杀人的。"

众人闻言一愣，都被阿麦话中的杀气压得一窒。

陆刚最先反应过来，脸一绷，放声骂道："混账，敢和长官这么说话！他爷爷的，还不给我押下去，我看这就是他娘的闲的！行了，行了，都他娘的给我散了，该干吗干吗去！鞑子还不知道什么时候就会杀进来，将军交代了，要是他娘的让鞑子过了咱们西泽山，大伙一块提着脑袋去见将军！"

陆刚一挥手，他身边的亲兵便把阿麦反手扣了起来，阿麦既不求饶也不挣扎，只是沉默地站在那里。陆刚心中更气，心道将军怎么就把这位少爷放自己这儿了，也不说要回去，难道就让自己一直供着吗？

他原地转了两圈，最后没好气地骂道："行了，行了，把人放了。阿麦你带上几个人去山外警戒，别让鞑子摸进来。"说完又瞪了那二队的队正一眼，狠声说道，"谁他娘的也别给老子背后搞鬼，让老子知道了非骟了他不可！"

阿麦的直属长官李队正见状，连忙向阿麦使了个眼色，让她归队。黑面被阿麦刚才的那句狠话跌了面子，本不想善罢甘休，可一见陆刚是真急了，他也不好真的就跟陆刚翻脸，虽明知道陆刚护着那小白脸，也只好暂时作罢，这口气却是记住了。

阿麦回到队中，面上虽仍是平静，可心脏却狂跳了起来，有种劫后余生的感觉，不知什么时候，背后竟出了一身的冷汗。幸亏她赌对了，不然还不知道会是个什么下场。现在听陆刚让她带兵下山警戒，她便很痛快地带着王七、张二蛋他们几个人下山站岗去了。

商易之引兵西走之后，周志忍曾派骑兵追击过，却中了商易之的埋伏，折损了不少人马，后来觉得商易之手中不过两万多人，成不了什么大气候，就先搁置一旁，在全面接管豫州城防之后只一门心思地准备回攻泰兴。

北漠原本的计划也是先下豫州后再拿泰兴，按照原定计划是陈起领兵从靖阳南下豫州，周志忍同时北上，大军合拢后尽早攻下豫州。可计划赶不上变化，陈起在野狼沟被阿麦的突然出现搅得心神大乱，以致意外地败走靖阳，周志忍这里却不费吹灰之力就从石达春手中得到了豫州城，这世事变化也是当真可笑。

后来陈起再次整兵南下，北漠最初的三路大军便在豫州会师。陈起得知商易之竟然果断地西进乌兰山，脸色甚是不好，有些不悦地质问周志忍道："你手中有骑兵无数，怎么还会放商易之进了乌兰山？"

周志忍身为北漠老将，已经成名二十几年，现在当着军中多位将领的面，被陈起这样一个年轻主帅如此不客气地质问，脸上便有些挂不住。

他这里还没回答，旁边一个青年将军突然嗤笑一声，说道："此事怨不得周老将军，那商易之诡计多端，傅冲的两万骑兵不是都毁在了他的手里吗？既然意料不到那厮会在野狼沟搞伏击，那没想到他会进乌兰山也不算什么了，您说是不是，元帅？"

说话的那人年纪不大，不过二十多岁，脸上一副似笑非笑的表情，眉梢微扬甚是轻佻，正是杀了南夏十五万边军的"杀将"常钰青！

常钰青出身漠西名门，一族之中前后出了三十七名将军，真可谓是名将之家，在北漠军中拥有十分强大的家族势力。而常钰青更是常门年轻一辈中最为突出的一个，十八岁那年便独自领兵剿灭了横行漠北二十几年的沙匪，一时名震军中，和同样出身将门的傅冲并称将门双秀。这次攻南夏之战，他率骑兵千里奔袭，杀南夏十五万边军，诈开靖阳边口，放北漠大军入关，居功至伟。

少年成名的人总是多些傲气，再加上他的出身，叫他从一开始便是有些瞧不起名不见经传的陈起。更何况陈起也不过是一个二十六七的年轻人，既无军功又无资历，只凭着皇帝的一道旨意来统率三军，难免不能服众。虽后来的军事行动以及战绩证明了陈起的能力，不过却仍没能让将门骄子常钰青服气。

攻陷靖阳之后，常钰青本想再次带兵南下，可陈起却命他镇守靖阳，改由自己领军入关，同时由傅冲领骑兵先行。没想到傅冲在野狼沟贪功冒进，竟然让两万骑兵折损大半，连带着步兵也损失了不少。陈起退回靖阳，常钰青嘴上虽没说什么，可明眼人都能看得出来他没少幸灾乐祸。

这样的几句话说出来，言语上虽没有什么冒犯的地方，但口气听起来却不那么顺耳了。场面一时有些僵，主帅陈起看着常钰青沉默不语，常钰青却挑衅地和陈起对视，丝毫不肯避让。

屋中的将领们你望望我、我看看你，都不敢打破这个僵局，只好求助地把目光投向老将周志忍，在这个场合上，有资格说上话的也就是他了。可没想到周志忍却眼观鼻，鼻观心，老僧入定了。

这个常钰青实在张狂，可他却有张狂的资本，他的背后站着整个常家乃至多个传统将门的势力，这些盘根错节的军中势力纵是皇帝都忌惮几分，莫说一个没有根基的陈起。陈起沉默片刻，把心中的火气压了下去，露出淡淡的笑容道："常将军言之有理，既然商易之已经领兵入山，当务之急就是趁雪未封山尽早剿灭了他。"

周志忍这时却出声说道："元帅，商易之手中只剩两万残兵难成气候，而且眼看就要大雪封山，商易之军中缺衣少粮，恐怕等不到开春死不了一半也得跑了一半。我军还是集中全力攻下泰兴为好，一旦江北在手，小小的一个商易之又能怎样？"

陈起眉头微皱沉默不语，周志忍的观点恐怕也是军中绝大部分将领的想法，可是他心中却隐隐有一个不安的念头，藏兵于山，这样的词语像是在哪里见过一般。他思量了片刻，沉声说道："攻泰兴并不着急，倒是商易之在乌兰山中有可能成为心腹之患。与其攻陷南夏一座座城池，还不如消灭他们的有生力量。"

远处的乌兰山脉连绵起伏，西泽山下，一个清越的声音在山林中响起，"战争的根本就在于尽量地保存自己的力量而消灭敌军的力量。"

张二蛋往火堆上又添了两根树枝，用迷惑的眼神看向阿麦，继续问道："什长，咱们进山就叫保存自己了吗？"

话音刚落，他脑袋就被王七拍了一巴掌。

王七骂道："保不保存关你个小兵蛋子屁事啊，你好好地控制火势，爷爷的，好容易逮只兔子，还被你烤得半边焦半边生！"

张二蛋有些委屈地看向阿麦，阿麦笑了笑也不计较，吩咐道："你俩别光顾着烤兔子，把那兔皮好好给我收拾收拾，我还有用呢。"

王七冲着阿麦嘿嘿笑了两声，道："您就瞧好吧！不过什长，您要这几张兔子皮干吗？这要想缝个皮袄还差得远呢，顶多也就缝个肚兜。还不如让兄弟们帮你打只狼，那狼皮才暖和呢！"

其实阿麦也没想好要这几张兔皮有什么用，不过她还是都收好了。自从下山之后，她很有一种当家过日子的感觉，总想起母亲以前经常说的那句话：吃不穷穿不穷，算计不到才受穷。这几张兔子皮虽做不了什么大件，可缝个手套做个帽子还是可以的吧。

阿麦被陆刚打发到山下警戒，倒是多了不少自由。她在山间安排了几个暗哨，剩下的人便跟着她抓个鱼套个兔子什么的给大家改善伙食。要说吃竟是比在营中吃得还好，只一点就是一到夜里就冷，冻得人直打哆嗦。

到现在了还没有发冬衣，阿麦心里有些担忧，不知道商易之和徐静他们是怎么打算，如果没有冬衣军中将会冻死不少人。本来就有不少人对商易之领军入山有异议，一旦军中不满情绪蔓延开来，很容易发生逃兵事件。

在山下待了没几天，山上就有别的队伍过来换岗，阿麦他们很惊奇地发现来的那些人竟然换上了冬衣，而且还是整齐的南夏军中冬衣式样。见阿麦等人诧异不已，来人笑道："别看了，将军派人给送来的，山上的弟兄都换上了，你们也有，快点回去吧，这天眼瞅着就冷下来了。"

这样的冬衣，显然不是从四处凑来的，也不会是临时赶制的，因为这些并不是全新的冬衣，那么剩下的就只有一个可能，这是在某个军中调拨的，可放眼整个江北，除了靖阳、泰兴、豫州、新野、青州这几个大城之外，别的城里存不了这么多的冬衣。可靖阳、新野早就沦陷，泰兴被围，豫州投敌，青州离这里还隔着一个豫州，这冬衣会是哪儿来的呢？

阿麦更加肯定了心中的猜测，商易之领军入乌兰山必是早有准备，根本就不是走投无路。既然商易之早有准备，预料到豫州城会丢，那为什么还要带兵出豫州？为什么又会眼看着豫州落入敌手呢？豫州的失陷真的只是石达春失节叛国那么简单吗？所有的疑问一下子都涌入了阿麦脑中，恍惚间阿麦有些失神。

王七从背后推了她一把，问道："什长，你想什么呢？怎么连走路都忘了？"

阿麦没说话，带着人向山上走去，脑海里却仍是思量着自己的疑问。进山来的一些变化，商易之和徐静对军队的一些安排，几个亮点渐渐在她心中显露出来，让她似乎抓住了些什么。

藏兵于山！对，这不就是所谓的藏兵于山嘛！她曾在父亲的笔记中见到过这样的词汇，所有的疑点终于在她心里连成了线！

阿麦现在很有一种冲动，就是回到那棵树下把父母留在这个世上的东西重新挖出来，再仔细看看父亲的那本笔记。不过这也只是阿麦脑中转瞬即逝的念头，那埋东西的地方虽然也在这片乌兰山脉中，可那里离她这西泽山还有好几百里，她不可能不惊动任何人就去取回那个背包，除非她会飞。

阿麦不禁苦笑了下，晃了晃脑袋把那不切实际的想法抛出脑外。现在顾不了那么多，她要做的就是找个机会立威，然后在江北军中好好地活下去，再想法子一步步往上爬，直到站在和陈起同等的高度。

回到山上再见陆刚，阿麦能从他脸上明显地看出"麻烦"两字。

趁着四周无人，陆刚挠了挠脑袋，用商量的语气很是为难地对她说道："我说阿麦，你到底是怎么得罪将军了？你脾气偏点没关系，可冲谁偏也别冲着他偏啊。将军的出身可不比一般人，人家是正儿八经的皇亲国戚，当今皇上是将军的亲舅舅，将军就是对着官里的贵人都不是个服软的人。你跟他闹别扭这不是给自己找麻烦吗？再说了，谁还不喜欢个性格温顺、温柔体贴的啊。那脾气野的就算能受宠，也不过是图新鲜一时的……"

陆刚的话语很是苦口婆心，归到根由是上面派人送冬衣来的时候，商易之没什么表示，可徐静却让人带话问阿麦这些日子在军中怎么样，这个情况很是让粗汉子陆刚摸不到头脑，心道既然军师这么问，当然是替将军问了啊，可将军自己为什么不问？难道是因为拉不下这个脸来？可他为什么拉不下脸来呢？十有八九就是你阿麦太偏了，从那天想要和黑面动刀子看，你小子就是一个凶狠好斗的角色。

阿麦被陆刚的这番话搞得很无奈，嘴角不由自主地要抽搐，她一向口舌伶俐，可遇见陆刚这号人，竟然说不出话来了。

陆刚劝了阿麦好一会儿，最后告诉阿麦说他会尽量在营里护着她，不过她自己也要小心些，毕竟她杀了人家一个队正，这结不是那么简单就能解开的。至于他陆刚，他会尽量创造机会让阿麦多往云绕山上跑几趟，将军见得多了也许就会心软了。

阿麦没说什么，也不知道能说些什么，她是哑巴吃黄连有苦说不出！沉默着从陆刚那里出来后，也没多想，便直接去队正那里领自己伍里的冬衣去了。她寻思陆刚也就是这么说说，可万万没想到的是他竟然也是这么做的！

徐静看着跟着陆刚一起到云绕山开会的阿麦，眯了眯他的小眼睛，笑问："哎？阿麦，你什么时候成了陆刚的亲兵了？不做什长了？"

阿麦脸上有些赧然，又不能说破，不好意思地道："没有，我没做亲兵，还是什长。"

徐静表情更加惊奇了，问道："那你怎么也跟着过来了？"

陆刚听徐静这样逗阿麦，更是觉得自己的安排没错，也不帮阿麦解围，只是嘿嘿笑着看热闹。阿麦正为难该怎么解释，就听前面唤"将军"之声迭起，抬头见商易之身穿戎装外罩大氅，正疾步从外而来，所过之处众将无不连忙行礼。她见状连忙闪到陆刚身后，随着众人行下礼去。

商易之热情地把众人扶起，嘴里寒暄着，走过陆刚身边的时候瞥到躲在后面的阿麦，神色也毫无变化，视线很随意地从她身上扫过，没作丝毫的停留，只低头和陆刚笑谈了两句后便又往前走去。

阿麦很庆幸，陆刚很失望。

陆刚转回身很是同情地看了一眼阿麦，无声胜有声。

阿麦强忍着打冷战的感觉，只是抿了抿唇咧出个微笑来，做了个"我也很伤心、很无奈"的表情。

徐静从旁边过来，拍了拍陆刚的肩膀，说道："陆校尉，会议就要开始了，赶快进去吧。"

陆刚忙应一声，跟着徐静往屋里走，走了两步脚下又慢了下来，还是有些不放心阿麦，忍不住又回头看了她一眼，觉得这小子即便是站在人群里还是显得孤零零的，真是可怜。

徐静发觉陆刚没有跟上来，回头看了一眼，笑了，低声说道："陆校尉，等一会儿散了会你先别走，将军怕是还有事情交代。"

陆刚闻言精神一振，点了点头，不再琢磨阿麦的事情，凝神进了议事厅。

参会的将领都带了亲兵，山上有专门供他们休息的地方。阿麦只在里面坐了坐便又出来，寻了个认识的人问了问，一听说那些不当值的亲卫正在后面准备饭食，便和管接待的人打了个招呼，自己独自一个人往后面去寻他们了。

阿麦正经在商易之的亲卫队里混过些日子，和这些亲卫均相熟。众人见她来也是高兴，围着她问了几句下面军营的情况，一伙子人便一边烤肉一边闲扯起来。正闹得热闹，亲卫队队长张生却来了，众人便不敢再放肆，都各自低头做出忙碌的样子，只剩下阿麦手头上没个东西，只好站起身来，讪讪地叫道："张大哥。"

张生没有应声，只是沉着脸说道："阿麦，你过来。"说完转身就走。

阿麦扫了一眼众人，忙跟在后面追了上去。两人走到山后无人处，张生停下来看着阿麦训道："你现在不是将军的亲卫了，怎么还这样往这里扎？你看看跟着诸位大人来的亲兵们，有一个自己跑出来寻找故旧的吗？"

阿麦也知道是自己做事不周，现在被张生训也没什么好反驳的，只是低垂了头小声说道："张大哥，是我错了。"

张生见她如此模样，也不忍再训，心里又同情阿麦明明是立了功却被罚去步兵营这事，便转了话题问道："那刀法你可有在练？"

阿麦眼中一亮，忙说道："练！张大哥教的一直在练，要不我练一遍，张大哥再给我指导一下？"

张生点了点头，看着阿麦把他教的那套刀法练了一遍，又点拨了几处，说道："阿麦，你悟性很高，我也只是把这些套路和你说一下，其中的精巧都要你自己体会了。而且我师傅就曾经说过刀法是死的，可刀是活的，万事不能没法，可也不能全照法。你上次用一把大刀能杀那么多鞑子，我想你可能已经有所得了，我没什么好教你的了。"

阿麦动作微顿，停了片刻后郑重地向张生行礼下去，张生急忙托住她，急道："你这是做什么？"

阿麦不顾张生的阻拦还是拜了下去，平静地说道："阿麦谢张大哥教导，此恩此情，终生不忘。"

张生笑了，从地上拉起阿麦，捶了她肩膀一拳，笑道："行了，阿麦，我们兄弟还讲论这个干吗？你小子什么时候也学会这一套了？"

阿麦笑了笑，没有说话。

张生又说道："我也就会这套刀法，别的也教不了你。我也知道你小子刚才往那边凑是为了什么，不过邱二的箭法也就是花哨，蒙外行人行，再说他那人心量没多宽，你就是求他，他也不见得能教你。"

阿麦见被他说破了心思，面上有些不好意思，脸色红了红，诚恳地说道："不瞒张大哥，我的确是想多学点东西，你不知道下面的情况，你要是没有点真本事，没人能服你，也没人愿意听你的话。我只跟张大哥学了些刀法，别的一概不会，箭法也就是在初入营的时候学了一点，要是射个死物可能还有那么点意思，可一旦是动的就一点准头也没有了。前段日子我领着人在山下警戒，大伙想弄点荤的吃吃，可我连只兔子都射不到，只好追在后面跑。手下的兄弟当面虽没说什么，可背地里却说我跑得比细狗还快，连兔子都能追着……"

张生本来不想笑，可听到"细狗"两个字，再看到阿麦瘦高的身条时，终于憋不住扑哧一声笑出声来。见阿麦面上更窘，忙强忍了笑，伸手安抚地去拍她的肩膀，"没事，没事，大伙也不见得有恶意。不过你小子跑得倒是真快，竟然连兔子都能追着，偏偏你还这么瘦……哈哈哈……难怪……"

张生这一笑便一发不可收拾，好半天才勉强收了笑，深吸了好几口气对阿麦说道："我的箭法也是半瓶子醋，你要是真想学好箭法，我给你指派个师傅，一定最好。不过，就怕你求不来。"

"谁？"阿麦连忙问道。

"将军！"张生说道，"将军的箭法在盛都都是有名的，那真的是百步穿杨，哪次皇家狩猎不是拔得头筹，那猎场上的英姿不知迷倒了多少名门闺秀呢！"

阿麦的一腔热情顿时被扑了个灭。如果是别人箭法好，她倒是还会琢磨琢磨怎么拜师，可一听是商易之，这份心是彻底死了。别说商易之那里不可能教她一个小什长射箭，就是他肯教，她阿麦也不敢学。

张生也觉得让将军教阿麦射箭没什么可行性，所以也只是当个笑话说说，见阿麦沉默，咂了一下嘴又说道："等我再给你打听打听吧，不行你就去请教一下你们营官陆校尉，他也是靠着本事一步步升上来的，都是有真材实料的。"

阿麦点了点头，不过情绪还是不高，如果是以前相熟的人倒是好办，可陆刚是她的上司，而且还是隔着好几级的，就算他箭法好，她也没法时常去求教。要是唐绍义在就好了，貌似他箭法也不错，可他却又被商易之派去了西胡草原，连这次会议都没有来，还不知道什么时候才能再见到他。

张生突然又想起件事情来，装作无意地扫了扫四周，凑近了阿麦低声说道："阿麦，前些天我听徐先生向将军提起你来了。"

"哦？提我？"阿麦顿时也警觉起来，不知道徐静会和商易之说什么。

张生迟疑了一下，道："像是有个什么事情要派人去做，徐先生向将军举荐了你。具体是什么事情我就不大清楚了，你也知道我们亲卫是不能过问军事的。你心里有个数就行，有什么事也好做个准备。"

阿麦心中更是疑惑，见张生这样说也不好再问，只是心里嘀咕到底是什么事情那徐静会举荐她去做，不知道又要有什么岔子出来。

旁边有士兵巡逻过来，张生和阿麦两人又装作熟络地大声聊了几句。张生和巡逻兵打了个招呼，便领着阿麦往回走，说会议要结束了，他们得赶紧回去。

会议结束，商易之便开始宴请诸位将领。虽说他们算是兵败遁入乌兰山脉，可物资供应倒是充足，有酒有肉，一顿饭吃得很是热闹。有些将领喝高了，又冲着商易之表了一会儿决心，然后便扯着多日不见的同僚们侃了起来。男人们喝多了的场面往往很混乱，作为军人的男人们喝多了更是惨不忍睹，有两个将领前一刻还碰着杯子称兄道弟，下一刻就不知哪句话没说对味，便跳将起来捋着袖子要单挑。

商易之人虽然长得不够粗犷，可喝起酒来却是比那些粗汉子一点也不逊色，不但不制止手下喝酒撒欢，反而端着酒杯笑呵呵地看着部将们闹成一团。徐静无奈，只得派人把喝多了的将领都拉下去，让他们先好好地睡一觉，睡醒后都滚蛋，该干吗干吗去！

看着一屋子的醉汉们，阿麦不禁想起父亲以前说过的话，他说女人永远也理解不了男人们在酒桌上的友谊。此时此刻，阿麦更是有深刻的感触，哪怕她自己都已经把自己看成了男人，可还是无法理解这种所谓的"友谊"。

陆刚也没少喝，后来是被人抬下去的，醒来后见自己睡在一个厢房里，阿麦守在旁边，见他醒了便递过来一条湿毛巾，说道："大人，您擦把脸，其他大人基本上都已经走了，咱们也尽早走吧，夜里山路不好走。"

陆刚应了一声，用毛巾草草地抹了把脸，突然想起徐静说的话来，便停了下来，说道："不着急，我们先不走，徐先生说将军那里还有事情要交代。"

阿麦忽地想起张生说的话，心神不禁晃了晃，扶了陆刚起来后，便自然而然地伸手过去帮他整理衣服。

陆刚一愣，随即便跟被烫着一般往后躲了下，一巴掌把阿麦的手给打开了，"又不是什么公子少爷，用不着人伺候，我自己来就行。"陆刚有些不耐地说道，避开阿麦，背过身去整理已经有些散乱的衣襟。

阿麦沉默了下，没说什么，走到桌边去给陆刚倒茶。

陆刚见她这般，琢磨着自己刚才的反应是不是有些过了，虽然阿麦是个以色侍主的男宠，可怎么说也在战场上杀了二十几个鞑子，算是个爷们儿。而且看阿麦平常行事作风很是凶狠好斗，根本不是个娘们儿气的人，没准儿这小子自己也不愿意以色侍人，谁让这小子长了这张脸呢！自己刚才那避之唯恐不及的样子一定很伤人，想到这，陆刚面上更是有些歉疚，讷讷地解释道："阿麦，我不是……我只是……不习惯……"

他正吭哧着，门外有人传话说将军让他过去。陆刚如蒙大赦一般，长松了口气，嘴里应着就往外走，又回头对阿麦说道："你在这儿等着吧。"

人刚出了门就听来传话的那个士兵说道："陆大人，徐先生说叫大人身边的阿麦也一起跟着过去。"

陆刚脚下顿了顿，来不及思量为什么要他和阿麦两个人一起去见将军，又回头叫了阿麦一声，两人一起去见商易之。议事厅后的小厅里，商易之和徐静都已经等在那里了。守在门外的张生见陆刚带着阿麦过来，忙替他们打起了门帘，让他们进去。

"将军，徐先生。"陆刚行礼道。

商易之忙上前一步托住了陆刚的胳膊，温和地笑道："陆校尉快快请起，不必拘礼。"

徐静捋着胡子静静笑着，眼光瞥过阿麦时，脸上的笑容更加深了几分。

陆刚不必行礼并不代表她阿麦也不用行礼了，阿麦很有自知之明，郑重地行礼道："阿麦参见将军、徐先生。"

"嗯，起来吧。"商易之平淡地说道。

阿麦应声起身，往后退了一步在陆刚身后站定，低头敛目不再言语。

商易之的视线从阿麦身上移开，转回到陆刚身上，又带上了笑意，见他一脸的疑惑，笑道："今天留陆校尉，是有件重要的事情想和你商议。"

　　陆刚顿时一阵激动，忙挺直了脊梁大声说道："请将军尽管吩咐，陆刚万死不辞。"

　　"这倒不用，"商易之笑道，"还是让徐先生和你说吧。"

　　陆刚忙又把急切的目光投到徐静身上。徐静清了下喉咙，开始讲事情的根由。原来是江北军入山也有些日子了，可豫州城内的北漠军却一直没有消息，看样子是想要进攻泰兴。现在眼看就要到年关，他和商易之商量了想派个人潜回到豫州城内，探听些北漠军的打算，弄些精确些的消息，也可以让江北军早做打算。

　　"陆校尉，你的西泽山距豫州最近，军中又有从豫州地区招的士兵，找个机灵的人扮作豫州城外的百姓想法混进城去是最可行的办法。"徐静眯着眼睛笑了笑，又接着说道，"本来这事也可以让豫州军中的人来做，可将军觉得你是咱们青州军中的人，比那些豫州过来的人更贴心些，再说此事机密，还是让自己人来办放心些。"

　　陆刚听将军把他当作自己人，心中更是激动，拍着胸膛说道："请将军和徐先生放心，这事就包在我陆刚身上了。"

　　商易之嘴角勾了勾，问道："陆校尉既然这样说，那就是已经有合适的人选了？"

　　一句话就把陆刚给问住了。他的营中倒是从豫州招了些新兵，可能活到现在的也没几个了，又都是在最底层的小兵，他根本就不怎么了解，现在就让他说出个人名来还真是困难。

　　徐静见状，略有些失望，又道："如果校尉营中实在没有合适的人选，那也只好从豫州军中找人了。"

　　"不！不用！"陆刚连忙说道，到了手的立功露脸机会怎么也不甘心就这么丢了，只好拖延时间，装模作样地回头问阿麦道，"阿麦，你可知道有什么合适的人选？"

　　阿麦抬眼看了一眼嘴角含笑的徐静，又看到眉目冷淡的商易之，她稳了稳心神，冷静地回答道："有！"

　　"谁？"徐静问道。

　　"张二蛋，"阿麦回道，又补充道，"是我伍里的一个士兵，就是从豫州入伍的，一口的豫州方言，而且对豫州附近的乡土人情甚是熟悉，绝对不会被问露了馅。"

商易之盯了阿麦片刻，见她视线毫不躲闪，开口问道："他可是足够机灵、心智沉稳？凡事都能做到面不改色？"

阿麦摇了摇头，"不能，他年纪尚轻，倔强有余而机智不足，遇见突发情况怕是应付不了。"

商易之冷笑一声说道："那还让他去干什么？豫州现在的城防被北漠人管得甚严，让他去送死？"

阿麦没有反驳，停顿了下又说道："可以找个合适的人和他一起去，弥补他的不足。"

"什么人能和他一起去？"商易之又追问。

阿麦直视着商易之凌厉的眼光，下意识地挺了挺脊梁说道："我！"

陆刚一愣，惊讶地看向阿麦，又看了一眼商易之和徐静，却见那两人面上一个冷淡一个微笑，倒像是只有他才感到惊讶一般，连忙又收回了脸上的惊讶之色。

商易之看了阿麦片刻，问："你可会豫州话？"

阿麦摇头，见商易之嘴角溢出一丝讥诮，沉声说道："我可以装成哑巴，所以只要张二蛋一人会豫州话就好。"

商易之沉默下来，注视着阿麦不语。

徐静却笑了笑，问阿麦道："如果你和他一起去，那要扮作什么身份？照你们的年纪只能说是兄弟，可面貌却丝毫不像，北漠人并不傻，又怎会轻易相信？"

话问到此处，就连阿麦也沉默了下来，一时无话。

徐静上下打量着阿麦，欲言又止："除非……"

陆刚最是沉不住气，闻言立刻问道："除非怎样？"

徐静那里只是看着阿麦不说话，半晌之后，摇头叹道："算了，算了，此法虽是可行，对阿麦来说却是为难，不说也罢。"

阿麦垂目，商易之那里仍是默然不语，陆刚却急得快要跳脚，一时顾不得上下尊卑，只追问徐静道："徐先生快说是什么法子，只要可行，便是阿麦为难又能怎样？他是军人，军令如山，就是要他去死，他都不能退缩。"

徐静笑眯眯地看着阿麦，道："话虽是这样说，不过阿麦毕竟是七尺男儿……"

阿麦心中已是明白徐静暗示，却不知他们是已经看穿她的身份，还只是试探。事到如今，她唯有以攻为守，咬了咬牙，狠下心来道："先生不用再兜圈子，我明白先生的意思了。不就是想让我扮女人吗？我答应就是！我和张二蛋扮夫妻，我是哑妻，自然不用说话。"

　　她自嘲地笑笑，又说道："为了南夏，莫说是扮女人，就是要我阿麦的性命都没问题，先生不必如此顾忌，再说我已经不是一次两次被人取笑了，早就习惯了。不就是身女人装束吗，没什么大不了，好男儿头顶天脚踏地，坐得直行得正，胸怀可藏山纳海，一身女装又算得了什么！"

　　一段话说得众人都是动容，商易之眼中光芒闪动，注视着阿麦不语。陆刚被她几句话说得热血沸腾，不由得攥紧了拳，目光热烈地看着阿麦。就连徐静也敛了脸上的笑意，不由得多看了她几眼。

　　当下陆刚就想出去叫人连夜回营中接张二蛋过来，被徐静制止了，说此事甚是机密，这样半夜三更地去营里叫人，且不说夜里山路危险，就是营里知道了也会猜测出了什么事情，还是让陆刚先下去休息，明天再回营，不露痕迹地把张二蛋给派过来。

　　陆刚一想也是，忙答应了。见商易之和徐静再无事吩咐，他告个辞便退了出来，谁知出来后阿麦竟然也跟着出来了，他不由得瞪了她一眼，低声道："你跟着出来干吗？"

　　见阿麦沉默不语，他忽然想起阿麦刚才说的那几句关于男人不男人的话，觉得这小子虽然长得模样是秀气了些，倒也是个顶天立地的汉子。一会儿又回想起刚才将军看阿麦的眼神，虽然只是一瞬间，可透露出的那个黏糊劲儿，像是对这小子似乎也没完全忘情。心里这么想着，陆刚瞥了一眼阿麦，又觉得阿麦还是娘们儿气一些。

　　两种不同的看法在他的脑子里交替闪现，一会儿就把陆刚的脑子搅得一团乱，他干脆使劲地晃了晃脑袋，低声骂了一声娘，心道管这小子到底是爷们儿点还是娘们儿点，这又干他陆刚何事！

　　第二天陆刚按计划回西泽山，阿麦却在云绕山留了下来，徐静不知从哪里找来了一身村妇的衣裙，又从山下寻了个婆子来给她修面。

　　那婆子仔细地看了看阿麦的五官，笑道："哎哟，这小军爷倒是真俊，这肉皮比寻常女子还要细嫩些。只是眉毛太过浓了些，得好好修一修，现在时兴的可是远山眉，这样粗浓可不行。"

阿麦强忍着让婆子的手指在她面上划过，不耐地说道："那就全剃了重画上去好了。"

"那可不行！"婆子掩嘴而笑，又道，"那一看就是假的，得用拔的。"说着就把阿麦头顶上的发髻散了下来，在阿麦脸边比了比，赞道，"嗬！别怨我老婆子多嘴，您这相貌还真是好，老婆子给人娶了那么多的新媳妇，还没见过比您更出挑的。"

阿麦脸色拉了下来，有种想掐死这个婆子的冲动，婆子却丝毫不察，犹自说着："只是鼻梁也有些高，不够温婉，这可没法遮掩。"她不由得咂了下嘴，有些惋惜，一边念叨着一边又用小夹子给阿麦一根根地拔眉毛，把眉形修细修淡，然后又把眉梢挑得斜飞入鬓。

阿麦咧着嘴忍着痛让她修眉，这种痛虽然比不上刀剑伤，可眼皮却是一扎一扎地疼，眼圈不由自主地就红了。

徐静挑了门帘从外面进来，笑问："王大娘，怎么样？她可还能扮成个小妇人？"

"那是，您也不看看是谁动手，您就瞧好吧。"王婆子笑道，用手指挑了点胭脂飞快地在阿麦唇上点了点，抬起她的脸转向门口，得意地问，"军爷您看看，怎么样？只把这剑眉一修，稍微再涂点脂粉，俊后生就变美娇娥了。"

阿麦眼里的泪还没下去，头发散乱在脸边，就这么泪汪汪地看向门口，却见徐静还替后面的人挑着门帘，商易之正从外面跨进来，两人见到阿麦的模样不禁一愣，动作均是一顿。

商易之目光猛然间亮了亮，随即便从阿麦脸上闪开，神态自若地迈进屋里。

徐静也放下了手中的门帘，走近阿麦身边仔细地打量了一下她的脸，笑道："行！怕是有点太漂亮了，不太像村妇了。"又转身打发婆子说道，"你先下去领钱吧，等明天再给她梳个头，就没你什么事了。"

婆子忙应了一声千恩万谢地下去了，等她出了门，阿麦忙问道："就这么放她走吗？别从她嘴里走漏了消息！"

徐静笑道："放心，这些我自有安排。"他捋着胡子满意地打量了一下阿麦，转头笑着问商易之，"将军，你觉得如何？"

商易之笑了笑，目光仔细地在阿麦脸上巡过。

阿麦被他看得有些心虚，几次都想低下头去躲开他的视线，只是强自镇定着迎接着他的目光。

商易之突然敛了脸上的笑意，冷声说道："胆子太大，你见过几个小妇人在陌生男子的注视下还能这样镇定的？目光也太过锐利，不像是村中的妇人。"

阿麦闻言一愣，略思量了片刻，垂了眼帘低声说道："我明白了，将军。你看这样呢？"她说着先微侧了头，抬眼含羞带怯地瞟向商易之，目光却不停留，与他视线刚一接触便如彩蝶般惊走，红着脸低下了头。

虽明知道她是在做戏，可商易之还是被她这一眼看得心脏猛跳了一下。徐静那里已是哈哈大笑了起来，赞道："真有你的，阿麦，这一眼还真能勾魂摄魄了。不过这样也不行，你可别把那守城门的北漠鞑子勾得跟着你走，到时候咱们可是什么都干不了了。"

阿麦淡淡笑了下，沉声说道："我知道了，先生，等会儿我再自己琢磨一下，到时候一定不会让鞑子看出马脚。"

徐静笑着点了点头，对她说道："阿麦，你必须把所有的事情都考虑周详，绝对不能有丝毫的破绽，因为此次去豫州，并不是昨天说的那样只是去城中探听消息。"

阿麦一怔，随即便已隐约猜到了些他们的目的，不过却仍佯装不知，静静地等着徐静下面的话。

徐静和商易之交换了一下眼神，正色对阿麦说道："我下面要说的话十分重要，你必须记在心里，任何一个人也不能告诉，就算是掩护你进城的张二蛋也不能知道，你可记住了？"

"阿麦记住了。"阿麦沉声说道。

"那好，这次你进豫州城是要去想法和石达春石将军取得联系！"徐静低声说道。

"石将军？"阿麦即便已隐约猜到了些，可听到这话从徐静嘴里说出来还是不禁有些吃惊。

徐静点了点头，继续说道："石将军投敌是我方提前定好的计策，是我们埋入北漠军中的一枚钉子。北漠占据豫州之后，我们也曾派出探子试图联系上石将军，但因豫州库房被烧之事，北漠对石将军戒心很重，把他身边的人全都换了，更是多次派人试探石将军。石将军怕暴露了身份，也一直没有和我们取得联系，这次想让你去，就是因为石将军认得你，可以取信于他。"

"阿麦明白了。"阿麦说道。

商易之目光凌厉地看了阿麦一眼，又说道："石将军的身份是军中的绝密，现在除了先生和我就你一人知道，你此去豫州凶险难测，万一被北漠人识穿了身份，你——"

"我死也不会泄露这个秘密。"阿麦接道，目光坚定地看着商易之，又一字一句地说道，"请将军放心，如果阿麦被北漠人抓住了，那么这世上知道这个秘密的就只会有将军和先生两人。"

商易之不自觉地眯了眯眼睛打量阿麦，说道："那就好。那我就等你的好消息了，等你回来了我给你庆功。"他停了下，又低声问道，"你可还有什么要求？"

阿麦心思转了转，大大方方地说道："如果阿麦能不辱将军使命，活着回来的话，还请将军升我的官吧。"

商易之和徐静都怔了怔，商易之突然哈哈大笑了两声，盯着阿麦的眼睛说道："这个没有问题，等你回来我立刻向朝廷奏请升你为校尉！"

阿麦也咧着嘴笑了笑，说道："校尉就不用了，将军找机会升我队正做做就好，升太快了会惹人疑心。"

商易之爽快地答应："那就这么说定了！"

"好！"阿麦答道。

商易之笑了笑，让徐静留下再和阿麦仔细交代一下入城后的细节问题，他自己却转身挑了门帘出去了。一出屋门顿觉空气清新冷冽，商易之深吸了几口气，把心中那股莫名的骚动冲开了去，回首又望了眼窗口，这才利落地转身离开。

张生正在院门口守着，见商易之大步从院中出来，想跟上去，却被商易之摆摆手制止了，"你在这里守着吧，别让闲杂人去打扰徐先生，我一个人在山里转转，走不远。"商易之说道。他往前走了两步后又转了回来，站在张生面前盯着他看，直把张生看得心里发毛，这才说道："张生，学女人抛个媚眼给我看看。"

张生先是一愣，随即便窘得面色通红，不敢置信地看着自家主将，急得眼睛都要红了。

商易之笑了，凑近了张生说道："没事，我就是看看，快点。"

"我、我……不会。"张生结结巴巴地说道，眼眦着就要哭了。

商易之指点道："挺简单，你先低头，然后再慢慢抬头用眼角瞟我一眼，最后再快速地低头。"

张生只得按照自家将军的吩咐照做，可那脖子硬得跟木头似的，看着平时一挺机灵俊俏的小伙，这个动作做出来就成了死不瞑目的僵尸……

商易之被恶心得打了个冷战，赶紧挥手，"算了，算了，别学了，还不够瘆人的呢。"

张生这个委屈啊，看着商易之的背影渐远，心道我一大老爷们儿学这个，能不瘆人吗？

屋内，徐静又详细地给阿麦分析了一下豫州城内的情况，都交代完毕后，徐静没走，起身在屋里踱了两圈，停下来转回身又上下打量了下阿麦，语气阴沉地问道："阿麦，你可知这次去豫州最凶险的是什么？"

阿麦想了想，道："是我的身份，我毕竟在那里待过，万一被人认出就是大麻烦。"

徐静缓缓地摇了摇头，低声说道："是人心。"

"人心？"阿麦下意识地问道。

"不错，就是人心。"徐静轻轻地捋着胡子，目光晶亮地看着阿麦说道，"石达春投敌必然会遭南夏千万百姓唾骂，再加上就连朝中现在也不知实情，必然会对石达春严厉责骂，这些一旦到了文人墨客的笔下，那措辞就会更加不堪了。面对这些，石达春必然会颇多委屈，他若能忍辱负重还好，如若不能，你可知会是什么情况？"

阿麦想了一想，答道："一边是辱骂指责，一边是荣华富贵，定力稍差就会失了气节。再加上现在我国在江北势弱，观朝中现在行径，只闻雷声不见雨露，怕世人也多认为我国将弃江北于不顾了。如果真是这样，那替石达春正名的机会则少之又少了，与其背负千古骂名还不如干脆实心投敌，反而有机会成为北漠建功立业的功臣。"

徐静听她分析得头头是道，眼中露出赞赏之色，点头道："最为关键的一点是，他的投敌只起于我的一封书信，并不是朝中的密旨，一旦他对我和将军失去信心，便会自暴自弃。"

阿麦十分惊愕，"一封书信？"

"不错！"徐静说道，"在兵出豫州前我预料到周志忍会挥军北上，一旦我们被围困在豫州城内，那等着我们的只有死路一条。当时我若想引兵入乌兰山，不但豫州军绝对不会同意，怕是将军的青州军也难说服，所以我只能计出豫州，让大家不得不来这乌兰山。"

阿麦显然是被他这个大胆的谋划惊呆了，不敢置信地看着徐静，问道："你最初把将军也蒙在鼓里了？"

徐静脸上是少有的阴狠严肃，说道："不错，出豫州时我并没有告诉他实情，只是冒充他的名义给石达春留了封密信，上面把我对战局的分析以及预测一一告诉了他，并请求他一旦周志忍围城，能牺牲小我成全大我，舍小义而就大义！"

"难怪豫州城内会适时地升起纸鸢，难怪我们的骑兵会埋伏在乌兰山外，难怪我们仓促入乌兰山而物资充足……"阿麦不禁喃喃道，心中所有的疑问终于都有了答案，"可是，将军是什么时候知道实情的？"

"野狼沟回来的途中。"徐静答道。

阿麦心中不禁替徐静有些担忧，问道："先生，您这样私下安排，把将军和所有的人都蒙在鼓里，难道不怕将军怪罪吗？"

徐静淡淡地笑了笑，说道："自古成大事者不拘小节，我看将军是个有气量的人，能够理解我的做法的，而且从目前看他并没怪我。"

阿麦心中暗自摇头，不管是多么有气量的人都不会希望自己被部下蒙在鼓里的，商易之虽然有容人之量，但恐怕心里也会留下芥蒂。现在不显现出丝毫怪罪，只能说明他城府深沉，以后一旦他得势，怕徐静会因此受累。

可这些话是不能和徐静说的，说了他未必会听。阿麦暗自叹息，沉默不语。

"阿麦，"徐静又说道，"我把这些都告诉你，是没有把你当外人，是见你是个可塑之才。你此次去豫州，必须要机智善变，得到些北漠人的确切计划，我江北军就要借此立威，只有打了胜仗，我们江北军才能在乌兰山中立住脚，我们两个在江北军中也才能站稳脚跟，你可明白？"

阿麦郑重地点了点头。

徐静又道："你自己好好休息一下，等那个张二蛋来了再好好教一教他，别让他给你露了马脚，不过记住，他只是为了掩护你进城，这样的事情知道的人越少越好。"

阿麦说道："阿麦明白了。"

徐静笑了笑，没再多说，负着手出去了。只留下阿麦一个人在屋里慢慢消化他所说的消息。

是年冬，麦帅奉命潜入豫州。行前，成祖问之："惧否？"麦帅笑曰："自可顶天立地、藏山纳海，岂惧区区几胡虏乎！"成祖大赞，称其真性英雄也。时，张士强与同行，正当年少，姣好柔弱如女子。军师徐静狡狯，令其易妇人装，诈作帅之妻室，以掩麦帅。

——节选自《夏史·麦帅列传》

第二章

入城 女子 刀锋

江北天寒，一入冬便多有风雪，尤其是入了腊月更甚。十九那天晌午天上开始刮雪粒，到夜里转成鹅毛大雪，直直撒了近两天，天空才突然间放晴。太阳从云层后露出脸来，把万道阳光一把洒到大雪覆盖的江中平原上，映得四野里一片耀眼的白，刺得人眼睛生疼。

豫州城外的大道上，有三三两两的行人结伴走着，脚下的雪有些厚，一脚踩下去已能没了脚踝，让人走起来颇觉吃力。这些人大都是豫州附近的百姓，年关将近，或是去城里卖些木柴换些茶盐，或是去城里采办些过年的货品。

不久前，豫州城守石达春不战而降，豫州落入北漠之手，城内外的百姓着实恐慌了一阵，可没料到的是北漠军这次军纪严明，对普通百姓几乎秋毫不犯。

汉堡城破时的哭喊声早已消亡在了乌兰山脉的崇山峻岭间，而靖阳死去的三十万南夏将士又离豫州百姓太远，这些一辈子都面朝黄土背朝天的村野农夫们对民族存亡并没有太清晰的认识，国与国之间的争斗落入他们眼里不过是城门上站岗的士兵换了身装束，远不如来年的年景更重要一些。

于是，在经历了最初的恐慌和怀疑之后，豫州百姓竟然就这样带着一点点侥幸的心理渐渐安定下来，继续顺着自己原来的生活轨道过了下来。反倒是那些平日里手不能提肩不能挑的无用书生们站了出来，一边痛骂着叛国贼石达春的无耻与民众的麻木不仁，一边用那些并不强壮的胸膛英勇无畏地挺向了北漠人手中明晃晃的刀枪。

站着的人一个个倒下去，只剩下那些弯腰求生的人瑟缩在一侧，用恐惧而庆幸的眼光看着异族的刀枪饮饱自己同胞的鲜血。

豫州城西一处林子边上，一个农夫打扮的少年从林子里快步走了出来，跳上一辆等在路边的平板骡车，对车上的年轻妇人低声说道："都藏好了。"

那妇人轻轻地"嗯"了一声，并没说话，明亮的眼睛机警地观察了一下四周的情况，还好，附近并没有行人路过。

少年犹豫了下，还是忍不住问道："什——"

"叫娘子！"妇人纠正道，嗓音有些低哑，与其年轻姣好明亮的面容很是不符。

少年面上红了红，不自然地瞟了妇人一眼。

妇人笑了下，又说道："实在别扭就叫大姐吧，反正一看我也比你大。"

"大—— 姐，"少年的舌头还是有些打绊，神情极其不自然地问道，"为什么连匕首也要埋起来？万一遇到事情怎么办？"

年轻妇人遥遥地望了一眼远处的豫州城，神色平淡地说道："如果遇到事情，手里有把匕首就管用了吗？"她的嘴角突然弯了一下，形成一个极好看的弧形，转过头来看向旁边的少年，玩笑道，"二蛋，你这可是要带着新婚妻子进城买年货的，好好的带着凶器干什么？"

张二蛋被"新婚妻子"几个字窘得面色通红，不自觉地偷眼去看身边的什长阿麦。但见阿麦一身简陋的粗布衣裙，浓厚的黑发上抹了香油，用银钗整齐地绾成了髻，刻意柔化了的眉眼下是涂抹得红通通的脸蛋，透露出乡下妇人难以遮掩的土气。更让他不敢多看却又控制不住总去偷瞄的是阿麦的胸口，那里竟然也跟着起了变化，棉衣虽厚，却仍遮掩不住那里的曲线。张二蛋有些百思不得其解。

觉察到张二蛋的目光，阿麦不急不缓地伸手入怀，摸索了一会儿，从里面掏出两个雪白的馒头，在张二蛋面前晃了一下，又重新塞入了怀里，还用手整理了一下两边的高度。

张二蛋恍然大悟，张大了嘴说不出话来，傻傻地看着阿麦。

阿麦不禁失笑道："傻小子，合上嘴吧，这还是我从商将军饭桌上顺下来的呢，人家将军定力可比你强多了，神色不但一点没变，还夸我聪明，说是一举两得，饿的时候还可以当干粮吃。"

张二蛋更是傻眼，憋红了脸说不出话来。

豫州城已经不远，阿麦收了脸上的笑容，深吸了几口气，转头对张二蛋说道："就要进城了，你可准备好了？"

张二蛋连忙用力点头，面容严肃地看了远处一眼，答道："嗯。"

话音刚落，脑袋上就被阿麦扇了一巴掌，他不解地看向阿麦，见她笑嘻嘻地说道："屁！准备什么？我们现在就是要进城的普通小夫妻，有什么好准备的？"

张二蛋愣了愣，随即便明白了阿麦的意思，有些不悦地说道："大姐，你不要在外面打我，我好歹也是你男人，回头让娘知道了又要骂你。"

阿麦脸上立刻挂上了惶恐的神色，讨好地往前凑了凑，替张二蛋抚了抚脑袋，柔声细语地央求道："二蛋莫去和婆婆说，等奴家回去给你烙大饼吃。"

明知道是演戏，张二蛋面色还是红了下，他憨厚地笑了笑，听见阿麦低声说道："快到城门了，我就不说话了，你别紧张，要想骗人就得先把自己骗了不可。"

"嗯，晓得了。"张二蛋点头应下，又嘟囔着背道，"我姓麦，大姐你是我的媳妇韩氏，我们腊月初九成的亲，家境略有富余，快过年了，我经不住你缠磨，带着你来豫州城买年货。同时，顺便寻访一下我的姨家表妹徐秀儿。她是汉堡人氏，因着战乱断了消息，前阵子听乡人说在豫州见到了她，正在城守府做工。"

这正是阿麦之前与张二蛋讲好的，石达春身边耳目众多，她贸然去寻他自然不行，不如就从城守府后院下手，先想法联系到徐秀儿，再经由石达春夫人去联系他。

阿麦又嘱咐张二蛋道："你记下就好，不过，遇到北漠人询问只说来买年货，先不提寻亲的事。"

张二蛋又点了点头，熟练地甩了下鞭子，骡车便轻快地往前驶了过去。

豫州城落入北漠之手后，城防便都换成了北漠士兵，石达春手中的兵力只是主要负责城内的治安。天亮的时候城门就开了，现在日头已经半高，城门外还是陆陆续续地有些南夏百姓在等着进城。城门处的北漠士兵衣装整齐，军纪严明，如果不细看他们的装扮，几乎就会误以为他们本来就是守卫这个城市的士兵。

进城的时候很顺利，北漠士兵只是照例询问了张二蛋几句，见他回答的并没纰漏，口音又是豫州本地的，便没再多问，挥了挥手放他们的骡车进城。整个过程阿麦一直没敢抬头，只做出一副胆小怯懦的妇人样子，静静地坐在骡车上听张二蛋用略带惧怕的音调老实地回答北漠人的问话。

进得城来，阿麦和张二蛋均不觉长舒了口气。张二蛋看了阿麦一眼，神态自若地询问她道："大姐，咱们先找个客栈把车存下，都安顿好了，然后再领着你去买胭脂水粉，好容易来一次。"

阿麦点了点头，张二蛋牵着骡车沿着大街向城中走，虽然已近新年，可街上的摊铺和行人并不多，远没有往年的热闹，阿麦暗自思忖，看来不管陈起手段如何高明，战争还是给这个富足的城市蒙上了一层阴影。

往前走了没多一会儿，前面忽传来阵阵马蹄声，十几个北漠骑兵簇拥着两个年轻战将从街角那边转过来。街上的路人纷纷向街道两边避去，张二蛋不等阿麦吩咐便也引着骡车避到街边，不露痕迹地用身体挡了车上的阿麦，跟着人群一起低头等着北漠骑兵过去。

骑兵中为首的两个北漠战将年纪都甚轻，其中一个不过是才十七八岁的少年，正侧着头眉飞色舞地和旁边那个面容清冷的青年将军低声说着些什么，说到兴起处更是抽出腰间的弯刀临空虚劈了一下，转头兴冲冲地问道："常大哥，我来给你做个先锋将，怎样？"

"不怎样。"青年将军淡淡回答。

少年顿感失望，随即就又换了策略，垮了表情，央求道："常大哥，你就行行好，把我从舅舅那里解救出来吧。眼下除了元帅，军中就你说话最管用了，只要你张嘴要人，舅舅那里一定会应的。"

"不行。"那青年拒绝得极为干脆。

声音并不大，传入阿麦耳中却不亚于惊雷，若她没有猜错，这个被称为"常大哥"的人恐怕就是北漠军中的杀将常钰青了！她几乎有点按捺不住自己的情绪，想抬头去看看那个杀了十五万边军的杀人狂魔到底是什么模样。不过她还是忍住了，反而把头更低地埋了下去，下巴几乎触及衣领。

阿麦并没有猜错，马上的正是北漠杀将常钰青，旁边的那个少年也不是别人，是周志忍的外甥，人称小霸王的北漠校尉崔衍。这两人在北漠上京便极相熟，常钰青长了崔衍几岁，更是崔衍从小到大崇拜的对象。这次两人在豫州相遇，崔衍少不得过来纠缠常钰青，非央求他把自己调到他的帐下，以免在舅舅那里整天挨训。

这一路上，崔衍的嘴就没怎么消停过，常钰青话不多，只是静静地听着，偶尔答他一两句，也都是直截了当。

崔衍见央求也不管用，自己觉得也有些无趣，便收了刀百无聊赖地打量街边的南夏人，然后突然像是发现了些什么，身体往常钰青那边凑了一凑，低声道："常大哥，你看看两边这些南蛮子的熊样，连看都不敢看咱们一眼。"

常钰青闻言，嘴角不屑地挑了挑，没有说话。

又听崔衍说道："元帅还要让我们把南蛮子看成自己的子民，可你看看他们这样，先不说男人没胆，就这娘们儿都跟咱们上京的女人没法比，一个个都不敢正眼看人，哪像咱们上京女人一样敢爱敢恨啊！"

常钰青笑了笑，缓缓扫视了一下街边臣服的南夏百姓，视线不经意地滑过紧贴街边的那辆骡车时却不由得顿了一下。车上坐了个年轻女人，一身乡下人打扮并无特殊之处，头也是低着的，却不知为何让他觉得有些别扭。

这世上总有一种人，不论他的头有多低、腰有多弯，他的脊背都是挺直的，像是每一块骨头每一块肌肉都在绷紧着，保持在一个最佳的姿势，随时准备着站起。这样的人，似乎天生就比别人少了某些东西，比如说——奴性。

很凑巧的是，常钰青就是这样的一个人。他的出身、他的能力，还有他那辉煌的战绩都让他有资本挺直了脊背。让他哪怕在殿中面圣时，都不曾塌下自己的脊梁。

所以，当在另外一个人身上，特别还是在一个南夏妇人身上发现这种感觉时，常钰青难免觉得怪异。没错，这妇人的头是低着的，可是却丝毫没有畏缩的感觉，双手稳稳地撑住了车板，像是随时准备着借力跃起……

常钰青不由得眯了眯眼。

崔衍见常钰青的视线在街边某处停顿，忍不住也看了过去，见是一个很土气的乡下妇人，不禁有些奇怪地问道："常大哥，怎么了？"

常钰青回神，再定睛看去，那妇人姿态似是又有变化，不再像之前那般戒备警觉，身子微微打着颤，反倒显露出怯懦畏缩之态来。许是他刚才看花了眼，常钰青隐隐皱眉，从那人身上移开了视线，淡淡答崔衍道："没事。"

崔衍目光在那妇人身上打了个转，见她虽低着头叫人瞧不清模样，可颈下露出的一截肌肤却白皙细腻，加之身量苗条腰肢细窄，倒像是有几分姿色的模样。他不由得笑了一笑，与常钰青贫道："我还以为大哥瞧上谁了呢。"

"崔衍！"常钰青低喝，声音冷淡。

崔衍瞧他不悦忙又改口，讪讪笑道："口误，口误，我是说还以为大哥瞧出什么不对来了呢！"

说话间，他们两人渐渐远去，骡车上的阿麦却已是吓出了一身的冷汗，直叹刚才惊险，也不知她到底是何处出了纰漏，竟惹得那常钰青生疑，注视了她这许久。北漠骑兵已经走远，街面上陆续恢复正常，张二蛋转身来唤阿麦，见她面色难看，忍不住小声问道："大姐，你没事吧？"

阿麦缓了一缓，这才向他摇了摇头。

四下里人来人往，张二蛋也不敢再多问，只拉着骡车继续往城内走，于城守府西边不远处寻了个客栈安顿下，这才寻到个无人的空当，悄声问阿麦道："怎样？可是现在就要出去寻人？"

阿麦道："此事不能急躁，以免引人注意。你我先出去逛街吃饭，待买些东西再慢慢往城守府那边走。"

当下两人不慌不忙地出了客栈，沿街一路往城守府那边逛了过去，真如进城来购货的小夫妻一般，买了许多过年用的东西。待靠近城守府，阿麦有意弃了热闹的正街不走，反而转去了府衙后的小街，又随意逛了一会儿，这才选了个小脂粉铺子进去。

已近正午，铺子没什么客人，只一个婆子守着柜台。阿麦先买了两盒上好的妆粉，待付过了钱，才问那大娘道："大娘，向您打听个事儿。"

那婆子刚收了钱，心情正好，乐呵呵应道："您说。"

阿麦道："看您这铺子离着府衙这样近，可认识府衙里的人？"

提到府衙，那婆子神色稍变，犹豫了一下，才道："好端端的，寻那府衙里的人做什么？"

阿麦忙笑了笑，解释道："不是府衙里的人，是府衙后院的使女。不瞒大娘说，我相公有个姨家表妹前些年失散了，婆婆一直很是惦记。前些日子听邻人说在城里见过那个表妹，像是在这城守府后院里当差。这不，我寻思着也帮着打听打听，万一有个准信，回去也好讨婆婆个欢心。"

婆子一听是这事顿时松了口气，道："这你可找对人了，府里面伺候的媳妇婆子们常往我这儿来买胭脂水粉，你要寻谁跟我说一声，我帮你打听，只要是在这府里，我一定能帮你找着！"

张二蛋闻言大喜，急忙答道："徐秀儿！我们要寻徐秀儿。"

"可真是巧了，这徐秀儿我正好认识。"婆子抚掌大笑，又问张二蛋道，"是不是一个十五六岁的丫头？个不高，瘦瘦巴巴的，小模样长得挺好，性子也安稳，说话细声慢语的，待人客气得很。"

张二蛋哪里知道徐秀儿到底是个什么模样，顿时被问得有些傻眼，下意识地转头去看阿麦。

幸亏阿麦反应极快，不等那婆子露出疑色就抢着说道："大娘问他可是问错了。他也只小时候见过表妹一面，一晃好几年了，哪里还知道她现在长成了什么样。不过，听婆婆说起过，我们姨妈当年就是您说的那么个模样性子，都说女儿肖母，想来应该没差。"

婆子笑着应和道："没错，这闺女大多像娘。"

阿麦随着她笑了笑，又掏出些钱递过去，道："大娘既认得她那就好办事了，还请您想法给她捎个口信过去，就说她姨妈家的表兄阿麦在寻她，叫她找个方便的时间出来跟我们见一面。"

不过是捎个口信的事就能挣钱，这样便宜的事那婆子自然愿意做，立刻就应下了，"这个好说，正好我明儿上午就要去府里送头油，可以给你捎信。若真的是你家相公的表妹，叫她去哪里寻你们呢？"

阿麦多了个心眼，并未告诉婆子住处，只是说道："若真的是表妹，也不好叫她个姑娘家去找我们，再者说，又怕人家主人不喜表妹寻亲，还是瞒着些的好。不如这样，大娘就叫她明日午后寻个借口到您这里来一趟，我们在这儿等她。就麻烦大娘了，若真得与表妹相认，另有重金酬谢。"

婆子不疑有他，当下就应了，乐滋滋地收了钱。

阿麦与张二蛋从铺子里出来，并未急着回客栈，依旧沿小街慢慢往外逛。事情进展得顺利，张二蛋心中不免轻松了许多，忍不住与阿麦感叹道："也真是凑巧，这大娘就正好认得徐秀儿！"

阿麦微笑，只淡淡应道："嗯，是有些巧。"

其实这哪里是凑巧，而是她以前与唐绍义去内院探望徐秀儿时，恰巧碰到过一次这婆子往府里送胭脂水粉。当初还是徐秀儿送这婆子出的门，大娘长大娘短地叫得亲近，想来是认识的。只是当时阿麦穿着男装，这婆子也不敢细看她与唐绍义，不认得她罢了。

日头已到头顶，两人均已是饥肠辘辘，路边小食摊上传来诱人的香味，引得张二蛋不停地吞口水，却不敢和阿麦说一声"饿"。阿麦看他一眼，不由得失笑，小声说道："外面毕竟不安全，咱们不如买些包子回客栈吃，你说呢？"

张二蛋闻言大喜，连声应道："行，行，行。"

他跑去包子铺门口买包子，阿麦就站在街边等着，忽又听得前面马蹄声阵阵，她抬眼看去，就见又迎面行来一队北漠骑兵，为首两个年轻将领，正是早上已遇到过一次的"杀将"常钰青和那个叫崔衍的少年。

阿麦心中一惊，忙不露痕迹地往人后藏去，偏巧这时张二蛋已买了包子出来，一时大意，还离着老远就喜滋滋地喊道："什长，我买了好多——"话才到一半，他猛然见到阿麦焦急地向他打着手势，吓得立刻收声。

街上嘈杂，张二蛋的声音并不算很响，可那"什长"两个字还是清晰地落入常钰青耳中，他眉头微皱，目光瞬间转利，循着声音的来源看了过去。街边一连几个都是卖吃食的摊铺，此刻正当饭时，来往的顾客不少，看着神色都还自然，一时不能辨出刚才那句话是出自谁人之口。

意外的，他又看到了上午坐在骡车上的那个女人，这一次，她就站在街边，身形显得越发高挑，手里不知拿着盒什么，正微笑着递给面前的少年，又示意他打开，似是要他闻一闻味道。

崔衍见常钰青一直打量街边，不由得问道："常大哥，你找什么呢？"

常钰青没有回答崔衍的问话，只是注视着那个女人，就在要和她相错而过时，突然从箭囊中抽出支箭来，也不搭弓，只是用掷暗器的手法向着那女人甩了过去。

这一切都太过突然，崔衍来不及问为什么，张二蛋来不及用身体去当人肉盾牌，众人甚至都来不及惊呼……箭就已经到了阿麦身前。

阿麦本能地转头，避与不避的念头在脑中火花般闪过，只在一瞬间便做出了选择，惊恐地把身体蜷缩过去，用肩膀生生受了这一箭。

还好，也许是距离太近，箭的力道还来不及起势，并没能把她的肩膀钉穿，阿麦有些庆幸地想，只是受这样的疼痛却不能出声着实是个折磨。不过这个时候，作为乡下女人的她应该是晕过去了吧，可是伤口实在太疼，她真没法保证自己有定力能晕得像，所以也只能先清醒着了。

张二蛋惊叫着扶住阿麦，刚要张口，胳膊上被阿麦使劲地掐了一把，他把冲到嘴边的"什长"两个字又咽了下去，换作了"大姐"喊了出来。

阿麦脸色苍白，又惊又惧地看了常钰青他们一眼，连忙把头埋入张二蛋的怀里瑟瑟发抖，用几不可闻的声音在他胸前说道："稳住！"

崔衍看得有些愣了，不明白常钰青为什么会突然向一个女人发难。

常钰青嘴角勾了勾，露出些许讥讽的微笑，早上那一面时他便觉得这女人有些不对劲，此刻看来他的直觉还真是准，这两个人果然有问题，刚才女人那不露痕迹的躲闪也许能骗过其他人的眼睛，却骗不过他常钰青。

他掷的这支箭本身就是个圈套，如果是普通的妇人，那箭只会紧擦着她过去，根本伤不了她。可是她反应太迅速了，这还不是错，错的是照她这样的反应速度，是完全可以避过这支箭的。可惜，她却用肩膀硬受了这一箭。

"拿下！"常钰青冷声吩咐。

张二蛋身体一僵，下意识地想要反抗，却被阿麦紧紧抓住了衣襟。阿麦隐隐摇了摇头，用手势做了个暗号，示意张二蛋不要暴露身份。

几个北漠骑兵上前就要捆缚阿麦和张二蛋二人，张二蛋一边挣扎一边哭喊道："我们怎么了？凭什么抓我们，你们放开我娘子！你们放开她！"

阿麦泪流满面地往后缩着身体，见张二蛋被北漠兵给摁住了，又滚爬到常钰青马前，跪在地上一个劲儿地磕头，张大的嘴里却一点声音也发不出来。

"哎呀，常大哥，这女人还是个哑巴！"崔衍叫道，见阿麦哭着叩头的样子也有些不忍，不由得替他们求情，"好好的抓他们干吗，放了好了！"

常钰青冷笑一声，纵马上前两步，弯下腰一把将阿麦从地上提起来横放在马前，不屑地问道："还要做戏？我看你还是省点力气的好。"

阿麦心中一惊，故意"唔唔"地挣扎了几下，眼神却飘向常钰青腰间的佩刀，只想趁他不备的时候夺过刀来，恐怕只有劫持了这个人，她和张二蛋才有活着出豫州城的可能。

街上的路人都惊恐地看着这一切，眼睁睁地看着那北漠人把那对可怜的小夫妻捆走，也没有人敢发出惊呼声。

阿麦头虽朝下控着，脑中却丝毫没有糊涂，就算是刚才跑到常钰青马前磕头都是她有意而为，因为只有这样，她才有可能离常钰青更近一些，才可能一击即中。她慢慢地停下了挣扎，只是一个劲儿地哭着。

"常大哥，就这样的娘们儿真会是细作？"崔衍咂舌问道，"会不会是你太小心了啊？我看不像！"

阿麦听有人和常钰青说话，便想趁他分神回答的机会把刀抢过来，不料手刚触到刀柄，常钰青的手就猛地扣了过来，如铁钳一般握住了她的手腕。

"忍不下去了？"常钰青冷笑道，自从把她提上马来他就一直警戒着，怎么会让一个女人把刀夺了过去？

阿麦见被他识穿，便想强行发难，只求有一分希望也要试一试。谁知她腰腹刚一发力，来不及挺身便被常钰青一手把胳膊给反剪了过去，激烈的挣扎之中，她只觉怀里的东西往前一空，顺着衣襟就滑了出来，落在地上骨碌碌滚出去老远，这才停了下来。

崔衍看着地上的东西有些傻眼，愣愣地看了片刻，还不敢置信地一弯腰用刀从地上挑了起来，见果真是个松软的馒头，这才举给常钰青，"常大哥，你看！"

常钰青一怔，随即拎起阿麦的上身，见她原本丰满的胸前果然塌了一边。

"我操！假的，假的！我说南蛮子哪里来的这么高的娘们儿，原来是个假的！"崔衍叫道。

张二蛋本来被捆在了后面北漠兵的马上，一听这个神色剧变，只道阿麦身份再也隐藏不住，猛地挣扎起来。带他的那个骑兵见他挣扎，也不废话，只用掌刀向他颈后一劈，直接将他砸晕了过去。

常钰青这里倒拎着阿麦抖了抖，又把另外一个馒头控了下来，也忍不住失笑出声，"南蛮子果真没尿性，竟然连女人都扮。"

伤口受到触动，疼得入骨，让人不由自主地想昏死过去，阿麦闭紧了眼，尽量不让自己去听他语气里的嘲弄与不屑，只告诉自己，只要还有一口气就不能放弃，只要有一口气她就得努力活下去。

崔衍跟看怪物似的仔细打量了一下阿麦，惊讶地叫道："常大哥，你还别说，这小子长得还真像娘们儿，你说南蛮子哪里找的这样的人才啊！"

常钰青笑而不语，把死人一般的阿麦重新放到马前。

崔衍忍不住问道："常大哥，咱们把他们送哪儿去？"

他们刚从城守府里出来，走了没有多远，转身把人送回去最是方便，不料常钰青却是答道："回府。"他又瞥了一眼身前趴着的阿麦，若有所指地说道，"刚我听他两个叫'什长'，想来是南夏军中之人，咱们替石达春好好审审，看这两个人进城是和什么人接头的！怎么还搞出个公扮母来，不像是一般的细作呢！"

众人都不禁哄笑起来，又往前走了一段，就眼瞅着就要到常钰青的临时府第，却见前面一些士兵挡住了路口，为首的正是原豫州城守石达春。

崔衍对常钰青挤了挤眼睛，不怀好意地笑了笑，然后拍马上前问道："石将军，不知在这里有何公干啊？"

石达春一脸肃容，视线从崔衍脸上扫过，最后停留在常钰青的马上，说道："元帅命石某维持豫州城内治安，石某不敢懈怠。刚有人举报常将军大街之上强抢民女，石某职责所在，只得前来查看。"

常钰青冷笑不语，却听崔衍骂道："谁人敢诬陷我大哥？咱们抓的是南夏的细作，哪里来的什么民女！"

石达春不露声色地看了一眼常钰青马前趴伏的阿麦，沉声问道："还请常将军恕石某失礼，请问将军马上的女子是何人？"

"这个女子？"常钰青挑了挑眉，嘴角含笑，突然间把已近昏迷的阿麦从马上拉坐起来，双手抓了她的衣襟用力往两边扯去，不想只扯到一半却突然僵住了。阿麦只觉得胸前一凉，意识猛然间清醒，倏地睁眼，见常钰青双手还抓着自己的衣襟僵着，忙不顾一切地去掩自己的衣襟。

常钰青面色微变，一时又窘又愧，急忙松手。阿麦一手护胸，一手去抢他腰间的佩刀。常钰青只道她要愤而自刎，慌忙扣住她的手腕将其扯到自己身前，另一只手赶紧扯过自己身后的披风把她裹住了。

一连串的动作只是瞬间的事情，把众人都给看傻了，石达春和崔衍等人是因为在常钰青马前，所以只能看到阿麦的背影，而后面的那些骑兵看的则是常钰青的背影，所以众人都没看明白这到底是怎么了。

崔衍开头猜出常钰青是要给石达春看看这个所谓的"女人"其实是个男人，可待看到他后面这些动作，一时又蒙了。这样的动作、这样的姿势，要是再说不是强抢民女，谁信啊？老大这是在搞什么？崔衍是真的糊涂了。

北漠军入城后，特别是陈起到来后曾多次整顿军纪，甚至斩了几个违纪的军官，这才把豫州城内的形势稳稳控制住。可同是军人的石达春很清楚，作为侵占军的北漠人，在敌方的地盘上烧杀淫掠是他们的权利，岂是几条军纪就可以控制住的！所谓的军纪严明秋毫不犯也不过是表面上做些文章，只不过是让一些不堪入目的事情发生在了暗处而已。

可今天，作为北漠军中二号人物的常钰青竟然就这样在大街上侮辱南夏妇女，实实像一记响亮的耳光，扇在了石达春的脸上，扇在所有随着石达春叛国的南夏军官脸上，火辣辣地疼。

石达春眼中的怒火渐浓，握在剑柄上的手指节青白，显然是用了极大的力才控制着自己不拔出剑来，厉声说道："常将军，请自重！"

常钰青原本也被突然的变故搞得有些羞怒，听石达春如此说，剑眉一扬刚要说话，突然间觉得腰前一凉，身体顿时一僵。他缓缓地低头去看阿麦的脸，她的脸颊上涂了太多的胭脂，红得俗气，额头很白，不见丝毫的血色，密密麻麻地布了一些汗珠，不时地滚落下来，隐入披风边缘的黑色滚毛中。

他的一只手还扣着她的手腕搭在身侧，另一只手扯着披风圈着她的肩膀，两个人贴得太近，近到就是他也无法看到腰下隔在两人之间的那把弯刀。

阿麦整个人都被他用披风护在了怀里，头无力地靠在他的肩上，正淡漠地看着他，唇在他的颈边轻轻地张合着，吐出只有他能听到的声音，低哑却字字清晰，"将军要是不想被开膛破肚，就照我说的做。"

由于最近没有战事，又是在城里，常钰青并没有穿重甲，只是一身轻便的战袍，甚至连长枪都没有带在身边，只在腰间挎了把小巧的弯刀。

北漠产的弯刀闻名天下，刀刃锋利，有着几近完美的弧线，可以流畅地切割开它面前的一切。

阿麦几次要夺的就是这把刀，可惜前面一直没有成功，后来被常钰青扯开胸前衣服露出无限风景之后，也试图去夺过刀。常钰青当时只道她是因羞愤要自刎，所以只是扣住她的手腕拉到了自己体侧。他怎么也没想到当一个女人胸前衣襟大开地扑在一个陌生男子怀里的时候，还能惦记着去夺刀这件事情。

所以，他有些大意了。

可惜，阿麦从来没有大意过，就是刚才夺刀的时候被他扣住的也只是受伤的左手，她那只完好的右手，是一直挡在胸前的。现在，就是这只右手，稳稳地握了那把弯刀压在常钰青的腰前，只稍稍用力一划，刀刃便很轻松地划入了他的衣内，让他感到了金属特有的凉意。

先是凉，然后才是痛。

他环住她的手不由得紧了紧，触到她肩头的那支箭上，感到她的身体在自己怀里抖了抖。"我不介意……和将军死在一起。"她低低笑了笑，声音有些断续，额头上滚落的汗滴更大了些，然后刀刃又深了一分，"您说是我先疼死，还是将军的肚子先被划开？"

众人看不到披风内的玄机，石达春见常钰青一直沉默不语，便说道："请常将军放下这名女子！"

"不要理他，继续走！"阿麦低声说道。

常钰青用力抿了抿唇，把视线从阿麦脸上移开，冷冷地看了石达春一眼，"让开！"

众人一怔，虽然都知道常钰青性子高傲，不屑于和石达春这样的叛将交往，可日常行事却也没出过大格。今天这事，先不论谁对谁错，只他这种强横的态度恐怕就要落人口实，如果闹到元帅那里，怕是也要惹气。

石达春按剑当街而立，动也不动。

崔衍眼珠转了转，冲石达春笑道："石将军误会了，这两人都是细作，是咱们刚才抓住的，想回去好好审审呢。"

此时此刻，石达春也渐渐冷静了下来，知道现在根本不是和他们直接冲突的时候，再加上他只不过是南夏的一员叛将，军职又比常钰青低，哪里有资本和常钰青争执，刚才也是一时出离愤怒失了理智，走到了骑虎难下的境地。现在见崔衍给了个台阶，便顺阶而下，冲常钰青说道："既然是细作，就请将军将其交与军情司审理。"

常钰青淡淡问道："如若我不交呢？"

石达春一怔，沉声回道："常将军亲自审问细作也不是不可，不过石某会照实向元帅回报。"

常钰青不屑地笑笑，"请便。"

石达春向他拱了拱手，转身上马便走。

崔衍看着石达春领着人消失在街角，转过头有些不解地看向常钰青，"常大哥，到底怎么了？"

常钰青眼神更冷，没有回答崔衍的问话，只是把头压低，在阿麦耳侧低低问道："然后呢？"

他离她很近，唇几近碰触到了她的发鬓，落入旁人眼里就像是情人间的耳鬓厮磨。崔衍都看得傻了，手握着缰绳愣在了马上。

"放我男人走。"阿麦低声说道，"别试图做什么眼色，看着我！"

常钰青讥讽地笑了笑，低头盯着阿麦的眼睛，吩咐部下道："放了那个小子。"

部下一愣，不过常钰青的命令向来不能问为什么，所以也不敢多问，把还在昏迷的张二蛋解开绳索，扔到了马下。张二蛋被摔醒过来，见阿麦被常钰青抱着，急忙冲了过来，却被常钰青的部下拦住了，冰冷的枪尖直指着他的喉咙。

阿麦弯了弯唇角，"放他走，谁也不许跟着。"

"就这样？"常钰青轻声问，"用不用给他匹马？人腿可跑不过马腿。"

"谢将军好意，那就不劳您费心了。"阿麦说道，她冷笑，当她是傻子吗？如果只是张二蛋一人怕是还能混出城去，如果一个南夏百姓骑了匹北漠的战马还能顺利地出城，那守城的士兵就都是傻子了。

张二蛋不明所以地看了看阿麦，可惜只能看到她露在披风外的早已散落的头发，连个脸色都看不到。不过还记得阿麦之前的吩咐，不管任务是否能完成，活着出去才是他们的最终目的，所以问也没问，转身隐入了小巷中。

"你呢？不一起走？"常钰青又问。

"不，我们慢慢地往前走。"阿麦低声说道，话一出口不禁抽了口凉气，手中的弯刀也跟着压了压，"将军最好别再碰我的伤口，不然我痛一分必然会让您跟着痛三分。"

常钰青眉头皱了皱，不再说话，脚跟轻轻磕了下胯下的照夜白，慢慢前行。

他的伤口虽还不深，却有些宽，血顺着刀刃缓缓流出，湿了他的衣袍，可惜所有一切都被那宽大的披风遮着，看不出来，即便有些滴落在地上，众人也均以为是那女子的伤口流出的，根本没有想到常钰青这样的人会在一个女子手下受伤。众人虽对他的行为不解，也看出来有些不对劲，却不知他是被阿麦劫持了。

照夜白认路，走到府前台阶处自动停了下来，常钰青没有下马，冷静地坐在马上看着阿麦的脸色越来越白。她受伤在前，又是女子，肩上的伤口一直流着血，不用他做什么，只需这样拖延一会儿，她便会因失血过多而昏死过去。

阿麦心里也很明白，所以她必须在昏死过去之前出城，估算着张二蛋应该已经出了城，是她该脱身的时候。其实，她让张二蛋先走也不只是为了舍己为人，她有着自己的打算。如果让常钰青同时送他们两个人出城，那必然会引起他人的注意，哪里有强抢民女之后再送人家丈夫出城的？张二蛋一人出城，她再由常钰青带出城，可能就会稳妥一些。

"请将军现在独自一人送我出城吧，不过最好还是别让人知道是被我劫持的，我想将军也丢不起这个人，是不是？"阿麦低低笑道。

常钰青回答得极干脆，"好！"吩咐了众人一声不准跟着，便拨转马头沿着来路往回走。

众人一下子就愣在了那里，不明白常钰青这声"好"从哪里来，更纳闷为什么到了家门却又往回走。崔衍怔了怔，给了旁边人一个眼色，带着两人在后面远远地跟了上去。

阿麦窝在常钰青的怀里，虽看不到后面远远跟着的人，不过光想也知道北漠人不是白痴，常钰青这一连串出人意料的举动必然会引人怀疑，若是无人跟着那才叫奇怪了呢。虽想到这些，阿麦却没说什么，右手仍是紧紧地握住了刀柄，不敢松懈半分。面前的这个男人是有着"杀将"之名的常钰青，她不过是赢在了先机，稍有不慎便会在他手里粉身碎骨。

"劳烦将军快一点，我血虽多，可也禁不住这么流，是不是？"阿麦笑道，刀又轻轻地划了下。

常钰青皱了皱眉头却笑了，双腿一夹马腹，让照夜白轻快地跑起来，说道："我肚皮也没这么厚，还请姑娘手下有点分寸，别真给我开了膛。"

两人一马很快就来到了城门，守城的士兵果然连问都没问就放常钰青出城。出了城门，常钰青在阿麦的授意下放马而行，速度一快，马上难免颠簸，两人的伤口都不怎么好受。

阿麦的双眉紧皱，汗湿的头发紧紧贴在她的脸边，唇上的胭脂已成浮色，显得厚重无比。

终究是逃不出去了吗？她直起脖颈扫了一眼马后，目前还看不到后面跟着的人，是真的没人追过来还是他们隐藏得太好？

肩上的血一直流着，滴在雪地上绽成点点的红，像是儿时家中后院的那几棵老树上开的梅花，也是这样的红。那花开得真好看，也香，剪下几枝插在房里的大瓶子里，再被热气一烘，熏得整个屋子里都是香的，搞得她都看不下书去，只想睡觉。

脑袋真沉，只能靠在这人的肩上，不过一点也不舒服，太硬了，不如陈起哥哥的肩膀靠起来舒服……

是不是人要死的时候总爱想以前的事情？

她真不想死，哪怕是有这个赫赫有名的"杀将"陪着她死，她也不愿意。别人眼里，她一命换他一命显然是赚大发了，可于她却是赔了，连命都没了，赚再多又有何用？阿麦嘴角轻轻地弯了弯，缓缓地闭上了眼。

"我真不想……死……"她喃喃叹道，握刀的手猛地用力，用尽了仅剩的力气向常钰青腰间划了下去。

只这一刀，只要划实了，莫说要开膛破肚，就连肠子也要都被割断了吧。

可惜，已近昏迷的阿麦没有发觉，她这用尽了力气的动作还是比平时慢了好多，而他揽着她的那只手不知何时已经握住了她的肩，在发觉她用力的第一时间，便大力地把她的身子扯离了他的身体，同时腰腹向后猛地回收，险险地避过那刀锋，用另一只手钳住了刀刃。

远远的，崔衍带着人已经从后面追了上来。常钰青犹豫了下，还是先把阿麦的衣襟整理好了，这才低头查看了一下自己腰上的刀口，还好，只是阔，并没有真的被开膛。

阿麦已经昏死过去，失去常钰青的扶持，身体便往马下栽倒了下去，被常钰青一把拽住了，又重新倒在他的身前。即便是没了意识，她的手掌还紧攥在刀柄上，常钰青手腕用了下力才把刀拿了下来，重新插入刀鞘。

这会儿工夫，崔衍已经近了，但是由于摸不清常钰青这里的情况，不敢贸然上前，只好在远处停下守着。常钰青淡淡地瞥了一眼，喊道："过来吧。"

崔衍等人这才敢上前，见常钰青一手揽着那个细作，另一只手却摁在腹间，指尖有血缓缓渗出，显然是受了伤。崔衍大惊，叫道："常大哥！这是怎么了？"

常钰青面色平静，只是问道："身上可带了伤药？"

崔衍点了点头，急忙滚下马来，来到常钰青马前查看情况。

常钰青先把身前的阿麦丢到雪地上，自己这才捂着腹部跃下马来，从崔衍手里接过金创药，倒了些往伤口上摁去。天气寒冷，再加上他的伤口虽长却平整，摁了药粉后不久便止住了血，旁边又早有部下撕了干净的布条递过来，"将军，伤口太长了，估计得找郎中给缝一下，不然怕是会裂开。"

常钰青"嗯"了一声，把白布压在伤口上，用腰带固定了下，转过身看被扔在雪地上的阿麦，她的肩上还插着支白羽箭，血早已把肩头的衣服浸透了。

崔衍见常钰青打量地上的阿麦，忍不住用脚踢了下，问道："大哥，这小子伤的你？"

常钰青冷冷瞥了他一眼，"不是小子，是个女人。"

崔衍闻言一愣，刚想再踢的脚一下子停在了半空中，愣愣地问常钰青："女人？"

常钰青没回答，走过去在阿麦身边蹲下，手碰了下她肩上的白羽箭，略微顿了下，从腰间拔出弯刀来，一手固定住箭身，一刀把箭齐根削断了，然后又用刀把她肩上的衣服划开，露出还在缓缓流血的伤口，把药瓶中剩余的药粉一股脑儿都倒了上去。

崔衍还在惊讶，常钰青已从地上站了起来，走回自己马前，一手摁了腰间伤口一手往马鞍上一撑，飞身跃上马背。"把她带上，回城！受伤的事谁也不准提！"常钰青说道，也不理会崔衍的惊讶，用披风遮了自己身前的血迹，掉转马头向城内行去。

崔衍纳闷地看了看常钰青的背影，又俯下身细看这女细作，见她发髻早已散乱，那俗气的绢花也早没了，反而比之前好看不少。他想了想，把阿麦的脸扳正过来，从地上抓了把雪往她的脸上抹了抹，脸上浓浓的胭脂顺着雪水流下，只见她的脸色苍白如雪，隐隐现了些青色。

"漂亮娘们儿？"崔衍自言自语道，还是有些不信那个胸前塞馒头的家伙会是个女子，忍不住伸手往阿麦身前探了下，虽然称不上丰满，却的确是触手温软。崔衍像被烫着般连忙抽回手来，心虚地瞥了一眼常钰青的背影，这才把阿麦从地上拎起来放到马上，带着她追随常钰青而去。

第三章

逆势 杀手 相见

阿麦再次醒来是在床上，床很大，只是有些硬，好在被子足够柔软，与肌肤相擦，触感很不错，这说明被料的质地很不错，也说明……她身上似乎没有穿什么衣服。

阿麦撩了撩被子，视线透过缝隙往下看去，见被下的自己果然不着寸缕，唯有肩头被包得密密实实，细究起来，这样也不能算是不着寸缕。

遇见这样的情境，醒来的女人一般情况下都应该尖叫一声，然后再用被子把自己裹紧，惊恐地打量床前的男人。可惜她的床前并没有站着什么男人，就算有，她现在也没有力气去做裹被子惊叫之类的事情，她甚至都没有想自己是否遭到了什么侵犯，她只是静静地躺着，感觉能活着真是不错的事情。

不管怎样，她毕竟没有死去，这不是很好吗？阿麦惬意地长舒了口气，把身体往被子里缩了缩，打算接着再补一觉。

常钰青赤着上身，坐在不远处的圆桌旁，正往腰间一圈圈地缠着白布，听得阿麦醒了过来，便抬头冷眼看着阿麦的反应，见她明明已经醒过来，却既不惊叫也不恐慌，心中也不由得有些佩服，忍不住出声问道："竟然一点也不怕？"

听到他的声音，阿麦的身体还是僵了下，不过随即便又放松了下来，动也不动地躺着，只是淡淡地反问道："害怕有用吗？"

常钰青稍显讶异，扬了扬眉梢，说道："的确没什么用。"

阿麦闭嘴不再搭茬，常钰青走到床边低头望她，见她虽然闭了眼一副波澜不惊的样子，但略显压抑的呼吸却还是泄露出她内心的紧张，他不由得弯了嘴角，有些嘲弄地说道："不着寸缕地躺在陌生男人的床上，竟然还能如此镇定，这是早已习以为常了？"

古往今来，女子做细作的大多都会出卖色相，这一点大家都心知肚明，常钰青知道，阿麦也清楚。所以现在常钰青这样说，明显是讥讽她已经习惯出卖色相。

阿麦并不理会他的挑衅，仍闭着眼沉默。

常钰青显然是试图用话语激怒阿麦，嗤笑一声道："还是说你们南夏女人都如你这般不知廉耻？"

阿麦缓缓睁开了眼，目光清冷地看向常钰青，问："何为不知廉耻？"

常钰青嘴角勾起一丝不屑，答道："在陌生男子面前赤身裸体还不算吗？"

阿麦露出一个浅浅的微笑，又问："那男子在陌生女子面前袒胸赤膊呢？可也算是不知廉耻？"

常钰青不语，冷冷地看着阿麦。

阿麦闭了眼，轻笑道："自己脱的人都不觉得羞耻，我一个被人脱的，又有何羞耻的。"

常钰青冷笑一声，俯下身用手钳住她的两颊，冷声说道："倒是够利的一张嘴，只是不知道这个身子是否也让人受用。"

阿麦伸出手把他的手指从脸上一根根扳开，语气淡漠地说道："不过是副臭皮囊而已，将军要想吓我，不如换个人来。"她瞥了常钰青腰间带血的白布一眼，"将军自己不方便，犯不着带伤上阵！"

常钰青一僵，没想到她竟然说出如此大胆的话来，怔怔地看了阿麦片刻，突然笑了，然后走到一边把衣衫一件件穿上，外面又罩了身崭新的战袍，这才回身对她说道："只有最没用的男人才会想在床上征服女人，我常钰青还没沦落到那般地步。不过，我有的是方法让你张嘴，你最好还是不要试探我的耐性。作为女人，你够狠，只可惜——"他回过头瞥了她一眼，"和我比你还嫩了点，别指着我会怜香惜玉，还是少自找苦头的好。"

他说完便从桌边拿了弯刀，往门口走了两步，又转回身似笑非笑地看着阿麦，"你手上有茧，臂膀结实，腰腹紧致有力，大腿上有疤，箭伤，还是新的，如果要想撒谎，最好把这些都圆起来，别一听就破绽百出。"

见阿麦身体明显地一硬，常钰青终于满意地笑了笑，转身离去。

听闻房门在常钰青身后关上，阿麦不禁长长地松了口气，幸好，常钰青足够骄傲，骄傲到不屑于用女人的身体来要挟她。这样的人并不难对付，因为他习惯了高高在上，习惯了无往不利，习惯了别人臣服在他的脚下。

阿麦笑了笑，发觉放在被下的手掌已经汗湿，便伸开手掌在床单上擦了擦，又看着帐顶愣了会儿神，决定还是先睡一觉补足精神比较好。只要还活着，生活就有着无限的希望，这是她坚信的事情。

崔衍一直在房外等着常钰青，见他出来忙凑过去，有些担忧地问道："常大哥，真的不要那个郎中给你看看吗？那样长的伤口，如若不缝上几针的话，怕是极易裂开。"

"没事，这点伤还不碍事，"常钰青轻声说道，随意地用手整理了下腰间的衣服，"过不了几日就能愈合。"

崔衍料定他是不愿让人知道自己受伤，这才不肯找郎中处理伤口，默默寻思了下，又低声说道："不如让人偷偷去城外寻个郎中来，待给你瞧过伤之后，就——"他说着手掌往下一落，比了个杀人的手势。

常钰青淡淡地瞥了他一眼，"我说不用就是不用。"

崔衍见他不悦，不敢再说，只得在身后追了上去，说道："刚才元帅派人来了，说是让你过去一下。"

常钰青脚下一滞，转过头看崔衍，"倒是快，石达春还真有些性子。"

崔衍不屑地撇了撇嘴，又说道："事情捅到元帅那里就有些麻烦了，那男的还真跑了，我让人去城门堵着也没能截下他，估计是早就逃出城了。现在只剩下了这么个女人在咱们手上，要是个男人还好说点，可偏偏又成了娘们儿，只要她咬紧了自己就是良家妇女，咱们怕是在元帅面前也不好说清。"

常钰青闻言却是冷笑，道："你也太小瞧咱们那位元帅了，他不会提我强抢民女的事情的。"

崔衍不明白，搔了搔头发，不解地问："为什么不提？"

常钰青停下来似笑非笑地看着崔衍，反问道："就算我强抢民女了，他又能怎么样？可敢用军法处置了我？"

是啊，就算他常钰青强抢民女了，陈起又能怎么样他？按军法处置他？怕是不敢也不能。既然不能拿他怎样，那陈起何必去给自己找下不来台呢！

崔衍行事虽莽撞，却也不笨，待想明白了这一点，有些佩服地看着常钰青，赞道："我们摆明了和他玩横的，他也没招。常大哥，你还真无——"话到嘴边，他又强行把"无赖"两个字咽了下去，改口道，"你还真厉害！"

常钰青瞥他一眼，露出些许无奈的微笑，说道："行了，无赖就无赖吧，和陈起也用不着讲耿直。他那样的人，整日里装得跟个君子一般，实际上最会欺软怕硬。他很清楚常、崔两家惹不起，所以不会招惹咱们，起码现在不会。"

崔衍傻笑两声，跟着常钰青往外走，到院门的时候正好碰见那个跟着崔衍一起出城的侍卫提了几包草药回来，见到他们忙行了个军礼。常钰青随意地扫了一眼，吩咐道："到后院交给那个婆子，让她多熬几碗给灌下去。"

那侍卫应诺一声就往后院走，崔衍又把他叫了回来，偷瞥了常钰青一眼，别过身小声吩咐道："给你家将军也熬一碗，等晚上回来也想法给劝下去。"

侍卫点了点头，崔衍拍了他一巴掌，笑道："快去吧！"

常钰青警觉地看了崔衍一眼，崔衍干笑着打了哈哈，往前疾走两步道："常大哥，咱们快去吧，我还得去舅舅那里应卯，省得又挨他训。"

陈起进城后和周志忍一起住在了石达春的城守府，而常钰青却找了个富商的别院临时住了下来，并没有和军中那些高级将领住在一起。

他和崔衍两人早上出城去了军营，回来时又遇到阿麦他们，一直耽搁到现在，待再赶到城守府时，日头已经西落，陈起正在军议厅里和周志忍等军中高级将领们商议着北漠军年后的进攻方向，见常钰青带着崔衍进来，随意地点了点头算是打过了招呼。

崔衍本以为陈起叫他们是来问中午的那件事情，谁承想却是召集了各部的将军来商议军事。他背景虽深，可毕竟年纪摆在那里，校尉的级别根本没有资格参加这样的会议，一时之间进退两难，只好讷讷地站在门口，正犹豫要走要留时，就听见陈起头也不抬地说道："崔衍也过来吧，听一听也好。"

周志忍抬头瞪了崔衍一眼，崔衍心虚地笑笑，走到大桌边听人议论下一步的军事计划。因为现在是严冬，北漠近二十万大军一直停驻在豫州城附近，只等开春天暖之后便会有所行动。不过关于下一步的方向，却有了分歧。

照原本的计划，南北两路夹击豫州后下一步就应该是直指泰兴，可出乎意料的是豫州军并未被全歼，反而是商易之领了两万多人入了乌兰山。

这成了陈起心头的一根大刺，让他感到有些不安。如若不作理会而照原计划进攻泰兴的话，商易之的江北军就如同掐在了北漠军腰腹之上。而要是先进山剿杀商易之的话，先不说乌兰山脉地形复杂，能不能一举歼灭江北军，就是北漠军中怕是也有些人不情不愿，认为他是在小题大做，毕竟江北军不过才两万多人，散放在乌兰山中都不能称之为军了，也就是相当于一个匪字。

陈起抬头扫视了一下众将，说道："据探子回报，商易之已把人马散开，分布在乌兰山中各个险要之处，其手下骑兵由唐绍义带领，暂时游荡在西胡草原之上。今年年晚，过了年天气便要转暖，我们下一步该作何打算，还要各位将军畅所欲言。"

众将一时沉默，周志忍和常钰青相视一眼，沉声对陈起说道："末将还是认为先取泰兴的好。"

"哦？"陈起面露微笑，问道，"那江北匪军怎么办？"

"既然是匪军，就难成气候。"周志忍答道。

陈起低头看着地图，手指在标记乌兰山的地方划过，说道："可江北匪军伏于我军腰腹之上，会给我们的补给线造成很大的威胁。"

周志忍沉默下来，陈起抬头问常钰青："常将军怎么看？"

常钰青眉毛轻挑，答道："元帅言之有理。不过我们也犯不着为了两万的江北军就停下南下的脚步，乌兰山地形易守难攻，如若想先消灭了江北军再进攻泰兴，那我们只需留下小部分人在豫州就行，剩下的人都回家娶媳妇生孩子，等孩子会跑了再来也不迟。就怕到时候南夏已经从云西战事中拔出脚来，不知我们攻泰兴还会不会那么顺利。"

崔衍扑哧一声笑了出来，遭周志忍瞪了一眼，忙憋了回去。

陈起对崔衍的笑声充耳不闻，只是问常钰青："那常将军有何高见？"

常钰青笑道："高见不敢谈，只是觉得进山剿匪和南下泰兴并不矛盾，我们现在兵力充足，完全可以兵分两路，一路攻泰兴，一路进山剿杀江北军。"

陈起击案道："好！就这么打算。"他看一眼周志忍和常钰青，又问道，"那谁去攻泰兴，谁又进乌兰山呢？"

众将沉默，心中均明白泰兴城现已孤悬江北，取下只是早晚的事情，而乌兰山却地形险要，条件恶劣，剿灭深藏其中的江北军并不容易。更何况拿下泰兴城是名记史册的大功一件，而进乌兰山，现在就已经定下了个剿匪的名号，费力不讨好。

常钰青嘴角带笑，并不说话，只是把玩着手中的弯刀。

陈起思量了下，说道："周老将军经验丰富用兵老辣，又曾围困过泰兴城，对其周边地形多有熟悉，还请周老将军带军去取泰兴。"

周志忍怔了一下，随即抱拳说道："末将遵命。"

陈起又对常钰青笑道："常将军曾有剿灭沙匪的经验，那还要有劳常将军去乌兰山替我军除去心头大患了。"

常钰青嗤笑了下，瞥了陈起一眼，懒洋洋地回道："元帅既然有令，那我只能从命了。"

计划既定，众人又讨论了一番，这才散会。常钰青一直没说什么话，见陈起宣布散会便转身就走，却被陈起叫住了，陈起状似随意地问道："听说常将军抓了个南夏的细作，不知道审得如何了？"

常钰青回身笑道："还不错，那人还算老实。"

陈起也笑了，一本正经地说道："那辛苦常将军了，晚上加把劲再审审，看能不能撬出些东西来。"

常钰青冲陈起嘲讽地挑了挑嘴角，回道："那是自然。"

众人都已听说了常钰青今天在大街上强抢民女，现听陈起这样若有所指地说话，不由得都露出几分心知肚明的笑容。

出了院门，周志忍追上常钰青打了个招呼，正要再开口，常钰青已是止住了他，正色说道："老将军莫要客气，按照辈分，常七还要称您一声叔叔。常七敬仰老将军已久，老将军带军取泰兴是众望所归的事情，我心服口服。"

周志忍笑了笑，伸手拍了拍常钰青的肩膀，叹道："衍儿要是能赶上你个零头，老夫就可以放心了。"

常钰青笑道："阿衍年纪还轻，多磨炼一下，他日必可成器。"

周志忍叹息着摇了摇头，不再多说。

常钰青回到府中时天已黑透，府中侍卫早已备好了晚饭等着。常钰青吃了几口，突然想起了阿麦，便问侍卫道："那女人可肯喝药吃饭？"

侍卫恭声答道："倒是很配合。"

常钰青点了点头，没再多说，继续吃饭。那侍卫面色却有些古怪，想起婆子说的话来，那女人喝药吃饭岂止是配合，那简直是积极，婆子给端什么吃什么，根本连劝都不用劝。看那架势，人家压根儿一点做犯人的觉悟都没有，是睡得香吃得饱！

常钰青吃过了饭，侍卫又端了一碗黑乎乎的药汁出来，见常钰青果然皱了皱剑眉，忙解释道："将军，崔校尉临走时专门交代的，您得把这药喝下去，不然他就给您绑个郎中送过来。"

常钰青一听这种无赖口气的确是像崔衍的，沉默了下接过了药碗，一仰脖全都灌了下去，一旁的侍卫急忙递过漱口用的茶水来，常钰青却没接，只是问道："那女人呢？"

侍卫回答："还在您的卧房里，婆子说她吃了药就昏睡过去了。"

常钰青剑眉微皱，又问："谁人看着呢？"

侍卫闻言一愣，"那婆子守着呢。"

常钰青二话没说，起身便往后院的卧房走，到门口时正好碰到那个做粗活的婆子从房里出来，见到他过来立刻避让到一旁，也不招呼，只低垂着头深深福下身去。常钰青脚下一顿，不及开口，那婆子反倒先低声笑道："运气还真差，偏偏赶将军回来的这个时候跑。"

声音虽有些生硬低哑却很年轻，正是穿了婆子衣衫的阿麦。

常钰青轻笑了下，看了阿麦一眼，掀了门帘入屋，见床上用被子蒙了个人形，侍卫上前掀开被子，见被剥得干净的婆子正不省人事地躺在那里，估计是被阿麦打晕了。常钰青转头看跟进来的阿麦，问道："刚才为什么不跑？"

阿麦眼珠子转了转，说道："将军回来了就跑不了了，既然跑不了了，何必还要白折腾。"

常钰青点了点头，"不错，倒是明白。"

他挥了挥手，叫侍卫弄醒了那婆子，那婆子醒来时还是一脸迷茫，见自己竟然睡倒在常钰青的床上，虽不明白是怎么回事，可那脸色却唰的一下子就白了，忙爬下来冲常钰青磕头求饶。常钰青厌恶地皱了皱眉，让侍卫打发那婆子出去，吩咐把床上的被褥也都换了。

阿麦冷眼看了片刻，主动问常钰青道："常将军，我有个问题还请将军给个肯定的答复。"

常钰青冷笑一下，说道："你现在不过一个阶下囚，有什么资格向本将来要答复？"

"只要我还活着，就有资格来问。"阿麦不急不缓地回答道，"既然落入将军手里，我也认了，只是想知道我是否还有活命的希望。"

常钰青不动声色，淡淡问道："有又如何，没有又如何？"

阿麦失声而笑，说道："将军这话问得奇怪，如果将军许我还能活命，我自然是知无不言，言无不尽。如果连活命都不能了，那我还费这个口舌干吗？干脆自己死了一了百了，也省得惹将军烦心。"

常钰青笑了笑，"如若我不守信用呢？等你什么都说了我再杀了你，你岂不是白白说了，再说——"他脸色突然转冷，寒声说道，"你以为你想死就能死得成吗？"

阿麦正色道："将军不会，将军是统率千军的将领，是一言九鼎的丈夫，不会对个女人言而无信。至于将军所说的我能不能死成，那就不劳将军费心了，我想将军可能有所耳闻，凡是入凶险之地的刺客，口中大都会藏有药囊，就为了不受折磨而死。"

常钰青身形欲动，阿麦往后仰了仰身体，笑道："将军不要试探我的速度，我想自己还是能在将军制住我之前咬破药囊的。"

常钰青冷笑一声，又重新坐回到椅子中去，默默地打量阿麦。

阿麦笑了笑，又说道："我既然告诉将军这些，自然是不想死，将军还是不要相逼的好，毕竟我死了于将军也没有什么好处。"

"你是什么人？"常钰青突然问道。

"杀手。"阿麦毫无停顿地回答。

"杀什么人？"常钰青又问。

"原豫州守将石达春。"阿麦淡淡答道。

常钰青嗤笑一声，说道："就凭你的身手？"

阿麦面无表情，只是答道："杀人可不只是凭身手，身手和手段是两码事，身手好不见得就能杀人，杀人需要的是手段好。"

常钰青显然不信阿麦的话，讥讽一笑，又说道："既是杀他，白天在街上时为何不向他求救而趁机杀了他，为何还妄想劫持本将出城？"

阿麦抿了下唇，淡淡答道："我还没想和他同归于尽，我只是个小女子，没那么多的民族大义，我杀他只是为银子，如果连命都没了，要银钱还有何用？"

常钰青沉默了下来，若有所思地看着阿麦，过了半晌，突然轻声问道："谁花钱都可以在你那里买命？"

阿麦笑了，答道："那是自然，出钱的是大爷，您掏钱，我去取您要的人命，这是正经的生意买卖，一分价钱一分货，十分公道。"

"公道……"常钰青重复道，突然轻轻地笑了下，抬眼看着阿麦说道，"既然这样，我也想在你这里做笔生意。"

阿麦心中一跳，面上仍是平静，静静地等着常钰青的下文。

常钰青自顾自倒了杯冷茶，饮了一口，神色淡然地问道："你可知我北漠军中的主帅是谁？"

阿麦的手指下意识地微收了一下，强自稳住了音调回道："一代名将陈起陈元帅。"

"一代名将？"常钰青嘴角微挑，露出一个淡淡的讥讽的笑意，接着说道，"不错，正是我北漠新升的帅星陈起——陈元帅。"他身体稍稍前倾，饶有趣味地看着阿麦，问道，"这单生意你可敢接？"

阿麦笑了，清澈的眼睛熠熠生辉，"常将军这话问得奇怪，只要您出得起价钱，我自然敢接。"

"价钱？"常钰青嗤笑一声。

阿麦故作不解地看向常钰青，奇道："将军笑什么？"

常钰青身体倚回到椅子中去，很爽朗地笑了笑，答道："我出的价钱自然会让你满意。"

阿麦不由得挑眉，"哦？"

常钰青收了笑意，冷峻的面容上立刻挂上了几分杀气，只是轻声说道："你的命。"

阿麦微怔，随即明白了常钰青的意思，不由得苦笑，好嘛，这价钱于她阿麦来说倒真是够高的。常钰青打得一副好算盘，用她的命换陈起的命，换来了，那是赚的，换不来，赔的也不是他的。阿麦沉默良久，终于苦笑道："这样的价钱我若不满意的话，那还真是嫌命长了，将军好打算，在下佩服。"

常钰青扯了扯嘴角，算是回应了阿麦的称赞，他又默默地看了她片刻，突然问道："你不问我为什么要买他的命？"

阿麦摇了摇头，"不问，这是规矩。"

"什么时候可以动手？"常钰青又问道。

阿麦下意识地摸了摸肩头的伤口，略略思量了一下，"明日即可。今儿晚上您给个空叫我缓口气，待明日我便可行动了。"她停了一停，又故意问道："城守府守卫森严，潜进去十分不易，不知将军可能助我一臂之力？"

常钰青摇头，回答得十分干脆，"不能。"

阿麦倒是不甚在意，只道："那好，我自己想法子混进去便是。"

常钰青突然笑了，有点不怀好意，问道："你这样的女人要杀人，会用什么法子？"

阿麦看了他一眼，淡淡说道："用色也好、毒也好，这就不劳将军费心了。"

常钰青嘴角勾起，打量货品似的上下看了看阿麦，笑道："依着你，不过给你个忠告，最好还是不要用色的好，怕是起不了作用。"

阿麦也笑了，眼波流转，笑靥如花，她伸了那只完好的手作势去解胸前的衣襟，低声问道："您又没试过，怎么知道？"

常钰青一怔。

阿麦却停下了动作，看着常钰青嗤笑一声，"不过，既然将军有此忠告，我自然还是记住的好。"她默默地把衣襟整理好，自嘲地笑笑，又道，"将军，谁没事也不喜欢作践自己。但凡还有点别的可以依赖，没人愿意沦落到色上去。这个道理不论放在男人女人身上都能用，您说是不是？将军！"

常钰青嘴角轻抿，只是冷眼打量着阿麦，并不开口。

阿麦直视着常钰青，平静说道："能用刀的时候，我不会用毒；能用毒的时候，我尽量不用色。将军，您高贵，生在了名门。我这身子虽低贱，可好歹也是爹生娘养的，不容易，不是我不容易，是他们不容易，能不糟践的时候我都尽量不糟践。"

常钰青微微动容，静静地看着阿麦，眸色渐深，像是极深的湖，万丈的阳光都照不出底色来。好半晌，他才缓缓开口："还有什么要求？"

阿麦的笑容温和而清浅，只一弯唇间便散尽了，她轻声问道："将军可否让人给烧桶热水？我只想泡个澡。"

是的，她现在只想泡个热水澡，一个如此简单却又奢侈的念头，一个在汗气熏天的军营中念了很久的愿望，能泡个澡，好好地洗个热水澡……然后……干干净净地去见……陈起……

"什么？你让她去刺杀——"崔衍几乎从地上蹿了起来，在常钰青的冷冷一瞥中勉强地压下了那个名字，他下意识地扫了一眼四周，然后用不可思议的眼神看着常钰青，低声问道，"常大哥，难道你真的有……有那个心思？"

常钰青反问他："你觉得呢？"

崔衍为难地挠了半天脑袋，最后一跺脚，干脆地说道："常大哥，虽说我也有点，有点那个不什么他，可毕竟我们都同是帝国的军人，怎么可以做这背后捅刀子的事情！你这做法我看不上，我这就去把她逮回来！"

崔衍说完转身便走，却被常钰青一声给喝住了。

"站住！"常钰青冷声喝道，他看着一脸不情愿的崔衍，沉着脸问道，"崔衍，我在你眼中就是那种只会背后捅刀子的小人吗？"

崔衍脸色有些憋红，讷讷地看着常钰青，解释："不，不是，常大哥，我，我只是……"

见他如此模样，常钰青神色缓和了些，说道："你觉得那女人是个什么身份？"

崔衍低头想了下，回道："好好一个娘们儿，装神弄鬼的，铁定不会是什么善茬。"

常钰青冷声说道："既然你都能看出这个来，你觉得我就看不出来吗？她说自己是杀手，你觉得我就这么容易信了？"

崔衍不解地看着常钰青，常钰青眉眼间的冷厉柔化了些，淡淡说道："一个女人对自己也能狠到如此地步，我不觉得还能从她嘴里问出什么东西来，既然她说是杀手，那就当是杀手好了。"他转过了身，仰着视线看寒冬里格外清澈的天空，突然问崔衍，"你说她若不是杀手，还会是什么身份？"

崔衍的思绪有些跟不上常钰青，他不是个心思缜密之人，有些事情即便觉察到不对劲，只要不压到他的头上，也往往会忽略不管。他得常钰青如此问，仔细琢磨了下说："还能是什么，只能是南夏派过来的细作了。"

"要是细作的话，她是来和谁接头？"常钰青又问。

"绝对不可能是元帅！"崔衍那还略有稚气的眉头皱起，很肯定地回答。

常钰青像是笑了下，很短暂，悄无声息，然后转回头来看着崔衍道："这个还用你说吗？我虽然看不上他，但是也相信他不会是南夏的人。"

"那是谁？石达春？"崔衍问道。

常钰青似松了口气，笑道："还好，傻小子倒没真傻到家。"

崔衍更不明白了，瞪着眼睛问道："那这和元帅有什么关系？你要试她，干吗让她去杀元帅？"

常钰青被他的话搞得哭笑不得，看了崔衍好半天才忍着气解释道："她身上并无书信之类的证物，只要她和石达春都咬紧了，我们一点办法也没有。可如果她真的是细作，她自然会想方设法去和石达春接头，我送她去城守府，自然是给了她方便。我总不能直接和她讲我怀疑你是细作，我给你机会，你快去和石达春接头吧，也好让我人赃俱获。我不让她去杀陈起，还能让她去杀谁？是你，还是你那也住在城守府的舅舅？"

一听提到了舅舅，崔衍的神经立刻紧绷了起来，连连说道："不行，自然是不能拿舅舅做靶子。"

常钰青嗤笑一声，说道："我自然知道不能用周老将军的名号，倒是不担心周老将军的安全，只是怕她还没能近身就被周老将军给斩了，周老将军可不是个懂得怜香惜玉的人。"

崔衍更惊讶了，"难道元帅就是？"

常钰青摇了摇头，"这我可不知道，不过我倒是觉得陈起那样的人，是正人君子也好，还是沽名钓誉也罢，他是不会随意要个女子的性命的。再说了，"常钰青不屑地笑笑，"我就是看他不上，又怎么了？反正现在大家都闲着，凭什么我肚子就挨了一刀，他反而好好地过日子呢？就算那女人真是杀手，那就去烦扰一下他也不错，起码我高兴！"

崔衍吃惊地看着这个有些泼皮无赖的常钰青，怔怔地说不出话来。

其实，常钰青的打算不能算是错，只是，他漏算了一点，那就是阿麦和陈起之间的渊源，而这个渊源可能让阿麦把什么接头、什么紧要军务、什么民族大义都通通抛到脑后去。野狼沟千军万马、血肉横飞之中，她尚能砍出一条通向陈起的血路来，更何况此时有人有心无心地把她往陈起身边送呢！

不闻方能不忆，不见才可忍住不问。

流浪的几年，因为听不到他的消息，所以她可以做到忘却。从军后，无论是乌兰山中还是来到这豫州城内，虽明知他就在这城守府内，因为没想过相见，所以她也可以让自己不去问那句"为什么"，而是只做好自己责任。而现在，她什么都不想管了，只想站在陈起的面前，问出那句"为什么"。

多年以后，在常钰青隐约知道了这背后的事情，他嘴角的讥讽与不屑更深了几分，为陈起，也为他自己。很多事情，做出了就是出弦的箭，再无回头的可能，不论你心中如何，你唯一能做的就是眼睁睁地看着它射向目标，或死或伤……

痛或悔，唯有心知。

人年轻的时候，总是爱高昂着头，目空一切，不屑于所有卑微的东西。多年过去，才会知道，那些珍贵的东西都曾与你无比地贴近过，却又擦身而过，只是因为你当时把视线放得太远，而又把它看得太轻。

于是，伤虽好了，痛却永远地留下了。

聪明人想不到阿麦会真的去直面陈起，常钰青想不到，陈起更想不到，就连远在乌兰山的商易之和徐静也想不到。崔衍想到了一些，因他实在不算一个聪明人。

所以当崔衍问常钰青，大约意思是说如果那女人真的是杀手，且不说她能不能伤到元帅，单是被元帅知道了是他常钰青派去的，那可怎么办？常钰青当时并没有回答他，大概是觉得这小子心眼子太少了些，他又耐着性子跟他说了太多，现在这样的问题还要问，他实在是没这个耐性回答他了。

其实回答很简单，还是他常钰青曾说过的一句话，那就是——陈起他知道了又能如何？现在的他根本无法撼动常门一族在军中的势力，所以，不管常钰青是逗他玩也好，还是真心想要他命也好，他也只能装糊涂，起码现在得装。

这是陈起的悲哀，这是寒门的悲哀，是出身寒门却不甘于寒门的陈起的悲哀。

阿麦是以一身侍女的服饰进的城守府。

那卖脂粉的婆子把话给徐秀儿捎到了，徐秀儿听闻是阿麦寻她，真是又惊又喜，忙趁着府中吃午饭的时候，遵着阿麦所说，寻了个买绢花的借口出了后街角门。

阿麦自早上离开常钰青住处，已是在城守府角门外蹲守了足足半天，她亲眼看着那卖脂粉的婆子进了角门，又亲眼看着她离去，一直等到午后，这才见到徐秀儿独自一人出了角门，直往那脂粉铺子方向而去。

阿麦不敢耽搁，忙在后追了上去，待跟到无人处，悄声上前一个掌刀落到徐秀儿的脖颈后，把她敲昏了过去。阿麦一把架住她，半扶半抱地拖到巷口，求了两个好心的路人，谎称自己妹子病了，叫人帮着把徐秀儿送进了街边一家客栈。

徐秀儿不过只昏了一会儿，阿麦刚把帮忙的人送出门去，她这里就悠悠转醒，一睁眼看见阿麦立在床前真是又惊又疑又喜，忙挣扎着坐起身来，正欲开口说话，却被阿麦一把捂住了口。

“嘘，小声说话，外面可能有人监视。”阿麦低声提醒道。

徐秀儿闻言一惊，吓得立刻噤声，只睁大了双眼疑惑不解地看着阿麦。

阿麦神情严肃，压低声音说道：“时间紧促，来不及向你解释，你只记住我接下来说的话。第一，转告石将军，城南有个李家药铺，凡事都可通过掌柜传递，江北军急需得知北漠人的军事计划，扬威壮势。第二，你我并不认识，你今日出府是另有因由，被人打昏劫持到此，不管谁人问你，你都这般答复。"

徐秀儿年纪虽小，却颇为聪慧，瞧阿麦模样便知此事要紧，阿麦说一句，她便赶紧点一下头。

阿麦最后说道："我需要借你的衣服混进城守府，你赶紧脱了衣服给我。"

徐秀儿忙又重重点头，却忽又一愣，舌头都似打了结，"衣，衣服？"

"没错，快点脱，时间紧急。"阿麦答道，常钰青派的人一直在跟着她，她和徐秀儿待得时间长了必要惹对方生疑。她抬手帮徐秀儿放下床帐下来，又嘱咐道："我把自己的衣服留给你，等到天色擦黑，若还无人来寻你，你就穿上我的衣服出去，记得要做出慌张模样，哭着求店家送你回城守府。"

过了片刻，徐秀儿才在床帐内应了一个"好"字，透过床帐缝隙，把自己的衣裙递了出来。

阿麦在外面早已把自己的衣袍脱下，接过徐秀儿的衣裙穿戴起来。她俩身量相差不少，幸好南夏女子的衣裙都偏向于风流飘逸，裁剪得阔长宽大，徐秀儿的衣裙穿在阿麦身上倒也不显十分短小。

"你穿上衣服了吗？"徐秀儿小声问道。

"嗯。"阿麦轻轻应道。

徐秀儿毕竟还是个小姑娘，难掩心中好奇，偷偷从帐内露出头来，看到换成女子装束的阿麦，一时惊得张大了嘴巴，连话都说不利索了，"麦大哥，你，你……"

阿麦回头看向徐秀儿，"你来给我梳个你那样的发髻。"说着，便转身背对着床边坐到了地上，又催促道，"动作要快。"

"呃，好。"徐秀儿犹豫了一下，这才胡乱裹上了阿麦的外袍，从床上探出身来替阿麦梳发。她手巧，只片刻工夫就梳好了发髻，想了一想，又把自己头上的一根钢钗卸了下来，给阿麦插到了发间，轻声道："这发钗极为锋利，尖上又淬了毒，麦大哥用来防身吧。"

阿麦闻言一惊，不由得回头去看徐秀儿，问道："你随身带着这个做什么？"

徐秀儿垂目，默了一默才小声答道："之前北漠人围城，我怕城破了会跟汉堡一样，就求人打了这样一个发钗，万一遇到事情，可以给自己一个痛快。"

阿麦听得难受，忍不住伸手出去揉了揉她的发顶，低叹道："傻丫头，你记着，人不畏死，却也不能自己寻死。不论到什么境地，不论多么艰难，都要咬着牙坚持活下去，因为只有活着才有希望改变。"

徐秀儿似懂非懂，怔怔地看着阿麦。

"父母生养你，最大的愿望就是希望你能好好活下去。"阿麦向她笑笑，从地上站起身来，欲要出门前又转头深深地看了她一眼，轻声道，"记住我之前说的话，不论谁人哄你还是诈你，都说不认识我。"

徐秀儿重重点了点头。

"保重！"阿麦说完，就转身毫不犹豫地开门离去。

靠着侍女装束与腰间的令牌，阿麦从正门大大方方地进了城守府，沿着曾经走过的路径直往内走去。因为城守府前院里驻了兵，所以鲜有侍女出现，她还没有接近陈起所在的主院，便被卫士拦住了。

阿麦从容地福了一福，微低了头，用略带羞涩的声音说道："请军爷禀告元帅大人，我家老爷让婢子过来给元帅送些糕点。"

那卫士瞧见阿麦是从前门过来的，狐疑地打量一下她，说道："你交给我吧。"

阿麦却不动，只是红了红脸，低声说道："我家老爷说……让婢子亲自给元帅送过去。"

那卫士似明白了些，有些讥讽地笑了笑，转身进了院子。阿麦垂首站在那里，受着旁边几个卫士各色的目光，心中一片沉静。过了片刻，那卫士出来，对阿麦说："元帅说多谢石将军的心意，东西放下就行了，姑娘请回去吧。"

阿麦咬着唇倔强地摇头，眼里含了点点泪光，怯生生地说道："我家老爷交代的，一定要把点心亲自端给元帅，我这么回去是会被打死的。"

她这样的一副模样，连那卫士也起了些怜香惜玉的心，想了想又说道："那你等一下，我再去问问。"

阿麦连忙谢那卫士，那卫士摆了摆手，又转身重新进了院子。过了一会儿出来，冲着阿麦笑了笑，说道："你送进去吧，放下就出来好了。"

阿麦连忙感激地点了点头，缓步迈入了院门。沿着青砖砌成的路面，阿麦一步步走得很稳，没有紧张，没有慌乱，没有激动，没有愤怒，没有……原以为心里会掀起惊涛骇浪，直到站在那扇门前，她才发现，自己心中竟是骇人的平静，死一般的平静。

唯有，指尖触及房门时心轻轻地颤了一下。除此以外，再无其他。

她推门进去，一个修长挺拔的身影在书架前站着，低着头专心致志地看着手中的书卷，明明听到了推门声，身形却也未动，熟悉至极却又陌生之至，像极了多年前的那个少年，能够就这么捧着本书静静地在父亲的书架前站上半天。

而那时的她，永远好动得像只猴子，一个劲儿地在门口探头，用很不耐烦的声音问："陈起哥哥，你看完了没有？你说好要陪我去后山抓有绿羽毛的小鸟的！"

是的，这就是陈起了，这就是从她六岁起便进入她生命中的陈起哥哥了。

许是很久也没听到来人的声音，陈起有些纳闷地回头，视线很随意地扫向阿麦，"你还有……"剩下的话没能再出口，他像是被人突然抽掉了魂魄，就这样僵在了那里。

四目相视，寂静，屋里剩下的只有寂静，静到甚至连心跳声都没有了。

不知过了多久，陈起才回过些许神来，困难地扯着嘴角冲着阿麦笑了下，转回身默默地把手中的书卷放回到书架上去。也许是书架上的书太多，也太拥挤，他费了好大的劲儿还是没能把手中的书放回到原处，反而带下了那书格中其他几本厚厚的书，哐哐地砸落在地上。

陈起闭上眼睛苦笑了下，终于放弃把书放回的打算，转回身看着阿麦，轻声唤道："阿麦。"

声音出口后是无比的艰涩，竟比阿麦的声音还要粗哑。

阿麦没有说话，甚至连头也没点，只是一动不动地看着陈起。

陈起迈过脚下散乱的书卷走到阿麦面前，嘴角浅浅地笑着，眼中是多年未曾再出现过的柔色。他轻轻地伸出手去，却在离她的发丝还有一指间的距离时倏地停住，"你长大了，阿麦。"他轻声说道，缓缓地收回了手。

是的，她长大了，从那时的垂髫少女长成眼前亭亭玉立的女子，他曾无数次地幻想过她出现在他面前时的情景，却从未想过这一天他们能如此平静地对视。没有哭喊撕扯，也没有斥骂指责，她只是站在那里，静静地看着他。

而他，却再也没有资格去触碰她，哪怕是一根发丝，他都没有资格。

陈起突然笑了下，往后退却几步，站在那里打量阿麦。

阿麦的手中还端着装满糕点的碟子，她安静地站着，默默地看着陈起，在他笑着退开之后，终于轻轻地问出了那句压在心底很多年的话。"为什么？"她问，"为什么要那样做？为什么？"

是啊，为什么？为什么要辜负她的期盼，为什么要背叛他们的誓言，为什么要忘恩负义？为什么……为什么要杀她的父母，屠她的村人？

听到阿麦低哑的嗓音，陈起怔了。

阿麦无声地笑了笑，轻描淡写地说道："用药熏哑的。"

陈起没问为什么，他问不出那三个字来。

阿麦接着说道："那日逃出来后，为了躲避你们的追杀，我自作聪明地扮了男子，不想却叫别人识穿，差点抓去卖掉。幸好我脸皮厚，瞎话说得也好，总算是逃了出来。这才知道女扮男装不是那么容易，只得把头发都剃了，又找了个江湖郎中弄了点药，把嗓子也熏哑了。本来是想在脸上也划上两刀的，可是没敢，怕不知哪天死了到了地府，那副模样爹妈认不出来。"

陈起缓缓闭上了眼，挺拔如松一般的身体止不住地轻轻颤抖。

"后来我就想，我还是因为爱美才不想把容也毁了，我就劝自己，不毁容是对的，起码还有个可取之处，以后万一实在没活路了，起码还有这张脸可以去卖卖，能换两顿饭吃。你说是不是，陈起哥哥？"

"够了……"陈起艰难说道，"阿麦，够了，别再说了。"

"为什么？"阿麦睁大眼睛，"我还有好多事情没有说呢，我从军了！就是江北军，在野狼沟的时候我还远远地看见过你，本来想去找你的，可是那些人总是拦着我，还有人射了我一箭，大腿上，真悬啊，要是再高点我就得脱了裤子让军医给我治了。真是倒霉，我好像总是和箭过不去，在汉堡城的时候，就有个家伙用箭射穿了我的头盔，差点把我钉在城墙上；这次来豫州，常钰青又给了我一箭，你看看，现在还没好呢！"她说着去扒自己的衣襟，露出还包扎着的肩头。

陈起死死地闭着眼，撑了书案的手臂隐隐地抖着，无法让自己再看她一眼。

"那人还真难缠，他把我扒光了看，却说我不知廉耻，因为我不着寸缕地躺在陌生男人的床上还能如此镇定，他还说……"

"够了！"陈起吼道，他睁开血红的眼睛，用艰涩的声音一字一血说道，"求你了，阿麦，别——说了。"

阿麦微微地仰起头，努力地把眼睛睁得更大，待眼中的湿热淡了些才又缓声问道："陈起哥哥，怎么能不说呢？我这些话攒了好久了啊，我不敢说给爹爹妈妈听，我怕他们会骂我，怕他们会伤心，怕……他们会担心。陈起哥哥……"

她突然盯着他，问道："你有没有梦见过我爹爹妈妈？我经常会做一个梦，四周总是冲天的火光，炙得我疼，爹爹的身体倒下去，血从他身上涌出来，把我和妈妈的衣服都浸湿了……妈妈尖厉的喊声，她总是叫我快跑，往后山跑，要好好地活下去，于是我就拼命地跑啊，跑啊，可是怎么也跑不到后山……陈起哥哥，你有没有做过这个梦？"

一番话惊起陈起压在心底深处的梦魇，逼得他几欲发狂。

他猛地抬头恶狠狠地盯向阿麦，看着看着却忽又笑了，一把抓了书案上的剑塞进阿麦手里，将那剑尖顶在自己的左胸前，视线锁住阿麦，一边微笑着一边说道："做过，怎么会没有做过？我梦见的比你更多，火光映亮了整个城池，到处都是鲜血和惨叫，母亲慌乱地把幼小的儿子塞入床下，来不及嘱咐半句，就被破门而入的敌国士兵推倒在了地上，她在反抗中被那些士兵一剑钉在了地上，临死前还挣扎着爬到床前，想挡住床下儿子的视线，不想让幼小的他看到才十三岁的姐姐被禽兽一般的士兵奸污……"

他仍是笑着，笑到后来竟然笑出了眼泪，"阿麦，这个梦比你的如何？嗯，有一点比你强一点，他没能看到父亲的死状，因为父亲早在城破时就死在了城墙之上，他万幸，没能亲眼看着。"

陈起笑着抹了抹眼角的泪渍，用手轻轻握住了剑身，"扎下去吧，一剑下去我们都解脱了，你不用再做那个噩梦，我也不用再在两个梦之间挣扎。手别抖，缓缓用力就行。"

阿麦的手没有抖，可声音却在颤抖，"那不是我爹爹做的，那些都不是！"

陈起苦涩地笑一下，"是的，你的爹爹贵为靖国公，怎么会做那样的事情，那些不过是他手下的南夏军做的。可是……"他静静地看着阿麦，"这又有什么区别？"

是啊，这些有区别吗？阿麦不知该如何回答。父亲隐居前的身份，她早已隐约地猜到了几分，从军后的耳闻只不过是让她更加肯定了而已。

过了好久，阿麦才听到自己用已经变调的声音问道："你从一开始就是知道的？你从一开始就知道我父亲的身份，潜身八年就是为了报仇，是吗？"

陈起缓慢地摇头，"就是因为不知道，所以再回首，才会觉得那八年的快乐竟然是天底下最大的笑话。"

阿麦闭着眼深吸了口气，涩声问："你明知道我爹爹已经归隐，你明知道他根本就不是嗜杀的人，他们养了你八年，却换来你的仇恨？为什么就不肯放过他？"

"因为我是北漠人。"陈起回答道。

"可他们从来就没有把你当成北漠人！"阿麦失控地哭喊道，压抑了很久的情绪终于在一瞬间爆发，"他们待你如子，他们从来就没有觉得你是异族！"

"那是因为他们从来也没有认为自己是南夏人。"陈起情绪反而意外地平静下来，有些冷漠地回答道，"虽然你父亲曾贵为南夏的靖国公，虽然他替南夏打下了江北的半壁江山，可他似乎也从来没有认为自己是南夏人。在他眼里，南夏、北漠不过是两个名称，南夏不是国，北漠也不是敌，只不过是可以让他一展抱负的地方。可我是北漠人，这是刻在我骨血里的东西。"

"北漠人？"阿麦的反应有些迟钝，喃喃地问陈起，"你是北漠人？那我呢？我算是哪里人？"

看她这样的反应，陈起心中酸痛，可是他却无法回答她这个问题。他咬了咬牙，狠下心肠说道："阿麦，你可以杀了我报仇，我也早就等着这一天，杀人偿命，这是我欠你的。但是，我不后悔，我从来都不后悔，现在让我重新选择，我还是会杀了你父亲，因为他是南夏靖国公，因为他是北漠的敌人，这是国仇家恨！"

"国仇家恨？"阿麦怔怔地看着他，问，"所以就可以不顾亲情、不顾恩义？国仇家恨到底是什么？它和我们有这么大的关系吗？"

"有！"陈起看着阿麦说道。

阿麦有些迷茫地看着陈起，她想不明白国仇家恨这几个字怎么会如此沉重。就因为他是北漠人，而她的父亲曾是南夏的靖国公，所以，他们之间便有了国仇家恨了吗？她真的想不明白，她想就是她的父母恐怕也不会明白，所以才会收养身为北漠人的陈起，所以才会对他毫无防备。

而在陈起这里，国家的界限竟是如此的分明。

"阿麦，你动手吧。"陈起缓缓说道，"你若想为父母报仇，就一剑杀了我，你我恩怨两清。"

阿麦看着陈起，手握着剑柄松了又紧，紧了又松，到最后还是无力地垂了下去，把剑丢弃在地上，"我下不了手，虽然我恨不得千刀万剐了你，可是我却下不了手。"

陈起心中暗暗松了口气，有些意外地看着阿麦。

阿麦垂目，涩然说道："还是你杀了我吧，不是都说斩草要除根吗？除了根也就踏实了。"

陈起沉默了良久，伸出手仔细地把她的衣襟整理好，"阿麦，不管你信不信，我从来都没有想过杀你，以前不会，以后也不会。我曾想过把你抓回来好好地关着，就像笼中的鸟一样，不管你怎么恨我，我都不怕，反正我早已是一个卑鄙小人了，我只要你在我身边就好。可是——"他停顿了下，自嘲地笑一下，又说道，"我知道我的阿麦从来就不是笼中的小鸟，所以我不能关着她，我得放她飞。"

他整理好她的衣襟，抬头温和地笑着看了她一眼，轻声说道："阿麦，走吧，去哪里都可以。但是——别再回江北军了，那不是你该待的地方，而且，上了战场我只是个军人，北漠军的统帅，不管我心中对你有多歉疚，我都不能因为有你在对面就手下留情。"

阿麦没有说话，默默地转过了身向门外走去。陈起在她身后动了动手指，却没有能伸出手去，只是静静地看着她一步一步远去。

第四章

脱身 树下 重逢

常钰青是在城守府后的小巷里找到的阿麦，她正贴着墙蹲坐着，用一个弱小者惯用的姿势，双手紧抱了膝，头深深地埋在膝头，直到他都走到近前都没有动上一动。

下午的时候，手下的眼线回报说她成功地进入了城守府，他还在想这女人果真还是有点本事的，然后就又得到消息说她进府后根本就没有接近石达春，而是直接找了陈起。这一点，倒是真有些出乎他的意料了。再等到听闻她安然无恙地从陈起那里出来，他不由得更是吃惊了。

常钰青站在阿麦的身前，久不见她的动静，竟鬼使神差一般伸出手去抚了一下她的头发，不等她反应，他自己反而受惊般地收回了手，皱起眉头看着自己的手。

阿麦终于缓缓地抬起了头，见到是常钰青，静静地看着他，突然轻声问道："你是哪国人？"

常钰青微怔，不过还是冷淡地答道："北漠人。"

阿麦低头，嘴角缓缓勾起一抹淡淡的笑，自言自语："是啊，你是北漠人，陈起也是北漠人，可是我呢？我是哪国人呢？"

常钰青剑眉微蹙，沉默地看着阿麦，像是在思考着一个很深奥的问题。

阿麦又抬头看他，"我没能杀了陈起，怎么办？"

常钰青轻抿薄唇，没有回答阿麦的问话，只是突然伸手从地上拽起了阿麦，另一只手一抄就把她抱了起来，淡淡地说："那就收回酬金，你这条命依旧还是我的。"

阿麦低低地笑了，把嘴附在常钰青耳边轻声说道："将军，您的心志动摇了，您还是被我的色相诱惑了。"

常钰青嗤笑，反问："是吗？你就这么确定？要知道美人我见多了。"

"可却没有见过我这样的，是不是，将军？"阿麦用手轻轻地抚他的脖颈，修长的指尖划过他的颈侧，那里的动脉在她的指下隐隐地跳动着，只需要一个刀片，她就可以要了他的性命。

常钰青仿佛并没有觉察到自己最软弱的地方正在她的指下，仍镇定自若地抱着阿麦往前走，扬了扬剑眉说道："嗯，的确是没见过，所以打算暂时先把你收在身边，当个侍妾也不错。"

阿麦手指的动作滞了下，突然像是听到了极好笑的笑话，在常钰青的怀里笑得花枝乱颤。她好半天才停了笑，用手轻轻地扶了下有些散乱的发鬓，含笑瞥了一眼常钰青，问道："让我给您做侍妾？将军忘了，我可是个杀手呢，难道您就不怕哪天一觉睡过去就再也醒不来了？"

"不怕！"常钰青干脆地回答道。

阿麦又笑了，抬手勾住他的脖颈，笑着把脸埋入他的肩窝……再抬首时，她的手里已经多了支闪亮的钢钗，锐利的尖抵在常钰青的颈动脉处，她仍是笑着问："真的不怕？"

常钰青也跟着勾了勾嘴角，低下头看着她，一字一顿地说道："不怕。"

阿麦看了他片刻，笑着把手中的钢钗拿开，反手插到自己发间，淡淡说道："那就成交吧。"

两人出了巷口，常钰青的那些侍卫早已牵了马在外面候着，常钰青先把阿麦举到马上，自己这才飞身上马，一手轻抖缰绳放马缓行，另一只手却把身前的阿麦揽入了怀中。阿麦见他如此，不禁轻弯唇角，配合地伸出双手攥了他衣襟，把身体偎入他的怀中。

常钰青轻声嗤笑，"还真少见你这样的女人，骨头太硬，闭上眼都不觉得是在抱个女人。"

阿麦轻笑不语，又听常钰青随意地问道："你叫什么？"

"将军问得奇怪，杀手哪里有什么名字，有也只是代号。"阿麦轻声答道。

常钰青不禁扬眉，"哦？这么说你们还有组织了？"

阿麦一僵，自觉地闭嘴，过了一会儿后淡淡说道："将军，行有行规的，就算您收了我做侍妾，我也不能泄露组织的秘密，不然我会活不下去。您若怜惜，就别再问了，随便叫我个什么就好，花啊草的都不拘。"

常钰青笑了笑，竟然真不再问，只抱着阿麦任马儿缓缓行着。天色阴沉了下来，后来竟渐渐起了风，夹杂着点点的雪片子吹了过来，把街边高挂的红灯笼吹得轻轻摆动着。常钰青像个温柔体贴的情人，扯过身后的披风挡在阿麦身前，柔声问道："冷不冷？"

阿麦摇了摇头，含笑看向常钰青，口中却是说道："将军，您就别演了，又没人看。我能从城守府活着出来，不是因为陈起和我之间有什么不可告人的秘密，而是——我压根儿就没敢向他动手，所以，他并不知道我是个想要取他性命的杀手，只当我是个送糕点的侍女而已。"

"哦？是吗？"常钰青淡淡问道，"那你为何不敢向他动手？"

"因为怕死，陈起屋外重兵把守，我若杀了他，决计逃不出来。"阿麦自嘲地笑了笑，又道，"我母亲临终前曾万般嘱咐过，凡事都不如性命重要，不论遇到什么，都一定要好好活下去，我这人孝顺，不敢违背母命，就是忍辱偷生，苟延残喘，那也得把这口气留着，不能散。"

"哦？"常钰青轻轻挑眉，"不杀陈起，你就能活了吗？"

阿麦微笑，"起码现在还活着，不是吗？将军可才刚说了，要把我收在身边做个侍妾呢！君子一言快马一鞭，您可不能说了不算，糊弄我这个弱女子。"

常钰青遭她戏弄，却是面色不变，只轻声问道："难道你杀石达春就不会死吗？"

阿麦答道："可能会，但起码还有逃生的希望，而杀陈起却只有死路一条，一个北漠元帅，一个是南夏降将，这两个人不一样呢。"

常钰青低头看了阿麦片刻，突然笑了，说道："你知道我为什么对你这个女人高看一眼吗？不只是你的狠劲对我的胃口，还因为你就是满嘴瞎话的时候也能说得这么坦率和真诚，这——挺有意思。"

阿麦眉头皱起，终于笑不出来。她平静了一下心境，这才又反击道："哪里比得上将军有意思，您身为北漠军中要员，竟叫我去刺杀元帅陈起，也是有趣。"

常钰青睁大了眼睛，故作惊讶地问道："难道你竟然不知道？在这豫州城，我第一看不上的是石达春，第二看不上的就是陈起了啊！能逗着他玩也蛮有意思的。"

阿麦默默地看着常钰青，第一次有一种想扑上去咬死一个人的欲望。

常钰青却收敛了脸上的玩笑，低声说道："不过，我现在却觉得更有意思了，虽然我看不上陈起，但他的本事我还是略为佩服，他能放你出来必然有他的理由，而现在……"他低头瞥一眼阿麦，"我对这个理由很好奇。"

正说着，就见后面一骑疾驰追来，那骑兵绕过常钰青身后的那些卫士，在常钰青马前停下，双手抱拳行了一礼后高声说道："启禀常将军，元帅有令，请将军速往城守府议事。"

常钰青点了点头，俯身在阿麦耳边低声笑道："你看怎么样？戏没有白演吧？你猜这个时候他请我过去议什么事？可会与你有关？"

阿麦抿着唇并不应声，常钰青冲她笑了笑，伸手招了身后的侍卫上前吩咐道："你们带姑娘先回府，好生照顾着！"

阿麦闻言想要下马，却又突然被常钰青拉住了，她纳闷地转头看向他，还没反应过来就被他用披风劈头盖脸地盖住了，黑暗之中一个温热的嘴唇就压了过来。阿麦大惊，伸拳打向他腹部的伤口，常钰青闷哼一声，也没怜香惜玉，手用力地捏了下她肩头尚未痊愈的箭伤，痛得阿麦咧嘴抽气。

宽大的披风遮住了其中的一切，只不时传来闷哼声，把街上的众人都看得傻了，不论是常钰青的侍卫还是那前来传令的骑兵，都直直地呆坐在马上忘了动弹。好半晌，常钰青才心满意足地直起身来把披风甩向身后，露出满脸恼羞的阿麦来。

常钰青毫不在意地舔了舔唇上的血渍，不顾阿麦几欲杀人的眼光，把嘴凑到她耳边低声笑道："根本就没有药囊。"

阿麦一愣，怒火随即噌的一下子冲向脑门，不顾一切地抡起拳头砸向常钰青的脸颊，却被常钰青一把攥住，手一抻一托，阿麦的身体已经从他马前飞了起来，径直砸向他旁边的侍卫。那侍卫也是副好身手，一迎一收间已经消掉了阿麦砸过来的势道，顺势把阿麦横放到了自己的马前。

"带她回去！"常钰青冷声吩咐道，说罢掉转马头往城守府方向疾驰而去。

身后的大多数侍卫都随常钰青拨转了马头驰向城守府，只留下了带着阿麦的那个侍卫和另外一人停在原地，等其他人都走远了，那侍卫才不卑不亢地对阿麦说道："姑娘，失礼了。"说完便抖了抖缰绳往前而走。

阿麦俯身在马背之上，有些困难地说道："这位军爷，还请你把我扶起来，我肩上箭伤未好，已经裂开了。"

那侍卫闻言犹豫了下，把阿麦从马背上扶起，让她坐在马前，自己的身体尽量后移不去触碰阿麦。

阿麦道了声谢，腾出手来整理了一下早已散乱的发髻，将头上那支钢钗悄悄藏进袖中，这才轻声求那侍卫道："还得麻烦军爷，看看能不能找个铺子帮我买支发簪，这样披头散发总是不好。"

这个问题却着实让那侍卫有些为难，将军只交代把这女子带回去，却没想到这女子如此麻烦，不过看她现在披头散发的确也有些不成样子，一时也不知该怎么办了。他和旁边的另一个侍卫对视一眼，心中暗道自己这里好歹两个军中汉子，对付这样一个女子倒也不怕，便点了下头，拐去了另外一条街道，给阿麦购买发簪。

这样一绕路，不免要经过豫州城内较为繁华的街道，带着阿麦的那个侍卫心思较细，只怕途中生变，拨转了马头便想从旁边的小巷穿过，谁知刚拐进去，碰巧遇上一个推着一车酒坛的老汉从里面出来。那老汉突然见有北漠兵士迎面而来，吓得立刻乱了阵脚，越是想躲越是避错了方向，慌乱之中，独轮车撞到墙上，碰散了酒坛，酒水连带着破瓦片子从车上稀里哗啦地流下来，一下子滚满了大半个路面。

战马有些受惊，往旁边惊跳而去，马上的阿麦一时坐不住，低呼一声往地上栽去，那侍卫见状来不及细想，一手勒了缰绳控制住马匹，另一只手连忙去抄阿麦，强把她拉入怀中。他还没来得及松口气，只觉得颈间一痛，想张嘴已是不能出声，眼前一黑便带着阿麦栽下马去。另一个侍卫大惊，料定同伴是遭了暗害，抽出长刀就向那推车的老头俯劈下去，那老头慌忙团身滚过，动作虽然狼狈却十分利索，分明与他的年龄不符。

阿麦仓皇地从地上爬起，使劲摇着地上的那个侍卫，"军爷，军爷？"见他已毫无反应，她惊慌地抬头冲着那个还在马上的侍卫喊道，"军爷，这位军爷——他，他——"

那侍卫已掉转马头打算再次劈杀那地上的刺客，听阿麦如此惊慌失措地喊叫，只当她是无辜，又见自己的伙伴已经遇害，生怕阿麦再遭不测，便舍了那老头，急忙向阿麦这边冲来，在马上向她伸出手喊道："上马！"

阿麦急忙抓住他的手，被他一带飞身落在他的身后，顺势用手臂往他颈中一揽，掌中暗藏的细钗已经刺破了他的喉咙。

"你！"那侍卫不敢置信地看向阿麦手中的发钗，再没能多说出一个字便栽下了马。

阿麦冷静地勒住战马，对正欲举着刀冲过来的老头说道："二蛋，快些将这两个人拖到里面去，把军装换下来！"

张二蛋怔了，摸了摸贴在下巴上的胡须，有些呆滞地问："什长，你认出我来了？"

阿麦又气又笑，从马上跃下来，走到一边又把另外一匹马也牵住，没好气地说道："少废话，快点，刚才这边动静太大，不一会儿就得引人过来，赶紧把衣服换了，我们出城！"

张二蛋不敢再问自己是哪里露出了破绽，连忙与阿麦一起把那两个北漠侍卫拖入小巷深处，把两人的军装衣甲都扒了下来，穿到了自己身上。等张二蛋把那两个侍卫的尸体胡乱掩好，回来时见阿麦已经利落地把头发在头顶打了个髻，正在戴北漠人的头盔。见他回来，阿麦把另一个头盔扔给他，低声说道："戴上，然后把你那几根胡子扯下来。"

张二蛋一愣，急忙把粘在下巴上的胡子都扯了下来，跟在阿麦身后翻身上马，往西城门疾驰而去。到了城门口，阿麦一晃腰间令牌，"奉常将军之命出城。"说罢不等守城上兵细看，火大地抽了那士兵一鞭子，怒道，"闪开，耽误了要事，砍了你们这群废物！"

那些士兵急忙闪避，阿麦双腿用力一夹马腹，带着张二蛋扬长而去。出得城门，两人不敢停留，一个劲儿地催马快行，直跑出了几十里才停了下来，不论人马均已是大汗淋漓。张二蛋回首望了一下早已看不到了的豫州城，有些后怕地说道："什长，想不到我们真的就这么闯出来了，我连想都没敢想过。"

阿麦笑了笑，用手背抹了把额头的汗珠，没有说话。张二蛋偷看了阿麦一眼，表情有些不自然起来，讷讷地不知说什么好，过了片刻突然问道："什长，你是怎么杀了那两个鞑子的？我没看见你手里有刀啊！"

阿麦并没有回答他的问题，只是转过头看着他问道："不是让你先走了吗？为什么还要混入城内？"

张二蛋吭哧了一会儿，说道："我怎么能撇下什长一个人逃命，那不是大丈夫所为，那日我根本就没有出城，只是找了个地方躲了起来。"

阿麦点了点头，"倒是有些头脑，也幸亏那日你没有出城，不然也是被鞑子逮个正着。"

听她夸赞，张二蛋脸上有些红，低了低头又说道："后来我就一直想去鞑子府里救你，可守卫太严了，我进不去，只好在外面瞄着。"

阿麦不由得皱了下眉头，问道："这么说你今天也一直跟着我了？"

张二蛋老实地点了点头，回答道："嗯，从你从鞑子府出来我就一直悄悄在后面跟着，我还见他们也有人跟着你，就没敢贸然上前，一直等着机会。后来见那两个鞑子在首饰铺停了会儿，我就跑到前面去了，正好有人推了酒出来卖，我把那人打晕了，然后推着车在巷子里等着，我就觉得他们为了安全得避开大街走那条小巷，结果果真被我猜对了。"张二蛋笑了笑，笑容里有那么一丝得意。

阿麦看一眼旁边有些得意的少年，心中涌起一丝不忍，他为了救她不顾性命，难道也要杀了他灭口吗？

张二蛋见阿麦看他，有些不好意思，低下了头沉默下来。

阿麦想了想，问道："二蛋，你现在可知道我的真实身份了？"

张二蛋怔了怔，随即便明白了阿麦话里的含义。他虽性子憨厚却并不愚笨，甚至还可以称得上聪慧，他早已从种种迹象中看出自己的什长是个女儿身，可就是这样的什长，在最危险的一刻仍是把活命的机会留给了他，所以，他懂得知恩图报。他低头沉默了片刻，抬起头看着阿麦郑重地回答道："你是我的什长，我只知道这个，别的我一概不知。"

他的忠诚为他换回了性命，虽然他并不知道。

阿麦失神了片刻，笑了笑，轻声对张二蛋说道："谢谢你，二蛋。"

张二蛋连忙也跟着憨厚地笑了笑，突然间又像是想起了什么要紧的事情，问道："什长，你在城守府后街打昏的那个侍女可就是徐秀儿？"

阿麦点头，"不错，就是她。"

"可曾打探到什么消息？"张二蛋又问。

"不曾。"阿麦怎肯随便便告诉张二蛋实情，只半真半假地说道，"我糊弄常钰青说自己是杀手，他便迫我去刺杀石达春，并派了人在后监视。我怕那监视的人起疑心，都没来得及等徐秀儿醒来，只剥了她的衣服换上就赶紧出来了。"

张二蛋不疑有他，闻言顿觉沮丧，愁道："我们来了趟豫州什么也没打探到，回去可怎么向将军和军师交差啊！"

阿麦叫徐秀儿回去给石达春传话，告知其联络方式，其实等于已经完成了任务，她却不能暴露石达春的身份，闻言只是笑了一笑，道："打探不到便打探不到，你我已经尽力，能活着逃出已是侥幸，将军和军师又怎会怪罪我们？"

她回头望一眼后面并无追兵，又道："快点回军中吧，省得再生枝节。"说完扬鞭而去。

与此同时，豫州城守府内，陈起将常钰青请入书房，询问了几句城外大营的情况后，突然停了下来，默然不语。他不说话，常钰青便也不说什么，只坐在那里不急不忙地饮茶，气定神闲。

半晌之后，还是陈起先按捺不住，迟疑着开口，"常将军……"

常钰青挑眉看他，明知故问道："元帅还有何吩咐？"

陈起目光复杂地看着常钰青，沉默了片刻后终于低声说道："阿麦是我旧时故友，还望常将军高抬贵手，放她离去。"

原来那丫头叫阿麦这样一个名字，常钰青想不到陈起会如此干脆地承认与她相识，不觉稍稍意外，他轻笑了下，答道："大帅言重了，既然是大帅故人，那常某自然不敢为难阿麦姑娘。"

没说放也没说不放，陈起那句话等于白说。可即便他这样说，陈起也没法再多说什么了。他淡淡地扯了扯嘴角，冲着常钰青拱了拱手，说道："多谢。"

常钰青笑笑，也冲着陈起拱了拱手，转身离去。一出城守府，等在外面的贴身侍卫就迎了过来，常钰青见他面色沉重且含悲愤，料到有事发生，接过缰绳随意地问道："出什么事了？"

侍卫低声答道："那女人跑了，队里的两个兄弟全都被害。"

常钰青正翻身上马，闻言动作一滞，身体在半空中停顿了片刻才坐到马上，再抬头时眼神已是冷若冰霜，寒声问道："人呢？"

"两个兄弟的尸体已经被抬回府里，身上的军甲都被扒了，据城门回报，有两人诈作将军有令，已经骑马出城。"侍卫答道，见常钰青脸色越发难看，又小心地补充道，"已派人追去了。"

"追不上了。"常钰青说道，他抬眼看向西方，咬牙低低念道，"阿麦，阿麦，好你个阿麦！"只听啪的一声，他手中的马鞭已然折成了两段。

阿麦带着张二蛋出豫州城后先向西奔了几十里，忽又折转向南而走。临近傍晚，天空中撒的雪粒子渐渐变大，到后来竟然飘起了鹅毛大雪，把路上的痕迹遮得一丝不露。再加上天色渐黑，豫州追出的骑兵再追查不到阿麦的踪迹。

阿麦与张二蛋两人先是在一个小村庄里换下了北漠侍卫的装束，然后一路上时而向西时而转南，不几日就进入乌兰山脉南段。进入山地，骑马已是难行，阿麦干脆舍弃了马匹，用两匹马从山间猎户那里换了些食物，又问清了去汉堡城的路线，直接从乌兰山系中穿向汉堡城北。

张二蛋一直不解阿麦的意图，不过他向来敬佩阿麦，只道她这样绕远是为了躲避开北漠的追兵，所以连问也不问便跟着阿麦走。两人又在山间滚爬了几日，等到达汉堡城北几十里外的山林时，已是南夏盛元二年的最后一天，正当除夕。

经过这些日夜的辛苦跋涉，两人都已筋疲力尽，累得不成样子。张二蛋一屁股坐在地上，喘着粗气问阿麦道："什长，咱们什么时候才能回到军中？"

阿麦看一眼远处还有些熟悉的山林，说道："快了。"

张二蛋傻傻地笑了笑，说道："经咱们这么一绕，鞑子累死也追不上咱们了。"

阿麦点了点头，看了张二蛋一眼，突然从地上站起来说道："你先在这里歇会儿，我去前面看一下。"

张二蛋闻言，只当她要去前面探路，急忙说道："什长，还是我去吧。"

"不用，"阿麦笑了笑，从身上的包袱里掏了个馒头出来扔给张二蛋，笑道，"你先啃着，我去去就回。"见张二蛋仍欲跟过来，阿麦又停下来，看着他无奈说道，"我只是想去方便一下。"

张二蛋闻言一愣，脸上一下子涨得通红，面红耳赤地转回了身，似乎还觉得不够，往前走了几步这才在地上坐了下来。

阿麦笑了笑，不再看张二蛋，转身钻入了那片有些杂乱的山林，七绕八绕地来到一棵参天大树前。还是那棵树，只不过几个月前这里还是郁郁葱葱，而现在却只剩下了一树的白。阿麦看着眼前的大树，平缓了下跑得有些急促的呼吸，然后一步步走到树下，扶着树身缓缓地跪了下来。

"爹爹，妈妈，你们还好吗？"她用额头轻轻地抵在树身，喃喃自语，"阿麦又来看你们了，我还活着，好好地活着……"

这里是父亲初次来到这个世界的落脚之处，三十多年前的某一天，就是在这个地方，他突然从半空中坠落，在撞断一根枝杈之后落到了这片土地上。短暂的迷茫过后，他把随身带的一些东西埋入了树下，然后从这里走出了这片山林，开始了他的另一段人生。

也是这里，已经名满天下的父亲把所有与他过往人生相关的东西又埋入了树下，脱下铠甲和相知相爱的母亲归隐山林。

这棵树，她找了好久，只凭着父母生前一些只言片语的描述，她在乌兰山中寻找了几年，终于找到了这棵树，又在这里埋藏下父母仅存的遗物。

一颗颗大粒的水珠滑落到地上，把松软的雪砸出极浅极浅的坑。她低着头，身体蜷缩着，平日里那总是端得很平的肩膀微微战栗，双手用力地抓了树身，指节因为过于用力而泛起青白之色。

一切都无声，就连风都似乎在这一刻停住了。

阿麦静静地跪了半晌，这才直起身来抹了抹眼角的泪水，冲着树身露出一个灿烂的笑容，说道："爹爹，我得借你的宝贝用一用了。"说完便用手拨开树下的积雪，拔出腰间的刀用力地在地上挖起来。

现在虽是严冬，幸好树下的土多是松软的腐土，冻得倒不是很硬。阿麦挖了一会儿，便已能看到土中露出那抹灰绿色。她挖得更加小心，到后来几乎是用手在挖，终于把一个个头巨大的背囊从土中拽了出来。

由于埋藏的时间太久，背囊的颜色已经变得稍有些暗淡，可布料却不知是何种材料制成，质地细密结实，埋入地下三十年而不腐。这背囊的形状也甚是奇怪，外面还有不少鼓鼓囊囊的小袋，似是专门为了分装不同的物品。

背囊里东西很多，千奇百怪的模样，太多的东西阿麦都不知道怎么用，只知道那是父母从他们的时空里带过来的东西。她小心地翻了翻，找到了上次曾见到过的那本笔记，纸张已经有些发黄，打开，父亲熟悉的笔迹跃然纸上。阿麦觉得眼圈又有些热，连忙用手背擦了擦，把笔记塞入怀中，合上背囊之前犹豫了一下，又把一柄怪模怪样的匕首拿了出来绑到小腿上，这才把背囊整理好重新埋入树下。张二蛋还在林子外等着，她不敢久留，掩盖了一下雪地上的痕迹后，用额头轻轻地抵着粗糙的树身静立了片刻，一咬牙转身离去。

林外的张二蛋已经等得有些心焦，久久不见阿麦出来，生怕她遇到什么危险，想要进去找又怕遇到尴尬，正急得不知如何是好就见阿麦从林子里走了出来。张二蛋红着脸迎了上去，想要问句怎么这么久，可张了张嘴还是把话咽下去了。

阿麦从地上抓起把雪擦了擦手，不好意思地笑了笑，说道："歇够了没有？歇够了我们走吧，从这里往东北，咱们走小路，没几天就能回营里了。"

张二蛋看出阿麦眼睛有些发红，似是哭过了，心下有些奇怪，想问却终还是忍住了。他听阿麦如此说，也没说话，只是点了点头便从地上拿起行囊来，又把阿麦身上的包袱拿过来背到自己背上，默默地转身往前走去。

阿麦愣了下，眉头皱了皱，猛地从后面向张二蛋身上扑过去，一下子就把他瘦削的身体扑倒在了地上，把他的胳膊反剪过来死死地摁住。

张二蛋一惊，不解地回头看着阿麦，"什长？"

阿麦用膝盖压住他的身体，一手拔出刀来逼到他的颈上，狠声说道："张二蛋你给我记住，我是你的什长，以后还会是你的队正、你的将军。你可以把我当兄弟，但是你不能把我当女人，现在不能，以后也绝对不可以！"

张二蛋脸上已经憋得通红，有些急切地解释道："我没有，什长，我没有！"

阿麦冷笑，"没有最好，不然我就在这里杀了你灭口，你别以为我会狠不下心来。"

张二蛋怔了怔，倔脾气随即也上来了，怒道："你要杀就杀，你当我怕死吗？我张二蛋既然说过了你是我的什长，你就永远是我的什长。如若不肯信我就干脆杀了我！"

阿麦瞅了张二蛋半晌，却突然扑哧一声笑开了，然后松了手，一屁股坐倒在地上看着张二蛋笑了起来。张二蛋被她弄糊涂了，从地上爬了起来，拍打了一下身上的残雪，气呼呼地看着阿麦。

阿麦笑完了，看张二蛋还满面怒容地瞪着自己，冲着他伸出了手，笑道："拉我起来。"

张二蛋愣了下，心里虽然还怒着，不过还是伸出手把阿麦从地上拽了起来，阿麦就势用肩膀撞了撞他，笑道："好兄弟，我就怕你不经意间把我当成女人，我的身份要是在军中泄露了，等着我的就只能是死了。"

"我不会让你死！"张二蛋气呼呼地说道。

阿麦笑着摇了摇头，伸出手把自己的包袱从张二蛋身上解下来背回到自己身上，"就怕你会不小心露馅，如果刚才不是把我当女人，你干什么要替我背包袱？"

"我——"张二蛋噎了下，脸上有些红，刚才他下意识地去替阿麦背包袱，心里倒真的是因为觉得她是个女子，想替她减轻些负担。

阿麦自嘲地笑笑，"以后不用这样，我自己都没把自己当女人，你也不用。"她转过身目光冷冽地看着张二蛋，正色说道，"这是最后一次，幸好这里没有外人，也就算了。但如果在军中，要是再有一次，即便是好心，我也会杀你灭口的。二蛋，你记住，不管我是否忍心，我都会毫不犹豫地下手，就像那日在豫州城对那两个北漠侍卫一样。"

张二蛋看着阿麦片刻，默默地点了点头，没再说话。

两人一路向东北而行，走到后几日干粮已经吃尽，只好在林中猎些不曾冬眠的小动物来充饥。阿麦倒是有心想去掏个熊窝弄两只熊掌尝尝，可一看到张二蛋那小身板也就死了这份心思。山中小路本就难走，再加上越往北走积雪越厚，两人在这雪山里走得甚是狼狈，上坡爬下坡滚，算得上是连滚带爬，等到达江北军的势力范围时已经是正月十三，离上元节不足两天。

江北军的巡逻部队在雪地里发现了狼狈不堪的阿麦和张二蛋两人，听阿麦说是商易之身边的亲卫，出来执行任务时迷了路，便急忙把消息报到了商易之所在的云绕山。云绕山上的回应很快，阿麦和张二蛋还在巡逻队的木屋里抱着碗喝热汤的时候，云绕山上派来接他们的人就已经到了屋外。

木屋门口那又脏又硬的棉帘子突然被人从外撩开，一个身材高大的江北军军官大步地跨了进来。阿麦把碗里的热汤喝了个底朝天，刚把碗从脸上放下来就看到门口那个军官，一下子也愣住了。

"阿麦！"军官叫道，低哑的声音里明显地压抑着激动。

阿麦双手还捧着陶碗，怔怔地叫道："唐大哥？"

唐绍义急忙上前几步把阿麦从地上拽了起来，看着明显瘦了不少的阿麦，忍不住有点眼圈发红，用力握了握她的肩膀，低声说道："又瘦了。"

一直在野外赶路，阿麦肩上的箭伤得不到救治，直到现在还没有好利索，被他这样一捏还是有些痛，不过她却不想说与他知道，于是只是咧了咧嘴，笑道："就是饿了几顿，等吃回来就没事了。"

唐绍义微微笑了下，眼中还是闪过一丝疼惜的神色。

阿麦觉得有些别扭，故意岔开话题问道："大哥，你不是在西胡草原吗？怎么突然回来了？"

唐绍义的大手终于从阿麦的肩膀上拿开，笑道："自然是回来过年，怎么？难道你还盼着大哥留在西胡过年不成？"

"哈哈，阿麦，你铁定还不知道，唐将军这次可给大家带回来了好多年礼。"张生不知什么时候跟在后面进来了，一脸笑容地说道，"可惜你回来晚了两天，好东西都让兄弟们分了。"

阿麦和张生打了个招呼，又高兴地看向唐绍义，惊喜地问："大哥，你升为将军了？"

唐绍义笑得有些腼腆，"现在还不是，只是商将军已经上报朝廷要给我请赏。"

"唐将军这次为江北军立了大功，在咱们眼里就已经是了！"张生正色说道，他说着又看向阿麦，"阿麦，将军和军师还在云绕山等你，如果可以，咱们现在就赶快回去吧。"

阿麦点头，转身叫上一直拘谨地站在旁边的张二蛋，跟着唐绍义和张生一起赶往云绕山。在路上，阿麦才从张生口中得知唐绍义也不过刚刚回来，就在前几日，他带领骑兵在豫州北部洗劫了北漠犒军队伍，收获颇丰。

| 第五章 |

挑衅 酒宴 私怨

北漠历天幸八年正月初五，北漠小皇帝派往江北犒军的队伍在靖阳关内遭劫，人员物品无一幸免。

消息传到豫州时已是上元节，陈起脸色铁青，对周志忍和刚刚赶到城守府的常钰青寒声说道："皇上派出的犒军队伍入关后被劫，江北军中的唐绍义劫走了所有军中赏赐，我军人马前去接应时，对方早已打扫完战场离去，只留下了犒军主使王大人以及圣旨。"

陈起说罢拿起案上的一卷圣旨，缓缓展开，首先映入眼帘的就是背面黑漆漆的脚印，以及龙飞凤舞的两个大字："多谢。"周志忍和常钰青脸色均是一变，看着那明显被踩踏了的圣旨，眼中杀气暴涨。

周志忍猛地用拳击案，怒道："绍义小儿区区几千骑兵就狂妄至此，竟敢辱我皇使戏我军威，真是欺人太甚！"

常钰青却冷笑一声，问道："为何他们会去得这样巧？简直就像瞅准了时机，算准了护卫兵力，踩着点算着人数来的。到底是何人泄露了我犒军队伍的信息？"

此话一出，陈起与周志忍两个一时俱都沉默下来。泄露军情的不会是北漠将领，若是有，那就该是南夏降将了，可石达春是陈起力主留下的，陈起一心想树一个榜样给南夏军民看，因此对其甚是宽厚。

周志忍瞥了陈起一眼，这才试探着说道："按理说不应该有人泄密，石达春虽是降将，可之前我们已经试探过他多次，他确是真心归附，更何况，犒军队伍的兵力与路线，石达春也无从知晓。"

常钰青扯了扯唇角，"这城守府里的奴仆杂役可都是南夏人，谁知他们会不会是那石达春的耳目。"

陈起闻言微微皱眉，道："我军深入江北，免不得要与南夏人接触，他日我军攻入江南盛都，灭掉南夏，一统天下，这南夏人也终将是我国属民，更是不可能尽数不用！此刻不是讨论谁是奸细的时候，而是犒军队伍遭劫，我们该如何应对。"

常钰青虽看不惯陈起，却也知他这话说得正确，道："怕还不是那唐绍义狂妄，他手中骑兵不过两千，敢做此挑衅，必然还有后招。想他这次打劫后应该不会再回西胡草原游荡，而是进了乌兰山。"

陈起点头，"不错，唐绍义携劫掠的钱财锦帛等大量赏赐进了乌兰山。"

周志忍气道："堂堂南夏正规军却做山匪行径，无耻至极！"

陈起脸色已比初得消息时缓和了很多，他沉吟一下说道："先不论唐绍义此举是故意挑衅还是山匪行径，都是打在我等脸上的一记响亮的耳光。犒军队伍在我军的眼皮底下遭劫，我征南军脸面已荡然无存，皇上也必将盛怒。"

他停了下，目光深沉地看了看周志忍和常钰青，又缓缓说道："不论这后面商易之是否已经设好了圈套在等着我们，我们怕是都得钻了。"

屋中三人都沉默了，他们都是深知军事的统帅，是当今世上屈指可数的名将。陈起善于谋略思虑严密，周志忍老成稳重经验丰富，而常钰青却是机智果敢锐不可当，这样的三个人凑在一起，又怎么可能看不出江北军这点近似于小儿科的手段。

可商易之的阴险就在于即便大家都明白这是个圈套了，可谁也不能不钻。关键就是大家都太过于轻视商易之了，轻视了这位南夏有名的纨绔子弟，青州城中的骚包将军。虽然他领军入乌兰山已引起了陈起的重视，可谁也想不到这个小子能在自己屁股都没坐稳的时候，胆敢用两千的骑兵来捋北漠十几万大军的虎须。

事到如今，陈起他们已经是失了先招。如果不去打，众人的颜面何在？北漠大军的颜面何在？北漠朝廷的颜面又何在？北漠小皇帝那还有些稚嫩的脸蛋如何经受得住这么狠狠的一巴掌？

北漠朝中腾起的这一把怒火怕是没得耐心等待战机，极可能会命陈起手下的征南军即刻进乌兰山"剿匪"，而现在正逢寒冬，此时进山剿匪，难度可想而知。

常钰青沉默片刻，看看陈起，又看看周志忍，突然轻声笑了笑，对陈起道："元帅，我需要步兵五万，进山剿匪。"

北漠此次征南军中共有步兵近十五万，常钰青开口就要走了五万，那么用来驻守豫州和攻打泰兴的步兵就只剩下了十万。豫州还好，可泰兴却是南夏在江北的第一大城，城高池深，战备充足，城中只正规守军就三万多人，用不足十万的步兵想短时间拿下泰兴极为困难。

陈起不说话，抬头看了周志忍一眼。

周志忍面色沉毅，淡然说道："周某只需八万兵即可拿下泰兴，元帅无须担心。"

陈起又看向常钰青，"那好，我给你五万步兵，骑兵五千，周老将军攻下泰兴之前，还请常将军荡灭江北匪军！"

常钰青嘴角含笑，轻松说道："得元帅军令。"

西方云绕山下，阿麦与唐绍义一行人刚刚回到军营。

阿麦见营中竟多了不少各式的灯笼，很有一股过节的味道，把军营中的肃杀之气遮掩不少。张生解释道因为将军说大家辛苦，如今又窝在这山沟里，应该好好过个节。阿麦心中诧异，暗道唐绍义劫了北漠犒军回来，怕是北漠朝廷要被气疯，陈起必然会不顾时节便派军入山来"剿匪"，商易之这里倒好，还有心思过上元节，真不知他是如何打算。

阿麦压下心中疑问，只是跟着张生去见商易之和徐静，走到军部门口，唐绍义却停住了，说将军没有召见他，他在外面等阿麦就好了。阿麦这才知道原来唐绍义是私自去迎自己的，并没有到商易之的将令。

阿麦见此，说道："那大哥先回去歇一会儿，我见完将军再去寻大哥。"

唐绍义寻思一下点了下头，说道："那我就先回去了，一会儿你在骑兵营这边找我就行，我还有些东西给你。"

唐绍义说完转身回了骑兵营在云绕山的营房，张生带着阿麦进了商易之居住的小院，来到房外大声替阿麦通报道："将军，阿麦回来了。"

"进来吧。"商易之的声音从屋里传了出来。

阿麦脚下顿了顿，平静了一下心神，掀开门帘进入屋内。虽是向北的瓦房，可屋里的光线还是比外面暗了许多，她眼睛适应了一下才能看清东西，并没找见商易之的身影，正纳闷间，声音从里屋传了出来，"到里屋来。"

阿麦应了一声，转身跨入里屋，映入眼帘的却是商易之和徐静盘腿坐在上炕上对弈的身影。她一时愣住，怎么也没想到会看见这样的情景。北方农村多盘土炕，可那也仅限于贫苦人，富贵人家大多还是用床的。徐静原本就一个寒酸书生也就罢了，可商易之自小就是生在富贵窝的尊贵之人，阿麦实在想不出风流俊雅的商公子也会有朝一日如地主老财一般盘腿坐在土炕上。

"要说还是这土炕好，冬暖夏凉，我早就劝将军把他那床换成炕，先前他还不肯，现在怎样，知道土炕的妙处了吧？"徐静笑道，转头看了一眼阿麦，热情地招呼，"阿麦，别傻站着，上来坐。"

阿麦一时有些尴尬，这是她能脱靴上炕的地方吗！偏偏徐静这老匹夫还一脸热络，倒像这炕是他家的一样。

商易之活动了下有些麻痹的腿脚，抬眼看了看阿麦，淡淡说道："先生让你上来就上来吧，在军中没有那么多规矩。"

阿麦犹豫了一下，还是恭声谢道："多谢将军和先生，阿麦还是站在下面好了。"

商易之瞥了她一眼，没再说话，徐静倒是捋了捋胡子，笑道："随便你吧。阿麦可会下棋？来陪将军杀一局，老夫可是不行了，根本不是将军对手啊。"

"阿麦鲁钝，不懂棋艺。"阿麦又垂首答道。

徐静一听，摇着头叹道："可惜，可惜啊！"

商易之闻言笑了笑，在棋盘中轻轻落下一子，突然问阿麦道："此去豫州如何？"

阿麦敛了敛心神，把在心里已经过了无数遍的应答说了出来："回禀将军，阿麦上月二十一进入豫州城，入城后不及联系石将军便被北漠常钰青所俘，阿麦谎称为朝中所雇用的刺客，因石将军叛国投敌特来刺杀他。常钰青狡诈多疑，借口让阿麦去刺杀陈起以证身份，暗中却派人监视阿麦，想抓到阿麦联系石将军的证据。阿麦本已对联系上石将军无望，只求借机真能杀了陈起也好。谁知机缘巧合之下竟遇到同从汉堡逃出的女子徐秀儿，她现在正是城守府内的侍女，就跟随在石夫人身边。因有常钰青的眼线监视，阿麦便故意打昏了徐秀儿，换了她的衣裙混入城守府假意刺杀陈起，暗中却嘱咐徐秀儿把消息回报石将军，把我军细作在城中的落脚点告知石将军。"

阿麦说完便等着商易之和徐静的回应，片刻之后，就听徐静说道："你做得不错，石将军已联系了我军细作。"

阿麦忙做出欢喜之色，道："这般就好，阿麦也算不辱使命。"

商易之却问阿麦道："这样说来，你果真见到了陈起？"

阿麦僵了一下，单腿一曲跪倒在炕前，说道："请将军责罚，阿麦一时贪生，虽是已经到了陈起屋外，却没能斩他于剑下。"

"哦？到底是怎么个情形，快说一说。"徐静忙道。

"我扮作侍女前去给他送糕点，却被门外侍卫拦下未许进门。当时陈起就在屋内，我若能拼死冲杀进去，许得就能刺杀陈起，只是……"阿麦说到这里故意顿了一顿，面露愧色，低头道，"只是我胆怯，没敢动手，错失了良机。"

屋子里一阵寂静，商易之低头看着阿麦不语，倒是徐静先笑了起来，打圆场道："本就是让你去联系石将军，又不是让你杀陈起的，算不得有罪，您说是不是，将军？"

商易之点了点头，淡淡说道："先起来吧，从豫州死里逃生已是辛苦，只有奖赏没有责罚。"

阿麦又重重地一叩首，从地上站起身来。

商易之没说话，只抬眼看了下徐静，徐静捋着胡子笑道："你叫那徐秀儿传信之后，石将军很快就联系上了咱们，药铺掌柜及时把消息送了出来，咱们就叫唐绍义带队把北漠小皇帝的辎军队伍给劫了。这不，唐绍义刚刚回来，只比你早了一天。"

阿麦一脸又惊又喜的夸张表情，商易之看到了，嘴角忍不住上挑了下，随后又赶紧绷住了，对阿麦说道："你先下去歇着吧，升你为队正的军令随后便会送达陆刚营中。"

阿麦又重新谢过了商易之和徐静这才出去。

商易之看着棋盘有片刻的失神，徐静瞥了他一眼低声笑道："这样一个妙人，如若真死在了豫州城，将军可会惋惜？"

商易之淡淡笑了笑，摇着头说道："这样的人轻易不会死的，如果真的死在豫州了，也就不值得惋惜了。"

徐静咂了咂嘴，却问道："将军还怀疑她和陈起有关联吗？"

阿麦刚入豫州城便落入常钰青之手，随后又被迫前去刺杀陈起，却全身而出，此事早已通过细作传回了江北军中，商易之与徐静在意外之余，也不免好奇，今儿阿麦虽有解释，却仍难解两人疑心。

再联想到之前的野狼沟一战，阿麦曾不顾一切地向陈起那里冲杀，虽事后她也有解释，却有些牵强。

商易之想了想，答道："有没有都不重要了，此人能用，我便敢用。"

徐静了然地笑了笑，没再多说。

阿麦从屋里出来，身上已经是出了一身冷汗。张生还领着张二蛋在院门处等着，阿麦和张生打了个招呼便带着张二蛋去寻唐绍义。

两人走到没人处，阿麦终于忍不住气愤，恨恨地踩着地上的残雪，低声骂道："骚狐狸，老狐狸，你们两个明明什么都清楚了，却还问我去豫州如何、情形怎样！妈的，不就是想套老子的话吗！"

张二蛋大惊失色地看着阿麦，连忙拉她的衣袖，压着声音叫道："什长，什长！"

阿麦这才停下来，觉得心口憋的那口气总算发泄了些，便冲着张二蛋嘿嘿笑了两声，安抚他道："没事，咱们去寻唐将军吧。"

两人找到唐绍义住处，唐绍义早已等着了，见阿麦进来，一边吩咐人去给他们端饭食，一边从墙上摘了把刀下来递给阿麦，说道："这是我特意给你留下的，用用看顺不顺手。"

阿麦接过来长刀，见刀鞘简朴并无什么特别之处，可只一抽刀间便感到丝丝凉意从刀锋上漫了过来，沁人骨血。她挥刀做了几个劈砍的动作，力量虽然不大，却仍是带起阵阵刀风，寒意迫人。

"好刀！"阿麦忍不住赞道，"大哥从哪儿得来的？"

唐绍义笑了下，说道："从鞑子那儿得来的，是鞑子小皇帝赏赐军功的，我瞅着好，就向将军讨过来了。你使刀，用着正合适。"

阿麦一听这样倒也不和唐绍义客气，取下腰间原来的那把就换了上去，又冲唐绍义笑道："多谢大哥了！"

亲兵从外面端过饭食来摆于桌上，阿麦一看有肉有菜甚是丰盛，口中唾液大盛，不等唐绍义吩咐就兴冲冲地走到桌边坐下，抓了热腾腾的馒头往嘴里塞，又转头含混不清地招呼张二蛋："二蛋，快些过来吃。"

张二蛋哪里敢就这样过去，仍是局促地站在一边，满脸通红。

唐绍义笑了笑，从后面拍了张二蛋一巴掌把他推向桌子那边，笑道："扭捏什么！又不是大姑娘，兄弟们在一起没有那么多讲究。"

张二蛋这才上前，又说一句"多谢将军"，站在桌边大吃起来。他两人已是十多日没吃过一顿热饭，在江北军巡逻点那里也只是喝了碗热汤，阿麦还差点把人家碗给舔了，现在面对一桌热乎乎的饭菜，两人差点把舌头也吞下去。

海塞一通之后，两人才抬起头来对望一眼。看着张二蛋满脸的油腻，阿麦清了一下喉咙，故意绷着脸训道："看你个没出息劲，我的脸都被你丢尽了！让唐将军笑话！"

张二蛋被她训得一愣，手里抓着只鸡腿放也不是吃也不是，讷讷地看着阿麦，脸一下子涨得通红。倒是唐绍义看不过眼，笑道："甭听你们什长的，他逗你呢！"说着扯了一条手巾递给阿麦，"还有脸说人家，把你自己的屁股擦干净再说！"

阿麦没绷住，扑哧一声笑了起来，见张二蛋仍面带委屈地看自己，顺手就把手巾扔给了他，笑道："快擦擦，唐大哥都笑话咱们了。"

唐绍义看了张二蛋一眼，问道："你叫什么名字？"

张二蛋听他问，急忙从桌边站了起来，挺直了身板大声答道："回禀唐将军，小人叫张二蛋。"

"哎呀呀，别喷，别喷口水，你让别人还怎么吃！"阿麦忙伸出手臂去护面前的饭菜。唐绍义笑了，把张二蛋按回到座位上，笑道："吃你的，这里没有将军，只有兄弟，你和阿麦一样喊我大哥就好。"

张二蛋生平还是第一次被将军级的军官这样对待，激动得满脸都红了，坐得直挺挺的，生怕唐绍义嫌他不够威武雄壮。阿麦嗤笑一声，瞥了一眼张二蛋，把他面前的那只鸡腿拿了过去，笑道："你不吃正好，给我了。"

她刚要往嘴里塞去，却又被唐绍义拦下，他用手攥了她的手腕，劝道："你也不许吃了，饿了许久，不能吃太多。"

阿麦抽了抽手腕，纹丝不动，只得无奈地把鸡腿放下，正色说道："这鸡腿得给我留着，下顿是我的，谁也别抢。"

唐绍义一时哭笑不得，只得答应，又叫外面的亲兵进来收拾了桌子，这才起身和阿麦说道："你和二蛋先在这里休息，一会儿军部那里还有会议，我得先去，晚上我再过来寻你叙旧。"

阿麦点头，看着唐绍义离去，然后自顾自地爬到土炕上揭开被子便要开睡。看阿麦在这里如此随便，张二蛋有些着急，跟在她屁股后面低声叫道："什长，什长，咱们怎么能在这里睡啊！"

"不在这里睡去哪里睡？"阿麦没好气反问，又道，"你要不睡可以站一边看着，我是得睡会儿，要累死老子了。"说完便用被子蒙了头。

张二蛋见她如此，一个人在炕前来回转了好几圈，这才无奈地倚着墙贴着炕沿坐了，过了没一会儿眼皮也打起架来，他正兀自强撑着呢，一床被子就兜头扔了过来，听阿麦淡淡说道："睡你的吧，哪那么多事！"

他二人一觉睡到了天黑，直到唐绍义的亲兵来叫才醒转过来。亲兵传话说商将军留了各营的军官吃晚饭，特意吩咐他回来叫阿麦也去。阿麦睡得脑袋还有些迷糊，猜不透商易之又做什么打算，一时顾不得想太多便跟了亲兵过去。

商易之院中已摆了几桌酒席，场地中间生了火堆，上面架着的两只全羊正烤得嗞嗞冒油，肉香随风迎面而来。她下意识地咽了咽口水，眼睛在烤全羊上流连许久，一抬头对上徐静那双笑眯眯的小眼睛，一腔食欲顿时全无。

席上的人已经来了多半，当中主桌上除坐了商易之和徐静及几位军部将领外，唐绍义也在那个桌上。可其他桌上却有许多生面孔阿麦都不认识，像是江北军各营的营官都来了。阿麦不禁有些诧异，难不成商易之召开的还是全军大会？

徐静冲着阿麦招了招手，阿麦明知道他坐的那桌不可能有自己的位置，还是先过去与商易之、徐静打了招呼。商易之只随意地扫了阿麦一眼，便转过头去和旁边的一个军官低声说起话来。徐静捋着胡子笑了笑，低声对阿麦说道："随便找个地方坐吧，今天来的都是咱们军中各营主将，你多认识几个没有坏处。"

虽听徐静这样说，阿麦心里却明白这在座的最次也得是个校尉，她一刚刚升起来的队正，有什么资格随便找个地方坐？于是便弯着腰恭敬地说道："多谢先生好意，阿麦在一边站着伺候着就好了。"

徐静用眼角瞥了她一眼，轻声嗤笑道："让你坐你就坐好了，别矫情了，叫你来不是让你站着伺候的。"

他是好心，可阿麦一时却甚是为难，实不知自己该坐到哪里去好，琢磨了片刻还是为难地回道："先生，还是让阿麦站着吧，这样还自在些。"

旁边的商易之看似无意地瞥了她一眼，淡淡说道："别在我这儿戳着，找你们营官去。"

阿麦闻言一怔，顺着商易之的目光望过去，果然见陆刚就坐在右手一桌，正翘着脑袋往这边看呢，看到阿麦看他，连忙冲着阿麦招了招手，示意她过去。

阿麦心中一乐，从没觉得陆刚有像此刻这么顺眼过，赶紧就想要去陆刚那桌坐，谁知刚抬了脚就听到徐静低咳了一声，跟卡了鸡毛似的。她脚下一顿，连忙转回身垂首冲着商易之低声说了一句："多谢将军。"

商易之没搭理她，微侧着身体和旁边的一个偏将谈笑起来。阿麦偷偷地翻了个白眼，又冲着徐静补了一句"多谢先生"，这才往陆刚那桌走去。

陆刚拍了拍旁边的凳子让阿麦坐下，啪的一巴掌就拍在了阿麦的肩上，低声笑道："好小子，没给咱们七营丢人，将军的嘉奖令已经下来了，回去我就把你们那队的李老蔫调到军需上去，给你腾地方。他娘的，他都要肉死我了，办个啥事都磨磨叽叽地不利索，跟老娘们儿一样。"

阿麦忍着疼强笑了笑，说道："多谢大人提拔，以后阿麦还要仰仗大人，请大人多多照顾了。"

陆刚爽快地答应道："那没问题，从开始我就觉得你小子机灵，一看就是棵好苗子……"

阿麦低头听着，脸上表情越来越古怪，好在后来商易之站起身讲开席前的场面话，众人一时安静下来，陆刚也便不再说话。

对于商易之的口才，阿麦向来是佩服的，想当初野狼沟一役后豫州突然落入北漠手中，三万多疲惫之师被人断了后路，眼瞅着都要炸营了，而商易之就在临时堆成的一个土台子上，用他那极富煽动力的演讲不但把形势稳住了，还忽悠近万名的豫州军把热血洒在了豫州城下，为青豫联军西进乌兰山创造了条件。

果不其然，商易之的话一讲完，在座的军官们就跟打了鸡血似的亢奋起来，均举着酒碗站起身来，跟着商易之一起喊了声："干！"一仰脖把碗中的酒灌入腹中。

阿麦自是不敢搞特殊，也跟着大伙一起豪情了一把，然后坐下来闷头吃肉。谁知刚啃了一口，旁边的陆刚就向她较起酒来。阿麦瞅陆刚，满腹牢骚，心道：大哥你怎么还没喝就傻了啊，好歹我是手下的小弟，你要较酒也是较别人的啊，哪里有人先窝里斗的啊。

"阿麦，来，喝酒！咱们弟兄还没一起喝过酒呢，今天说什么也要喝个尽兴。哥哥先敬你一碗。"陆刚举着碗冲阿麦笑道。

阿麦见此，觉得也和他讲不出什么道理去，只得也把面前的酒碗举了起来，说道："大人哪里话，理应是阿麦敬大人才是，这碗酒是敬大人的，多谢大人对阿麦的照顾。"

"酒桌上叫什么大人，老陆比你痴长几岁，不介意就叫声哥哥。"陆刚笑道，说完一仰脖把酒给干了。阿麦无奈也得跟着干了，陆刚的大巴掌又拍到了她的背上，哈哈笑道："小老弟爽快，哥哥我喜欢。"

酒桌上觥筹交错热闹非常，由于坐的都是军中的粗犷汉子，喝酒要的就是这个豪爽劲，不管能喝不能喝，是男人都得酒来碗干。本来阿麦还想藏着点，可也不知是谁先提了句"玉面阎罗"，众人这才知道桌上这寡言少语的少年竟然是军中赫赫有名的传奇人物，一时都来和阿麦喝酒。

阿麦暗暗叫苦，知道此种场合断然不能拒绝他人，只得一一喝了过来，只求喝完这一圈也就算了。谁知她还是低估了男人对喝酒的热情，喝到后面各桌上的军官竟是开始串着桌地喝。虽然阿麦有些酒量，可也挨不住这种喝法，别人喝多了也就罢了，可她哪里敢在这里喝醉！

那边唐绍义已是被人灌多了，走路都有些踉跄，可还是端着酒碗来到阿麦这桌，口齿不清地冲陆刚说道："陆校尉，这酒是……是我敬你的，多谢你……你对阿麦的照应，阿麦是和我一起从汉堡出来的，以后还……还请你多照应，这酒敬你！"

唐绍义仰脖干了碗里的酒，把碗底倒过来给陆刚看。

陆刚连忙站起来说道："唐将军言重了，以前陆某有对不住您的地方，用这碗酒权当赔罪了。"说完也端起酒干了。

阿麦看着这两个醉汉哭笑不得，一时连装醉都忘了。

唐绍义和陆刚喝完了，拎着酒坛又给自己倒满了酒，然后用胳膊揽住阿麦肩膀说道："阿麦老弟，咱们兄弟能在一起是缘分，我……"

"大哥，干！"阿麦生怕他又不知道说出什么样的醉话来，连忙用酒碗碰了一下他手中的酒碗，唐绍义果然忘了下面要说的话，也跟着大喊一声："干！"

阿麦喝了小半，洒了大半，就势一闭眼往桌子上一趴，干脆直接装醉死过去了，反正席面上已经是喝倒了不少了，她倒下去也算不得显眼。

喝多了的陆刚在一旁哈哈大笑，指着阿麦笑道："这小子不行了，瞅瞅都喝趴下了，还是不行。"

唐绍义已经喝得醉眼蒙眬，自己都站不稳了，见阿麦倒了下去还急忙伸手去拽她，结果阿麦没拽起来，他自己反而坐倒在地上。旁边还醒着的军官都哈哈大笑起来，唐绍义也跟着嘿嘿地傻笑了两声，挣扎着从地上爬起来，又把阿麦扯起来架到肩上，"兄弟，别在地上睡，大哥送你回去。"

阿麦这醉酒装得极是辛苦，听唐绍义要架她回去，心里倒是一松，只求两人走出众人视线，她便可以不再装醉。这样想着，她便也做出一副醉死了的样子，任唐绍义勾肩搭背地往外拖她。

谁知刚出了院子没几步，后衣领却突然被人拎住了。

商易之的声音冷冷地从身后传了过来，"不能喝还喝成这个样子！张生，你先送唐将军回去，我还有话要问阿麦。"

　　阿麦心中一惊，不知商易之是否看穿了什么，事到如今她断然不能承认自己是在装醉，只好硬着头皮继续装了下去。听张生在旁边应了一声，就把她身边一直嘟嘟囔囔的唐绍义架走了。她脚下假装软了软，身体欲往前跟跄两步借机离开商易之的控制，谁知他手中抓得甚紧，拎着她的后衣领愣是没有松手。

　　商易之一手托住阿麦的肩膀，另一只手往下探了探，还没碰到阿麦膝窝便又停住了，收回来只是扶了阿麦的肩膀，架着她往旁边挪了两步，顺着墙让阿麦坐到地上。阿麦不禁大大松了口气，身上已是出了一层冷汗，还好还好，他既然不肯打横抱起她，那就是还没把她当作女人。

　　她现在很是作难，动不能动，言不敢言，想装着说几句醉话，可一时之间竟然不知道要说些什么好，而且又怕被商易之看出破绽来。正矛盾间，耳边突然传来一声极低的哼笑，像是怒极了才会发出的笑声，被远处的嘈杂声遮着，有些听不真切。

　　有脚步声从院门方向传来，走到阿麦近前停了停，阿麦感到来人似乎弯下腰打量了自己片刻，不一会儿便听到了徐静故意压低的声音，"这……还真喝多了？"

　　商易之没说话，只冷着脸点了点头。

　　徐静低声说道："嘿！行，也不怕酒后失控，露了馅！"

　　那声熟悉的哼笑声又传了过来，阿麦这下终于肯定刚才那声不是幻听了，只是琢磨自己到底怎么惹怒了商易之，这叫个什么笑声？不满？冒火？还是怒极而笑？

　　商易之不想继续徐静的话题，轻声问徐静："先生，里面如何了？"

　　徐静答道："都喝得差不多了吧，醉倒的我已吩咐人把他们都抬下去休息了，也安排了人照顾。"见商易之仍是皱着眉头看阿麦，徐静又微笑道，"里面还有不少人在等着将军回去喝酒，将军可不能给人留下个尿遁的话把儿，还是请回去吧，阿麦这里由我来处理。"

　　商易之微抿唇角看了眼阿麦，眉头紧皱后又缓缓松开，脸上终于换上云淡风轻的笑意，对徐静说道："我看也不用管她，让她在这里冻半宿，酒自然就醒了。"

　　徐静含笑不语，等商易之的身影转过院门后才又转回身来弯腰打量阿麦，嘴里啧啧了两声，突然压低声音说道："阿麦啊阿麦，你要是再不醒，老夫也只能把你送将军屋里醒酒去了。"

　　阿麦惊得一跳，立刻睁开了眼睛，有些惊慌失措地看着徐静。

徐静面色突然一冷，低声训斥道："老夫爱惜你的才气，才容你至此。可是阿麦，你太让老夫失望了，耍滑头也得分个场合有个分寸，小心聪明反被聪明误！如果刚才跟过来的人不是老夫，你该如何收场？你又让将军怎样收场？你是想让他抱你回去，还是陪着你在这里冻半宿？"

阿麦心中虽觉委屈，可还是低了头说道："先生，阿麦知错了。"

徐静冷哼一声，拂袖便走。阿麦立在当地，一时心乱如麻，只从刚才的情景看，怕是商易之和徐静二人都已看破了她的身份，二人非但没有揭穿，反而又都在替她遮掩，这让她甚感迷惑。

她苦笑着摇了摇脑袋，觉得多少有点眩晕，幸好她自小是在酒铺长大的，刚才喝的那些酒虽不少，可也只不过让她稍感头晕罢了，又想起徐静刚才说的话，她不禁也有些后怕，暗责自己是有些小聪明过头了。

回到唐绍义那里，唐绍义已经躺在炕上呼呼睡熟了，张二蛋还守着盏油灯等着她，见阿麦回来忙迎上来急切地问道："什长，你没事吧？"

阿麦略显疲惫地笑了笑，说道："我能有什么事，快睡吧，明天我们怕是就得赶回营中，以后恐怕睡不成安稳觉了。"土炕很宽大，她见唐绍义贴了炕头睡着，便从炕的另一头爬了上去，胡乱扯开一床棉被就要睡觉，转头却看见张二蛋还在炕前傻站着，不禁问道："怎么还不睡？傻站着干什么？"

张二蛋的脸上突然红了红，下意识地瞥了一眼炕头上的唐绍义，连忙从炕上抱了床被子说道："我打地铺。"

阿麦奇道："大冬天的，你有热炕不睡，好好的打什么地铺？"

张二蛋抱着被子憋不出话来，只讷讷地站在地上，阿麦心中更是奇怪，正想再问，就见那头的唐绍义突然翻了个身，睡梦中嘟嘟囔囔地像是喊了句"阿麦"，然后便把怀里的被子紧紧抱住了。

醒着的两人均是一愣，张二蛋不禁傻呆呆地看向阿麦。阿麦只觉得脸上一热，竟似被火烧了一般，见张二蛋用怪异的眼神看自己，咬着牙恨恨说道："看什么看？没见过说梦话的吗？还不上炕睡觉！"

第二日一早，唐绍义醒来时阿麦和张二蛋已收拾利索正要离去，阿麦见他醒来，笑道："大哥，我和二蛋这就得去陆大人那里应卯，可能得即刻赶回西泽山，怕是不能回来和大哥叙旧了。咱们兄弟就此别过，大哥多保重，阿麦等着听大哥建功立业的好消息。"

由于宿醉，唐绍义的头还有些昏沉，又是早晨初醒，所以只是半撑着身子眼神迷离地看着阿麦，像是丝毫没听懂阿麦的话。阿麦不禁笑了笑，冲着唐绍义拱了拱手，说道："大哥，后会有期！"

她说完便带着张二蛋出门而去，等唐绍义反应过来，人已经出了屋门，唐绍义光着脚从炕上跳下来，几步赶到门口大声叫道："阿麦！"

阿麦闻声停下，转回身看向唐绍义，唐绍义默默地看了她片刻，缓缓地弯起了嘴角，喊道："多保重！"

阿麦用力地点了下头。

到了陆刚那里，陆刚去见了徐静还没回来，阿麦和张二蛋等了一会儿，这才见陆刚从外面回来，见到阿麦等在这里，说道："徐先生说了，要你直接和我回西泽山，不必再去见将军。"

阿麦应了一声，跟着陆刚一起回营。

回到西泽山，副营官黑面正在带着士兵操练，看到陆刚领着阿麦回来，脸上先是闪过一丝惊讶，随即变成了根本都不屑于遮掩的鄙视。阿麦暗自纳闷，她跟这位黑大爷无仇无怨，何至于因为那一点小事就一直记恨在心？亏他还长了这么个五大三粗的个子，心眼比针眼还小。她抬眼瞥了一眼黑面的表情，心道他的这张黑脸还真不适合做鄙视这样技术性的表情，看起来着实难看。

陆刚把营里的队正以上级别的军官召集在一起，宣布了军部对阿麦的嘉奖令，把原本第四队的队正李少朝调到军需处，任命阿麦为第四队的队正。李少朝向来是个慢性子，这回难得爽利，很痛快地应了一声。陆刚又吩咐阿麦回去考虑一下接她什长的人选，好等明天一早全营早操的时候一道宣布。

从营部里出来，有几个军官围过来向阿麦道贺，笑闹着要她请客，阿麦连忙笑着应承。旁边一个军官却突然哼笑了一声，不阴不阳地说道："要说这人还是长得俊好啊，去趟军部回来就能升官，早知道咱们兄弟还拼死拼活地干什么呢？没事多跑几趟军部不就什么都有了吗！"

场面顿时僵住，原本吵着让阿麦请客的几个军官也都噤了声，各色目光一下子都落到了阿麦的身上。阿麦绷了下嘴角，抬头坦然地看向说话的那个军官，缓声问道："杨大人这话是什么意思？"

　　其他几个队正相互望了望，脸上均露出些暧昧的笑。杨墨嗤笑一声说道："该是什么意思就是什么意思，怎么？麦队正心虚了吗？"

　　这话一出，明显着是要找碴打架了。如若在平时，早应该有人出面把两人拉远了劝解，可今天，大家似乎都一致地保持着沉默，一些人的脸上甚至还带了些看好戏的模样。

　　阿麦心里很明白，她升得太快了，已快到引起了这些军官们的排斥，从小兵升为什长还能说是砍了鞑子立了战功，可这一次，军部的嘉奖令上只含糊提了一下她执行任务立了大功，却只字没提她去豫州城的事情。

　　阿麦默默地看着杨墨，目光清冷坦荡。杨墨开始还冷笑着和她对视，可到后面却不自觉地避开了她的目光。阿麦又冷冷地扫视了一圈四周的军官，淡淡说道："我不心虚，我这军功是把脑袋别在腰带上拼死拼活换来的，也许麦某入营的时日比诸位大人短些，可我敢说杀的鞑子不比任何一位少。"

　　她又把目光放回到杨墨身上，"杨大人为什么瞧我不顺眼，大家心知肚明，不过我还是要劝大人一句，以后少用这些娘们儿唧唧的话来阴我，看不顺眼直接动刀子就行，犯不着为了动手找碴，要打架恕我没空，如果要玩命，我阿麦随时奉陪。"

　　说着，阿麦唰的一声拔出佩刀，狠狠地往雪地上一掷，刀尖插入地上，带动刀柄悠悠地颤着。

　　杨墨先惊后怒，拔了刀就要上前，他身旁的几个军官见状连忙抱住了他强往后拖去，其中一个吼道："杨墨，别犯浑。"

　　阿麦冷笑一声，从地上拔起刀便欲迎上去，刚跨出一步就被李少朝使劲拉住了胳膊，李少朝扯着阿麦走开几步，苦口婆心地劝道："阿麦，够了，千万别惹事，刀枪无眼，同袍之间怎么能动刀子玩命啊，陆大人知道的话大家都要受罚的！"

　　不动刀子，你们能上来拉架吗？阿麦心中冷笑，如果她不做拔刀子玩命的架势，估计这些军官只会站在边上兴致勃勃地看热闹，然后看着她被杨墨狠揍一顿，或者再上来拉拉偏手。她心中明白得很，和个身高力壮的男人滚在一起打架，她非但讨不好去，怕是连身份都会泄露了。

那边的杨墨也已经被人拉远，隐约传过来他的怒骂声，"你们放开我，让我去宰了那小子！我操他娘的，还敢叫板，老子非弄死他不行，你们是兄弟就放开我，叫我去给焦老大报仇！"

焦老大，就是被她割破喉咙的那个队正，阿麦记得很清楚。她冷眼看了看远处被人抱住的杨墨，把佩刀插回刀鞘，转过身冲着李少朝一揖谢道："多谢李大人教诲。"

李少朝连忙了摆了摆手说不敢当，他们已是同级，当不起阿麦的如此大礼，阿麦却正色说道："这不是队正阿麦谢大人的，而是您手下的士兵阿麦谢的，阿麦谢大人多日的照拂之恩。"

这回李少朝没再客气，只笑了笑，带着阿麦回队中，让她先去交接伍中的事务。阿麦回到伍里，王七等人还都聚在张二蛋身边笑闹着，见阿麦回来立刻便抛弃了张二蛋，向阿麦这边围了过来。

张二蛋不由得松了口气，抹了把额头的汗水，他虽一直按照阿麦交代的话搪塞着这些弟兄，可这十来个人你一嘴我一舌的应付起来也甚是费力。他瞥了眼那边被众人围住的阿麦，心道什长就是什长，连说话都这么有气势，简简单单几句话就把大家都解决了。

吃过晚饭，阿麦私下把张二蛋叫到外面，默默地看了他片刻，突然低声说道："二蛋，这次你跟我出生入死，功劳苦劳都极大，我应该提升你做什长……"

"什长！"张二蛋突然打断阿麦的话，说道，"我，我不想做什长。"

阿麦看着他沉默了片刻，嘴边露出个淡淡的微笑，说道："我也不想，你年纪太小，怕是不能服众。"

张二蛋鼓起勇气抬眼直视着阿麦，"什长，你放心，你这是为我好，我都明白。"

阿麦笑了笑，伸出手按了按张二蛋还有些单薄的肩膀，问道："跟着我去做个亲兵吧，怎么样？"

张二蛋眼中闪过一丝惊喜，有些激动地问阿麦："真的？什长？"

阿麦笑着点头，"以后不要叫什长，要叫队正大人了。去吧，把王七给我叫过来。"

第二日全营早操的时候，陆刚宣布了李少朝的调令以及对阿麦的任命，阿麦原本的什长之位则由王七继任，同时大谈了一番同袍友爱共同杀敌的话题，很明显，昨日阿麦和杨墨差点动刀子的事情已经传到了他耳朵里。

　　"弟兄们，我陆刚是个粗人，只说大实话，鞑子大军早晚要进乌兰山，这第一站就是咱们西泽山，不管你们之间什么私人恩怨，都他奶奶的给老子放下！要砍人，存着劲儿给我砍鞑子脑袋去，砍一个咱们不亏，砍一双咱们就赚了一个。谁他妈再用刀对着自家弟兄，别怪我陆刚不客气！"

　　散了早操，陆刚又把阿麦和杨墨叫到眼前，也不说话，只是冷冷地盯着二人。待了半晌，还是阿麦先冲杨墨弯腰行了一礼，说道："杨大人，昨日是阿麦莽撞了。"

　　杨墨冷哼一声，当着陆刚的面对阿麦拱了拱手就算了事。

　　陆刚叫骂道："都他妈一个营的弟兄，鞑子还没打呢，你们先打起来了……"说着冲阿麦和杨墨身上一人踹了一脚，"都他妈给我滚回去好好带兵，等回头打完了鞑子，你们要是都还能活着，老子一定给你们了结私怨！"

　　此话一说，众人都有些沉默，阿麦和杨墨对望一眼，杨墨冷哼一声别过了视线，阿麦轻笑了下，微微摇头。

| 第六章 |

妙计 交锋 袍泽

南夏历盛元三年初，北漠常钰青将领军入乌兰山的消息传到江北军中，陆刚又去了趟云绕山军部，回来就把阿麦叫了过去，拿出一个锦囊来，问她道："你是跟过将军的人，该摸得透他的心思，来看看这是个什么意思？"

阿麦听他这话颇觉无语，却也只能接过锦囊，从中取出一张纸条来，见上面只写了五个蝇头小楷——"兵者，诡道也。"

陆刚出言解释："常钰青带兵来打咱们，西泽山首当其冲，将军把我叫了去，命我在此迎战鞑子。徐先生又给了我一个锦囊妙计，只说照着这个做即可，可我已经思量了一路，也想不出个头绪来。"

阿麦听闻是徐静所给，不禁暗骂他故弄玄虚，口中却是故意说道："这是《孙子兵法》上的？后面像是还有……"

陆刚有些郁闷地接道："嗯，不错，后面的是：'故能而示之不能，用而示之不用，近而示之远，远而示之近。利而诱之，乱而取之，实而备之，强而避之，怒而挠之，卑而骄之，佚而劳之，亲而离之，攻其无备，出其不意。此兵家之胜，不可先传也。'这话自然没错，可这叫什么锦囊妙计？阿麦，你说将军和徐先生这是什么意思？想让咱们怎么打？"

阿麦一时也是沉默下来，脑子里闪过的却是在父亲的笔记上的一段话，看江北军现在的形势，正是父亲在其中提到的藏军入山，不知那战法是否也可以参考一下？她思量了一下措辞，沉声说道："阿麦以前在将军身边伺候的时候，曾听徐先生和将军说过这样一种战法，也许和这锦囊妙计一个意思。"

陆刚忙问："什么战法？"

阿麦答道："彼出我入，彼入我出，避实就虚，隐势藏形。"

陆刚有些迷惑地看阿麦，问道："此话怎讲？"

阿麦看着陆刚，有些迟疑地说道："阿麦琢磨着吧，军师的意思是不是让咱们——打得过就打，打不过就跑？"

陆刚一愣，和阿麦大眼瞪小眼，两人心里都各自转了几个念头。

阿麦连忙又补充道："也不是胡乱跑，咱们得跑得有章法，既不能叫鞑子追上，又不能完全甩掉他们，得让他们来往追逐，疲于奔命。同时，还要引着他们往乌兰山深处跑，叫他们有来无回！"

陆刚愣愣地瞅了阿麦片刻，慢慢地冲她伸出了大拇指，由衷地赞道："好小子，够狠！"

阿麦不好意思地笑了笑，说道："大人别笑阿麦了，明明是大人自己早已想到，还偏偏要来考阿麦。"

陆刚微怔，随后乐呵呵地拍拍阿麦的肩膀，道："少年人也该多思考思考，不是坏事。"

阿麦忙行了一礼，谢道："阿麦谢大人教诲。"

"嗯。"陆刚点了点头，面上稍有点不好意思，不过心里却是十分受用，心道阿麦这小子果真够机灵。

阿麦见他再无吩咐，就告辞离开，人出了门却是仍在琢磨商易之与徐静的用意。她有些不明白，商易之命唐绍义去劫北漠犒军队伍，显然就是为着激怒北漠，诱他们进山来攻。他既有这般谋算，早就该做好了陷阱等着，为何不明确交代陆刚诈败诱敌，把北漠军引向纵深，却要给他一个这样模糊不清的锦囊妙计呢？

二月初，常钰青带领大军兵出豫州，他一反往日快、猛、狠的作战风格，前后拖拉了一个多月，五万大军才终于进入乌兰山脉。

西泽山，江北军在乌兰山脉的第一个门户，就这样暴露在了北漠五万大军面前。而此时，西泽山上的江北军第七营早已成了空营，如若不是地上还残留着大队人马驻扎过的痕迹，很难想象这里曾经是江北军的门户所在。

北漠军先锋部队把情况回报到中军大帐，已经调到常钰青手下的崔衍忍不住破口大骂，气道："他奶奶的，这仗还怎么打啊，南蛮子跑得比兔子还快，咱们这可真成了进山剿匪了。"

常钰青没搭理他的话茬，只是问在一边比照地图的年轻军官："如何？"

要说这军官不是别人，正是以前就和常钰青搭档过的副将姜成翼。汉堡之战后，常钰青领骑兵北上靖阳，就是他领着只剩个空壳的"西路大军"到泰兴和周志忍会合，后来便一直待在了周志忍的帐中。

这次，崔衍非闹着要跟常钰青一起来剿匪，陈起顺手把姜成翼也调了过来，仍给常钰青做副手。常钰青虽然知道他是陈起的人，可由于姜成翼也确实有些本事，便也没有拒绝这安排。

姜成翼听得常钰青问，把手中临时绘出的地形图放到桌上，抬头答道："只从我们目前新绘的这部分来说，就和原来的地图差很多，一是因为兵部提供的地形图太过老旧，绘得又粗糙，一些地势早已发生了变化；二是从实地来看，一些山间路径是江北军有意改造的，以至于我们行军地图上的很多路径都已不通。"

常钰青冷笑一声，说道："商易之十一月进乌兰山，到如今也不过四月有余，竟然连山间路径都改了，可见这人的确是个人才。"

崔衍忍不住问道："大哥，那我们怎么办？"

常钰青走到桌边拿起那张只绘了个边缘的地形图看了看，说道："没有地图，我们进入山中便如睁眼瞎一般，先不着急，传令下去，找个地方扎营，先不要贸然深入。"

崔衍出去吩咐部队在居高向阳之地扎营，姜成翼抬眼看了看常钰青，说道："我们手上的地形图已近于废纸一张，得派探子出去摸清地形以便绘制新地图。"

常钰青点了点头，说道："你去安排吧，多派些人出去，尽快把地形图绘出来。"

姜成翼应诺一声，出去安排这些事情，走到大帐门口又停下来，转回身有些担忧地看着常钰青，犹豫了下问道："将军，元帅让我们在周将军攻下泰兴前剿灭江北军，看眼下的形势，时日上会不会……"

常钰青抬头笑了笑，答非所问地问姜成翼道："你觉得周将军何时可下泰兴？"

姜成翼微怔了下，开始思量周志忍要攻泰兴具体需要多长时间，还没等他回答，却听常钰青径自笑道："我猜没有两三年的工夫，周将军是拿不下泰兴城的。"

见姜成翼面露不解之意，常钰青嘴角挑了挑，解释道："泰兴是南夏江北第一大城，城高池深，想必你已经亲眼见识过，这些不用再说。只说泰兴城南倚宛江这条，怕是周将军一天练不出水师来截断泰兴的水路，泰兴城就一天不会被攻下。"

"水师？"

"不错，没有水师，周将军攻城的时候就要担心腹背受敌，虽说南夏江南的兵力被吸引在云西之地，可谁能保证他们不会抽调出来过宛江而救泰兴？"常钰青顿了顿，又接着说道，"再说泰兴的城守万良，既然能把他放到泰兴来，又怎么会是平庸之辈？攻城不比围城，只要他不自乱阵脚，泰兴城又岂是一时半会儿可以攻下的？"

姜成翼被他说得有些愣，这些问题他不是没有考虑过，只不过从没有像常钰青考虑得这样深远。更何况他们年前只短短几个月时间就攻陷南夏靖阳边关，不费一兵一卒而收豫州，这北下的步伐实在是太顺利了一些，以至于顺利到他以为攻下泰兴也同样易如反掌。

可现在听常钰青讲来，攻泰兴非但不会容易，反而会很麻烦。可惜常钰青并没有细说下去的打算，他只笑了笑，说道："难不成你也跟阿衍一个想法，认为领两万精兵就能撞开泰兴城门，十万铁骑就能横扫江北之地？"

姜成翼面上有些赧然，躬身行礼道："多谢将军指点，成翼受教了。"

常钰青轻扬了扬眉梢，眼中闪过一丝狡黠，轻笑道："所以说我们不必着急，剿匪剿匪，慢慢剿就是了。"

姜成翼出了帐，脑子里还在思考着泰兴城的事情，既然泰兴城如此稳固，为何先前东西两路大军围困泰兴的时候，南夏朝廷还会如此惊慌失措，以至于要调靖阳边军回救泰兴，如果不是这样，靖阳边关又怎么会如此轻易地被攻下？南夏朝中那帮人是干什么吃的？怎么会下如此疯狂的军令？

他正想得糊涂，正好撞到已安排好扎营事务回来的崔衍，崔衍一把拉住他，略带兴奋地指着远处的山头说道："老姜，你看！"

姜成翼顺着崔衍所指的方向看过去，那处山峰他认识，在地图上有过标记，名叫长青山。山腰上有一大片林带，不知是何原因一年四季都是枝繁叶茂翠绿长青，因此得了一个"长青"的名字。

崔衍在旁边说道："你仔细看看，那边林子里一定藏了人的。"

姜成翼眯了眯眼睛，果然见那边林子里似有鸟儿不时被惊起，绕着林子上空盘旋不下。"伏兵？"姜成翼下意识地问道。

崔衍得意地笑了笑，说道："定是南蛮子在那边埋伏着呢，没准儿是想来夜袭咱们，嘿嘿，总算有个玩头了。等一会儿我就带人偷偷摸过去，逗逗他们。"

姜成翼年纪稍大，要老成一些，说道："望山跑死马，看着近，离咱们这里至少还得有几个时辰的路程，你别胡乱行动，凡事先问过将军再说。"

崔衍虽点头，表情却有些不以为然，眼神一直没离开远处的山峰。

其实崔衍所料不错，长青山中果然是藏了人的。

阿麦用力踹了脚身旁的树身，抬头看着原本栖在树上的鸟儿受惊飞走，这才转过身接着去踹另外的树木。在那边也领着人踹树的王七凑过来，嬉皮笑脸地问道："阿麦大人，咱们这活儿得干到什么时候？"

阿麦看他一眼，忍不住笑骂道："屁！要么阿麦，要么大人，哪里来了个阿麦大人！"

王七嘿嘿干笑了两声，小心地瞥了瞥一边的士兵，凑近了阿麦低声问道："阿麦，你说咱们在这儿踹树有用吗？鞑子会上当吗？"

阿麦踮了踮脚，翘着头试图看得远一些，可这片林子实在太密了，遮挡住了她的视线，更是遮住了远处山坡上的北漠军营。

"谁知道呢！"阿麦低声答道，"大人既然让咱们这么做，自然有他的道理。这事又不费力，总比蹲在山坳里的那些兄弟们强，引得来鞑子，自有他们先接着，引不来鞑子……"她看了一眼身边已经升为什长的王七，又用力踹了一下身边的树木，低声笑道，"就当是练了腿功了。"

王七跟着"嗯"了一声，转身笑嘻嘻地练脚法去了。

常钰青他们进乌兰山脉后，陆刚带着第七营就从西泽山上撤了下来，藏入了这茫茫的山林之中。今天，阿麦就是按照他的吩咐带人过来假装伏兵。有伏兵，自然得有所表现，《孙子兵法》上都明白地写着呢：鸟起者，伏也。

阿麦心道这陆刚不愧是行伍出身，兵法背得滚瓜烂熟，只是这样套用兵法怕是太过生硬。如果这种把戏就能骗了常钰青，那常钰青也太菜鸟了。

不过，既然长官吩咐了要这么做，她自然不好直接反对，想了想反正也没什么坏处，大不了就是白费些力气而已，所以，阿麦接到陆刚的军令，就很痛快地来了。再加上阿麦本来也想练一练手下的这些兵，多跑点路，练一练脚力，总不是坏事。

因为有阿麦的"身先士卒"，江北军第七营第四队的战士们将"蹿树"这一工作干得热火朝天。不只队里的士兵，就连阿麦的亲兵也都参加了进来。

因为升了队正，阿麦也名正言顺地有了亲兵，除了李少朝留下的那几个亲兵以外，阿麦只从伍里带了张二蛋过来，不过她不喜欢使唤亲兵，就算有事也多吩咐张二蛋去做。这样一来，她的亲兵大都没什么事做，阿麦干脆把原本只为自己服务的亲兵队改成了为全队服务的通讯警卫队，虽然仍是亲兵的编制，用途却大大改变了。

很久以后，当人们提起麦帅的通讯警卫队时，都不禁联系到了靖国公的警卫营和通讯营，均认为麦帅还只是个小小的队正时便已经颇有靖国公遗风了。

当然，这都是后话，暂且不提。

阿麦又蹿了一会儿树，觉得有些吃力，见小腿上的绑腿松了，干脆停了下来往地上一坐，拆了绑腿仔细地绑了起来。硕果仅存的亲兵张二蛋见她坐下了，连忙跟了过来递上水壶，蹲在一边瞅着。阿麦接过水壶灌了几口水，看张二蛋还在旁边巴巴地看着，故意绷了脸，把水壶递还给他，问道："二蛋，你说咱们当兵的什么最重要？"

张二蛋被问得一愣，认真琢磨了下，拍了拍腰间的大刀，回答道："大刀！当兵的要没了刀，那就不叫兵了！"

阿麦咂了下嘴，点了点头，"说得不算错，不过却不是最重要的。"

张二蛋迷惑了，忍不住问道："那什么最重要？"

阿麦笑了，伸手拍了拍自己的两条腿，笑道："自然是这两条腿。"

张二蛋的五官往一块挤了挤，黝黑的脸上满是困惑，"为什么？"

阿麦眨了眨眼睛，一本正经地说道："胜，我们追鞑子跑，追上了才能杀敌；败，鞑子追我们跑，我们只有跑得快才能保命。你说我们这两条腿是不是最重要的？"

张二蛋被她讲得有些晕，只觉得从她嘴里出来的果然都是道理，看着阿麦的眼神不禁又多了几分崇拜，忍不住也问了王七那个问题："大人，你说鞑子真会被咱们引过来吗？"

这一次，阿麦没有和他说些官话，只是微微笑了笑，轻轻地摇了摇头。

"不去！"北漠中军大帐前，常钰青扫了一眼远处的长青山，转回头吩咐崔衍道，"你老老实实地去加强营防，只多派些外探和外辅出去便可，南蛮子爱怎么折腾就怎么折腾吧，除了负责警戒的部队，其余的人都踏踏实实地睡觉。"

"南蛮子夜袭怎么办？"崔衍紧接着问道。

"那警戒部队干什么吃的？"常钰青问道，他轻笑着瞥了崔衍一眼，"不过我猜南蛮子今夜不会来偷袭，他们还不知道在哪里藏着等我们去夜袭他们呢！"

崔衍还是有些将信将疑，常钰青没再多说，转身回了大帐。

姜成翼正伏在桌案前参照着新制的地形图对沙盘进行修改校正，看常钰青从外面进来，不禁抬头问道："真的不用派兵去探探吗？"

常钰青不语，走到沙盘前站定，看着沙盘上标记着的长青山愣神。这沙盘还是南夏靖国公的首创，战争中流传出来，各国的将领一眼便看出了它的妙处，后来便广为四国的军事将领所用了。

"在这里。"常钰青修长有力的手指沿着长青山山麓而下，在邻近的一条山谷处停留了下来，说道，"伏兵应该在这里了。"

姜成翼顺着常钰青指的地方看了眼，又抬头看向常钰青，眉梢不自觉地挑了下。

常钰青笑了，没有理会姜成翼的惊讶，转身走到书案便坐下，随手拿了本书翻看起来。姜成翼止奇怪间，突然听见常钰青状似随意地问道："你觉得咱们用不用去给他们来个一网打尽？"

姜成翼抿着唇思量片刻，说道："我军对此处的地形并不熟悉，山间小路已多有改动，夜战对我们明显不利。"

常钰青眼睛没有离开书本，只轻轻地点了点头，"所言不错，那就让南蛮子先蹲一宿再说吧。"

姜成翼"嗯"了一声，等了片刻不见常钰青再有交代，便复又低下头去修整沙盘。

常钰青默默地看了会儿书，嘴角处却突然露出些笑意来，叫亲兵喊了崔衍进来，交代道："你今晚就别跟着巡营了，先好好地睡上一觉，明日寅时到我这里来。"

崔衍被常钰青说得有些摸不着头脑，忍不住挠了挠脑袋，问道："大哥，什么事？"

常钰青却不肯说破，只是冷着脸说道："哪儿来这么多为什么，让你来你便来好了。"

崔衍见他面露不悦之色，也不敢再多问，只是用眼角瞟了下姜成翼，见他也是一脸疑惑地看着常钰青，顿时心里有些平衡了，暗道原来糊涂的不止我一个。

打发走了崔衍，常钰青又叫人去各营传令，吩咐明早寅时就造饭，吃过饭后各营整装待命。姜成翼更是糊涂，不知道他这是做如何打算，既然说了要慢慢剿匪，又不急于出征，何必这么早就造饭呢？

糊涂的不只有姜成翼一个，蹲在长青山东面山谷中的江北军第七营的营官陆刚也有些糊涂了，鞑子为什么一点反应都没有？怎么说也得派些人过来探探吧，怎么这天都要黑了，却连个人影都没见着呢？

黑面早已蹲得不耐烦了，几次都要带兵去夜袭北漠军营，被陆刚强行压住了，只好气呼呼地坐在草地上，瞪着牛眼发闷气。

这一夜，有人心焦有人急，有人嘴角含笑地算计着什么，还有人倚着大树睡得正熟，比如——阿麦。

一直等到第二日，太阳已经半人多高，陆刚等人这才终于死了心，带着人饥肠辘辘地从山谷里撤了出来。阿麦已经等在了长青山山脚下，见陆刚领着队伍来了，忙叫人把准备好的吃食都给搬了过来。

陆刚恨恨地咬一口面饼，刚吞咽了两口突然又停下了，瞅着坐在一边的阿麦问道："你说鞑子这是什么意思？天蒙蒙亮的时候探子回报说是鞑子营中寅时就开始造饭了，可老子又等了他们一个多时辰还是什么也没等到，又不见他们拔营，鞑子这是在玩什么花活？没事这么早吃饭干吗？"

阿麦略显秀气的眉头微微皱了皱，低声地重复陆刚的话，"寅时就造饭，却不见拔营？"

陆刚点了点头，有些期待地盯着阿麦。

阿麦的眉头皱得更紧，右手食指无意识地轻叩着膝盖，突然抬眼问陆刚道："探子最近一次回报是什么时候？"

"辰时三刻吧。"陆刚回答道。

阿麦仰着脸看了看树梢间透过的细碎阳光，大概估算着时间，"现在已过午时，这么说大人已经快两个时辰没有接到探子的回报了。"她面色突然一变，"大人，可还有探子未回？"

陆刚心中也是一惊，忙把不远处负责此事的军官叫过来细问，一问才知道还有几组探子没有回来，按理说应该有探子持续回报北漠军营的情况的，不知因为什么原因，这中间像是突然断了。陆刚听了脸色大变，噌的一下子从地上蹿了起来，他虽粗莽，可毕竟领兵多年，深知这个时候要断了探子的线报，鞑子就是摸到了他们身后，也无从知道了。

"大人！"阿麦在他身后叫了一声，沉声说道，"山路难走，少不得要多耽搁一些工夫，误了会儿时辰也是情理之中，大人不必发火。"她说着，眼睛却轻轻地瞟向四周。

陆刚一下子就明白了过来，压下了心头的惊慌，复又若无其事地坐到了地上，压低声音问阿麦道："你如何看？"

阿麦想了一下，说道："鞑子明知长青山有异样，不可能毫无反应。"

陆刚点了点头，"不错，失了的探子极有可能是被鞑子得了，常钰青很可能是识穿了我们的计策。"

阿麦心道不是很可能，是一定。就这样的诈作伏兵，常钰青怎么可能就会上当！不过此时不是讲这些话的时候，她只是随着陆刚的话点了点头表示赞同，"此地不可久留。"

这句话可是说到了陆刚心坎里去了，他这就要从地上站起来，却突然被阿麦一把拉住了，"阿麦觉得大人还是应该先稳军心，鞑子人多，我们本就处于劣势，万不可自己先乱了阵脚。"

陆刚低头看了阿麦一眼，点了下头。

当下，陆刚就去吩咐部下集合队伍，阿麦也在后面跟了上去。陆刚和几个营级军官商议了片刻，便决定把队伍带向山南，打算去北漠军的左翼方寻找机会。阿麦没再多说，带着队里的士兵跟着部队一起前行。由于大部分士兵在山谷中蹲守了一个晚上，还来不及休息，这样一行军，顿时显了些疲惫之态，反倒是阿麦的第四队，由于夜里休整得不错，倒是精神得多。

队伍往南翻过了两个山头，刚走到一处地势略微平缓的地方，陆刚正想下令让队伍停下休息，猛然见前面山坡上竖起几面北漠军旗，齐腰高的荒草之中齐刷刷地站起成千的北漠军来，陆刚等人顿时僵住了。

北漠阵列从中往两边分开，一员不过十七八岁的黑袍小将，手端长刀高坐于战马之上，踢踢踏踏不紧不慢地晃到了阵前。

阿麦此时尚在队伍中间，远远看到前面突然冒出盔甲鲜明的北漠军来，也是一惊，待看清了北漠阵前的那员小将，心中更是一凛，崔衍！那是崔衍！虽然只在豫州城见过几面，但她还是一眼认出了盔甲在身的崔衍。

崔衍不仅是北漠名将周志忍的外甥，更是北漠辅国公的小公子，只说他的出身，常钰青就绝对不会让他轻易犯险。既然他能在此出现，那么常钰青定然是已算到了万无一失的地步。一想到这里，阿麦心中不禁骇然。

前面的陆刚急忙行兵布阵，可崔衍哪里会给他布阵的时间，手一挥，北漠兵阵便压了过来。喊杀声顿时震天响起，北漠军是早有准备，以逸待劳，江北军这边却仓皇应战，刚一接战便落入下风。

双方人马混战在一起，刀箭飞舞，血肉横飞。陆刚挥剑砍倒一个冲到面前来的北漠兵，扯着嗓子吼旁边的亲兵："他娘的光护在老子周围干吗？老子用不着你们！前三队挡在这里，其余的叫黑面先往山上撤！"

有个亲兵抽出身来去传令，剩下的亲兵依旧护在陆刚的周围。黑面哪里肯撤，挥着大刀挡在前面，独自和五六个北漠兵缠斗在一起，虽勇猛，却也险象环生。

这样的场景阿麦看在眼中，竟觉有些熟悉，像是又回到了野狼沟的战场。她咬着牙带人冲杀到阵前，把陆刚从北漠兵的包围中抢了出来。

陆刚身边的亲兵已经死伤大半，他自己也已经杀红了眼，看到阿麦怒声骂道："浑蛋玩意儿，你他娘的不是第四队吗，怎么还留在这儿？让你们先往山上撤！"

阿麦举刀挡开面前砍过来的弯刀，顺势一抹砍倒了一个北漠兵，也不理会陆刚的怒骂，只冲着王七喊道："带大人走！"

王七点了点头，挥手招了两个兵士架起陆刚就走。阿麦等人边杀边退，路过第二队的队正杨墨身旁时顺手替他挡了身侧砍过来的一刀，大声喊道："带着人往山上撤！"

杨墨已是满头满脸的血，血红着眼睛厉声骂道："滚！小白脸怕死就自己滚，老子是第二队的队正，大人吩咐要挡在这里！"

身边的北漠兵越来越多，对留下的江北军士兵渐成包围之势，张二蛋本一直跟在阿麦身侧，此时却被北漠兵困在了另一边，反倒是杨墨和阿麦被七八个北漠兵围在了一起，逼得两人不得不背靠背地抵在一起砍杀着四周的敌兵。

"死心眼！"阿麦忍不住骂道，"后面的人已经撤了！你们也不用留在这里白白丧命！"

杨墨又砍倒一个敌兵，心中豪情顿生，哈哈大笑道："小白脸懂个屁，大丈夫能战死沙场那是荣耀！"

"荣耀个屁！"阿麦怒声骂道，她的胳膊已经酸痛，挥刀的速度明显见缓，这样下去早晚会被鞑子困死在这里，她咬牙把包围圈劈开一个豁口，冲杨墨叫道，"你要是还想给你那死鬼长官报仇，就跟在我的后头杀出来，别把命丢在这里！"说完也不等杨墨回答，招呼了张二蛋一声，率先向豁口处冲杀了过去。

杨墨一愣，咬了咬牙，跟在阿麦身后向外杀了出去。三人很快便和其他的江北军会在一起，再往山上撤的时候就轻松了许多，幸好北漠兵追杀得并不凶狠，看样子只是要把留守的江北军消灭掉。

阿麦身上已经挂了彩，幸好只是胳膊处有伤，伤口也不深。她一时顾不上包扎，只带着人去追已经撤到山上的大队人马，等翻过了一个山头，身后的喊杀声才渐渐没了。

陆刚已经收拢了残部等在那里，队伍折损了小一半，到现在只剩下了七八百人，这一次遭伏真可谓之惨烈。陆刚见只回来了阿麦等三四十个人，脸色更加阴沉，发泄一般地把佩剑往地上一砸，转回身用拳死命地捶树。

旁边的军官连忙上前劝，无非是说一些"留得青山在，不愁没柴烧"之类的话，阿麦只站在一边冷眼看着，到后来竟转回身看着身后的山头发起呆来。

天色已经黑了下来，山那边很安静，完全想象不到那里刚刚还进行了一场战斗，几百个人把性命丢在了那里。阿麦队里也有不少死伤，王七走过来，捅了捅正在愣神的阿麦，低声说牺牲了一个弟兄。

阿麦心中突然涌上一股难言的悲伤，不只是为死去的那个弟兄，更多的是为第七营中所有的人。只用这一个营的人马，怎么可能去和常钰青的大军相斗，那不只是崔衍，那是常钰青，北漠的军事奇才，名震四国的"杀将"常钰青！

没有指挥，没有调度，没有统筹的安排，只一个"兵不厌诈"……他们这群人，是被商易之所抛弃的江北军，是被徐静用来作为诱饵的江北军。

那边有军官建议陆刚往回撤，前面既然有伏兵，那也只能往回撤了。阿麦敛了敛心神，走到陆刚身边低声说道："大人，能不能借一步说话？"

陆刚疑惑地看了阿麦一眼，还是跟着她离开人群往一边走了几步。

阿麦低声问道："大人想往回撤吗？"

陆刚点了点头。

阿麦沉声说道："我们回不去！伏兵不追，说明常钰青还有后招在等着我们，刚才的那个鞑子将军我认得，他叫崔衍，身份尊贵，常钰青既然敢让他来拦咱们，可能就算到咱们遭到伏击之后会走回头路，这里怕只是虚拦一下，更厉害的还在那边等着我们。"

陆刚盯着阿麦的眼睛，问道："你能确定？"

阿麦苦笑一下，摇了摇头，说道："不能，因为对方是常钰青，我不能确定。"

陆刚沉默了片刻，问道："那你说我们下一步该如何？"

阿麦默默地看了陆刚片刻，突然说道："大人，有些话阿麦只在这里说一遍，大人若能听得进去，那就入耳；如果不能，就当阿麦从没说过此话。"

陆刚说道："有什么话你直说便可。"

阿麦深吸了一口气，说道："之前军师曾给了大人个锦囊妙计，只说兵不厌诈，大人可曾想过军师给其他营里的会是什么？"见陆刚沉默不语，阿麦又接着说道，"我想大人也已经猜到绝不会都和我们的一样，如若咱们江北军二十多个营都各自为战，那这仗也不用再打，就等着鞑子一个个收拾好了，将军他们绝对不会犯如此错误。"

陆刚面色终于变了。

阿麦涩然一笑，"大人，我们是饵，将军和军师抛给鞑子的饵，活生生的饵，会挣扎会扭动，因为自身不知，所以才更加真实，才能引着鞑子上钩。往北走，等着我们的必然也是常钰青的伏兵，所以我们只能继续往南。崔衍见我们逃走了，必然少了防备，现在又是天黑，只要我们熄了火把，悄无声息地摸到他的身后，就能给他杀个回马枪。"

陆刚认可地点了点头，"不错。"

阿麦看一眼不远处有些散乱的队伍，又转回头看陆刚，问道："可是，大人，然后呢？以我们现在的兵力自然不可能杀光崔衍的人马，前后都是北漠鞑子，转过那个山坳后我们就只剩下两个选择了，一是向东，一是向西，向东是北漠大军的军营，看似死地却是通向生路，只要能趁着夜色神不知鬼不觉地绕过去，我们这些人就能逃出生天；而向西是乌兰山脉深处……"

阿麦说到这里突然停了下来，只沉默地看着陆刚。

陆刚不傻，阿麦的话虽没说完，他却也明白了她话里的意思。向西，是乌兰山脉的深处，也是将军和军师想把鞑子引向的方向。他转头看向远处或坐或躺的士兵们，眼中缓缓蒙上一层悲壮，一路被追杀下去，这些儿郎还能活下来多少？陆刚转回头来看着阿麦，坚定地说道："我们向西！"

"大人！"阿麦停了一停，才又说道，"将军与军师对我们并没有明确指令，纵是我们往东突围，也不为错。刚才大家劝您，有一句话说得极对，留得青山在不愁没柴烧，我们第七营——"

陆刚粗犷的脸庞上露出些笑意，一字一顿地说道："阿麦，我们是军人。"

"可是——"

"没有可是！"陆刚打断了阿麦的话，"只要是军人，就应该随时做好为国捐躯的准备，我们江北军来到这乌兰山为的是什么？我们不是在为将军和军师战斗，我们是在为南夏战斗！军人，保家卫国、战死沙场是本分，是荣耀！"

他眼神熠熠生辉，坚毅代替了悲壮，豪情从中倾泻而出。夜色中，他本不高大的身影就这样屹立在阿麦面前，把她嘴里所有的"可是"都压了下去。

陆刚盯着阿麦，压低的声音中透露出前所未有的严厉，"阿麦，你很聪明，如果你想走，我不拦你，可你要是敢动摇军心，就别怪我手下无情。"

阿麦静静地和他对视片刻，抿着唇重重地点了点头，沉声说道："阿麦明白，我愿意跟随大人！"

陆刚笑了，转身大步地往队伍处走去。阿麦在原地愣了片刻，也紧跟了上去。

刚才一战，营中已有一个营副和两个队正牺牲，陆刚出人意料地把那两个队的士兵归到阿麦的队中，然后又做了一番战前部署，告知士兵已得到探子回报，鞑子正在北边的山谷伏击他们，所以只有去南边杀鞑子一个回马枪。

张二蛋给阿麦简单地包扎了一下胳膊上的伤口，他的神情颇为自责，觉得是自己没有保护好阿麦才让她受了伤。阿麦笑着开解了他几句，和边上的士兵一样，从衣襟上撕下一条布条来勒了口。军队再一次被集合在一起，火把一个个被熄灭，深沉的夜色中，七百多第七营士兵按照来路悄无声息向山那头摸了过去。

一翻过山头，就看到远处的火把在山脚处晃动，看样子是北漠军刚打扫完了战场，行进速度有些慢，受伤的士兵都走在了后面，还有一些士兵抬着死去的战友。崔衍骑着马行在队伍的前部，面上并无喜色，显然对今天的战况并不太满意。常钰青严令他不许追击，这一条让他感到有些郁闷，如果不是这样，他有把握能把那些南蛮子都消灭掉。

江北军来得很快，几乎一点动静也没有，从左右两面同时包抄上来，像夜色中突然出现的山鬼，一下子杀了崔衍一个措手不及。陆刚把勒在嘴上的布条扯开，大声喊叫着冲杀了上去。一天之间，两军士兵第二次混战在一起。在陆刚等人不要命的拼杀之下，北漠军不自觉地往后退去，崔衍急了，指挥队伍把伤兵护在中间，自己带着先锋重新冲杀了回来。

阿麦见自己这方的伤亡也很大，拼杀到陆刚身旁提醒道："大人！该撤了！"

陆刚按照事前的约定，发出号令命江北军往西撤去，可崔衍吃了亏哪里肯善罢甘休，命北漠军紧追上去。陆刚看到马上的崔衍，眼中闪过狠厉之色，只吩咐阿麦带着队伍先走，自己却领着一些人迎着崔衍就杀了过去。

阿麦只觉头皮一紧，顿时明白了陆刚的打算，急忙回头大喊道："大人！杀不得！"

崔衍闻声一愣，视线顺着声音看过来，夜色中并没能看清阿麦，只看到陆刚凶神恶煞般向自己这边拼杀过来。他冷笑一声，非但不避，反而拍马迎了上来，挥着长刀从陆刚头顶一劈而下。陆刚举剑相架，刀剑相撞火花四溅，他只觉得虎口一麻，手中的佩剑几乎掉落，这少年的臂力竟然如此强劲，大大出人意料。

第二刀又劈了下来，陆刚连忙再挡，将将挡住了崔衍的长刀。来不及反击，第三刀又到了，这次不是劈，而是削，陆刚闪身躲避，刀锋还是在胸前划开了一道血口，如果不是胸前的锁子甲，这一刀怕是已经把他削成了两段。

看着面前男人眼中冒出的惊骇之色，崔衍心中不禁有些得意，他举起长刀，正想再来一刀结束这人的性命，突然觉得身下一矮，身体竟不由自主地向前栽了过去。他急忙从马上跃起，一个翻滚落到一边。

阿麦躲开轰然倒地的战马，抢到身边扶住摇摇欲坠的陆刚，急声叫张二蛋道："快，把大人带走！"说完把陆刚往张二蛋怀里一推，转身挡在了他们身前。眼角扫见张二蛋没有反应，阿麦厉声喝道："快走！"

张二蛋狠命地咬紧了牙关，架起几近昏迷的陆刚往后拖去。

崔衍看到阿麦明显一愣，奇道："是你？"

阿麦紧紧地握住了手中的刀，盯着面前的崔衍，嘶声说道："不错，是我！"她很清楚，她打不过崔衍，可不知道是否被热血激昏了头脑，她竟然就这样握着刀挡在了崔衍的身前，身后是生死不知的陆刚，她不能退，也无处可退。

崔衍先惊后笑，说道："这可真是踏破铁鞋无觅处，得来全不费工夫！捉了你回去，常大哥一定高兴。"

阿麦冷冷说道："那就看你有没有这个本事了！"

崔衍冷哼一声，长刀一展，冲着阿麦就杀了过来。阿麦强自咬牙迎了上去，两个人顿时打斗在一起。论刀法，崔衍自小习刀法，而阿麦却是半路出家；论臂力，他是男子她是女子，自然无法可比。只两三个回合过后，阿麦的手就抖得几乎握不住刀柄了。幸好崔衍存了要生擒阿麦的心，所以并没有痛下杀手，只是想耗尽了阿麦的气力活捉她。

眼看着追上来的北漠兵越来越多，阿麦深知一旦被围住了就再无逃脱的希望，于是虚晃了一刀，逼开崔衍两步，转身便往前跑去。崔衍哪里肯放，紧追几步又把阿麦拦了下来。

再说张二蛋，他架了陆刚往前拖了一段，正好遇到回来接应的江北军士兵，便把陆刚交给了他们，转身又冲了回来救阿麦，赶到时正好看到崔衍在缠斗阿麦，阿麦的刀法已经不成章法，崔衍的长刀几次贴着阿麦的衣角划过，凶险无比。

张二蛋大叫一声，挥着刀砍了过来，可他哪里是崔衍的对手，崔衍对阿麦手下留情那是想捉活的，可他却没想连张二蛋也要活捉。只见崔衍刀锋一转，凌厉之势倍增。阿麦的刀再也握不住，哐当一声落地，睁大了眼睛看着崔衍的刀向自己劈了过来。崔衍也是一时失手，他本不想要阿麦性命，可这时刀势已经欲收不能，也只能眼睁睁地看着阿麦就要死在自己刀下。

张二蛋大叫一声，从旁边一跃而起，扑到了阿麦的身前。刀锋从张二蛋的后背划过，他的头猛地后仰，身体弓一样弯起，喉咙里发出一声闷哼，握住阿麦肩膀的手指深深地陷入了她的肉内。没等阿麦反应过来，张二蛋猛地推开了她，转身冲着崔衍扑了上去，死死抱住也有些惊呆的崔衍，回头吼道："大人，快跑！"

阿麦此时的理智已经脱离了大脑，她只知道自己不能跑，绝不能丢下张二蛋一个人跑。崔衍推了几下都无法摆脱张二蛋，气得干脆扔了长刀，从腰间拔出弯刀，冲着张二蛋就要捅下。胳膊只抬到一半就被扑上来的阿麦抱住了，三个人一下子栽倒在地上。张二蛋还死死地抱着崔衍的腰，阿麦一口咬在了崔衍的胳膊上，一时间三人缠斗在一起，什么章法也没了。

崔衍又急又气，连要活捉阿麦的念头都忘了，只想在这种泼皮似的厮打之中脱身出来。他没把阿麦放在心上，觉得她不过一个女子，能有多大力气，便先专下心来摆脱张二蛋。他刚用手强行掰开张二蛋的胳膊，把他甩到一边，还来不及坐起身来，就见阿麦手中握着把形状古怪的匕首向他挥了过来。崔衍下意识地仰身便躲，可喉间还是感到一凉，他心中一惊，抬脚便把身前的阿麦踹了出去。

阿麦忍住腹部的剧痛，慌忙从地上爬了起来，看一眼已冲到跟前的北漠兵，顾不上再去给崔衍补一刀，急忙从地上拉起张二蛋就跑。追上来的那几个北漠兵却没有追阿麦，只是惊慌地围住了崔衍。

阿麦拉着张二蛋猛跑了一段路，张二蛋脚下一软，人一下子栽倒了。阿麦低头看去，见他背后被划开了一条尺来长的口子，很深，皮肉翻开了，血早已把整个后背都浸透了。

"大人，你……别管我了，快跑吧！"

阿麦也不说话，只咬着牙把张二蛋往背上一放，手撑着地面强行站起来，铆着劲儿往前跑。张二蛋虚弱地挣扎着，试图从她背上下来，"我活……不成了，大人……你……放下我。"

阿麦压住了心里涌上来的哽咽，喘着粗气恶狠狠地说："闭嘴！"

张二蛋已经没有力气挣扎，头无力地耷在阿麦的肩上，断断续续地说道："这样……我们谁也……跑不了……放下我……去追大伙……"

山路渐渐艰险起来，阿麦腿一软，差点栽倒在地上，慌忙用手扶了地才勉强稳住身体，她咬着牙把张二蛋的身体往上托了托，半趴伏着往前爬去。

"你再……不放下我……我就……咬舌……"

"你咬吧！"阿麦嘶哑着嗓子说道，"你就是死了我也要把你的尸体背回去的。"

张二蛋已近昏迷，终于沉默了下来。阿麦的脖颈处有些潮湿，她没再说话，只死命地咬了唇，一步步往前面走。队伍就在前面，她知道，她一定可以追上去。

| 第七章 |

杨墨 战歌 逃亡

夜色更黑更浓，除了自己的喘息声，前后都听不到其他声音，就连背上的张二蛋都已沉寂了下来。阿麦的头脑渐渐冷静，可恐慌却从心底漫无边际地弥漫开来。爬到山势略微平缓处，她找了块青石把张二蛋放下，颤着手去触他的鼻息，在感受到他微弱的呼吸的一刹那，差点放声大哭。

可是，现在不能哭，夜色太黑，她又不敢点火把，看不清张二蛋背上的伤势，摸索过去触手的全都是黏湿的血。不能让血再这样流下去，阿麦心里很清楚，可却怎么也找不到可以用来包扎的东西。

她的心里更慌了，手忙脚乱间却又突然想到了什么，于是急急解开自己身上的衣甲，把原本裹在胸前的布条一圈圈散下来，又摸到张二蛋的伤口处，把两人身上所有的金创药都糊在了他的伤口上，一手摁着，一手把布条紧紧地缠过去。

像是感受到了金创药的刺激，昏迷中的张二蛋痛苦地呻吟了一声。这一声听入阿麦耳中却是种激励，起码他还活着。她整理好自己的衣甲，重新把张二蛋背到背上，手脚并用地往前爬去。

只爬了没多远，突地听到身后隐约传来人声，阿麦心中一惊，生怕是北漠人追上来，急忙背着张二蛋往一边的乱石后藏去，慌乱中只觉脚下一滑，她下意识地去抓旁边的荒草，背上的张二蛋却一下子滑落了下来。

阿麦急了，慌忙把张二蛋往一边拖，可她的力气早已耗得差不多了，哪里还拖得动。身后的几个人眼看着到了跟前，也听到了阿麦这处的动静，拿着刀缓缓逼了过来。

不知从什么时候起，夜色突然不那么黑了，东边的天空处隐约洒过些光线来，阿麦逆着光线看过去，见是江北军的服饰，心里顿时一松，一屁股就坐到了地上。她大喘了一口气，刚想抬头说话，可等看清了面前那几个人的面容，一颗心却倏地沉到了底。

来的几人的确是江北军中的人，可却是阿麦最不想在落单的时候见到的人——杨墨，她曾经杀了他的长官，那个以前的二队队正，今天落单到他手上，怕是凶多吉少。

杨墨看清楚了阿麦，不由得上前走了两步，见她形容狼狈地坐倒在地上，手上还抓着一个士兵的胳膊。

阿麦苦笑一下，嘶哑着嗓子说道："既然落到你手里了，要杀要剐随你便吧，不过看在我曾帮你挡过一刀的分上，你能不能帮我把这个人带着，好歹也算是袍泽兄弟。"

杨墨没说话，面容冷峻地看了看阿麦，蹲下身把张二蛋翻了过来，粗略地扫了一眼他背上的伤处，然后招手叫过后面的两个士兵，冷声吩咐道："你们两个轮流背着，赶快走，鞑子还在后面追着呢。"

那两个士兵把张二蛋从地上拉起来，其中一个背上了，另一个在后面扶着，小跑着往前赶去。原地只剩下了阿麦和杨墨两人，杨墨拎着刀，冷冷地看着地上的阿麦。

阿麦从来不是一个会主动放弃生命的人，她见面前只剩下了杨墨一人，面上虽不动声色，可心里却在暗暗盘算着如何给他来个出其不意。她看着杨墨，淡淡地说道："你要为焦老大报仇理所应当，我不怨你。"嘴里虽这般说着，手却不露痕迹地往靴子处滑去，那里还藏着父亲的匕首。

"走吧！"杨墨突然说道，转过身往前走去。

阿麦一愣，想不到他竟然不肯乘人之危。可现在她没工夫发感慨，急忙从地上爬起来，一瘸一拐往前追去。杨墨已经小跑出去一段，见阿麦一直追不上，忍不住回头看了一眼，却惊愕地看到她几乎是在手脚并用地往前爬着。

"怎么回事？"

阿麦见杨墨突然又转回来了，慌忙从地上站了起来，说道："没事，有点累，缓一会儿就好了。"

杨墨却皱了眉头，弯下腰扯住阿麦的左小腿看去，只见脚踝间早已肿得老高，紫红一片。"什么时候崴的？"

阿麦摇了摇头，她也不知道，背着张二蛋的时候太慌乱了，连滚带爬的，只是觉得疼，可是究竟是从什么时候开始疼得，她真没注意到。见杨墨还在托着她的脚，阿麦面上有些不自在，连忙把脚收了回来，说道："没事，骨头没事，快走吧，一会儿鞑子该追上来了。"

杨墨松开了手，转身却在她身前蹲下了，冷声说道："上来！"

"啊？"阿麦一愣，一时没反应过来杨墨这是做什么。

杨墨粗声骂道："他娘的让你上来就上来！你替我挡一刀，我背你一趟，我们两清了，谁也不欠谁！有机会我还是会替焦老大报仇！"

"不用！不用！我找个棍子就行！"阿麦慌忙摆手，见杨墨转回头冷冷地看着自己，她心里一慌，忍不住又往后退了一步，脚踝一疼，差点又栽倒在地上。

杨墨也不说话，上前一把抓住阿麦的胳膊往前一提，自己同时转身弯腰，一下子就把她扯到了他的背上。两具身体相撞后紧贴在一起，两个人同时都是一僵。

阿麦一直用来裹胸的宽布条已经解下来给张二蛋包扎了伤口，虽然现在仍是初春，身上的衣装还厚，虽然外面还套了软甲，虽然她的胸部并不丰满，虽然……可她毕竟是个女子，是个二十来岁的青年女子，胸前的柔软怎么也不可能和男子一样。

杨墨的身体也僵住了，仿佛所有的血液都集中到了他的背部，让那里的感觉更加敏感。阿麦闭了眼，脸色惨白，脑子里的第一个念头就是必须把杨墨杀了灭口，如果不是两只手腕都还被他抓在身前，她就去摸靴子里的匕首了。

杨墨从僵直中反应了过来，没有说话，只是又把阿麦的身体往上托了下，大步向前走去。一时间，聪明如阿麦，都无法摸透身下这个男人的心思了。他发现了吗？

为什么像是毫无反应呢?

杨墨脚下健步如飞,一会儿就追上了前面背着张二蛋的那两个士兵,再往前,已能隐约看到前面的大队。在追上队伍前,杨墨突然低声问道:"焦老大是不是因为这个被杀的?"

阿麦不知该怎么回答,僵了片刻后涩声回答:"他想欺辱我。"

杨墨再没说话。

天色已经大亮,太阳从身后的山间跃出来,照在这些狼狈的士兵身上。这一仗下来,第七营又损失了二百多人,能赶到这里的只剩下了不到五百人。陆刚被人扶着坐在地上,看到杨墨背着阿麦过来很是欣慰。

杨墨把阿麦放到地上,不发一言地坐到了一边,阿麦拖着伤脚走到陆刚身边,叫了一声:"大人。"

陆刚的脸色已是灰白,他被崔衍当胸砍了一刀,看样子已是撑不了太久了。"阿麦,第七营就交给你了!"陆刚攒了半天的劲才说出一句话来。

阿麦没想到他会这样安排,想要推辞,可一看到陆刚期盼的眼神,那些推辞的话竟说不出口,只好重重地点头。陆刚笑了,不再和阿麦说什么,只是交代其他还幸存的军官,从今天开始阿麦代行营将一职,大家都沉默着,没人站出来反对。陆刚交代完了军务便让其他的人都先下去,他还有话要和阿麦说。几个军官都是陆刚一手带出来的,跪下来冲着陆刚重重地磕了一个头,红着眼睛退到了一边。

阿麦上前扶住陆刚的身体,轻声说道:"大人,您歇一会儿吧,鞑子一时半刻还追不上来。"

陆刚咧了咧嘴,有些困难地说道:"我不怕死,既然投了军就早晚有这一天。"

阿麦的眼圈有些酸涩,使劲吸了两下鼻子,说道:"大人放心吧,阿麦一定会把鞑子引到将军面前的。"

陆刚笑了,"我知道,我早就知道你小子有脑子,阿麦,反正我也要死了,就说些你不爱听的话,这回也别怨将军,他不是针对你我,谁让我们西泽山在这个位置上呢!别再和将军赌气了,他心里有你,我看出来了。"

"大人!"阿麦哭笑不得,想不到这个时候他还会跟她说这些,可不知为何,心中涌上来的却是难言的酸涩，她低了头，小声说道："我骗了您，我不是将军的男宠，当时那么说只是为了保命。"

陆刚愣了愣，语气中透露出迷惑，"可连军师……"

"大人！"阿麦打断陆刚的话，突然觉得他说起这些来比刚才交代军务的时候顺溜多了，一点也不像是要咽气的样子，于是便说，"您歇会儿吧，我去安排一下下面的事务。"说完叫来刚才的亲兵照顾陆刚，自己则撑着根长枪去另一边看张二蛋。

她只当陆刚暂时没事，却忘记了这世上有种现象叫回光返照，当胸的一刀，怎么可能没事？还没等到她走到张二蛋身前，陆刚身边的亲兵就哭喊着叫起了大人，阿麦一下子僵在了那里，待到缓缓地转过身去，只见被众人围着的陆刚脸上一片死寂的灰白，双目紧紧地闭着，再也不能婆妈地操心她和商易之之间的事情……

"背上大人的遗体，我们得赶紧往深处撤。"阿麦的声音冷静得不像话，话语间不带一点情绪。

王七找了过来，背上了张二蛋，看到阿麦的样子，想让伍里的人过来背她，阿麦用长枪撑着身体，冷漠地说："不用。"

杨墨从旁边走过来，不发一言地把她手中的长枪丢在一边，攥了她的手腕把她背到背上，"往西走。"他说。

是的，往西走，他们必须往西走，把鞑子引到乌兰山脉的深处，引到江北军的包围之中。

崔衍是被人抬到常钰青面前的，他的脖颈处受了刀伤，被绷带厚厚地缠着，已经说不出话来。常钰青脸色铁青，薄唇紧紧地抿在一起，几乎成线。一边的亲兵带着哭腔说："崔将军突然骑着马冲到了最前面，我们赶过去的时候将军已经受了伤，坐骑也倒在一边，马腿被南蛮子砍了……"

崔衍直愣愣地盯着常钰青，喉咙里发出"唔唔"的声音，努力地抬起手来。常钰青攥住了他的手，放柔了脸上僵硬的线条，轻声道："别急，大哥一定不会让你有事的。"

崔衍却使劲把手从常钰青手里抽出来，在他手掌里写起字来，他的手上还沾着血，在常钰青的手心里留下淡淡的血迹，字写到一半，崔衍就再也支撑不下去，昏了过去。

常钰青低头看了看崔衍留在自己手心里的字迹，用力地攥上了拳。那是一个"女"字，旁边刚刚只画出半道横来，就断在了他的掌心里。

姜成翼见常钰青如此神情，猜想到他会派大军追击往西逃窜的江北军残部，他犹豫了一下，出声劝道："将军，请冷静一下，我们不能中了南蛮子的圈套。"

常钰青转头冷冷地看了他一眼，寒声说道："事到如今，我们还有别的选择吗？"崔衍受伤生死难料，如果就这样看着江北军逃入深山，陈起会如何想，周志忍和崔家会如何想，身后的朝廷又会如何想？常钰青的嘴角绽出一丝冷酷的笑意，"商易之，我倒是要看看你这个圈套能做多大，看看到底是谁把谁吞入腹中！"

阿麦的日子很不好过，不能怨她，换谁被人拿着刀追着屁股跑都好过不了。五百对两千，还不算常钰青已经拔营的大军，双方的力量没有任何可比性，阿麦现在除了担心自己队伍里士兵的腿，还担心商易之的嘴，不知道他胃口有没有那么大，能把常钰青的五万大军都一口吞下。

她不禁都有些后悔杀了崔衍，如果崔衍不死，估计常钰青不会这么发疯。

李少朝过来问阿麦："今天还要继续加灶吗？"

"加！"阿麦说道，"今天再增加一个营的。"

为了迷惑北漠军，在与身后的两千先锋营拉大距离后，阿麦就开始吩咐挖坑增灶，虚虚实实，引着这两千先锋营在乌兰山深处打转悠。刚开始的时候，别说增灶，李少朝一听她说要挖灶就提出了反对，说咱们跑得连锅都没了，用得着挖灶吗！阿麦也不解释，只是让他去挖灶，从最初的不足一营到现在都快三营，搞得原本就没脾气的李少朝更是一点脾气也没有了。

看李少朝垂着脑袋走了，杨墨走过来坐下了，沉默了片刻突然问道："要把鞑子引到哪里？"

阿麦抬眼看了看神态疲惫的杨墨，轻轻地摇了摇头，有些嘲弄地说道："我也不知道，商将军和军师神机妙算，谁知道他们会藏在哪里。"

杨墨看着远处都疲惫不堪的士兵们，面色沉重，"大伙身体都快熬不住了，而且……干粮也快没了。"

"总归是不远了吧……"阿麦把视线放向远处的重重山峦，苦笑一下说道，"可别太高估咱们了，能引到了此处，咱们也算是尽了心了。"说完她从地上站起来，拍了拍屁股上的杂草，起身去看张二蛋，走了两步又转回身来，看着杨墨说道，"这几天多谢了，我欠你这个情。"

杨墨却道："先记着吧，不过你好得倒快，两三天工夫就能成这个样子，实在稀奇。"

阿麦只淡淡笑了笑，没再说什么，转身离开。她的脚踝已近大好，虽然走路还稍有些不便，可已经不太碍事了。对于杨墨，她不得不感激，前几天一直是他背着她赶路，百十多斤的大活人，又是山路，辛苦程度可想而知，虽然杨墨嘴上从没说过什么，可每当队伍休息的时候，她都能发现他的腿在打战。阿麦清楚，这份情她是欠下了。

张二蛋还活着，这一点让阿麦很欣慰，更让她感动的是这些天来无论情形多么危急，队里的兄弟都没人说要抛弃他。张二蛋的伤在背上，一直都是在趴着休息，看阿麦过来，他抻着脖子想抬起身来，却被阿麦一把给按下，"这样就好！"

张二蛋羞涩地笑了笑，小声叫："大人。"

阿麦随口"嗯"了一声，伸手去摸他额头的温度，发现已经不是很烫了，忍不住打趣道："你比我还像小强，我都服气了。"

"小强？"张二蛋不解。

阿麦咧着嘴笑笑，没接话。

王七凑过来说道："这小子命还真是够好，乔郎中那样的人，愣是没跑丢，你说这不是老天让他来专门救他的嘛！"他又转头问阿麦，"大人，咱们是不是已经把鞑子甩开了？"

阿麦点头，"甩开有一段距离了。"

她的话一出，四周的士兵都不禁露了些笑容，没日没夜地跑了这些天，听到这个消息的确让人忍不住松了口气。阿麦也是这样认为的，一直紧张的神经也忍不住稍稍松懈下来。

得知鞑子已经落下一段距离，再加上大伙实在都太过疲惫，接下来的行军速度不禁有些缓下来。阿麦开始也没放在心上，可等队伍走到九里沟的时候，一个消息如晴天霹雳般炸在了阿麦的头顶，爬到高处的士兵下来后一脸慌张地禀告阿麦，后面突然又发现了鞑子的旗帜。

阿麦心头一惊，发觉她还是有些低估常钰青了。

大家都没说什么，可让人窒息的恐慌还是在队伍间弥漫开来。

"再这样下去，我们拖不垮鞑子，反而会被鞑子追死了。"临时会议上，六队的队正说道。

阿麦沉吟不语，手指又下意识地敲打膝盖，说实话，她现在也有些慌了。虽然她年少时耳濡目染过一些行军打仗的知识，并且在军事上显露出一定的天分，可她毕竟只是个从军不及半年的姑娘，怎么可能和常钰青那样从小就在军营和战场上摸爬滚打的战将相比？

一个军官意气用事，忍不住叫道："要不然咱们就在这里和鞑子拼了算了！"

"不行，"杨墨突然冷冷开口，"咱们这些人留在这儿，都是一个死。"

"那怎么办？"那军官质问。

阿麦突然抬眼扫了这几个军官一眼，沉声说道："我带着一百人留下，在狮虎口拦击鞑子，其余的人由杨队正带着往前，再往西走二百里，如果还找不到大营，就把人都散开，化整为零，藏入山林！"

话一出口，大家都愣了，怔怔地看着阿麦，半晌说不出话来。留在狮虎口阻击鞑子，那分明就是去送死，就算狮虎口的地势再险峻，可一百个人又能拦得了鞑子多久？

阿麦不等大家回应，干脆利落地从地上站起来，"我去召集自愿留下来的兄弟，你们赶紧组织大伙往前走。"

"这事不能靠自愿！"杨墨突然在她身后冷声说道。

阿麦慢慢地转身看杨墨，杨墨毫不躲避地和她对视。

"那杨队正有什么高见？"阿麦淡淡说道。

杨墨嗤笑一声，甩了手里的树枝，说道："你现在是营将，没道理让你留下来阻拦鞑子。我留下来，不用一百人，只要我的第二队，我要让鞑子看看什么叫一夫当关，万夫莫开。"

阿麦沉静地看着杨墨，不知他是个什么打算，片刻之后，应道："好。"

杨墨突然笑了，走到阿麦面前说道："我还有事想和大人商量一下，能不能借一步说话？"说完不等阿麦答应，便率先转身往队伍对面一块巨石后走去。阿麦犹豫了下，还是跟了上去，杨墨一直在前面走着，直到避开了所有人的视线才停了下来，转回身等着她。

阿麦跟过去，问道："杨队正有什么事就说吧。"

谁承想杨墨一言不发，突然一把抓住了她的胳膊，猛地把人推到了石壁上，伸手死死地按住了她的肩。阿麦心里一惊，刚想要挣扎，胳膊却被他全都摁住了，他用身体把她抵在石壁上，一只手把她的两只手腕攥住了拉到了头顶，低头用力堵上了她的嘴。

阿麦头皮一麻，想不到他叫自己到背人处竟是做此卑鄙行径，不能呼救，只好抬了膝盖发狠地去撞他，谁知他却早有准备，顺势把腿挤进她的两腿间，让两人的身体压得更紧。而且他这简直不是亲吻，只管使劲地吸吮她的唇，用舌强行抵开她的齿关。同时，另一只手顺着她的衣角探进去，往上用力地握住了她的柔软……

阿麦没想到会在这里受到这样的侮辱，恨得只想把面前的人千刀万剐，当他的舌探入她的口内时，她暂时放弃了抵抗，只想趁其不备一下子咬断他的舌。谁知她刚张开了嘴，还来不及咬下去的时候，杨墨却突然从她身上抽身离开，一下子把她被禁锢的手脚都撒开了，退后了两步喘着粗气看她。

阿麦唰地抽出了腰间的刀，恼怒地压到了杨墨的脖颈上，正欲下杀手间，却忽听杨墨哑着嗓子说道："现在死了也值了！"

她一怔，气息不稳地瞪着他。

杨墨突然低低地笑了，压低声音说道："亲也亲了，摸也摸了，你以后就是老杨家的媳妇了。要是你还有机会生孩子，别忘了让一个姓杨，给我们老杨家传个香火！"他说完用手直接推开了阿麦的刀，转身便往外走去。

阿麦站了片刻，腿上一软差点跪倒在地上，然后就听见杨墨粗着嗓子在那边喊："第二队的兄弟给我集合！咱们在狮虎口让鞑子瞧瞧什么是南夏的汉子！"

阿麦把衣服整理好，平复了一下呼吸，随后也大步向队伍处走去，马上集合了队伍继续往前赶路。杨墨及他的第二队则留在了原处，准备掉头回去后面的狮虎口拦击鞑子。阿麦用力地抿着唇，告诉自己不要回头，走了几十步后，却突然听见杨墨大声地在后面唤她的名字。

她怔了下，缓缓回头，看到他在后面的一块山石上笑得灿烂，冲着她招手，大笑着喊："阿麦！别忘了，照看好我媳妇！"

那笑容是她从未见过的绚烂，阿麦的眼前突然有些模糊，她用尽全身的力气应了一声："好！"然后转回身大步地往前走去。

是日，狮虎口一战，江北军第七营第二队阻敌半日杀敌三百，队中六十七壮士皆壮烈牺牲，队正杨墨身中七创，断一臂，倚壁而亡，至死刀未离手。

——节选自《盛元记事》

不知是谁先开始唱起了战歌，慢慢地大家都跟着和了起来，阿麦也张了嘴，却发现自己嗓子嘶哑得唱不出调来。

岂曰无衣？与子同袍。王于兴师，修我戈矛。与子同仇！

岂曰无衣？与子同泽。王于兴师，修我矛戟。与子偕作！

岂曰无衣？与子同裳。王于兴师，修我甲兵。与子偕行！

……

杨墨最后留在阿麦记忆里的就是他的那张笑脸，眼睛笑眯眯地弯着，嘴咧得极开，方正的下巴上满是青色的胡楂……阿麦知道她再也不用担心他会泄露她的身份了，也不用算计着怎么杀他灭口。可是……为什么心底的某个地方会隐隐作痛？

又往深山处走了两天，军中食物已经吃尽，到后面大家都是在用野菜充饥，幸好现在已是早春，不少耐寒的植被已经泛绿。长距离的奔波逃亡，耗到现在，几乎所有人的体力都已被榨干，往往在赶路中就有些人突然倒下，从此再也没能站起来。活着的人就沉默地挖个坑，把战友下葬。坑很浅，只刚刚能把人埋住，大家已经没有时间，也没有那个力气来好好地挖了。

活着的人还得继续活下去，还得继续往前走。

阿麦把身上仅剩的一小块面饼拿出来，用手掰碎了想塞到张二蛋的嘴里，张二蛋死死地闭着嘴，说什么也不肯张嘴。

"听话，二蛋。"阿麦哑声说道。

张二蛋却拼命地摇着头，到最后咧开嘴号啕大哭道："大人，你们把我放下吧，我就是个累赘，你们丢下我吧！我求你们了。"他趴在地上，跪不起身来，只能用胳膊撑起一点来，便用额头大力地撞着地面，"大人，我求你了，我不想再拖累大家了……"

阿麦伸出手去垫在了他的额头下，"傻小子，现在再丢，前面的力气不是白费了吗？"

王七从前面拎了只兔子过来，眉开眼笑地对阿麦说道："阿麦，你看看，要说比箭法，你绝对不如我。"他转头看到张二蛋还伏在地上呜呜哭着，忍不住骂道，"又他娘的犯老毛病，哭，哭，哭！好歹也是条汉子了，怎么老跟个小娘们儿似的哭哭啼啼。"

王七把手里的兔子脖子割开，赶紧递到阿麦面前，阿麦也不推辞，就着他的手，把嘴贴到豁口处闭上眼大力地吸了几口，腥热的兔血入口，化成温热的线落入腹中。腹中明明是空的，可是还是压不住的恶心泛上来，她闭着眼屏了好半天的呼吸才强自将腥气忍了下去。

"逮到几只？"她问王七。

"有个七八只吧，不过这会儿兔子正瘦，没多少肉。"王七回道，他又咧着嘴笑了笑，说道，"他娘的也怪了，这山里的畜生们好像也都知道咱们兄弟要饿疯了，大点儿的都不知道跑到哪儿去了，兄弟们想逮个虎啊狼啊的，他娘的，连个毛都没见着。"

"把捉到的这些猎物给大伙分下去吧，先垫点。"阿麦吩咐道，沉默了片刻又说，"等过了前面的山谷到平家坳，如果还没大军的踪迹，咱们就不再往西了。"

平家坳，乌兰山脉深处崇山峻岭间的一处狭小平原，如果要进行大规模的伏击战，这里是方圆几百里的不二之选，阿麦知道，商易之清楚，估计常钰青心里也有数。

刚领着部队进入谷口，那盼到望眼欲穿的江北军斥候终于从前面纵马飞来，阿麦站在队伍面前都忍不住去揉眼睛，生怕这再是自己的幻觉。她记得母亲曾经讲过的一个故事，说每个女子心中都有着一个英雄，在万人瞩目中身披金甲脚踩五彩祥云过来救她脱离困境……而此刻，她觉得这个英雄不用身披金甲，不用脚踩祥云，他只需要穿一身江北军的军装，再骑匹战马就足够了。

"来人可是江北军的第七营？"那斥候勒住了马，高声问道。

阿麦走出一步，答道："是。"

那斥候看了她一眼，又把视线投到众人身上，高声问："校尉营官陆刚何在？"

阿麦抬头看他，没有说话，身后背着陆刚遗体的亲兵从队伍中走出，来到阿麦身旁立定。那斥候一愣，片刻后即跃下马来，沉默地冲陆刚的遗体行了个军礼，这才又转向阿麦，说道："将军有令，所有人等速速入谷，于平家坳处待命！"

"卑职得令！"阿麦一字一顿地答道。

斥候没再多说，翻身上马后继续往后驰去。

南夏盛元三年三月，江北军第七营引北漠常钰青大军至平家坳谷外，至此，七营一千四百二十七人，犹存三百九十二人。初八日，匆忙调来的江北军步兵第五营从后袭击北漠先锋营，五营兵败，残部退入平家坳。

——《盛元记事》

阿麦再次在江北军的中军大帐中见到商易之和徐静时，只觉恍如隔世。

商易之一身轻便的锦袍，俊逸依旧。而徐静，貌似只下巴上的山羊胡子长了一点点。

商易之从座椅上站起身来，默默打量阿麦，许久没有说话。倒是徐静打破了沉默，微笑着说："阿麦辛苦了。"

阿麦垂下了视线，恭声说道："不辛苦，尽卑职的本分。"

商易之眼神一黯，转身走到帐中挂的地形图前，问道："第七营走的什么路线？"

阿麦走到商易之身边，看了地图片刻，伸出手指沿着这些日子以来走过的路线粗略地画了一遍。

商易之的眼神突然有些恍惚，焦距无法投到地图上，只是不由自主地追随着她的手指。她的手原本就细长，现在更是几乎只剩下了瘦骨嶙峋，指上犹带着结痂的血口，全没了往日的白皙修长。

"将军？"阿麦试探地轻唤。

商易之猛地惊醒过来，转眼间已经恢复自若，他转头看着阿麦的脸庞，点了点头，说道："知道了，你也辛苦了，先下去休息吧。"

阿麦目光清亮，冲着商易之行了个军礼，从大帐中出来。刚走了没多远，突然听到徐静在后面喊她的名字，她转头，见徐静竟从大帐中追了出来。

徐静捻着胡子嗟叹，"唉，阿麦，你让老夫说你什么好呢？"

阿麦面上波澜不惊，淡淡问："军师此话怎讲？"

"十一日行军一千二百余里，实在出乎老夫的意料，你能引常钰青主力来此实在是甚合老夫心意，可就是……"徐静捻须不语，见阿麦只是抬眼静静地看着他，并不肯接话，他有些尴尬地笑了下，说道，"可就是你来得有些快了点，老夫的局险些没有设好。"

"是阿麦让军师失望了。"阿麦平静地说道。

徐静知道阿麦心中有气，也不和她计较，只是了然地笑了笑，安抚道："不是失望，是太惊讶了，老夫本还派出了四个营的兵力去吸引鞑子，谁知他们都没用上，只你一个第七营就把常钰青的几万大军都招来了。这连老夫都没算到，感觉你简直就是在牵着北漠鞑子的鼻子，你上哪儿他们追到哪儿。"

阿麦自嘲地笑笑，说道："是我走运吧。"

徐静缓缓地摇头，问："你怎么招惹常钰青了？"

阿麦回道："我把崔衍给杀了。"

徐静小眼睛猛地睁大，惊愕地看着阿麦，"北漠辅国公崔家的那个崔衍？"

阿麦沉默地看着徐静，徐静点头，自言自语："难怪，难怪……"他突然目光如炬地看向阿麦，"老夫还有一事不明，你怎么知道要把鞑子引到平家坳？"

阿麦嘴角抬了抬，露出一丝略带讥讽的笑意，回答道："我哪里能猜到将军和军师会在此处设伏，不过是把适合设伏的地方都去了一遍，凑巧在这里撞见大营罢了。从阿麦带人逃命的路线，难道军师都没有看出来吗？"

徐静一时噎住，微张着嘴看了阿麦半晌，终于淡淡笑了下，不以为意地说道：

"先下去休息吧，让军需处安排你们的驻处，等将军回头再分配你们的任务。"

阿麦笑笑，转身离开。她料想徐静话虽这样说，估计也不好意思再给她的第七营分配什么任务，整个第七营已经被打残打废，半死不活的三百多人，还能做什么？可没想到过了二日，徐静却又找到了她，神色颇为歉意地让她再领个军令。

"军师敬请吩咐就好。"阿麦说道，她告诉自己不能带出情绪来，可嘴角却忍不住地想冷笑。

徐静神色凝重，说道："我也知道这样对不住你们第七营，可常钰青守住谷口不肯深入，既然已经走到了这个地步，我们必须把他引进来了。"

阿麦垂目沉默，过得片刻，突然问道："是不是第七营的一千四百二十七人不死绝了，将军和军师就不甘心？"

徐静面色微沉，说道："我知道你心里有怨恨，可是这是大局所需！"

"大局？"阿麦语气是从未有过的尖刻，"大局就需要可着我们第七营死吗？我们的命就那么不值钱？就活该做靶子？将军就非要灭了我们第七营？"

"阿麦！"徐静突然厉声喝道，"不要说浑话！你们在做靶子，将军呢？他还不是在用自己做靶子！你也在这儿待了两天了，这里驻了多少兵力你难道没有看出来？主力根本就没在这里，可将军在这里，这说明什么？他自己也在做诱饵，我们在赌，赌常钰青会冒险进来吃掉江北军的中军大营！赌他就算知道这里有诈，也不肯放弃除掉将军的念头！"

阿麦说不出话来，僵了片刻后，哽着嗓子说道："可我们第七营已经没法打了，现在还能活下来的人也是半死不活的，这些日子的煎熬，都不成人形了。"

徐静叹了口气，语气放缓了下来，"不用你的第七营，我从其他营里拿出五百人来给你用，打出你的旗就行，只是……"

"我明白，"阿麦接口道，她深吸了一口气，说道，"我去谷口叫阵。"

徐静沉默了片刻，轻声说道："这是我的主意，将军原本不同意的。"

阿麦苦笑，只是原本而已，结果还是同意了。

徐静转身离开，临走时又看了阿麦一眼，"你多保重！回来了，我力保你升为校尉！"

阿麦笑笑说道："多谢军师好意。"

| 第八章 |

叫阵 弯弓 军令

常钰青一路紧追着阿麦到此，在把江北军第七营逼入平家坳后反而不着急起来，只驻兵守住了谷口，毫不理会江北军的挑衅。

这日一早，军中副将便过来告知又有敌将叫阵，常钰青头也没抬，冷声说道："不理。"

等了片刻不见副将答话，常钰青这才抬眼看过去，见那副将面露迟疑地说道："将军，是江北军的第七营。"

常钰青眼中一寒，冷笑道："商易之倒是物尽其用，还敢用第七营来叫阵。本将倒要去看看这个第七营还拿什么来叫阵！"

常钰青披挂整齐出了大帐，阵前早已有几千北漠军将士在严阵以待，对面不远处就是前来叫阵的江北军，人数不多，左右不过几百人的样子。常钰青冷笑一声，转身正欲离去，却又被身旁的副将叫住："将军您看！"

常钰青转过身眯眼看去，见江北军中突然竖起了一面大旗，上书一个"麦"字，迎着风猎猎作响。他心中一动，突然间明白过来那日崔衍要在他掌心写的是"女子"

二字！

"备马！"常钰青寒声说道。

旁边的副将有些发愣，刚才将军还说不要理会江北军的挑衅，可这会儿工夫为何却又要亲自上阵？有侍卫把常钰青的坐骑照夜白牵了过来，常钰青翻身上马，手拎长枪来到阵前，远远望去见对面大旗下果然站了个披挂整齐的江北军将领，外披铠甲内衬战袍，一条猩红披风更是衬得她唇红齿白，面如冠玉。

果真是她！

常钰青万万想不到豫州城内的女细作会在江北军中出现，且摇身一变成了江北军第七营的营将。他原来还诧异崔衍那样的身手怎么会被人伤到了喉咙，现在见了阿麦，一下子全明白过来，料想定是和自己死去的那两个亲卫一样，毫无防备间才被阿麦伤了要害。

常钰青嘴角轻抿，面上只是冷笑，心中却已是怒极。

阿麦看清了北漠阵中出来的将领竟然是常钰青时，心底的惧意一下子涌了上来，可这个时候万没有再退的道理，只好硬着头皮拍马上前两步，高声叫道："叫崔衍出来受死！"

此话一出，常钰青面色铁青，额头青筋直跳，怒得连话都说不出来了，立马横枪地看了阿麦片刻，突然仰面大笑。

这就成了，阿麦心道，这哪里还用着她身后的这五百勇士，只需要她一个阿麦就足够了，估摸着常钰青现在生吃了她都不觉得解恨。

下一眼，常钰青已是跃马出阵。

按照常理，对方出战，叫阵的战将应该屁颠颠地拍马迎上去才是，尤其常钰青可是一军主将，名震四国的名将，他能出阵那是看得起你，大大地看得起你，这落在一干军人眼里，先不论死活，就是一种荣耀！

不过于阿麦而言，她倒是一点也不想要这种所谓的荣耀，更没有活腻歪了的想法，所以，见常钰青挺枪出阵，她便做了个于她那玉树临风、卓尔不群的形象十分有损的动作，右手一挥，让身后的人一拥而上……

北漠将士见敌方的将领竟能无耻到如此地步，都不由得有些发呆，被副将吼了一嗓子才知道跟着冲了出来，双方人马瞬时便搅在了一起。

常钰青长啸一声，长枪挥舞间寒光点点、银光闪闪，扎、刺、拦、点、拨……几乎每一枪下去均要带走一条人命，竟是直奔阿麦而来！

阿麦看得心惊胆战，竟连反应都没了。一直跟在她身边的张生用刀背狠拍了一下她坐骑的马颈，大声喊道："快走！"她这才猛地回过神来，拨转了马头就往后疾驰而去。张生却纵马跃出，冲着常钰青就迎了上去。

常钰青冷笑一声，长枪一探如潜龙出水，直冲张生的面门而来。张生大惊，急忙侧头去躲，同时长刀疾削，将将擦到了枪尖。常钰青不肯和他纠缠，枪尖一挑顺势把张生挑翻落马，继续向阿麦追去。

可就这么片刻的耽误，阿麦纵马已经驰远，眼看着就要冲到了后面的江北军大军前。军中打起了旗语，让阿麦领兵转向侧翼，不许冲击己方的兵阵。阿麦暗骂一声，拨转马头驰向一侧。阵中的弓箭手从盾牌后站起，拉弓对准了远处追过来的北漠兵。

常钰青本冲在最前方，见状猛地勒马，照夜白长嘶一声人立而起。常钰青顺势把长枪往地上一扎，反手摘弓，指间扣一枚流星白羽箭，拉弓便向阿麦射去……

像是有所感应一般，阿麦在马上下意识地回首，只见身后不远处常钰青飞马扬弓，疾射而来。豫州城里，他随意甩出的箭便险些射穿阿麦的肩膀。而今他全力而发，威力自然非同寻常，不过弹指之间，那箭已挟风雷之声来到面前。

阿麦双眸骤紧，只觉得脑中似有根弦猛地一紧，牵扯着全身的筋络都跟着抽搐起来，想要躲避，可身体却似已不听使唤。

完了！阿麦心道，自己的小命要丢在这人手上了。

可就在这瞬间，只听另一侧突然传来尖锐的破空之声，阿麦来不及反应，一支羽箭便紧贴着她的鬓边擦过，啪的一声，空中似乎有惊雷响起，转眼间那箭已与常钰青所射来的羽箭在空中相撞，瞬时间火花四溅，两支羽箭顿时爆裂粉碎。

事发突然，常钰青也不由得一怔，可随即嘴角却浮现一丝冷笑，回手从箭筒中连抽几支箭，并不刻意瞄准，只飞速搭弓一一射去。他动作奇快无比，片刻工夫便已射出十几支，箭箭不离阿麦左右。

此时的阿麦已经无暇去看常钰青向自己连射疾发的追命箭，从刚刚两支箭在她面前爆裂之后，她便转回身紧贴在马背之上，不再理会身后的常钰青，只是策马狂奔，她很清楚，只要早一步驰回江北军阵中，便能早得一分安全。

可就在她飞马回营之时，突听得阵前兵士们发出一阵惊呼，只见队列之中，商易之策马而出，回手间已取出十余支箭，手中一捻，将其扇形排开，抬弓搭箭，弓如满月，放手之间，那羽箭便如流星般直向阿麦射来。

低头，再低头。阿麦已经没有选择，只有将身体压得更低，几乎贴到了马背之上。只听得头顶破空之声骤起，一个连着一个的爆裂声响起，紧接着，便有碎木屑飞溅而来，打在头上脸上，隐隐刺痛。

军中爆出震天的喝彩声，阿麦的马已冲到阵前来到商易之马前，商易之信手微拨马头，避开直冲过来的阿麦。

一直冲到弓箭阵前，阿麦才收住前进之势，可那马却停不下来，情急中她只得猛勒缰绳，胯下坐骑双蹄高高扬起，几乎把她掀翻下去。半晌，阿麦才控制住马势，在阵前停了下来。由于惊吓连连，此时她已面无血色，鬓角脸颊处更有一道道红痕，越发显得惊魂未定。

虽然刚从鬼门关冲出来，可阿麦却不敢怠慢，掉转马头立在了商易之不远处，向对面阵前的常钰青看去。

见此情形，常钰青冷笑，弃弓取枪，枪尖遥遥直指商易之。只听得战鼓声骤然响起，兵士以矛戈顿地，发出地动山摇般的响声。

这边商易之却面不改色，只挥手让后面的弓箭手往前压上，发令官一声令响，只见万支羽箭如流矢般飞射向敌军阵前，遮天蔽日。

只一轮箭雨下去，北漠军中就倒下了士兵无数，常钰青把一支长枪舞动得泼水不进，不但不退，反而纵马向江北军阵前冲了过来。一见主将如此英勇，北漠军士气大涨，呼喊着冲着江北军阵扑过来。

江北军中的弓箭手速射过几轮之后往后退去，换上了步兵向前，由军中的几员猛将带领着冲着江北军对冲了过去。

有亲卫上前欲护着商易之退向阵后，却不想商易之抬手止住了他们。他再次抽箭搭弓，把弓拉到大满，可手指却迟迟没有松开。远处在人群中厮杀的常钰青突然向这边看了过来，目光如炬，在看到商易之后顿了下，嘴角轻轻弯起，挂上了一丝讥讽的笑。

商易之笑了下，缓缓垂下了弓。

"放出信号，让唐绍义从后面冲击北漠的大营吧。"商易之吩咐旁边的传令官。

与此同时，北漠军中一名军官纵马奔到常钰青的身边，报告说大营后发现江北军骑兵聚集。常钰青冷笑一声，说道："来得正好，我就怕他们不来呢。"

长谷外，唐绍义静静地坐在马上看着远处山峦，在看到一处峰顶燃起了狼烟之后，终于慢慢地举起了佩剑。

而在更远处的山林中，姜成翼还带着五千北漠铁骑在静静地守候着……

史载这是一场极其混乱的战争，先是时为队正的麦帅领五百残兵引北漠常钰青大军辗转一千余里至平家坳，然后是当时还是江北军主帅的夏成祖以身犯险，激得常钰青不顾一切地领军深入，紧接着唐绍义以骑兵两千从后奇袭北漠大营……一般战役到这里也就该结束了，可惜指挥这场战役的双方统帅都是不怎么厚道的人。

常钰青不厚道，明知前面是坑还往里面跳是因为他还留了后手，让姜成翼带着五千精锐骑兵潜伏在后，为的就是要吃掉江北军的伏兵。商易之和徐静更不厚道，愣是把唐绍义的骑兵也作了饵，真正的一千骑兵精锐却是奔了北漠大军的粮草而去，一把大火，趁着风势，把几万人的粮草烧了个干净……然后，商易之便带着江北军迅速地消失在了乌兰山脉的崇山峻岭中。

原来，商易之和徐静的真正目的不是想吃掉常钰青的大军，而是要……饿死他们。

混乱，乱成一团麻的战役，可更乱的还在后面。

原本被徐静派出去当作诱饵的江北军四个营，虽然在开始没能起到引诱北漠大军的作用，可在后来却起到了意料之外的作用。要说还是中层将领们老实，当然，老实这个词也可以用另外一个词来替换，那就是"死心眼子"。将军和军师吩咐了要打一下就跑，他们便打一下就跑，等发现北漠人根本不追，挨打了也不追，这江北军也奇怪了，只好回头再打一下……这就有点像几个小孩子拿石块丢个大人，虽打不死，却能打疼打流血，也着实让挨打的人心烦。

不是常钰青不想追，是他实在没工夫追，军中的士兵也没体力再和江北军在山中绕圈子玩。自从粮草被烧，常钰青便急命军队后撤，想找个地方补充粮草，可找了几个原本标注为村镇的地方，却发现早都已人去屋空。人不在了，家畜和粮食自然也不会留下，原来商易之还给他来了一手"坚壁清野"。

平家坳一战，北漠军损失了不足一万人，而从平家坳到走出乌兰山，北漠军却折损了将近两万，四千骑兵下马变步兵，战马均被杀死充了军粮。

走出乌兰山后，从豫州运过来的救急粮草也送到了。困顿不堪的北漠军战士们精神均是一振。常钰青吩咐军需官去安排粮草事项，自己也出了大帐，独自牵了照夜白出来，一人一马在野地里漫无目的地转悠。

转到了一处对着乌兰山的缓坡处，他撒开照夜白，放任它随意地啃着地上钻出来的嫩草，自己却在缓坡上寻了处地方躺了下来，随手扯了根野草茎放进嘴里叼着，头枕着胳膊看着远处高低起伏的乌兰山脉发呆。

这是他人生中的第一场失败，而且败得彻底。几千骑兵变成步兵，五万大军现在只剩下了两万出头……唯独能给他点安慰的是崔衍总算活了下来，他受伤后就被送回了豫州，今天信使捎来了平安信。

其余……他败得一塌糊涂。

想不到他常钰青也会有惨败的时候，想不到商易之和徐静竟能做出如此计谋，想不到那个叫阿麦的女子竟然会是江北军中的军官！一抹嘲弄的笑爬上常钰青的唇角，那双看似平静的眸子里激流暗涌。

这一次，有太多的想不到了。

不远处的照夜白半天不见主人动弹，跑过来探下头颇有灵性地蹭了蹭他的头脸。他伸出手轻轻抚摸着照夜白，目光仍注视远处的乌兰山脉，轻声说道："过不了多久，我们就会再打回去的……"

同一片天空下，是乌兰山中的江北军大营。其实不能叫作大营，因为从平家坳之役后，江北军就被商易之分成了几路逃窜。貌似其实也不好叫作逃窜，按照徐静的说法那叫战略性转移。

张二蛋的伤势已好了大半，那样的一刀，虽然崔衍到最后收了力道，可还是几乎把张二蛋的后背砍成两段，没能要了他的命简直就是奇迹。阿麦看着军医给他换好了药，让他一个人在帐中趴着，自己送军医出了军帐，她先随意地问了几句张二蛋的伤情，这才把话引到了将军身边的亲卫队长张生的伤势上。

"张侍卫的伤势也无大碍了，那一枪只是挑穿了他腰侧的皮肉，并没有伤到内脏。只是——"军医低低地叹息一声，又道，"混战之中，张侍卫的一条腿被马踩折了，接骨又晚了些，怕是以后行走会碍些事。"

军医摇着头离开，阿麦失神了片刻，还是转身往中军处走了去，等走到了张生的帐篷外，她又停下了脚步。

这一刻，阿麦有些不知该如何去面对张生。

张二蛋也是为了保护她而受伤，可她能够坦然地面对他，因为他护了她，而她也没有舍弃了他，不管多难，她都一直没有抛弃过他。可对于张生，阿麦心中却存了一份愧疚，在常钰青红着眼向她冲杀过来的时候，张生挡在了她的身前，而她却掉转了马头往后逃去。她不知道自己当时为何毫不犹豫就把张生丢在了身后。

也许潜意识里她一直把张生当作商易之的人，而不是像张二蛋那样是她的兄弟。商易之可以随意地抛出她去做诱饵，于是她也便把张生随意地抛弃了。

正在犹豫间，却突然听见身后有人叫："麦大人？"

阿麦回头，见是商易之侍卫队里的一名亲卫。那侍卫看了看阿麦，又看了看帐门，有些奇怪地问："麦大人，果真是你，是来看张大哥的吗？为何不进去？"

阿麦有些尴尬地笑了下，正想着怎么回答，就听见张生的声音从帐内传了出来，"是麦大人在外面吗？"

阿麦只得应道："是阿麦。"说着便挑帘走入帐内，笑着问，"我过来看看你，怎么样？好些了吗？"

张生坐在一张矮床上抬头看她，面色轻松，说道："没事，就是腿不太方便，我就不起来给大人行礼了。"

阿麦的视线落到张生那条被木板绑着的腿上，有些不自然地扭过脸去，低声说道："张大哥，我还叫你张大哥，你也别喊我什么大人了，还叫我阿麦吧。"

张生笑了，爽快地说道："行，阿麦，我也不和你客气，自己找地方坐吧。"

阿麦点了点头，随意地往地上的毛毡上一坐，想问张生的伤势，可张了嘴没法说出口来，她明明已经从军医那里都知道了，为何还要做那个虚伪的样子？

过了半晌，阿麦才低下头涩声问道："张大哥，你可怨我？"

张生一怔，随即笑道："好好的，我怨你干吗？"

阿麦鼓起勇气抬头直视张生眼睛，说道："如果不是要护着我，你就不会受伤；如果当时我没有弃你而走，也许你的腿就不会被马踩折。"

张生静静地看了阿麦片刻，正色说道："我护着你，因为这是我接到的军令，如果当时你傻乎乎地留在那里，只会被常钰青杀死，那样我就不只是折一条腿而已。"

阿麦怔怔地看着张生。

"再说，伤我的是靶子，我好好的怨你做什么？"张生又问道，他笑了下接着说道，"阿麦，你也做过几天亲卫，难道还不知道吗，我们做亲卫的，就是要用自己的命去保护将军的命，若是都像你这样想，将军还要我们亲卫做什么？还不如一个人跑得快些。"

"可是……"

"没有可是，将军给我的军令就是保护你，我保护了，就是完成了将军交给我的任务，没有失职，难不成你还想让我完不成军令回来受军法处置？"张生笑着问。

阿麦说不出话来，可看着张生的断腿，心里还是难受，便找了个借口从帐中出来了。正想回自己营中，却又意外地碰到了徐静，她转过了身往另一边走，想避过去，可谁知却还是被徐静认出了背影。

"阿麦！"徐静叫。

阿麦只得停下转过身来，看着徐静恭声叫道："军师。"

徐静拈着胡子笑了笑，问："过来看张生？"

阿麦点头，说道："是，过来探望张大哥，没看到军师从那边过来，请军师恕阿麦不敬之罪。"

徐静早看出来阿麦明摆着是想躲他，却也不揭破，只是笑道："几日也不见你过来，不会是因为还在恼我吧？"

阿麦弓了弓身，说道："阿麦不敢。"

"嗯，你说不敢就不敢吧。"徐静笑道，"你校尉营将的任命这两天就要下去了，还在第七营吧。"

阿麦说道："多谢军师提拔。"

"好好带兵，"徐静一副长者口气，"缺的人我慢慢给你补上，你也可以和其他的将领学一下，琢磨一下怎么把兵训好。"

听着徐静这些话，阿麦心中一动，面上不动声色地问道："先生，现在哪里有时间让我们练兵啊，鞑子这次吃了大亏，更不会善罢甘休了，下次还不得来更狠的啊。"

徐静捋着胡子看一眼东方，眯着小眼睛笑道："鞑子最近没空惹咱们了。"

"为何？"

徐静神秘莫测地笑了笑，说道："你等着吧，没两天就有准信了。"

两天后，江北军在北漠都城的细作传回信报，北漠小皇帝不顾众臣的反对御驾亲征，亲率二十万大军出了京都，打算亲自指挥攻夏之战。

这个消息收到没有多久，南夏朝廷对江北军的封赏也到了，商易之被封为江北军元帅，统领江北军。其他的将领也都跟着水涨船高地集体升了一级，于是，在升做校尉后不到半天，阿麦便又成了偏将，只不过干的还是营将的活儿。

也是因此，江北军中的将领普遍都比其他军中同职军官高了一级。